Jenny-les-Vrilles

LES ENQUÊTES DE JOHN NYQUIST

JEFF NOON

::
Couverture : Corinne Billon
Conception graphique & maquette : Laure Afchain
Correction : Véronique Duthille
::
Les textes de cet ouvrage ont été composés avec le caractère *LaVolte*,
dessiné par Laure Afchain.
::
Titre original : *Creeping Jenny*
Originally published by Angry Robot

::
Dépôt légal novembre 2023
i.s.b.n : 978-2-37049-229-6
Numéro 0-99
::

www.lavolte.net

Jenny-les-Vrilles

LES ENQUÊTES DE JOHN NYQUIST

JEFF NOON

Roman traduit de l'anglais
par Marie Surgers

LA VOLTE

Pour Bridget, Paul et Harriet

Une guinée pour la comtesse
Deux shillings pour Jenny-les-Vrilles
M. Brown, une demi-couronne
Mais le diable prend un penny

COMPTINE DU XVIIIe SIÈCLE
(SIGNIFICATION INCONNUE)

PREMIÈRE PARTIE

UN OISEAU EN CAGE

LA FORTUNE DU FOU

Nyquist s'essuya la bouche, resserra son manteau et son écharpe autour de lui, inclina son trilby sur son front, pour se donner une ombre dans laquelle se cacher. Comme ça ne suffisait pas, il ferma les yeux, ajoutant les ténèbres. Ça ne suffisait toujours pas. Il ne pouvait pas fermer tous ses sens. Chants d'oiseaux, jeu incessant du vent. L'extérieur. Il avait la nausée. Et, Seigneur, c'était quoi cette odeur, des crottes d'animaux ? Ou des plantes en décomposition, ou de la chair morte ? Quand il tenta de regarder autour de lui, le vertige le reprit. Il devait se concentrer sur un objet, un seul, et il ne put choisir que la haie qui bordait un côté de la route. Il se mit à examiner les branchages, les épines et les vestiges d'une toile d'araignée, et il les fixa le plus longtemps possible, jusqu'à ce que son cœur reprenne un rythme normal.

Il se retourna au son d'une voix. Deux autres passagers, descendus du bus, le regardaient. Il leur adressa un signe de tête et une tentative de sourire, mais ils continuèrent à le dévisager, impassibles, puis sans un mot ils gagnèrent la porte d'un cottage.

Nyquist observa les alentours. Il y avait un panneau indicateur avec trois directions : la route de campagne menait à Lockhampton dans un sens et à Bligh dans l'autre ; de l'autre côté d'un champ, c'était Hoxley. Partout où il regardait, partout, la lande à perte de vue. Effarant. Il y avait trop de grands espaces, trop de ciel. Peut-être ses affaires seraient-elles vite réglées, et il se retrouverait bientôt ici même, à attendre le bus qui le ramènerait à la gare.

Peut-être s'agissait-il d'une erreur. Ou d'une blague. D'une affreuse blague.

Sa vieille valise à la main, il emprunta le chemin qui traversait le champ. Les nuages étaient pommelés de gris et de noir, chargés de pluie.

Il avançait tête baissée, en espérant que le village ne serait pas trop loin, et il finit par atteindre une étendue boisée. Dans l'ombre, il respirait un peu mieux. Sous ses pas, les feuilles mortes tapissaient la terre. Les branches craquaient, les rameaux bruissaient les uns contre les autres. Un oiseau solitaire piaillait. On aurait dit un petit moteur qui montait en puissance puis ralentissait. Le chemin se fondait dans le sous-bois, et il se retrouva bientôt complètement entouré d'arbres. Il ne savait plus où il allait.

Il pénétra dans une clairière et resta là, immobile.

Le ciel était visible au-dessus du cercle d'arbres, encore plus nuageux, plus lourd.

Un moment de silence l'envahit. Non, pas de silence tout à fait. Il entendait un battement d'ailes. Il tendit l'oreille et scruta les branches noueuses, où il remarqua un petit objet blanc. C'était une carte, un rectangle de carton blanc, accrochée à une ficelle. La ficelle était nouée à une branche. Dans l'enchevêtrement des arbres il vit que deux mots y étaient écrits, sur une seule face. Ils étaient visibles puis disparaissaient chaque fois que la carte tournoyait dans la brise.

Os cassé...

Os cassé...

Os cassé...

À présent, d'autres cartes lui apparaissaient, accrochées à d'autres branches du même arbre, et à tous les arbres alentour. Nyquist imaginait qu'elles avaient été placées là par les enfants du village, pour un jeu ou pour un sortilège. Chacune portait une inscription différente. *Graines à la volée, Nœud de sorcière, Signe de la main, Aérienne, Frisson d'argent, Joli motif, Lent départ, Foyer de l'araignée.* Il voyait des centaines de cartes. *Armoise, Immobile, Forme d'ailes...*

Il avançait au hasard, dans l'espoir de retrouver le chemin, mais au bout de quelques pas seulement il entendit un autre bruit, un bruit humain. Un cri d'angoisse. Il fit volte-face à temps pour apercevoir un mouvement, bas dans les feuilles. Nyquist s'approcha et une silhouette s'écarta brusquement, faisant craquer les brindilles.

« Qui est là ? »

Il n'y eut pas de réponse, rien que le bruit des bois qui retombaient dans leur état de lents frémissements. Puis la silhouette déclara : « Je suis seule ici. »

Nyquist répondit immédiatement. « Moi aussi. »

Un instant passa, puis la voix dit : « Nous ne pouvons pas être seuls tous les deux, sinon nous ne serions pas seuls. »

Nyquist réfléchit à son tour. « Nous étions seuls, mais nous ne le sommes plus. »

C'était une réponse suffisante, car la silhouette se redressa et s'avança. C'était une femme d'aspect singulier, parfaitement à son aise dans l'ombre du soir. Elle avait les cheveux hirsutes et emmêlés, et les ongles de ses mains étaient longs et pointus, noircis de lambeaux d'écorce. Impossible de lui donner un âge. Les bois remuèrent, remuèrent encore, et elle se retrouva devant lui, utilisant les branches comme des leviers qui la faisaient avancer. Nyquist était fasciné. On aurait facilement pu la prendre pour une créature mythique, jusqu'à ce qu'elle soit assez proche pour qu'il voie ses yeux, qui étaient d'un bleu frappant et entièrement humains.

« Bonsoir, monsieur. Je m'appelle Sylvia. »

Elle était vêtue de haillons noirs ; ses cheveux étaient tressés de brindilles, de tiges, de feuilles, de cosses et de bourgeons, qui s'étaient accrochés au cours de ses voyages ou qu'elle avait enfilés à dessein.

« Je suppose que vous êtes perdu, dit-elle.

— Ça pourrait être le cas. »

La femme avança lentement, faisant gémir et grincer les branches. « Vous êtes mon premier hôte, ce soir. Mais c'est généralement le cas en ce jour précis. J'étais sage-femme, vous savez ?

— Vraiment ? »

Nyquist avait du mal à suivre sa logique.

« Vraiment. » Sylvia dansait d'un pied sur l'autre. « Mais ensuite la maladie a emporté un de mes frères, et la guerre un autre. Il ne me reste que ma sœur.

— Et ça vous a empêché d'être sage-femme, parce que…

— Faites attention. Ne dérangez pas les noms. »

Il mit un moment à comprendre sa mise en garde – l'une des cartes s'était accrochée à son écharpe et la ficelle menaçait de se rompre. Il se décala pour qu'elle soit moins tendue, et Sylvia vint libérer le carton de son vêtement.

« Il me faut beaucoup de temps pour les inventer. »

Elle avait un petit sac en bandoulière. Elle y pêcha une autre carte et un crayon gras. Choisissant comme au hasard une branche voisine, elle se concentra un instant en se préparant à écrire. « *Langue fourchue* ? Non, *La favorite d'Oberon* ? Non. Laissez-moi réfléchir... *Celle qui parle avec le ciel* ? Mais non. C'est trop, c'est beaucoup trop, tu te prends pour Wordsworth ou quoi ? Non. Allons, Sylvia. Réfléchis, femme !

— Qu'est-ce que vous faites ? »

Elle coula à Nyquist un regard en coin. « Je lui choisis un nom, évidemment.

— Vous donnez un nom à l'arbre ?

— À la branche, voyons, à la branche ! Toutes les branches ont un nom différent.

— Pourquoi ?

— À votre avis ? Parce que toutes les branches sont différentes ! Chacune est un objet unique dans l'univers. » Ses bras s'écartèrent. « L'arbre a un nom, un nom central, et le tronc a un nom, chaque racine visible a un nom. Et toutes les branches auront un nom, quand j'aurai fini. Et j'ai déjà commencé les rameaux, l'un après l'autre. J'espère avoir fini au printemps, pour pouvoir m'attaquer aux feuilles et aux bourgeons, un par un, je les nommerai chacun à leur tour. Oh, comme j'ai hâte que le printemps arrive ! »

Nyquist allait demander le chemin du village, mais Sylvia leva une main pour lui intimer le silence.

« Ah, je l'ai. » Elle se mit à écrire, en appuyant fort pour que les lettres soient le plus nettes possible. « Voilà. Parfait. Qu'en pensez-vous ? » Elle lui tendit le carton pour qu'il le lise : *Cheveux emmêlés*.

Il hocha la tête. « Un excellent nom.

— Oh, mais attendez, et *Indique le soleil* ? Ce ne serait pas mieux ?

— Peut-être... »

Sylvia fronça les sourcils. « Bon, j'ai préparé la carte, je la garde. » Elle noua la ficelle à la branche, laissant le rectangle blanc se balancer. « Et d'ailleurs, maintenant qu'elle est à sa place, ça me plaît. *Cheveux emmêlés.* Oui, ça me convient. »

Ils contemplaient tous deux le nom qui ondulait dans la brise.

« Et maintenant, la suite. » Elle se tourna face à Nyquist. « Où allez-vous ? Je peux vous aider ?

— Hoxley-sur-la-Vive.

— Bon choix. » Elle sourit. « Prenez le chemin du milieu. »

Nyquist scruta les arbres de la clairière.

« Vous ne le voyez pas ?

— Pas vraiment. »

Sylvia se remit à danser. « Venez, je vais vous montrer. Marchez doucement. Et n'abîmez pas mes cartes ! »

Il lui emboîta le pas. Elle se glissa dans une trouée entre les arbres et bientôt il put discerner un chemin. Il la remercia et s'apprêtait à lui dire son nom quand elle l'arrêta en lui posant un doigt sur les lèvres.

« Chut ! Il faut vous taire. Je n'ai pas besoin de connaître votre nom.

— Et pourquoi ?

— Je vous ai déjà donné un nom. Un nom nouveau. Un nom adapté. Tenez, je vais vous le noter. » Elle écrivit sur un carton vierge et le lui tendit, à l'envers. « Ne regardez pas tout de suite. Plus tard, plus tard, laissez-lui une heure pour agir sur lui-même et sur votre personne. Ensuite, contemplez-le dix minutes entières. Allez-y, cachez-le, glissez-le dans votre poche. Attendez, je vais le faire. » Elle enfonça la carte dans une poche intérieure de son manteau.

Nyquist poursuivit sa route. Les branches lui agitaient leurs étiquettes sous le nez : *Parfait perchoir, Rameau à vendre, L'éventail de Lady Anna, Pas tout à fait un chêne, Billy Écharde, Petits oiseaux venez.* Nyquist se répétait chaque nom en murmurant : le poème des bois.

Il arriva bientôt devant un échalier sur une barrière, avec la campagne au-delà. La nuit tombait lentement. Il franchit les quelques marches. Un champ descendait dans une vallée et pendant un long moment il resta immobile à regarder dans l'air sombre. Un pigeon voyageur était perché sur un poteau de clôture, un petit tube de métal fixé à la patte.

La détonation d'un fusil au loin le fit s'envoler.

L'arme retentit encore deux fois. Lointaine, étouffée. En ville, le bruit l'aurait fait se jeter à terre, mais ici c'étaient sans doute des chasseurs qui profitaient des derniers rayons du soleil pour viser un malheureux animal, lièvre, lapin ou grouse. La vie à la campagne. Sang, tripes, crocs, griffes. Nyquist marmonna un juron. Il n'était pas à sa place ici, pas du tout. Il était un enfant de la ville, rues étroites, néons, habitants qui prenaient vie quand tombait la nuit ou dans la lumière cruelle du plein jour, rôdeurs, vendeurs, escrocs et putes, ados aux yeux fous griffonnant leur nom sur les murs, l'agitation féroce de la vie entassée. Et des spécimens dans son genre – détectives, pisteurs, chercheurs d'indices qui tâtonnaient dans le noir en espérant une étincelle. Pourtant il n'avait pas le choix. Il devait aller au bout.

En contrebas, blotti dans la vallée, se trouvait le village de Hoxley.

Les premières gouttes de pluie se mirent à tomber quand il reprit sa valise et entama la descente.

LA BATAILLE DE LA TASSE DE THÉ

C'était tout petit. La grand-rue, une dizaine de maisons de chaque côté, un pub et une épicerie, quelques autres rues et ruelles qui partaient toutes de la première mais dans une seule direction, et c'était tout. Une église à une extrémité, une école à l'autre. Deux réverbères. Nyquist s'arrêta au début de la rue, sous l'un des réverbères, et sortit une enveloppe de sa valise. Il en tira une série de photographies, dont l'une représentait la rue. Les bords de l'image avaient pâli et certains détails étaient estompés, flous, mais, oui, c'était le bon endroit. La photo avait même été prise de là où il se tenait. Et il eut la certitude, pour la première fois, qu'il était arrivé au bon endroit : Hoxley-sur-la-Vive.

Il était anxieux. Qu'allait-il y trouver ?

La pluie avait cessé, une averse brève mais violente qui avait suffi à le tremper et à faire rentrer les habitants chez eux. La rue était déserte. Il repartit, passa devant le pub et le magasin, fermés tous les deux, et longea la place, une étendue herbeuse avec un étang circulaire et un chêne qui devait être aussi vieux que le village. Un mât de mai était dressé au milieu de la pelouse pour des festivités finies depuis longtemps. L'horloge du clocher frôlait les six heures. Le froid s'intensifiait et le souffle de Nyquist argentait l'air.

Il franchit un pont de pierre. Les eaux de la Vive coulaient en dessous, et l'église avec son cimetière l'attendaient de l'autre côté. Il contourna le bâtiment par la gauche. C'était une petite église. Les pierres tombales étaient disposées comme au hasard, et beaucoup étaient fendues ou effondrées, soulevées par les racines des arbres. La plus récente semblait être

Gladys Coombes. Elle était morte au printemps de cette année, à l'âge de trente-huit ans. Une gerbe de fleurs fraîches était posée devant sa tombe. La porte de l'église était fermée. Derrière, c'était de nouveau la forêt ; il n'y avait plus de maisons. Il retraversa le pont pour regagner la grand-rue. Le pub s'appelait *Le Cygne à Deux Cous*. Il ouvrirait sans doute bientôt et Nyquist pourrait demander s'ils avaient une chambre libre. Et un verre. Il s'assit sur un banc. Il était fatigué, sale, après avoir voyagé toute la journée. Qu'allait-il faire à présent ? Peut-être l'un des clients du pub allait-il l'aider ? Oui, voilà, il allait demander à tout le monde si quelqu'un connaissait la personne qu'il devait trouver. Mais il se ravisa : une telle démarche était-elle judicieuse ? Il valait peut-être mieux se montrer discret.

Sur le trottoir d'en face, une lumière s'alluma au rez-de-chaussée d'une maison.

Nyquist examina les photos à la lumière du lampadaire. Toutes étaient noircies par endroits, ou piquetées de points blancs, ou floues.

Une rue de village.

Une église.

Une épicerie.

Un champ avec une tour visible au loin.

Deux personnes devant une maison. Un homme, une femme. Ils discutaient, sans regarder l'appareil.

Un autre homme, plus vieux, la cinquantaine bien tassée. Centré sur le visage ; une sorte de portrait. Mais ses traits étaient comme distordus par endroits, étalés sur la surface.

Six images, toutes prises avec le même objectif endommagé.

L'église était la même église qu'il était allé voir, et le magasin en face était identique à celui de la photo. *Chez Featherstonehaugh*. Les lettres étaient tassées, minuscules, afin de tenir sur l'enseigne.

Deux papillons d'hiver voltigeaient au-dessus de sa tête : ses pensées qui s'envolaient.

Nyquist rangea les photos dans leur enveloppe, toutes sauf une, l'image du couple devant une maison. Peut-être, s'il la trouvait, cela lui donnerait-il une piste à suivre. Il se releva et se mit à parcourir la rue sur toute sa longueur, en comparant chaque maison avec l'image, mais aucune ne correspondait.

Il s'engagea dans la première rue transversale, la plus proche de l'école. C'était l'allée Méli-Mélo : six maisons, puis la campagne, la maigre lumière du village vite estompée dans un paysage gris. Aucune des maisons n'était celle de la photo. Il continua d'explorer chaque rue transversale. L'une, Pyke Road, beaucoup plus longue que les autres, permettait au village de grimper doucement au flanc de la vallée. Il l'emprunta, examinant la moindre ruelle latérale, et, sur le point d'abandonner et de regagner le centre du village, finit par trouver le cottage. Il était déjà passé devant à l'aller. Il leva la photo à hauteur d'œil pour comparer les éléments et les décorations. La maison s'appelait *L'If*. Nyquist actionna le heurtoir en forme de tête de corbeau.

Cela prit un moment. Cela prit un long moment. Jusqu'à ce qu'enfin il entende quelqu'un à l'intérieur et une voix qui disait : « Allez-vous-en. Pas de visiteur aujourd'hui. »

Nyquist frappa à nouveau, plus fort. « Bonjour. Il faut que je vous parle. C'est important. »

Plusieurs minutes passèrent. Il faillit toquer encore une fois, mais la porte s'ouvrit et un homme le regarda par l'entrebâillement. Un seul œil était visible.

« Oui ? Qu'est-ce que vous voulez ?

— J'essaie de trouver quelqu'un.

— Il n'y a personne à trouver ici.

— Je crois que vous pourriez m'aider. On m'a donné cette adresse. » Ce n'était pas tout à fait vrai, mais Nyquist avait besoin d'agir.

L'œil visible battit des paupières. « Qui êtes-vous ?

— Je peux entrer, s'il vous plaît ? Il fait un froid glacial, et je me suis fait surprendre par la pluie.

— Vite, alors, avant qu'on ne vous voie ! »

La porte s'ouvrit plus grand et l'homme attrapa Nyquist par le bras pour le faire entrer sans ménagement. La porte se referma immédiatement. Le visage de l'homme se rapprocha. « Que faisiez-vous dans les parages ?

Vous ne devriez pas être dehors, pas aujourd'hui.» D'un geste, il lui indiqua une pièce. «Maintenant que vous êtes là, installez-vous. Je suis à vous dans une minute.»

Il s'en fut vers la cuisine, à l'arrière de la maison, où la bouilloire sifflait déjà. Nyquist passa au salon. Une lampe sur pied diffusait une lumière douce, et il mit un instant à se rendre compte qu'il n'était pas seul. Une femme était assise dans un fauteuil, face à la radio. Il lui adressa un signe de tête. Immobile, elle ne réagit pas, fixant sur la grille de la radio des yeux qui semblaient ne pas ciller. Mais l'appareil était silencieux : pas de voix, pas de musique.

Nyquist toussota et regarda autour de lui : un buffet orné d'assiettes décoratives, une cage à oiseau sur un pied assez haut, un tableau représentant un océan sinistre. Il alla se réchauffer les mains devant la cheminée.

La femme ne disait rien.

La pendule sur la cheminée tictaquait doucement.

Il se tourna vers la cage et, entre les barreaux, vit une perruche bleu et jaune. Il émit un gazouillis, mais l'oiseau était trop occupé à s'examiner dans un petit miroir ovale.

Il regarda de nouveau la femme : elle était toujours immobile, le regard perdu, perdu, perdu.

L'homme qui l'avait fait entrer les rejoignit avec une théière et des tasses sur un plateau. Il les posa sur une desserte avant de servir le thé à Nyquist. Il lui proposa des biscuits. Il ignorait la femme dans le fauteuil. Les deux hommes s'assirent à table côte à côte pour boire leur thé et manger leurs petits gâteaux fourrés.

Les présentations furent faites : «Nous sommes les Bainbridge. Ian et Hilda.» Il pencha la tête vers la femme dans le fauteuil, qui ne se tourna pas. «Mon épouse.» Il dit cela le cœur lourd.

À son tour, Nyquist lui dit son nom. Puis il ajouta : «J'ai besoin de votre aide.» Il ne connaissait pas d'autre entrée en matière.

Bainbridge, l'air nerveux, répondit d'un ton précipité : «Comme vous le constaterez sans doute, je suis un homme d'une certaine intelligence, mais voilà qui me dépasse vraiment, que ceci se produise un jour comme aujourd'hui. » Il avait la quarantaine, mais sa façon de parler, ses manières, le faisaient paraître plus âgé, tout comme sa tenue : un chandail marron sur une chemise à carreaux, un pantalon en sergé et des brogues bien cirées. Ses cheveux luisaient de brillantine, de beaucoup de brillantine. Il avait l'air en pleine santé, bien élevé, mais ses yeux étaient plus vieux que lui : toutes les douleurs de sa vie s'y étaient rassemblées. Il les frotta, répandant des larmes sur ses joues, et répéta : « Un jour comme aujourd'hui !

— Nous sommes jeudi, fit Nyquist. Je ne comprends pas.

— Pas n'importe quel jeudi. C'est la Saint-Switten ! »

La seule mention du saint suffit à ce que Bainbridge baisse la tête au point de se rentrer le menton dans la poitrine. Il marmonnait une prière dont les mots restèrent inaudibles jusqu'au *Amen* final. La perruche chantait doucement dans sa cage.

Bainbridge releva les yeux, le visage empreint de calme : « Nous ne sommes pas censés sortir, à la Saint-Switten, pas avant minuit.

— C'est la fin du couvre-feu ?

— Il ne s'agit pas d'un couvre-feu. C'est un temps réservé à la contemplation et au silence. Bien sûr, tout le monde ne respecte pas cela à la lettre, certains font un saut au pub en se disant qu'une minute ou deux, ça ne compte pas. D'autres se couvrent la tête d'un parapluie, pour que la lumière du soleil ou de la lune ne les atteigne pas. » Il fit claquer sa langue. « Ridicule.

— Quel est le châtiment ? »

L'homme découvrit des dents jaunies. « Ce n'est pas un jour à plaisanter. »

Nyquist fut longtemps dévisagé. La table fut débarrassée de ses miettes. Le thé fut resservi. Le visage de la reine souriait modestement sur le flanc de la tasse, un souvenir du couronnement.

« Parlez-moi de la Saint-Switten.

— Nous avons nos traditions. Nos observances rituelles. Celle-ci remonte à l'époque où Switten lui-même parcourait les champs de la région, voici bien des siècles. » Bainbridge tapota la cage, et l'oiseau se mit à battre des ailes, en vain. « Abel Switten a été châtié pour ses croyances, dénudé, attaché à un poteau. » Il esquissa une bénédiction, ses mains décrivant une courbe serpentine de son front à son estomac, en tapotant cinq endroits. « Nous sommes redevables à nos bienfaiteurs. »

Nyquist sentait cette journée le dépasser complètement. « Je suis en route depuis ce matin. Je suis monté dans un train à huit heures. Je n'ai pas pris un repas digne de ce nom. Ensuite, j'ai attendu un bus qui s'éternisait, et j'ai roulé une heure dans la campagne. Après quoi j'ai dû finir à pied, à travers les champs, dans la forêt ! Une forêt, bon sang ! Sous la pluie. »

Bainbridge secoua la tête, effaré.

Nyquist poussa un juron. « Je ne m'étais jamais retrouvé dans un champ. Un champ aussi grand.

— Jamais ?

— Le ciel me fait mal. »

La perruche se mit à picorer les barreaux de sa cage, sans arrêt, à grand bruit. M. Bainbridge tâcha d'apaiser l'oiseau en frottant son pouce sur ses doigts et en murmurant : « Allez, Bertie. Allez, Bertie, Bertie. » Et ainsi de suite. Cela eut l'effet escompté, et la créature recouvra son calme.

Nyquist posa sur la table la photo de la maison. Bainbridge eut l'air surpris. « C'est ma maison. C'est *L'If*. Pourquoi avez-vous une photo de ma maison ?

— Et ça, c'est vous ? » Nyquist tapota l'une des deux personnes. « Il vous ressemble. Et l'autre ressemble beaucoup à votre femme. »

Bainbridge prit l'image pour la regarder de plus près. « Je suis navré, M. Nyquist. Je crains de ne pas comprendre votre question... »

La radio crépita un instant. Entendant les parasites, Hilda Bainbridge s'inclina en silence.

Son mari retint son souffle.

Le regard de Nyquist passait de l'un à l'autre. Il attendait une réaction plus profonde, ou un discours. Mais rien ne vint.

La perruche chantait les mêmes notes en boucle, comme un disque rayé.

Nyquist décida de dire la vérité. Il sortit les cinq autres photos de leur enveloppe et les disposa sur la nappe de sorte que toutes les images soient visibles.

« J'ai reçu ceci au courrier il y a quelques jours. Il n'y avait pas de lettre. Je ne sais donc pas qui me les a envoyées. Ni pourquoi. » Un silence. « Mais je compte bien le découvrir. »

Bainbridge regarda les photos sans rien dire.

Nyquist poursuivit : « Toutes montrent des scènes de ce village. Regardez. » Il indiqua le cachet de la poste sur l'enveloppe. « Hoxley. Comme il y a plusieurs villages qui portent ce nom, j'ai dû mener ma petite enquête. Le nom de l'église, celui du magasin, et ce camion de livraison, là. » Il souleva la photo de la grand-rue, où un véhicule était garé. « *Sutton's*. Un boulanger. On distingue l'adresse peinte sur le flanc. Il m'a fallu une loupe pour la déchiffrer.

— Les Sutton sont bien connus dans la région », dit M. Bainbridge. Il indiqua la marque gravée sur le dernier biscuit. « C'est une entreprise locale.

— Exactement. Une entreprise locale. » Les yeux de Nyquist passaient d'une photo à l'autre. « Alors j'ai un peu creusé pour assembler les pièces du puzzle.

— Je suis impressionné.

— C'est mon métier. C'est comme ça que je gagne ma vie. »

Bainbridge changea d'expression. « Vous êtes de la police ?

— Détective privé.

— Je vois. C'est donc une affaire pour le compte d'un client ? »

Nyquist ne répondit pas tout de suite. « C'est pour moi. Entièrement pour moi. »

Bainbridge reporta son attention sur une autre image, celle qui représentait la tour dans un champ. « Je n'ai jamais vu ce bâtiment. Je ne pense pas qu'il se trouve près d'ici.

— Il n'est pas bien visible.

— Je ne le reconnais pas. »

Nyquist en retourna une. « Et ceci ? Le tampon du photographe. Il se trouve sur toutes les photos. » C'était un rectangle d'encre bleu pâle, un peu délavée, incomplet. « Mais je n'arrive pas à voir le nom. Ni l'adresse. »

Bainbridge plissa les yeux. « Non. Ce n'est pas assez net.

— Il n'y a pas de photographe au village ? Un professionnel, je veux dire.

— Oh, peut-être, si, mais je ne crois pas qu'il y soit toujours. Je crois qu'il a déménagé il y a un moment.

— Comment s'appelait-il ?

— Ça ne me revient vraiment pas. Je n'aime pas qu'on me prenne en photo, et Hilda non plus. Nous sommes des gens très discrets.

— Mais quelqu'un vous a pris en photo, votre femme et vous. »

Bainbridge était perplexe. « Comme vous le voyez, c'était à notre insu. Pourquoi faire cela ? À y réfléchir, ça me fait peur.

— Vous n'en avez aucune idée ?

— Hilda et moi, nous menons une vie ordinaire. Ça semble ridicule à dire, mais il n'y a rien à espionner. Rien du tout. »

Il y eut un moment de gêne. Les deux hommes ne parlaient plus. Nyquist consulta la pendule de la cheminée : sept heures dix.

« Ce que je ne comprends pas, dit Bainbridge, c'est la raison pour laquelle vous êtes venu ici. Je veux dire : Pourquoi accordez-vous autant d'importance à cela ? »

Nyquist ramassa les photos pour n'en laisser qu'une sur la table, le portrait de l'homme entre deux âges.

« Dites-moi, connaissez-vous cette personne ? »

Bainbridge y jeta un coup d'œil avant de secouer la tête. « Non.

— Regardez mieux.

— Je vous l'ai déjà dit, je ne le connais pas. »

Il y eut un bruit dans le coin de la pièce, et Nyquist se retourna, espérant que la femme sortait de sa torpeur, qu'elle avait une suggestion à faire. Mais elle était toujours immobile, les yeux rivés à la radio silencieuse. Peut-être ses yeux bougeaient-ils un peu, peut-être vacillaient-ils ?

Bainbridge saisit la photo. « Il y a un air de famille.

— Oui. C'est mon père. »

Nyquist sentait son cœur se serrer, une machine fragile et à moitié cassée. « La dernière fois que je l'ai vu, j'étais enfant. Petit garçon. C'était il y a vingt-quatre ans. Je le croyais mort. Et maintenant... » Il fixa l'image. « Maintenant, ceci. »

Ian Bainbridge ne quittait plus son hôte du regard. Cet inconnu, ce vagabond qui ne connaissait pas les règles, cette âme en déroute. « Je le jure, dit-il. Je le jure sur la tombe anonyme de saint Switten, jamais de ma vie je n'ai vu cet homme. »

Nyquist fronça les sourcils. Il regardait le visage de son père. Puis il avala la dernière gorgée de thé. « Il y a quelque chose dans ma tasse.

— Ah bon ?

— Jésus. Ça bouge. »

Bainbridge était interloqué. « Vous savez, ma mère lisait dans les feuilles de thé. Elle arrivait à prédire l'avenir des gens.

— Et qu'aurait-elle pensé de ça ? »

Bainbridge observa le récipient que lui tendait Nyquist. « Je ne saurais le dire. » Mais il écarquilla les yeux quand Nyquist fit mine d'attraper le ver, l'insecte, la créature dont le corps se tortillait, s'étirait, l'extrémité toujours agrippée à l'intérieur de la tasse.

« Qu'est-ce que vous me faites avaler ?

— Je suis vraiment désolé. Je ne sais pas quoi dire. »

Le ver tenait bon, il s'allongeait à mesure que Nyquist tirait dessus. Il se pencha pour examiner le corps étranger. « Je ne pense pas qu'il s'agisse d'un ver. La couleur n'est pas la bonne. Sauf s'ils sont verts, dans la région.

— Non, bien sûr que non. Verts ? Non. Jamais de la vie. Nos vers sont normaux, tout à fait normaux.

— Je crois que c'est plutôt végétal.

— Végétal ? Vraiment ?

— C'est la vrille d'une plante, ou un fragment de racine. » Nyquist tournait et retournait sa tasse sous la lumière. « Mais à la voir bouger, on dirait une créature vivante. »

Bainbridge avait l'air inquiet, presque terrifié. Sa voix monta dans les aigus. « Nous ne sortons le service du couronnement que pour les invités, ce qui est très rare ces temps-ci. Et de toute façon, ma maison est toujours impeccable ! »

Les deux hommes regardaient fixement l'étrange substance fibreuse tendue entre la tasse et les doigts de Nyquist. Elle avait atteint une trentaine de centimètres de long et continuait à s'accrocher à la porcelaine par une ventouse à son extrémité. La reine Élisabeth II affichait toujours son sourire bienveillant sur la tasse.

« Je sens qu'elle me résiste », dit Nyquist. Il avait le vertige. Il voyait flou. Sa langue était pâteuse. « Je ne me sens pas bien. »

La fibre vert sombre était humide et collante. De minuscules crochets s'agrippaient à sa peau. Il tira d'un coup sec, mais au lieu de céder, la vrille s'allongea encore davantage et s'enroula autour de ses doigts.

« Elle vous tient !

— Elle s'enfonce. » Ça commençait à lui faire mal. « Elle se resserre. » Nyquist tira de toutes ses forces et, avec une fascination horrifiée, vit la vrille s'étirer de plus en plus.

« Je crois qu'elle vous aime bien », murmura Bainbridge. La peur l'avait quitté. À présent ses yeux exprimaient l'émerveillement. « Elle ne m'aime pas. Et elle n'aime pas Hilda. Vous, si.

— Tenez la tasse ! »

Bainbridge obéit, et Nyquist s'écarta de la table, jusqu'à ce qu'il trouve les limites de la résistance physique de la créature. Il y avait un secrétaire dans un coin, et il tâtonna de sa main libre jusqu'à trouver le manche d'un coupe-papier. Bainbridge poussa un cri étouffé et souffla : « Ne lui faites pas de mal. » Nyquist lui répondit d'un juron. Du moins il essaya. Rien n'avait plus de sens, ni ses pensées ni ses mots. L'avait-on empoisonné ? Était-il en proie à des hallucinations ? Une seule chose comptait. Il posa la lame contre la vrille et entreprit de la couper. De la main gauche, ce n'était pas facile, et la créature résistait, mais le couteau finit par faire son office et la vrille se cassa en deux. Bainbridge poussa un grognement. Sa femme se retourna, les yeux enfin fixés sur la scène qui se déroulait, spectatrice unique et silencieuse d'une pièce de théâtre absurde.

Une moitié de la vrille était restée enroulée autour des doigts de Nyquist, mais elle était affaiblie. Il la détacha et la jeta à terre.

« Je l'ai senti. » Il avait plus ou moins retrouvé sa voix.

« Quoi ? Vous parlez dans votre barbe. Je ne vous entends pas. »

Nyquist se frotta les doigts. « Pendant que je coupais, elle s'accrochait de plus en plus. De toutes ses forces. » Il prit la tasse des mains de Bainbridge pour examiner l'autre moitié de la vrille. Un liquide vert s'écoulait de la partie sectionnée.

« C'est du sang ? demanda Bainbridge.

— C'est vert. Comme de la sève.

— Une plante, alors, en effet. » L'humeur de Bainbridge avait encore changé. Il avait l'air d'un homme qui cherchait la sortie dans un labyrinthe de fête foraine.

Nyquist posa la tasse sur la table. « J'en ai tué la moitié. Mais cette partie est toujours vivante. Comme un ver de terre coupé en deux.

— Mais vous disiez que ce n'était pas un ver.

— Dans ce cas, je ne sais pas... » Nyquist ne put finir sa phrase. Il essaya de rassembler les photos, mais ses mains ne lui obéissaient pas bien.

« Je suis désolé de ne pas pouvoir vous aider davantage, dit Bainbridge.

— J'ai le goût dans la bouche.

— Hein ?

— Le goût de cette chose que vous avez mise dans mon thé. » Il se retint au bord de la table.

« Je n'ai rien mis...

— Un goût affreux. Amer. Comme...

— Comme quoi ?

— Comme si j'avais mordu dans un papillon de nuit. Non que j'aie déjà...

— Oh, je suis sûr que les effets ne sont que temporaires, dit Bainbridge avec un grand sourire.

— Je ne me sens pas très bien.

— Voyez-vous, j'essaie simplement...

— Oui ?

— De vivre ma vie. Et de m'occuper de Hilda, rien de plus. »

Nyquist avait la nausée. « Il ne me faut... Il ne me faut que des renseignements... au sujet de mon père... » Son corps ralentissait.

« Je vous ai dit tout ce que je savais. »

Il regarda Bainbridge bien en face. « J'ai interrogé beaucoup de gens. » Il jouait un rôle et devait s'arracher chaque mot. « Des types plus coriaces que vous.

— Ah ? »

Un dernier effort : « Quand quelqu'un ment, je le sais. »

Hilda Bainbridge tapa dans ses mains. Une seule fois.

Le bruit parut violent.

Il fit s'envoler la perruche dans une cascade de pépiements. Nyquist dut faire appel à ses dernières forces pour rester debout. Il regarda la femme dans le fauteuil. Elle le dévisageait sans ciller. La pièce se mit à trembler.

Un frisson, un deuxième frisson.

Il posa une main sur le mur et tint bon.

Comme ça. Concentre-toi. Tu peux...

Le troisième frisson.

La perruche se mit à faire tinter sa petite clochette d'argent, encore et encore et encore.

LA DANSE DE MAI

Dans le ciel, il voyait la lune et les traînées d'étoiles, plus d'étoiles qu'il n'en avait jamais vu dans sa vie, et un instant il se sentit vaciller. Des gouttes de pluie lui tombaient sur le visage et le rafraîchissaient. Une boisson servie par les dieux. Nyquist resta ainsi un moment, jusqu'à ce qu'il se sente stable et capable d'avancer. Il se dirigea vers Pyke Road puis tourna pour descendre dans la vallée. À sa montre, il était plus de huit heures. Les rues étaient désertes, pas une âme en vue, pas une voiture. Il repensait à ce que lui avait dit Ian Bainbridge, que personne n'était censé sortir le jour de la Saint-Switten. Il passa devant des fenêtres éteintes ou éclairées, avec ou sans rideaux, et à l'occasion il jetait un coup d'œil sur des familles dans leurs salons, réunies autour de la radio ou de jeux de société, ou bien des vieillards seuls, des vieilles femmes seules, ou des jeunes couples assis sur le canapé. Une guirlande de vies, tant de portes où toquer, tant de questions à poser. *Avez-vous vu cet homme, il s'appelle George, c'est mon père, savez-vous où il se trouve?* Mais Nyquist ne s'arrêta pas. Il ne pouvait pas s'imposer, pas encore.

Devant lui il vit la place. Il y arrivait depuis une nouvelle direction : le chêne, l'étang, le mât de mai ne semblaient plus disposés de la même façon. Mais il ressentit du soulagement et interrompit sa marche pour contempler la scène. Le pub était visible, ses fenêtres brillaient d'une lumière accueillante. Il comprit le sens de son nom. Dans la ville où il était né, les gens donnaient d'autres noms aux constellations, et l'une des plus célèbres était le Cygne à Deux Cous. C'était sûrement un bon présage. Il se souvenait de son père, dans leur jardin, qui lui montrait les étoiles visibles et nommait les formes les unes après les autres.

L'Homme encapuchonné
Colombe à l'aile brisée et au rameau d'olivier
La Boîte à musique
Jeune dame d'honneur
Le Cygne à Deux Cous

Nyquist traversa les vestiges d'un terrain de cricket, les lignes blanches presque enfouies sous l'herbe brunie. Un cercle de terre calcinée marquait l'emplacement d'un feu de joie. Il n'y avait pas de lumière sur la place, et il voyait à peine où il mettait les pieds.

Les rubans aux couleurs vives enroulés autour du mât pour l'hiver s'étaient libérés et battaient dans le vent.

La pluie tombait doucement, une caresse sur la peau.

L'eau de l'étang ressemblait à de l'encre noire. Les branches du chêne grinçaient et bruissaient, et il repensa à Sylvia de la Forêt avec ses noms sur les cartes. Il enfonça la main dans sa poche pour en extraire celle qu'elle y avait placée : son nouveau nom. Il s'arrêta pour le lire mais il faisait trop noir pour bien voir, et les lettres étaient comme floues.

Nyquist posa sa valise.

Un grand oiseau s'était posé sur le mât de mai, un corbeau. Il battit des ailes, sautilla, s'installa et poussa un croassement rauque, les notes assez fortes pour réveiller les morts. En réponse, deux formes vagues se mirent à danser autour du mât : des ombres, rien de plus. Une autre les rejoignit, puis une autre encore. Des enfants. Des garçons et des filles, jusqu'à ce qu'ils soient six, tous vêtus de lune. Il entendait leur chant lointain. Leurs corps avaient voyagé longtemps pour arriver jusqu'ici, des mois, voire des années, pour apparaître en fantômes du printemps au cœur de l'hiver. Des silhouettes brumeuses. Souffrait-il d'hallucinations ? Était-ce un autre effet du poison dans la tasse de thé ?

Nyquist ne se laissa pas impressionner. Il se souvenait des derniers mots que lui avait adressés Bainbridge, à la porte de chez lui : « Quoi qu'il advienne, ne parlez à personne. Quiconque sort ce soir prépare un mauvais coup. Ou alors c'est un fantôme. » Mais il fallait agir.

« Qui êtes-vous ? » demanda-t-il à voix basse.

Les ombres dansaient. Les rubans claquaient, sifflaient, se tordaient. Un cliquetis sonore lui parvint, peut-être un effet du vent sur le mât.

Nyquist s'approcha pour essayer de percer les ténèbres.

Les danseurs tournoyaient les uns autour des autres et autour du mât. Leur chant continuait, et à présent les paroles étaient audibles, ou presque, dans l'air sombre.

Chante avec nous Sally, oh,

La lune est dans la vallée, oh...

Malgré lui, il était attiré par le spectacle, la musique, et il avança jusqu'à sentir les ombres enfantines le frôler au passage, jusqu'à presque se joindre à la danse, presque se prendre au jeu. Et même d'aussi près il hésitait encore : les enfants étaient-ils réels ou imaginaires ? La musique, le claquement des rubans, les cris de joie ou de terreur, le vent qui écrivait son histoire à la surface de l'étang, il voyait tout et ne voyait rien, il tendit la main, doucement, doucement, et il effleura un enfant, un petit garçon, et ce contact n'était rien, à peine un souffle. Leur chant était plus palpable que leurs corps.

Vienne le deuil ou vienne la vie,

Grand Tolly, Grand Tolly, viens jouer avec nous !

Et ils disparurent en un instant. Il n'entendait que les cris des enfants qui traversaient la place en courant, il ne voyait que leurs tuniques blanches dans la nuit noire. Puis tout ne fut plus que silence et pureté. La drogue de la plante dans la tasse dans la maison dans le village dans la campagne : tout cela était dans son esprit.

Nyquist avait le vertige. Il tendit les mains, brandit la carte portant son nom.

Ce monde... Ce monde t'attend...

Il absorba le clair de lune dans ses yeux.

Il absorba la vie des profondeurs obscures de l'étang, de tout ce qui y grouillait, et du chêne, ses branches, ses racines.

Il absorba le chant silencieux du mât de mai où était perché un oiseau de nuit.

Il absorba le temps des joueurs de cricket qui venaient là les mois d'été, le *tchoc* d'une balle sur la batte, les cris des spectateurs, le bruit de la citronnade versée dans de grands verres, ici, dans le froid de ce début décembre 1959.

Il absorba la nuit et le sang et le souffle et les jeux. Nyquist percevait tout, en ce lieu, en cet instant, tout mêlé, uni.

Et le visage de son père lui apparut, sombre et voilé, flottant comme une brume, déplacé par le vent mais toujours revenant. Presque dissipé par une bourrasque, mais revenant, reprenant sa forme, ses traits de poussière et d'ombre.

Des voix s'élevaient sur la place.

Grand Tolly, ô Grand Tolly…

Nyquist ne pouvait plus bouger.

Vienne le deuil ou vienne la vie…

Le fantôme de son père murmurait, répétait les derniers cris des enfants.

Viens jouer…

L'apparition s'éloignait, se dissolvait. Nyquist s'écarta enfin, et immédiatement fut attaqué par le corbeau descendu de son perchoir, qui décrivait des cercles autour de lui, battait des ailes, le narguait, lui picotait les vêtements et la peau des mains.

Il fit de grands gestes pour le chasser. Le vent le transperçait.

Et il se retrouva seul à nouveau.

Les enfants étaient partis, son père aussi.

Le mât de mai était silencieux, ses rubans bien fixés.

Il tremblait jusqu'à l'âme. Le dos de sa main saignait.

L'oiseau était en haut du mât, comme avant. Il tenait quelque chose dans le bec, un objet blanc. Nyquist plissa les yeux sous la lune. Il vit que le corbeau avait volé la carte qui portait son nom. Cela l'emplit de tristesse. Il tendit la main, mais le mât était trop haut. Il cria d'une façon ridicule, fit des bruits sans queue ni tête.

L'oiseau s'envola par-dessus les arbres qui bordaient la place.

UNE LEÇON DE COUTURE

Au réveil, il regarda autour de lui, encore ensommeillé, et ses yeux s'arrêtèrent sur le seul objet éclairé dans la chambre, une silhouette sur une étagère. Nyquist rassembla ses idées l'une après l'autre. Il se demanda comment il avait réussi à dormir, mais la journée de voyage l'avait épuisé. Sans oublier les effets de ce qu'on avait mis dans son thé. Il repensa au propriétaire du pub lui expliquant que saint Switten allait veiller sur lui : « Je place toujours son icône pour nos clients. Elle les détend. » Et en effet, à sa grande surprise, il lui trouvait un effet hypnotique.

Nyquist s'assit. Il était toujours habillé, perdu aux pourtours de lui-même, à moitié aveuglé par des souvenirs bons et mauvais. Il se frotta les joues à deux mains, sentit qu'il avait besoin de se raser, et pensa à manger puis à se laver. Il regarda le saint sur l'étagère, avec ses cheveux dorés et son halo lumineux.

Il posa les pieds sur la moquette, gagna d'un pas incertain le lavabo contre le mur et se débarbouilla. Une feuille tomba de ses cheveux. Il trouva sa montre-bracelet sur la table de chevet : minuit moins dix. Il n'avait dormi qu'une heure environ, malgré tous les rêves qu'il avait faits.

Il entendait du bruit provenant du rez-de-chaussée, des conversations, des rires. Il y avait encore des clients qui buvaient au bar. Le pub devait faire une nocturne. Il était monté directement dans sa chambre en arrivant, incapable de parler à qui que ce soit après les étranges incidents sur la place. Mais peut-être allait-il se rendre présentable et descendre rencontrer les habitants de Hoxley. Hoxléiens ? Hoxlites ? Hoxiens, Hoxénistes, Hoxagonaux ? Hoxais ? Il pourrait faire circuler la photo de son père, voir les réactions des gens.

Il alluma la lumière et, immédiatement, saint Switten perdit sa magie. Ce n'était qu'une statuette grossièrement sculptée sur une étagère poussiéreuse. Il posa sa valise sur le lit et l'ouvrit. Elle contenait sa tenue de rechange, et il sortit un mouchoir d'entre les vêtements. Il le déplia soigneusement, un quart après l'autre. À l'intérieur, il y avait une autre photographie, le numéro sept de sa collection. Il ne la rangeait pas avec les autres. De même taille et de même forme que les six premières, elle lui inspirait une fascination différente. Elle était uniformément surexposée – entièrement blanche, mais dans sa blancheur une forme un peu plus sombre semblait briller. Un frémissement, un frisson. Rien de plus. Mais l'œil y revenait toujours. Le verso aussi était un peu différent. Il portait comme légende : *Sainte-Leander 1958*. Il plaça la photo, face visible, sur l'édredon. Ses doigts effleuraient la surface, cherchant des particules de poussière, une image perdue, des failles cachées, un code, comme un aveugle aurait lu une série de points en relief. La peau de ses doigts semblait émettre des étincelles à chaque instant de ce contact. Toute l'accumulation des années de friction, d'opposition, vie contre mort, amour contre haine contre solitude contre ténèbres, contre lumière : il avait tout ressenti sans s'y attarder, il avait même bâti sa vie dessus – des paiements qui remboursaient la douleur ressentie, et tant pis pour les conséquences. Mais à présent, à présent les étincelles le piquetaient et il éprouvait la douleur de la perte, et il fit une chose étrange, une chose qu'il n'aurait jamais pensé faire un jour.

Il pria.

Il n'était pas du genre à prier, d'habitude. Il avait connu un certain nombre de dieux dans les deux villes où il avait vécu : les dieux des réverbères et des néons, du brouillard et des mots, de la magie, des masques, et au fil des ans il avait appris ou à moitié appris une foule de prières et de sortilèges. Mais ce soir, il n'avait d'autre dieu que celui qu'il trouvait dans son cœur par une nuit sombre et solitaire. Il priait pour trouver son père ici, dans ce village. Il priait la photo, cette image blanche, ce sujet absent. Il priait les yeux fermés et les yeux ouverts, les lèvres muettes et en murmurant chaque mot.

Je suis parti vers le nord et j'ai traversé la forêt à pied, j'ai rencontré une femme étrange qui m'a donné un nouveau nom, et rien ne se produit, je ne comprends pas mieux, je ne suis pas plus proche, je suis perdu dans les bois et le chemin est sombre, envahi par la végétation, tortueux, et mon nom m'a été volé, aucune lumière pour me guider...

L'incantation lui laissait un goût amer dans la bouche.

Je te croyais mort !

Il priait pour qu'une silhouette apparaisse à la surface de la photographie, qu'elle y revienne comme au jour où il l'avait reçue au courrier. Le fantôme, si c'était un fantôme, s'était montré alors, une forme dans la demi-lumière de l'image, entraperçue – quelques secondes d'une vie bientôt effacées, des traits inconnus, un sexe inconnu. Des traces. Il y voyait à présent le signe précurseur de son voyage, même si le rapport lui échappait. Il espérait tout de même découvrir quelque chose. Mais pour l'instant la silhouette restait prisonnière de l'image, dissimulée.

Nyquist se leva en se frottant la nuque. Il remit la photo vierge en sécurité dans le mouchoir et la confia à la valise.

L'horloge de l'église sonna douze coups puissants.

Il alla regarder par la fenêtre. Des gens sortaient du pub et traversaient la place du village. Peut-être le propriétaire les mettait-il enfin dehors ? Mais ils marchaient d'un pas décidé. Et il se souvint des explications de M. Bainbridge : à minuit, saint Switten perdait son pouvoir sur le village.

La place était noire de monde. On avait allumé les lumières qui bordaient un chemin, repoussant ainsi les ténèbres au pourtour de l'herbe. Il s'imaginait sans peine que tous les adultes étaient là, à célébrer la fin d'une morne journée passée entre quatre murs. Il vit même quelques enfants qui jouaient ou qui tenaient la main de leurs parents. Certains fêtards portaient des lanternes. Tout le monde discutait, apparemment ravi de la fin des privations. Un jeune couple dansait.

Nyquist enfila sa veste et son manteau. Il mit son chapeau et son écharpe. Il descendit, traversa le bar désert et se retrouva dans la rue. La lune scintillait. Air froid. Brume légère au-dessus de l'étang. Les gens se promenaient avec des verres de bière ou de vin provenant du pub.

Des adolescents bavardaient autour du mât de mai. Un jeudi soir dans le village des vrais croyants. Il marchait parmi eux, attirant quelques regards, quelques mots, mais le plus souvent ignoré. Au pied du chêne, des gens faisaient la fête. Ils semblaient ivres, grisés, composés de joie autant que de désir. L'un d'eux leva bien haut sa pinte en criant à pleins poumons : « Béni soit saint Switten ! Qu'il repose en paix pour une année de plus ! » Autour de lui, on reprit son cri de libération. Nyquist sentit son cœur battre plus vite devant pareille communion d'esprits ; il ne pouvait s'empêcher de partager l'excitation ambiante.

« Dites-moi, mon vieux, c'est votre tour de batte ? »

La voix de la femme était grave et pure, et son souffle était visible dans l'air froid. Elle avait une coiffure bouffante, givrée de laque, argentée comme le métal d'un miroir. Elle portait un tailleur en tweed, des bas de laine et de grosses chaussures. Son nez avait dû être cassé un jour. Sa seule parure était une broche ovale sertie d'une pierre précieuse. Nyquist lui demanda ce qu'elle voulait dire.

« Votre tour de batte, monsieur. »

La femme indiquait le sol. Baissant les yeux, Nyquist vit les traces laissées par la saison de cricket. Il avait les deux pieds à l'emplacement du batteur, les trois trous destinés aux piquets encore visibles mais assombris, emplis d'herbe morte et de terre sèche.

« Je n'ai jamais joué, répondit-il.

— Jamais ? » Elle but une gorgée de bière. « Miséricorde ! C'est une honte. À l'école, sûrement ?

— Je passais mon temps à rêvasser.

— Rêvasserie appliquée, ou rêvasserie théorique ?

— Les deux, en fonction des besoins. » Il lui offrit une cigarette.

Sa nouvelle connaissance secoua la tête. « Moi, je préfère fumer la pipe. Du *flake* de Virginie. Parfum cerise noire. Le problème, c'est que Fanshaw n'en a pas, ils doivent en commander, et la livraison peut prendre des semaines, surtout en hiver.

— Fanshaw ?

— L'épicerie.

— Je croyais que c'était Featherstonehaugh's.

— C'est vrai. Un très vieux nom. Mais maintenant on l'appelle Fanshaw.

— Pourquoi ?

— Pour se laisser le temps de dire autre chose, évidemment.

— Ça ne les dérange pas ?

— Ça énerve la propriétaire. Il faut la comprendre, elle a payé une fortune pour faire peindre l'enseigne, c'était facturé à la lettre. Une triste histoire. »

Nyquist regarda autour de lui. « Qu'est-ce qui se passe, ici ?

— Une période de répit avant le coucher, maintenant que saint Switten est rangé pour un an, Dieu merci. » Elle examina le visage de l'inconnu, notant chaque cicatrice, chaque sillon. « Vous devez être M. Nyquist, alors, notre mystérieux inconnu ?

— Pour autant que je sache, c'est bien moi.

— Un étranger parmi nous.

— La rumeur circule donc ? Même quand personne n'a le droit de sortir ? »

Elle rit. « Ne vous inquiétez pas. Vous nous trouverez aimables, quand vous aurez appris à connaître nos petites manies.

— Je n'en doute pas.

— Je vis au numéro 17 de la grand-rue. La maison là-bas, avec les pignons ? Passez quand vous voulez. On discutera en fumant.

— Je vous prendrai au mot, merci.

— Docteure Higgs, au fait. Chirurgienne. Enchantée. Des maladies à me signaler ?

— L'angoisse existentielle, ça compte ? »

Elle rit à nouveau. « Vous êtes un disciple de Sartre et sa bande, alors ?

— En pratique, pas en théorie.

— Vous m'intriguez. Vous voulez bien me tenir ça ? »

Lui tendant sa chope, elle sortit de sa poche une pipe de bruyère déjà bourrée de tabac. « Prenez-en une gorgée, si vous voulez », dit-elle en désignant la bière. Nyquist s'exécuta. Il regarda la docteure allumer sa pipe avec une allumette Swan Vesta, avec d'abord un mouvement circulaire pour embraser la surface. Satisfaite du résultat, elle tira une longue bouffée par le tuyau qui portait des traces de dents, et bientôt le tabac brûla complètement. Le fourneau brillait d'une lumière rouge, et la fumée parvint aux narines de Nyquist. Il battit des paupières.

« Qu'est-ce qui ne va pas ? Vous n'avez jamais vu une vieille fille fumer la pipe ?

— Jamais avec autant de plaisir et d'habileté. »

Elle lui coula un regard en coin à travers une volute de fumée. « Vous me plaisez, monsieur Nyquist. Vous êtes un homme du monde.

— Un homme d'un monde, en tout cas. J'ai vécu toute ma vie dans la même ville, et j'en suis sorti pour la première fois il y a six mois.

— C'est mieux que moi. Née à Hoxley, et j'y suis toujours. Et c'est ici que je passerai l'arme à gauche, j'en suis sûre. »

Juste à cet instant, sa bouffée de tabac fut interrompue par une quinte de toux rauque. Il entendait presque le raclement dans les poumons.

« Ça va ?

— Vie cruelle, qui transforme tout plaisir en son contraire ! » Elle vida sa pipe par terre. « Qu'est-ce qui vous amène ici ? » Sa voix était tendue.

« Je cherche.

— Un endroit où vous installer ?

— Une personne.

— Si elle est au village, il y a de fortes chances qu'elle soit sur la place en ce moment. À la fin de la Saint-Switten, tout le monde sort.

— Je vais faire un tour. »

Il lui rendit la chope et l'entendit qui s'écriait : « Attention au Grand Tolly.

— De qui s'agit-il ?

— C'est une formule toute faite. » Son regard pétillait. « Une formule amicale. »

Il la perdit vite dans la foule. Nyquist se retrouva devant le mât de mai parmi une bande d'adolescents. C'étaient des gosses du coin, aux visages figés dans une expression maussade. L'une d'entre eux pencha la tête vers Nyquist et lança un nom qu'il ne comprit pas. Il s'en moquait, mais les compagnons de la fille éclatèrent de rire. Il poursuivit son chemin, saluant

M. Bainbridge au passage. Il donnait la main à Mme Bainbridge, qui avait le regard vide. Le couple se tenait à l'écart, seul dans un cercle solitaire. Le propriétaire lui aussi était là, avec sa fille Mavis, qui l'aidait à tenir le pub. Il évoquait un tas de briques enveloppé dans une peau épaisse. Sa fille était vêtue de noir. L'ombre d'une jeune fille. Tous deux dégageaient une mélancolie que Nyquist ne comprenait pas encore.

Soudain, il sentit qu'on lui tapait sur l'épaule, et une grosse voix joviale le salua. « Vous devez être le drôle de type dont tout le monde parle. » C'était un homme trapu, avec des traits rougeauds et une grosse moustache d'un blond platine, luisante de cire. « Gerald Sutton. » Il serra la main de Nyquist à lui faire mal. « Boulanger. Propriétaire d'usine. Gros employeur dans la région. Vous avez sûrement déjà goûté nos produits ? » Nyquist secoua la tête. « Quoi ? Vous avez une chambre au Cygne, pourtant, non ? Ils servent les petits pains et les gâteaux de Sutton's au petit déjeuner, au déjeuner et au souper. Venez, je vais faire les présentations. » Il entraîna Nyquist jusqu'à un groupe de notables, un tourbillon de noms et de visages : le vicaire, le patron de l'épicerie (Fanshaw, comme prévu), un ancien magistrat et un politicien local qui avait dû passer le plus clair de sa journée à boire. Un jeune agent de police se tenait non loin. Sutton ne laissa pas à Nyquist le temps de souffler. « Le propriétaire, vous l'avez rencontré. Nigel Coombes. Le pauvre. Quelle tragédie. Et sa fille. Terrible, terrible. Ah, et maintenant, le trésor des trésors, la voici. Ma chère épouse, Mme Jane Sutton. Ma douce Lady Jane, comme je l'appelle souvent. Ah ah. » Son rire le traversait, secouant les bourrelets de chair. « Nous sommes nés trop bas pour ces titres de noblesse, mais mon Dieu, par tous les saints, je m'élèverai un jour assez pour cracher au nez de mes soi-disant supérieurs, vous allez voir ce que vous allez voir ! »

Par son apparence et ses manières, Jane Sutton était l'opposé de son mari : svelte, grande, élégante, avec une coiffure élaborée. Nyquist apprit qu'elle était la directrice de l'école. Sutton lui décrivit Nyquist en ces termes : « Un homme venu de loin, un enquêteur privé qui résout des affaires mystérieuses, rien de moins. » Un gloussement. « Peut-être a-t-il fait tout ce chemin pour enquêter sur nous. » Les amis s'esclaffèrent.

D'où Sutton tirait-il ses informations, Nyquist n'en avait aucune idée : en prenant une chambre au pub, il n'avait rien révélé de ses intentions. Sans doute Ian Bainbridge avait-il lancé la rumeur. Il n'y avait pas de secrets dans le village. Il y eut un chapelet de blagues polies que Nyquist ne comprit pas, tout en soupçonnant qu'il en était la cible. Par deux fois, il tenta un trait d'esprit, et par deux fois il échoua misérablement. Il se forçait à sourire. Un moment, il se retrouva seul avec Jane Sutton – et pas par hasard, comme il le comprit lorsqu'une main manucurée se glissa dans le creux de son bras pour que la femme lui murmure à l'oreille : « J'espère que vous n'allez pas nous causer des ennuis, M. Nyquist. » Il la dévisagea, espérant trouver sur son visage l'écho de la menace qui perçait dans sa voix, mais le sourire était immuable, et les yeux n'exprimaient que charme et bonhomie.

La foule s'éclaircissait, car les gens commençaient à rentrer chez eux. Nyquist marchait, dévisageant les passants dans l'espoir d'apercevoir son père. Il fut tenté de crier le nom de son père. Mais il garda le silence et continua sa ronde. Pas un signe, pas une forme, pas une expression sortie de sa mémoire, personne n'appelant son fils dans l'air froid de la nuit. Nyquist, frissonnant, resserra son manteau autour de lui. Ne voulant pas se retrouver seul, il regagna le Cygne à Deux Cous. Le patron ferma la porte derrière lui et lui souhaita *bonnenuit*. En un seul mot. Nyquist repensa à l'allusion que Gerald Sutton avait faite à une tragédie qui aurait frappé les Coombes, mais il ravala ses questions. Il monta l'escalier. Sa fatigue l'avait quitté, il était plein d'impatience. Il voulait explorer le village, frapper à toutes les portes. Demain, il pourrait commencer. Oui. Il se fit une promesse. Il consacrerait toute la journée à son enquête, et si au coucher du soleil il n'avait aucune piste, il retraverserait la forêt et le champ pour prendre le bus du soir. Il quitterait le village, déchirerait les photographies ou, mieux, les brûlerait. Une cérémonie intime.

Nyquist s'arrêta devant la porte de sa chambre.

Elle était entrouverte. À peine. Il n'y avait pas de clé, et il avait vérifié en partant qu'elle était bien tirée. Prudemment, il l'ouvrit. Rien ne semblait différent, mais il savait qu'on avait fouillé ses affaires. Sa valise, sur le lit, n'était plus tout à fait au même endroit. Il l'ouvrit pour en examiner le contenu. La photo était toujours dans le mouchoir. À la vérité, il n'avait rien qu'on puisse voler, rien qui ait une valeur monétaire – il voyageait léger et son portefeuille était dans la poche de sa veste. Mais un frisson le parcourut. Il sortit les six photos de leur enveloppe. Toutes étaient là, mais celle qui représentait son père avait été endommagée, ou plus exactement modifiée.

La bouche de George Nyquist était fermée par des points de couture piqués dans le papier, d'une lèvre à l'autre, plusieurs fois, cinq fois, et terminés par un nœud.

LE MUET DU VILLAGE

Le vendredi matin, réveillé tard, il s'aperçut que quelqu'un, le propriétaire sans doute, était entré dans sa chambre pour remplacer saint Switten par une femme en terre cuite. Ses cheveux retombaient de chaque côté de son visage ; c'étaient de vrais cheveux, ou peut-être de la fourrure. Une bande métallique lui enserrait les joues et le menton, comme un bâillon. Ça s'appelait une bride de commère, et c'était un instrument de torture. La figurine était grossièrement modelée, bien moins travaillée que l'icône de la veille.

Nyquist fit sa toilette au lavabo et se rasa. Les habitants de Hoxley, lui semblait-il, n'apprécieraient pas qu'il se néglige, et il avait besoin de se les concilier. Il se passa un peu de brillantine dans les cheveux.

Le Cygne était calme, à cette heure ; au bar, il n'y avait que la fille de la maison, qui nettoyait les tables. Elle le regarda passer. Il trouva la salle à manger, où on lui servit des œufs au bacon avec des champignons. Il semblait être le seul client, ce qui lui convenait : pas besoin de faire la conversation. Et il se régalait. Il n'avait rien avalé depuis les petits gâteaux et le thé empoisonné de la veille au soir. La fille, Mavis, faisait aussi office de serveuse et de cuisinière. Apparemment, elle se chargeait du plus gros de la besogne. Elle lui rapporta des toasts sans qu'il lui en ait demandé et s'éclipsa sans un mot. Nyquist mangeait, l'esprit ailleurs. Il avait en tête l'image de son père avec les lèvres cousues. C'était horrible.

Pendant que la fille débarrassait la table, il ressentit le besoin de poser quelques questions. « Mavis, quelqu'un est entré dans ma chambre hier soir, pendant que j'étais dehors. On a fouillé mes affaires. Êtes-vous au courant ? »

Visiblement inquiète, elle eut un geste de dénégation.

Nyquist la crut sur parole, ou sur absence de parole. Il posa sur la table la photo vandalisée. « Encore une chose. Avez-vous déjà vu cet homme ? »

Mavis y jeta à peine un coup d'œil avant de secouer la tête. Elle agita les mains en une série de mouvements compliqués.

« Vous ne l'avez jamais vu, nulle part dans le village ? Mavis, j'ai vraiment besoin d'une réponse. »

Il s'agaçait, et cela la contrariait. Elle porta les mains à sa bouche pour se couvrir les lèvres.

« Où est votre père ? Il en sait peut-être plus long ? »

Pas de réponse. Mavis restait plantée là en silence, les mains toujours plaquées sur la bouche, et le fixait d'un regard glacial. Soudain, alors qu'il allait poser une nouvelle question, elle tourna les talons et regagna la cuisine. Nyquist était interloqué. Il posa quelques pièces sur la table en guise de pourboire et sortit de la salle à manger. Il jeta un coup d'œil dans le bar et dans le bureau à côté de l'escalier, mais il ne vit pas trace du tenancier.

Dehors, la lumière était douce, l'air pur et frais, une parfaite journée d'hiver. Les gens vaquaient à leurs affaires dans la grand-rue, ils passaient faire une course à l'épicerie. Nyquist alla jusqu'à l'école. C'était la récréation, et les enfants couraient en tous sens, sautaient dans une marelle dessinée à la craie, dansaient, sautaient, faisaient semblant de se tirer dessus à la mitraillette, mais dans un silence de mort. Pas de cris de joie, pas de hurlements de douleur feinte. Il poursuivit sa route. Chacun sur un trottoir, un homme et une femme se saluaient de la main, un vieux monsieur promenait un chien en laisse. L'animal portait une muselière en cuir. Deux femmes se croisèrent devant la boutique. Elles s'arrêtèrent pour discuter, mais Nyquist ne les entendit pas échanger un seul mot. Leurs mains s'agitaient. Était-ce une langue des signes ?

« Excusez-moi. »

Sa voix figea leurs gestes.

« Voudriez-vous bien examiner cette photo ? »

Elles lui jetèrent un regard horrifié, il n'y avait pas d'autre mot pour le décrire. Leurs yeux racontaient une histoire, la même, une histoire qui finissait mal. L'une s'écarta, vacillante, et l'autre tint bon. Toutes deux se cachèrent la bouche, comme Mavis dans la salle à manger du pub. Il voulut dire quelque chose, mais au premier mot qu'il prononça les deux femmes s'enfuirent à la hâte.

Il longea la grand-place. Quelques personnes s'étaient rassemblées autour du vieux chêne. Deux d'entre elles avaient une main posée sur le tronc. Une fourgonnette de livraison de chez Sutton's tourna dans une petite rue. Quand le grondement du moteur s'évanouit, Nyquist prit conscience du silence ambiant. Il était prisonnier au centre de ce grand silence, comme enfermé dans une bulle. En passant près de lui, les gens le saluaient de la tête ou de la main. Mais rien de plus. Et il comprit alors : personne ne parlait, personne n'émettait le moindre son, et il se demanda si des instructions interdisaient d'adresser la parole à l'intrus. Il ne comprenait pas pourquoi, mais ça le mettait mal à l'aise. Un mot ! Un seul mot, il n'en désirait pas plus. Une phrase simple, éventuellement. Un message venu du cœur du village, pour lui dire que tout allait bien, qu'il était le bienvenu.

Mais le silence le suivait dans la rue.

Il allait emprunter Pyke Road quand il repéra une femme qui lui faisait signe sur le seuil d'une maison. Il la reconnut : c'était la docteure Higgs. Un visage souriant. Elle le fit entrer chez elle, mais elle aussi gardait le silence, et ils se regardèrent un instant au milieu du salon, avec la pendule qui comptait les secondes sur le manteau de la cheminée.

Ayant assez de jugeote pour ne rien dire, il attendait.

L'air sentait la cire et le désinfectant, avec de vagues effluves médicinaux. Une peinture à l'huile était accrochée au-dessus de la cheminée, le portrait d'un couple sévère dans une tenue sévère et stricte. Peut-être ses parents ? Il se retourna en entendant un grattement. La docteure écrivait au stylo-plume sur un bloc d'ordonnances. Elle déchira la première feuille et la lui tendit.

Ne dites rien. Je ne pourrai pas répondre. Pas aujourd'hui.

Il écarta les mains comme pour dire : « Mais pourquoi ? »

Une autre note. *C'est la fête de sainte Meade. Elle a vu le Seigneur et a perdu l'usage de la parole. Nous suivons son exemple.*

Tandis qu'il lisait, elle se remit à écrire. Heureusement, elle faisait un effort pour lui épargner les traditionnelles pattes de mouche des médecins. La troisième note disait :

Ne vous en faites pas. La journée n'est pas longue. À huit heures, nous pouvons tous nous remettre à parler.

Nyquist ne put retenir un juron. Higgs, mal à l'aise, se couvrit la bouche d'une main. Il connaissait bien ce geste, qui devait signifier *Silence !* ou *Taisez-vous !* Mais comment faire ? Il avait prévu de sillonner le village pour poser à tout le monde des questions sur son père, montrer la photo, poser encore et encore des questions.

Mais ce n'était plus possible.

Il prit le stylo de Higgs et griffonna une ligne au verso du dernier message.

Y a-t-il un nouveau saint tous les jours ?

Elle répondit :

Presque tous les jours. Ça court d'un équinoxe de printemps au suivant, selon un cycle aléatoire. Mais, de temps à autre, nous avons une Saint-Personne.

Higgs continuait d'écrire, tendant les feuilles à Nyquist à mesure qu'elle les remplissait. L'ensemble donnait :

Je déteste les Saint-Personne ! Il y en a cinq par an, six les années bissextiles. Je ne sais jamais quoi faire ! C'est affreux. Quelle attitude adopter ? Vous comprenez, à chaque saint correspond un comportement différent. Ça nous donne un cadre, pour tous les habitants du village. Nous sommes toujours soumis aux mêmes contraintes, mais qui changent tous les jours. Un système parfait. Mais quand vient une Saint-Personne, c'est le règne de la confusion !

Nyquist réfléchit un moment. Higgs lui donna un stylo et un calepin. Il répondit simplement.

À mes yeux, c'est un jour normal.

La réponse :

Ah ah. La bonne blague. Je ris aux éclats.

Nyquist haussa les épaules : *C'est vrai. Pas de règles. Excepté dans nos têtes.*

Il se tapota la tempe.

Ils se regardèrent sans bouger, sans communiquer. Ce fut Nyquist qui brisa le silence de la page en écrivant : *Qu'apportera le saint de demain ?*

Et la docteure : *Je ne sais pas.*

Nyquist en resta tout surpris.

Comment ça ?

Je vous l'ai dit. C'est aléatoire. Mais ce sera probablement pire qu'aujourd'hui. Du moins pour vous. Peut-être feriez-vous mieux de partir.

Il se hâta de rétorquer : *Impossible. Je cherche mon père. George Nyquist. Je crois qu'il est quelque part dans le village.*

Il lui tendit la photo. *L'avez-vous déjà vu ?*

Les doigts de la docteure, tachés par les années passées à mélanger des herbes et à préparer des médicaments, effleurèrent le fil de coton noir qui cousait les lèvres de la photo. La conversation de papier reprit :

Non, désolée. Ce n'est pas un de mes patients, c'est certain. Et je soigne tous les habitants du village.

Peut-être n'est-il jamais tombé malade ?

Il a mauvaise mine.

Oui. C'est vrai.

Il a même l'air très malade.

OK. Arrêtez. Inutile d'insister.

Les mots de Nyquist s'arrêtèrent sur la page. Il n'y avait rien à ajouter, rien à écrire en lignes épaisses, rien à chuchoter en lettres à peine esquissées.

Higgs lui enseigna les bases de la langue des signes, lui tenant les mains pour les placer convenablement, lui faisant imiter ses gestes. Elle lui apprit *Bonjour* et *Au revoir.* Et *S'il vous plaît* et *Merci.* Il était malhabile, et les mouvements lui semblaient mal adaptés à des doigts humains. Quand il voulut annoncer *Je m'appelle John*, il eut la sensation de parler tout seul dans une langue étrangère. Il demanda sur le calepin :

Est-ce la langue des signes qu'utilisent les sourds ?

Higgs secoua la tête.

Pas vraiment, même s'il y a des configurations communes. Mais la plupart sont propres à Hoxley, transmises d'une génération à l'autre par le bouche-à-oreille. Et par le main-à-yeux.

Elle sourit à cette formulation, et lui aussi, et il répéta les signes obstinément jusqu'à ce que, peu à peu, ils prennent un rythme plus confortable. Il dit *Merci*, et elle répondit par ce qui devait être *Je vous en prie*, puis elle lui fit comprendre qu'il pouvait garder le stylo et le calepin pour la journée.

Il nota quelques mots au verso de la photo de son père et repartit, laissant la docteure à ses activités.

L'ambiance du village lui parut différente. Il s'habituait aux mœurs locales, toutes étranges qu'elles fussent, et il descendit la grand-rue avec une vigueur nouvelle. Calepin en main, il était prêt. Il poserait tout de même ses questions, il chercherait son père – fantôme ou chair. La première personne qu'il aborda fut le facteur, qui, ayant fini sa tournée, regagnait son véhicule. L'interlocuteur idéal. Nerveux, Nyquist le salua ; ses doigts se heurtèrent, mais le facteur lui sourit, hocha la tête, lui rendit son signe. Tout allait bien. Nyquist lui montra le message : *Pourriez-vous m'aider, s'il vous plaît ? J'ai besoin de trouver cet homme.* Puis l'autre côté : le visage de son père. Le facteur l'examina, puis prit l'image à Nyquist. Il haussa les sourcils, assez haut pour que naisse un espoir. Mais il secoua la tête, lui rendit la photo et se lança dans une série de signes très complexes.

Nyquist était aveugle et sourd à leur signification. Mais chaque ondulation des doigts était négative. Il réussit à dire *Merci, au revoir*, et s'éloigna. Il montra la photo à tous ceux qu'il croisa, il leur fit lire le message, avec à chaque fois le même résultat. Il ne frappait pas aux portes, pas encore, mais il arpenta toutes les rues en cherchant des gens à aborder. Il passa devant *L'If* et imagina ses occupants : M. Bainbridge dans un fauteuil, aussi muet que Mme Bainbridge, pour une fois unis dans leur souffrance. Derrière la fenêtre, une icône le regardait : sainte Meade, avec son bâillon et ses longs cheveux noirs, qui lui firent penser au fil à coudre qui fermait la bouche de son père sur la photo. Était-ce une mise en garde ? *Ne dis rien, ne pose pas de questions.*

En s'éloignant de la grand-place, il s'aperçut que le village était plus grand qu'il ne l'avait d'abord cru. Il y avait une salle des fêtes qui annonçait une conférence et une projection de diapositives pour le soir même : « Le Hoxley d'autrefois, ses loisirs, ses coutumes ». Mais pour le moment la porte était fermée. Il tourna dans une rue qui grimpait à flanc de vallée et posa sa question muette à tous ceux qu'il croisa, recevant en retour des réponses muettes : non, non et non. Il y avait des maisons plus récentes, les signes d'une expansion, et des activités, surtout des ateliers et des garages. Il remarqua un grand bâtiment, une usine : Boulangerie Sutton's. Près des portes ouvertes, l'odeur était agréable. Plus loin, des maisons, des abris de jardin, des lotissements, une décharge. Bientôt il parvint près du sommet de la colline, à la sortie du village. Au-delà, c'étaient les champs, d'autres collines, et un ciel solitaire, solitaire. Il s'assit sur un banc pour regarder la vallée, les zones construites, irrégulières, les rues qui débouchaient sur la campagne, le clocher de l'église, le pont sur la rivière, la Vive qui serpentait dans le bourg, disparaissait un instant et réapparaissait de l'autre côté de Hoxley. Une ligne de pylônes électriques. Quelques fermes isolées. Partout ailleurs, les champs ne recelaient aucune habitation. Les montagnes aux sommets enneigés ondulaient à l'horizon. C'était vraiment charmant. Dans ce monde isolé, le village de Hoxley semblait paisible, endormi même, un univers de calme et de tranquillité. Pourtant, il avait déjà trouvé une substance étrange dans une tasse, un corbeau lui avait volé son nom, il avait dansé au mât de mai avec les fantômes d'enfants, on s'en était pris à ses affaires – et, pour couronner le tout, il avait enfreint les règles non pas d'un saint, mais de deux !

Il regarda la photo qu'il tenait. Ç'aurait presque pu être lui, dans une vingtaine d'années, l'avenir qui l'attendait. Dans les yeux de son père il lisait un grand deuil : la vie battait encore entre les rides et les cheveux clairsemés, mais à peine.

C'était un miroir douloureux.

De ses doigts tremblants, Nyquist défit les points de coton et libéra de leurs liens les lèvres de son père.

Une neige éparse se mit à tomber, cendres dans la lumière.

Un lièvre passa, le poil argenté tout luisant, le museau au ras du sol pour choisir un chemin dans les herbes sèches. Nyquist bougea juste assez pour que le lièvre le regarde, puis prenne la fuite vers le sommet de la colline. Nyquist tourna la tête pour suivre sa trace. Il fut pris de l'envie de le suivre, de grimper jusqu'aux nuages tout là-haut, où le soleil lessivait le ciel. Il s'imagina qu'il s'enfonçait dans le brouillard pour disparaître à jamais. Il ne se reverrait plus. L'idée le réconforta.

Mais il se retourna vers la vallée et resta encore un moment assis. Une silhouette montait dans sa direction. C'était un homme, plus tout jeune, qui marchait avec une canne. Nyquist se pencha en avant. Il faillit regarder la photo pour bien fixer l'apparence de son père, mais c'était ridicule : il saurait, ce serait évident ! Ils sauraient tous les deux. Il attendit donc que la silhouette s'approche suffisamment pour qu'il distingue son visage dans la neige et l'air froid.

Ce n'était qu'un vieil homme. Un inconnu. Il s'assit sur le banc, à bonne distance de Nyquist. Ils restèrent longtemps sans rien dire, jusqu'à ce que la neige s'arrête. Nyquist essuya la photo sur la manche de son manteau pour en ôter les flocons qui fondaient déjà. Le vieil homme sortit un paquet de cigarettes et en alluma une. Le briquet d'argent tremblait entre ses doigts rougis. Il se mit à fumer, l'air serein, le regard dans le vide. Nyquist avait du mal à ne pas parler. L'homme, après exactement six bouffées, écrasa soigneusement son mégot sur le banc et le glissa dans le paquet. Il était pauvre, alors, ou économe. Sans doute un ancien militaire. Mais ses mains se mirent à parler, rapides pour un type de son âge. Ses mitaines dansaient, en haut, en bas, en rond. Nyquist savait qu'on lui racontait une histoire, et une bonne, un conte d'autrefois ; mais les mots lui étaient inconnus.

Les mains s'immobilisèrent. Le vieux prit la photo des mains de Nyquist et la regarda avec attention. Puis il fit un geste : il écrivait dans le vide. Nyquist lui tendit son stylo. Le vieux écrivit au verso. Satisfait, il la posa sur le banc, se releva et se mit à redescendre la colline pour regagner la maison d'où il venait, la famille qui lui restait peut-être.

Nyquist récupéra la photo et lut le message.
Un nom, un métier, une adresse.
Thomas Dunne, photographe.
Enfin, un indice.

VIEUX CHÊNE

Nyquist traversa la place du village et s'arrêta devant l'étang. Même s'il était à moitié gelé, des poissons rouges tournaient lentement sous la glace. La vie continuait. Fasciné par les taches colorées, Nyquist mit un moment à s'apercevoir qu'il entendait des voix, des voix humaines. Cela l'étonna, et derrière lui il vit des jeunes gens rassemblés autour du vieux chêne. Ils étaient trois, qui discutaient. Il s'approcha pour écouter leur conversation, surtout des problèmes de famille et les dernières chansons en vogue. Ils étaient très absorbés, de sorte que Nyquist pouvait les observer sans crainte. Deux filles et un garçon, autour de la vingtaine, vêtus de tenues à la mode faites de bric et de broc : vêtements récupérés ou donnés par des amis. L'homme surtout avait une tenue tape-à-l'œil, avec une veste en velours sur une chemise violette et une cravate western. Il était habillé en fonction de ses goûts et non du temps qu'il faisait : par moments un frisson le parcourait, et il fourrait les mains dans les poches de son pantalon pour les réchauffer. Puis l'une des jeunes, remarquant Nyquist, se tourna vers lui pour le dévisager. Les autres l'imitèrent. Il s'approcha un peu et osa parler. Le jeune homme porta la main à sa bouche, le signe traditionnel pour intimer le silence, mais avec une attitude un peu théâtrale, presque ironique. C'était un expert de la langue des signes ironique ou cynique. Ensuite les deux filles à leur tour levèrent la main pour se couvrir les lèvres et lui jetèrent un regard malicieux ; il imagina que chaque main cachait un sourire. Mais il avait besoin de comprendre : comment pouvaient-ils parler quand tous les autres restaient muets ? Il fit encore un pas en essayant quelques-uns des gestes que la docteure lui avait enseignés. Mais il se sentait impuissant, comme un naufragé en quête d'un mot de réconfort de la part des autochtones. La jeune fille qui l'avait repéré baissa la main pour lui adresser une volée de signes, trop rapidement pour qu'il puisse les distinguer. Elle dut voir son air effaré, parce qu'elle vint lui prendre les mains pour l'attirer jusqu'au chêne. Elle lui fit poser la paume contre l'écorce rugueuse et mit la sienne tout à côté. Puis elle se mit à parler.

« Lame-de-Lune accepte votre présence. »

Nyquist n'y comprenait rien.

« Lame-de-Lune, la racine du village, a été plantée à la naissance de Hoxley, pour former un gué sur la Vive. »

Elle écarquilla les yeux comme pour attendre une réponse. Il n'en fit aucune.

« Vous pouvez parler, dit-elle. Tant que votre main touche l'écorce, Lame-de-Lune vous autorise les mots. »

Il parla. Ou essaya de parler. Rien ne venait. Il était angoissé.

La fille sourit. « À la Sainte-Meade, seul son contact nous permet de parler. »

Nyquist inspira un bon coup et appuya plus fort sur le tronc de l'arbre. Il ouvrit la bouche. La fille l'encouragea. « Je m'appelle Becca. Je travaille à l'école. Je ne sais pas, peut-être que je deviendrai institutrice. »

Son accent était moins prononcé que celui des villageois plus âgés. Pour se protéger du vent, elle portait un foulard coloré noué sous le menton et un manteau lilas, avec du jaune au col et aux poignets. Son rouge à lèvres était rose vif. On n'avait aucun mal à l'imaginer sur la pochette d'un 33-tours, *Rock Around the Mulberry Bush*, ou quelque chose comme ça.

Il se présenta d'un seul mot. « Nyquist. »

D'un doigt, Becca dessina la lettre N sur l'écorce, en disant d'une voix douce : « Oh, oui, on a beaucoup entendu parler de vous. Regardez. »

Elle ôta sa main de l'arbre pour se lancer dans une série de gestes.

« Qu'est-ce que ça veut dire ? » demanda Nyquist.

Becca reprit contact avec l'écorce. « Votre nom. John Nyquist en signes, comme ça et comme ça. » Elle répéta l'enchaînement, beaucoup plus vite. « Inventé ce matin par Mlle Godley. L'une des institutrices de l'école. À l'heure qu'il est, ça a fait le tour du village. »

Il secoua la tête. Quelque part dans le mouvement qu'elle lui avait montré, son nom existait, une toile d'araignée embrouillée.

Un peu à l'écart, les amis de Becca partageaient une cigarette. Ils ne disaient rien, mais ils écoutaient tous les deux, à l'évidence fascinés par le nouveau venu. Un couple vieillissant qui passait par là jeta des regards torves au groupe autour de l'arbre en faisant de petits gestes sournois et dédaigneux.

Becca les salua. Elle se pencha vers Nyquist pour murmurer : « Certains n'aiment pas que nous parlions à voix haute, ils trouvent que c'est manquer de respect à la mémoire de sainte Meade et aux sacrifices qu'elle a consentis pour le bien de la paroisse. »

Elle sourit devant la folie de sa propre phrase.

« Mais c'est devant cet arbre qu'elle a perdu la voix, la pauvre. Ou, plus exactement, qu'elle en a été privée par une vision du Seigneur. Ou du Diable, selon la version que vous préférez. Quoi qu'il en soit... » Elle retrouva son sourire. « Bienvenue, cher monsieur, à Hoxley-sur-la-Vive. Un cul-de-sac, je le crains. Une souillure sur notre belle île.

— Lame-de-Lune, c'est le chêne ? demanda Nyquist. Vous lui avez donné un nom ?

— C'est Sylvia qui l'a choisi. Sylvia Keepsake. Elle vit dans une cabane dans les bois de Morden. »

Nyquist hocha la tête. « Je crois l'avoir rencontrée sur le chemin du village.

— Vous a-t-elle donné un nom ? » C'était demandé avec le sourire, mais Nyquist perçut le sérieux de la question.

« Oui. Elle l'a écrit sur un petit carton, mais un corbeau est venu me le voler. »

Le jeune homme s'esclaffa. Becca le regarda d'un air qui avait un sens pour eux, et il se tut immédiatement pour se plonger dans la contemplation de la pelouse.

Elle se retourna vers Nyquist.

« Vous ne l'avez pas vu, votre nouveau nom ? Vous ne le connaissez pas, alors ? »

Nyquist secoua la tête. « C'est important ?

— Sylvia ne donne pas souvent un nom aux gens. En général, elle s'occupe des arbres, des pierres, des oiseaux et tout ça, pas des gens.

— Qu'est-ce que cela implique, un nouveau nom ? »

Toute réponse fut interrompue par l'autre fille, qui vint poser une main sur l'écorce, près de celle de Nyquist. « Becca, chérie, dit-elle, je suis gelée. Viens, on va manger chez moi. Je te ferai écouter le nouveau morceau de June Holler. » Elle passa devant son amie pour dévisager Nyquist d'un air moqueur. « Ce type, il est trop barbant pour moi. Carré comme une boîte de kleenex. Et moi, j'aime arrondir les angles. Désolé, mon beau, ne le prends pas mal. »

Nyquist garda le silence.

« Bon, si tu veux, Val, dit Becca. Je te rattrape. »

Elle regarda ses deux amis traverser la place. Puis son expression changea, s'assombrit, et Nyquist vit les traces de la peur cachée en elle. Elle murmura : « Je m'inquiète pour Teddy.

— Le jeune homme ?

— C'est mon frère. » Elle baissa la tête vers les racines de l'arbre. « Il n'y a pas grand-chose à faire dans le coin, et on a vite fait de s'enfermer dans sa tête. »

Nyquist lut entre les lignes. « Qu'est-ce qui lui est arrivé ?

— Sylvia l'a nommé.

— Elle a donné un nouveau nom à Teddy ? »

Un petit hochement de tête. « Elle l'a baptisé. L'imbécile, il le lui avait demandé. Un coup de folie, je pense, de colère contre la vie. Ça lui prend, par moments. Je l'ai bien prévenu de ne jamais prononcer le nom à voix haute.

— Qu'est-ce qui se passerait ? »

Le souffle de la fille formait des volutes dans le froid, et ses yeux brillaient.

« Écoutez-moi, cher monsieur, personne n'est au courant. Même pas Valerie. Je pense qu'elle est un peu amoureuse de lui, ou en tout cas qu'il lui plaît bien, mais ce n'est pas une fille très sérieuse, vous voyez, et je suis sûre qu'elle filerait comme une alouette au matin si elle connaissait la vérité.

— C'est un secret ?

— Pour ça, oui. Et la seule raison pour laquelle je vous raconte tout ça, c'est que vous n'êtes pas d'ici, et que vous serez bientôt parti, j'imagine.

— C'est vrai. Vous ne me reverrez plus.

— Bien, bien… » Sa voix s'éteignit et sa main se souleva de l'écorce.

Nyquist pensa qu'elle avait terminé, que leur conversation était finie. Mais il devait en savoir plus.

« Dites-moi, Becca. Quel est le problème avec les nouveaux noms ? »

Un index se posa sur l'arbre. « Vous devenez le nom que vous donne Sylvia Keepsake. C'est la règle.

— Alors, si elle vous nomme Poète ?

— Vous devenez poète. Vous vous mettez à faire des rimes. »

Nyquist ne put retenir un sourire.

« Riez, mon petit monsieur. Mais si elle vous nomme Meurtrier, qu'est-ce qui se passera ?

— Je résisterai à la tentation. »

Becca hocha la tête. « Bonne chance. » Un temps. « Écoutez-moi bien, je n'en croyais pas un mot moi-même, avant qu'on apprenne l'histoire de Gladys Coombes.

— De la famille du patron du pub ?

— Oui, la femme de Nigel. Elle était charmante, vraiment, mais elle est devenue un peu timbrée. Elle a perdu l'esprit. Sylvia lui a donné un nouveau nom, après quoi elle se baladait dans le village pour en parler à tous ceux qu'elle croisait, en insistant pour qu'on ne l'appelle plus qu'ainsi, en refusant qu'on emploie son ancien nom, plus jamais, pas même son mari, pas même sa fille.

— Et c'était quoi, le nom ?

— *La Dame du Lac*. Le problème, c'est que personne n'y pensait jamais, et que les gens continuaient d'employer son ancien nom, son vrai nom, à moins qu'ils ne l'aient fait exprès, vous comprenez, pour la protéger, puisque après tout, Gladys, c'était le nom que lui avait donné le Seigneur quand le vicaire a mouillé son petit front avec l'eau bénite.

— Qu'est-ce qui lui est arrivé ?

— Je pense vraiment qu'on aurait fini par l'enfermer, vous savez, à l'asile. Mais elle ne leur en a pas laissé le temps. » Becca prit une longue inspiration. « On a retrouvé son corps au bord de l'étang. La pauvrette. Cette année. Une mort au printemps.

— Elle s'est noyée ?

— Pas tout à fait. Elle s'est tranché les veines... et ensuite... ensuite elle a plongé les mains dans l'eau. » Becca frissonna, effleurée par un fantôme. « Elle les y a laissées de longues minutes, avec son sang qui s'écoulait dans l'eau. »

Nyquist repensa à la pierre tombale qu'il avait vue dans le cimetière. Il comprenait à présent la tristesse qui régnait au pub. Mais il ne savait pas quoi dire.

Ils restèrent tous deux silencieux.

Becca le regarda, soudain tendue. « Je vous jure, moi aussi je perdrais la boule s'il arrivait quelque chose à Teddy. » Elle baissa la voix, un secret partagé : « Il s'est déjà fait du mal. » Avant que Nyquist puisse répondre elle se tourna vers ses amis qui lui faisaient signe au bord de la place. « Il faut que j'y aille, d'accord ? Soyez... Soyez prudent. Ne vous faites pas attraper par le Grand Tolly.

— Promis. Même si je ne sais pas de quoi vous parlez. »

La main de Becca quitta le chêne et elle s'éloigna à grands pas, la main plaquée sur son foulard que le vent voulait arracher.

Nyquist rompit le contact avec l'arbre. Il partit vers la grand-rue. Il était plus de midi, et la rue était plus animée. Il s'arrêta devant l'épicerie. La vitrine contenait une étrange sélection d'objets : une carafe en cristal, une tirelire, des joujoux en fer-blanc, un paquet de biscuits Sutton's, cinq icônes de saints, des toiles d'araignée à foison, un présentoir à gâteau vide, une maquette du *Spoutnik* en allumettes, une conserve de sauce à la viande et un livre – une méthode d'interprétation des rêves par « Madame Fontaine, diseuse de bonne aventure gitane ». Il y avait beaucoup d'autres marchandises entassées les unes sur les autres. Un objet intéressant était un petit paquet blanc portant l'inscription « Les cheveux de Jenny-les-Vrilles », ce qui ne lui apprit pas grand-chose. Les figurines de saints formaient une collection bizarre : l'un avait le front orné de bois de cerf, un autre une tête de corbeau sculptée sur un corps humain. Plus curieuse encore, une fiole de verre bleu, avec une étiquette portant les mots *Penny de sang*. Elle devait dater de l'époque victorienne. À côté, un petit carton disait : *Authentique sang de saint Belvedere.*

Nyquist se le répéta : pas un mot, pas un mot. Une clochette tinta au-dessus de la porte quand il entra, et les deux clients ainsi que la marchande le regardèrent, les mains immobilisées en pleine conversation. Il s'appliqua pour signer *Bonjour*. Malgré l'état de la vitrine, la boutique elle-même était propre et bien arrangée. Des étagères offraient des biens en tous genres : quincaillerie, rouleaux de tissu, magazines, bocaux de bonbons. Les clients et l'épicière, une femme d'un certain âge, se remirent à discuter, et Nyquist voyait leurs mains qui parfois collaboraient, trente doigts qui se mêlaient pour construire des idées et des phrases complexes. Parlaient-ils de lui ? Sans doute.

Sur un présentoir, il choisit un plan des environs et le posa sur le comptoir avec la somme exacte : un shilling. Pas besoin de faire la monnaie. Il espérait limiter au maximum les interactions. La précaution était superflue, car Mme Featherstonehaugh n'était pas d'humeur à faire la causette. Une bande de coton à fleurs lui cachait la bouche et tout le bas du visage. Elle prit les pièces et tapa le prix sur sa caisse enregistreuse. Nyquist fit le signe pour *Merci*, en espérant qu'une erreur n'en faisait pas un mot grossier. Une fois dehors, il respira l'air pur avec plaisir. Il avait de la poussière sur lui.

Il traversa la rue pour entrer au pub et commander des œufs et des frites. Mavis hocha la tête avec un petit sourire. En attendant son repas, il ouvrit le guide et chercha Beadle Street dans l'index. C'était l'adresse que le vieil homme avait écrite au verso de la photo de son père, l'adresse de M. Thomas Dunne, photographe. L'index l'envoya page 19, dans un quartier appelé Hoxley-le-Bas, qu'il atteindrait en longeant la rivière. Il feuilleta les autres pages. La campagne environnante était très vide, avec des zones blanches représentant les champs et les collines, et de rares noms indiquant une crête, une falaise, un gué. Le plus étrange était un symbole dans un champ, un point d'exclamation rouge. Peut-être un site historique, ou un secteur dangereux ?

Mavis vint poser son assiette devant lui. Nyquist tapota la carte de son stylo, puis traça un point d'interrogation à côté du point d'exclamation. Elle le fixa sans ciller avant d'écrire sur sa serviette :

N'allez pas par là-bas.

Il écrivit : *Pourquoi ?*

La réponse fut lapidaire.

Fantômes.

Elle refusa d'en dire plus.

LE MATEUR

Il traversa le pont et quitta le village en longeant la rivière. La Vive s'élargit, formant un bassin où nageait une flottille de cygnes, parfaitement heureux dans les eaux de l'hiver. Un panneau demandait de ne pas nourrir les oiseaux. La rivière coulait par-dessus un petit barrage, et le chemin se mit à descendre au fond de la vallée. Un peu plus loin, il vit les fondations de maisons en construction, avec un tas d'outils et d'engins couverts de bâches. Après un méandre, Hoxley-le-Bas apparut. Les deux villages n'étaient qu'à vingt minutes de marche, mais Nyquist comprit tout de suite que celui-ci était bien différent de son cousin plus ancien. Il ne devait pas avoir plus de cinquante ans. L'espace d'un instant, Nyquist s'imagina qu'ici les habitants ignoraient l'appel des saints, mais non, il vit des habitants recourir à la langue des signes hoxléienne. S'aidant de son guide, il parvint au centre du bourg, emprunta Beadle Street et s'arrêta devant la maison numéro 11. C'était un gros bâtiment à un étage, et sur la porte un écriteau disait *Fermé jusqu'à nouvel ordre.* Sur l'enseigne peinte, Nyquist lut : *Thomas Dunne, Photographe et Encadreur.* Il s'enfonça dans une ruelle latérale et trouva une fenêtre où manquait une vitre. Personne ne pouvait le voir. Il glissa la main à l'intérieur, souleva le loquet et se faufila par l'ouverture. Il était dans la cuisine, où flottait la puanteur des maisons abandonnées. Il suivit un couloir orné d'une rangée de portraits qui tous représentaient la même femme, une brune au teint pâle qui souvent détournait le regard. Chaque photo portait un nom et une date : Agnes, février 1956 ; Agnes, septembre 1957, et ainsi de suite. La première porte donnait sur un petit salon, une autre sur une chambre noire, et la troisième sur la boutique : un comptoir, une armoire déglinguée, une caisse enregistreuse au tiroir ouvert et vide. Rien d'intéressant dans cette pièce, alors il jeta un coup d'œil dans le salon, mais celui-ci ne contenait que les meubles et les bibelots habituels de la toute petite bourgeoisie. Il pénétra dans la chambre noire. Murs nus, placards, plateaux métalliques sur un plan de travail, avec encore des fonds de liquide trouble. Un seul rectangle de papier photo y flottait, son image complètement noircie, perdue à jamais. Une plume de pigeon et une collection de mouches et d'insectes morts flottaient à la surface du liquide, qui avait une couleur étrange, bleuâtre avec des éclats d'argent. Nyquist regarda autour de lui. Dans cet espace confiné, il était facile d'imaginer qu'on entendait des murmures. C'était un lieu où les souvenirs prenaient forme, où les instants étaient capturés. L'idée était claire : les photos qu'on lui avait envoyées par la poste avaient été développées ici, sur cette table. Il pressa l'interrupteur, et une lumière rouge engloutit la pièce. Un papillon de nuit, soudain réveillé, se mit à se cogner contre l'ampoule avec une fureur obsessionnelle. Nyquist n'avait aucun mal à imaginer ce qu'il ressentait.

Il monta l'escalier : le palier, une chambre donnant sur la rue, une salle de bains, des toilettes, et à l'arrière une grande réserve pleine de cadres vides et de cartons. Il en ouvrit un, qui contenait une foule d'images : scènes de famille bucoliques, vaillants jeunes hommes en uniforme, femmes en robes d'été ou du soir, enfants crispés sous les projecteurs, paysages locaux, le village en tons sépia. Une image portait l'inscription : *Grand-rue de Hoxley, 1891*. Presque soixante-dix ans plus tôt. Les différences étaient minimes. Il envisagea de regarder dans les autres cartons. Mais s'attendait-il vraiment à y trouver d'autres photos de son père ? Non. Nyquist frissonna. Cet endroit lui donnait la chair de poule.

Contre un mur, des draps blancs recouvraient une rangée de gros objets. Il souleva le premier : une machine à films, comme celles qui se trouvaient dans les salles d'arcade de son enfance. Un Mutoscope. C'était la marque, mais son père disait toujours « Le détective privé se rince l'œil », parce qu'elles étaient réservées aux adultes. Celle-ci proposait d'assister aux délices pervers du *Boudoir de Lady Anna*. M. Dunne avait dû fournir les images pour le photogramme, à moins qu'il n'ait collectionné ces appareils pour le plaisir. Nyquist souleva les autres draps. Deux machines proposaient les habituelles titillations érotiques, mais la dernière de la rangée recelait une promesse bien différente.

La Danse du Grand Tolly.

Dessous, une date : *Saint-Algreave, 1939.*

Il sortit un penny de sa poche pour le glisser dans la fente. Une poignée émergea du flanc de l'appareil. Nyquist colla les yeux à l'ouverture et se mit à tourner la manette.

Un monde clignotait.

Noir, blanc, noir, blanc, noir, blanc.

Les cartes cliquetaient au rythme du cylindre, chacune avec une nouvelle image, pour faire progresser l'histoire cadre après cadre. Le mouvement lui faisait mal aux yeux.

La place du village en été, des gens qui se rassemblaient à pas saccadés, enregistrés tant d'années auparavant, conservés et ramenés à la vie.

On entendait une chanson lointaine, jaillie apparemment des recoins de son cerveau.

Chante avec nous Sally, oh,

La lune est dans la vallée, oh

Les enfants apparurent. Ils portaient des tuniques blanches et des fleurs dans les cheveux. Ils dansaient autour du mât, et les rubans qu'ils tenaient se nouaient et se dénouaient en motifs compliqués, dans un sens, dans l'autre, tressés, détressés.

En rond, en rond, ils tournaient.

Noir, blanc, vacillements de jour et de nuit.

Soudain : un corbeau traverse l'image sur ses ailes floues.

Soubresaut. Un saut dans le temps.

Un premier quartier de lune dans le ciel.

La danse continuait.

Vienne le deuil ou vienne la vie,

Grand Tolly, Grand Tolly, viens jouer avec nous !

Une silhouette entra dans le cadre en traînant les pieds, sortie des profondeurs, du passé, du cœur du village avec tous ses secrets.

Soudain : gouttes de sang, taches noires.

Le Grand Tolly, à nouveau, plus près du cercle des danseurs.

Nyquist continua de regarder, les yeux collés à l'ouverture, la main crispée sur la manivelle pour faire tourner les enfants sans cesse, autour du mât, pour faire onduler les rubans, pour faire tourner, tourner, tourner le Grand Tolly vers l'objectif, un homme qui chancelait, le visage entièrement recouvert de branchages tressés et sans feuilles, dans des tons gris, blancs, noirs et sépia. Il était monstrueux, cauchemardesque.

Soudain : une toupie.

Des postillons. Des grattements.

Un berceau.

Le Grand Tolly.

Plus près, plus près, il se balançait. La forme masquée regardait droit vers l'objectif. Son visage emplit l'écran, si proche que Nyquist parvenait à voir entre les branchages. Il aperçut le visage en dessous, des fragments de peau, une bouche, une langue dardée, et ces yeux noirs, humides, qui ne quittaient pas les siens, qui regardaient entre les branchages noueux, dans la pénombre de cette nuit d'autrefois, par-delà les années, ça tournait, ça tournait, ça tournait encore.

Le masque toucha l'écran.

Épines contre peau.

L'INTERMÉDIAIRE

clignote
clignote
clignote
blanc
clignote
clignote
blanc
clignote
clignote
clignote
blanc

Nyquist crut d'abord qu'il clignait des paupières, car la pièce lui apparaissait par intermittence, mais même quand il ouvrit grand les yeux, le clignotement continua, comme si les cartes du Mutoscope continuaient à défiler dans sa tête, les unes après les autres, une succession de feuilles blanches. Images rémanentes.

Clignote, blanc, clignote...

Il était étendu dans la réserve. Avec un gémissement, il essaya de se redresser, mais il avait l'impression de s'arracher à un rêve qui l'agrippait, qui s'enroulait autour de ses poignets, de ses chevilles et de sa poitrine pour l'empêcher de remonter.

Il s'en arracha. Il s'en arracha en tapant du poing sur le plancher, sans s'arrêter jusqu'à ce que la peau se fende sur ses phalanges et que la douleur le libère du sortilège, et il s'assit pour se frotter les yeux, se masser les tempes et se passer la langue sur les dents. Sa bouche était sale et poussiéreuse.

Clignote, blanc, blanc, blanc...

Il se remit debout et regarda autour de lui. La pièce était sombre. Ou plus sombre qu'avant. Et quand il regarda par la fenêtre, il vit que le soir était tombé. Il était resté inconscient longtemps, trop longtemps. Que diable s'était-il passé ? Il regarda la machine du Grand Tolly. Elle semblait parfaitement innocente, relique d'une époque révolue.

Entendant un bruit au rez-de-chaussée, il retourna sur le palier pour regarder. Tout était silencieux. Il posa le pied sur la première marche. À nouveau, quelque chose cognait, plus fort cette fois. Ses poils se hérissèrent. Quelqu'un d'autre s'était-il introduit ici ? Ou bien les Dunne étaient-ils revenus ?

Une marche, une autre. L'oreille tendue, le pied léger.

Le bruit lui évoquait un homme coincé dans une caisse en bois, un espace confiné, et qui essayait de sortir.

La peur chassée par le besoin d'agir, il accéléra.

Le bruit ne cessait plus. Il provenait de l'arrière de la maison, de la cuisine.

Nyquist s'arrêta sur le seuil pour examiner les lieux.

C'était un pigeon. Rien de plus. Son cœur se calma.

L'oiseau, posé sur la table, le regarda d'un œil méfiant. Et quand Nyquist s'approcha, il s'envola, apeuré, et fit le tour de la pièce, ses ailes se cognant au mur. C'était l'origine du bruit qu'il avait entendu. Soudain l'animal fonça vers sa tête, puis s'écarta. Il partit d'abord vers la fenêtre ouverte avant de changer d'avis pour revenir se poser sur la table.

Nyquist ne bougea pas. Le pigeon avait un petit tube métallique fixé à une patte. C'était un pigeon voyageur, comme celui qui l'avait accueilli dans la vallée. Peut-être le même, d'ailleurs ; gris à taches brunes, le cou cerclé de blanc. Il tendit le bras en s'efforçant d'imiter le son du pigeon, mais l'animal secoua la tête et s'éloigna à petits sauts. Il y avait de petites empreintes dans la poussière.

Des plumes grises retombaient dans la pénombre.

Nyquist avança doucement, lentement. Il s'attendait à voir le pigeon reculer encore, ou même l'attaquer. Sa réaction le surprit : il vint se blottir entre ses mains, s'abandonna, un petit corps chaud parfaitement logé dans ses paumes incurvées.

Un petit cœur battant. Deux cœurs battant au même rythme.

Ils entrèrent dans le calme au même moment et, avec un roucoulement, l'oiseau se laissa soulever. Nyquist détacha le tube métallique et reposa l'oiseau. Immédiatement, celui-ci s'envola par la fenêtre.

Message transmis.

Le tube s'ouvrit facilement. Il contenait une bande de papier roulée portant quelques lignes d'une cursive soignée.

Ma chère Agnes. Ta pensée m'obsède. Viens me retrouver au Pilori, demain soir, à neuf heures. Je t'y attendrai.

Tendrement, Leonard.

Nyquist se sentait minable, comme s'il avait observé en douce une scène d'amour intime. *Le détective privé se rince l'œil.* Toute cette affaire se transformait en une série d'énigmes mais, comme les questions n'étaient jamais bien posées, les réponses étaient introuvables.

Il se souvint qu'il avait oublié d'éteindre la lumière de la chambre noire. Remontant, il vit que le papillon de nuit continuait de voleter en vain. Son vol le menait à l'ampoule, il repartait, il y revenait : une obsession. Enfin il se posa sur le mur, et Nyquist put observer ses couleurs, ses ailes marquées de deux ovales rouges, les yeux d'un démon, qui s'ouvrirent et se fermèrent quand l'insecte battit des ailes pour redécoller. Mais cette fois il commit une erreur et se brûla à l'ampoule. Une aile grésilla et le pauvre tomba dans l'un des plateaux métalliques posés sur le plan de travail. C'était celui qui contenait la photo submergée, l'image noire. Nyquist alla voir s'il pouvait venir en aide au papillon. Chose étrange : les particules d'argent en suspension dans le liquide se mirent à briller, comme activées. L'insecte essayait de nager en dépit de ses ailes trempées. Il se mourait. Mais le développement avait commencé, les produits chimiques se réveillaient. L'image photographique s'éclaircit un peu, et, de plus en plus, le noir devenait taches grises puis zones presque blanches. Lentement, lentement, un détail après l'autre, une image se formait. Il y avait une route, une rangée de maisons et la campagne au-delà, encore un peu floue. Mais Nyquist ne pouvait en détacher les yeux. Il attendait dans l'espoir que l'image continue à se préciser. Car il était persuadé que cette photo aussi lui était destinée. Il secoua doucement le plateau pour accélérer le processus.

Et là, bien visible : une plaque de rue.

ÉCHANGE DE BIENS

L'allée du Pigeonnier était située à l'autre bout de Hoxley-le-Bas, un quartier plus pauvre que le reste du village. La maison numéro 23 était la dernière. Elle faisait penser à un dernier avant-poste, là où la lande commençait à l'emporter sur l'humanité. Pour la seconde fois en deux jours, Nyquist compara une maison à sa représentation photographique. Tout semblait identique ; la porte rouge et les fenêtres, le jardin envahi d'herbes folles. Il y avait même une fourgonnette garée à côté, comme sur l'image. À l'approche de Nyquist, un chien se mit à aboyer. Tout le corps de la bête tirait sur la laisse qui l'attachait à un piquet. Sans prêter attention à l'animal, il toqua à la porte et, ne recevant aucune réponse, décida d'aller voir à l'arrière. La fourgonnette portait le nom d'une société : *Sadler, Réparations et Débarras*. Le côté de la maison, abîmé, tombait en poussière à plusieurs endroits, blessé par des décennies de vent, de pluie et de grêle. Deux poutres avaient été placées pour l'étayer, de peur sans doute que la maison ne bascule. Le crépuscule écrasait le soir, et les champs étaient déjà noirs. Le vent balayait la campagne et venait le gifler.

Des démons dans chaque bourrasque, il les entendait.

Derrière, il y avait un jardin avec trois dépendances. La première était une grande cabane à outils – par la porte ouverte, Nyquist aperçut un établi tout équipé et un cheval à bascule en cours de construction posé au sol. Dehors, des statues de bois peintes, décorations de foire ou figures de proue. Les deux autres étaient des cages, qui contenaient un grand nombre de pigeons sur des perchoirs ou sautillant pour se faire une petite place. L'air puait la fiente. Les centaines de roucoulements se fondaient en une dissonance. La silhouette voûtée d'un homme se tenait devant la porte ouverte de l'une des cages. Il portait un bleu de travail et une casquette enfoncée jusqu'aux yeux. Son bleu était couvert de taches de peinture et de fiente, qu'on n'arrivait pas à distinguer les unes des autres. Son visage n'était pas encore visible. Il s'occupait des oiseaux et versait des graines dans leurs mangeoires. Certains pigeons se posaient sur ses épaules. Ses mains d'ouvrier, abîmées, couturées de cicatrices, caressaient les oiseaux avec douceur. Certains, remarqua Nyquist, portaient des tubes métalliques à la patte.

Les deux hommes se regardèrent à travers le grillage hexagonal. Nyquist sentit qu'on le dévisageait. Mais l'enjeu était trop important ; malgré la loi du jour, il ne put garder le silence. « Je dois vous parler », commença-t-il. Mais le colombophile le fit taire d'un doigt porté à ses lèvres, un geste plus modéré que la main plaquée sur la bouche qu'utilisaient les autres villageois, mais un ordre tout de même. Nyquist s'interrompit. Il distinguait des rides d'anxiété sur le visage de l'homme : il avait eu une vie difficile. Ses joues étaient grêlées comme le mur de sa maison, et ses yeux n'étaient que deux fentes entre des plis de peau bleuâtre.

L'homme sortit de la cage et lui fit signe de le suivre par la porte arrière, qui donnait dans une cuisine bien chauffée. Chaque recoin était occupé. Un poêle à bois ronflait, une marmite de ragoût bouillonnait sur une gazinière. Partout autour, des gadgets, des ustensiles de cuisine, un bric-à-brac invraisemblable : c'était la maison d'un collectionneur fou. Dans l'entrée comme dans les autres pièces régnait le même capharnaüm, du sol au plafond, avec seulement d'étroits passages entre les montagnes de bidules. Nyquist devait marcher en crabe. Beaucoup d'objets semblaient faits à la main. Sadler était un artisan.

Sur une étagère, des livres dont les titres étonnèrent Nyquist : *Mrs Dalloway*, *A Shropshire Lad*, *La Décadence et la chute de l'Empire romain*, *La Terre vaine* et beaucoup d'autres classiques. Il dut réévaluer son opinion sur l'homme qui le guidait dans les pièces pleines à craquer. Ils empruntèrent l'escalier de la cave. Pas de soupiraux, l'obscurité, une odeur de moisi. Nyquist se cogna le genou contre une caisse et retint un juron.

Pas un mot, respecte les règles, apprends tout ce que tu peux.

Son esprit voulait avancer, même si ses mains tâtonnaient. Un bruit d'interrupteur, une ampoule solitaire s'alluma au-dessus d'une table au milieu de la pièce, qu'entourait un fatras hétéroclite : valises, animaux en peluche, un Union Jack déchiré, la moitié supérieure d'un squelette humain, des masques africains, des congas, un mannequin de couture, un jardin miniature sous une cloche de verre. Nyquist devait se frayer un chemin prudent, mais il finit par atteindre la table. L'autre lui fit signe de s'asseoir. Il obéit, et ils se retrouvèrent face à face dans la pénombre et le silence.

Pas tout à fait le silence : quelque chose trottinait sous les trésors minables. Nyquist n'avait pas envie de se demander de quoi il s'agissait.

Une branche d'arbre était posée sur la table. C'était une branche morte, morte depuis des années, à l'écorce grise et poudreuse, sans une goutte de sève. Aucune feuille n'y pousserait jamais. Pourtant le propriétaire de la maison posa une main dessus tout en faisant signe à Nyquist de l'imiter. Un effleurement suffit.

« Je m'appelle Len Sadler. Bonjour. »

C'était un accent prolo qui roulait les *r*. Sadler devait avoir quarante-cinq ans. Il avait ôté sa casquette, et ses cheveux brun-roux étaient clairsemés.

« On peut parler ? demanda Nyquist.

— Oui, mais ne lâchez jamais la branche.

— Elle vient du chêne magique, la Lame de Nuit ?

— Lame-de-Lune, corrigea Sadler en souriant. Sans article.

— D'accord. Tout à l'heure, sur la place, j'ai parlé avec des jeunes gens.

— N'allez pas croire que je l'ai volée, que j'ai porté la scie au chêne sacré. Jamais je ne ferais une chose pareille.

— Je comprends.

— Je l'ai trouvée dans la maison d'une vieille dame qui est morte l'an dernier. Les saints seuls savent comment elle se l'était procurée.

— Mais comment savez-vous qu'elle est authentique ? Ça pourrait être...

— Un bout de bois quelconque ? C'est ça que vous voulez dire ?

— Ma foi, oui.

— Dans ce cas, nous serions deux crétins assis dans la cave sans pouvoir dire un mot. C'est ce que vous voulez ? Non, je m'en doute bien. » Sadler se carra dans sa chaise. « Alors, que voulez-vous acheter ? »

Nyquist se pencha vers lui. « Vous pensez que c'est pour ça que je suis venu ?

— C'est la seule raison qui amène les gens ici. Comme vous le voyez, je propose beaucoup de marchandises, et à des prix très raisonnables. Mais, je dois vous prévenir…

— Oui ?

— Tout n'est pas à vendre. » Il eut un sourire en coin qui donnait à cette phrase simple des nuances philosophiques.

Nyquist posa la photo devant lui. « J'ai trouvé ça aujourd'hui. C'est votre maison. »

Sadler n'y jeta pas un regard. « Ah oui ? »

Un doigt sur chaque détail. « La plaque de rue : allée des Pigeonniers. Le numéro de la maison : 23. La fourgonnette…

— Oui, oui. Je vous crois. Où l'avez-vous trouvée ?

— Dans la chambre noire d'un photographe. Thomas Dunne. »

À ces mots, Sadler regarda Nyquist. Son front se plissa et il passa une main nerveuse dans ce qui lui restait de cheveux. Quelques mèches tombèrent. Il leur jeta un coup d'œil absent : « Bientôt, il ne m'en restera plus du tout.

— Je suis venu dans la région pour retrouver mon père.

— Je vois. Oui, je vois. Intéressant. Vous vous appelez ?

— John Nyquist. »

Sadler sursauta.

« Vous le connaissez donc ?

— Oui. Enfin, autrefois. Mais je ne l'ai… »

La gorge de Nyquist se serra. « Que voulez-vous dire ?

— Je ne l'ai pas vu depuis un moment. »

Nyquist ne savait pas s'il pouvait le croire. Au fil des ans, les rues des villes lui avaient enseigné leur sagesse, mais ici, à la campagne, il n'était pas dans son élément. Pourtant, il avait besoin de comprendre !

« Que pouvez-vous me dire ? Vous ne sauriez pas où il se trouve ? »

Sadler leva sa main libre pour demander le silence. Il scruta de nouveau le visage de son visiteur, l'étudiant encore plus soigneusement que dans son pigeonnier. Puis il prononça une phrase qui faillit faire pleurer Nyquist de joie, ou de peur.

« Oui, vous lui ressemblez. » La poussière retombait au sol. Même les petits bruits derrière les caisses s'étaient tus. « Je me disais bien que vous me rappeliez quelqu'un.

— Vous avez... Vous avez connu mon père ?

— Très brièvement.

— Il faut que vous me racontiez toute l'histoire. Si vous mentez...

— Il n'y a pas grand-chose à raconter. »

Ces mots s'enfoncèrent en Nyquist comme une aiguille. Dans sa colère, il ôta sa main de la branche. « Ne me cachez rien ! »

Sadler recula en portant une main à sa bouche, non plus un seul doigt, mais toute sa paume pour dissimuler ses lèvres.

Nyquist poussa un grognement.

Sadler, sans baisser le bras, détourna le regard du rebelle. Il attendit que la main de Nyquist soit revenue sur la branche.

« Sainte Meade vous demande de garder le silence, sauf si Lame-de-Lune vous permet de parler. »

Nyquist avait recouvré son calme. Il n'avait pas le choix, il devait permettre à l'histoire d'être racontée de la bonne façon. « J'ai vu un de vos pigeons, chez le photographe, murmura-t-il.

— Ah bon ? Lequel ?

— Le gris.

— Ils sont tous très différents, vous savez.

— Il avait un cylindre à la patte. Je l'ai détaché. » Sadler l'écoutait avec attention. « J'ai le message sur moi. »

Il posa la bande de papier devant lui. Après une hésitation, Sadler la saisit. Il lut le message en remuant les lèvres et la douleur lui fit plisser les yeux.

« Leonard ? C'est vous, je suppose ?

— Tout le monde m'appelle Len. Tout le monde sauf Agnes. » Il eut un petit sourire nostalgique. « Elle tenait absolument à utiliser mon vrai nom entier. Peut-être pour rendre ce que nous faisons plus... convenable. » Il relut le message. « Mais je ne l'ai pas vue depuis des semaines.

— Agnes est la femme de Thomas Dunne ?

— C'est ça, dit Sadler avec une grimace. J'étais sûr qu'elle finirait par le quitter pour moi. Mais... elle n'est jamais venue au Pilori. » Les larmes coulaient sur ses joues. Il regarda Nyquist à travers leur éclat en inspirant un bon coup. « Qu'est devenue la pigeonne ? Vous le savez ?

— Elle est repartie par la fenêtre.

— Cette petite Kira. C'est la plus douée de tous mes oiseaux. Elle ne renoncera jamais.

— Vous voulez dire...

— Elle vole partout depuis que j'ai expédié le message. Elle cherche Agnes.

— Peut-être que Kira finira par la retrouver.

— Peut-être, oui. Et nous serons réunis. »

Le grattement avait repris derrière une pile de caisses. En l'entendant, Sadler pencha la tête sur le côté et un spasme agita sa joue mal rasée. Il mit un moment à surmonter sa tristesse – l'effort de volonté se lisait sur ses traits et dans la crispation de sa main sur Lame-de-Lune. « Tout ce que vous voyez ici et dans les autres pièces, ça vient d'autres maisons du village. Mon but est d'avoir au moins un objet de chaque maison du secteur. Hoxley-le-Bas, Hoxley-le-Haut, les environs, les fermes, les cottages isolés. Si c'est sur la carte de Hoxley, j'y serai allé, j'y aurai prélevé quelque chose. » Il leva la main. « Jamais volé, attention, sauf si l'endroit est abandonné, ce qui ne compte pas. Non, la majorité de mes trésors, on me les a offerts, ou je les ai obtenus de plein droit en paiement de mon travail : peinture, réparations, tout ça.

— Allez-vous me dire comment vous connaissez mon père ? »

Comme perturbé par ce qui allait suivre, Sadler hésita.

« Qu'est-ce qui ne va pas, Len ? Vous voulez que je vous paie ? C'est ça ?

— Me payer ?

— Je n'ai pas grand-chose. » Nyquist sortit son portefeuille.

« Par tous les saints vivants ! Vous me prenez pour qui ? »

Nyquist ne sut que répondre, surtout quand Sadler brandit le message trouvé dans le cylindre de Kira.

« Ceci ! M'avoir rapporté ceci ! C'est un paiement suffisant, croyez-moi.

— Je suis navré. Je comprends. Enfin, je crois... » Nyquist détourna le regard.

Sadler allait parler, poursuivre la dispute, mais il s'interrompit et chercha d'autres mots. « Racontez-moi, vous, monsieur. Parlez-moi de votre père. Vous en savez plus long que moi, je parie.

— Ça fait plus de vingt ans que je ne l'ai pas vu. Je le croyais mort. Je ne sais pas grand-chose. Je n'ai que des souvenirs.

— Racontez-moi un bon souvenir. »

Le choix fut facile. « Il était comme vous, Len. Il aimait fabriquer des objets. Mais rien d'utile. Des trucs bizarres faits de vieux machins qu'il ramassait lors de ses voyages. Il était persuadé qu'ils avaient leur utilité. J'aimais bien ça. Gamin, je trouvais ça magique, même si ses machines n'arrivaient jamais à communiquer avec la planète Mars ou à enregistrer la voix des morts. » Nyquist fronça les sourcils. « À l'époque, je croyais qu'il faisait ça pour m'amuser. Mais avec le recul, je pense vraiment qu'il était fou. Son esprit était parti ailleurs. »

Sadler hocha la tête.

« Il y a quelques jours, reprit Nyquist, j'ai appris qu'il était peut-être encore en vie. Ça m'a fait un choc. Mais je ne sais pas. Je cherche à découvrir la vérité. Mort, ou vivant ? »

Sadler lâcha la branche. Ses doigts étaient suspendus à quelques centimètres de Lame-de-Lune. Ils ne bougeaient plus. Sans quitter Nyquist des yeux, il les reposa sur le bois et se mit à raconter une histoire.

« Cette année, on m'a confié un boulot dans une maison d'Ouslemere, un village en aval de la Vive. Les propriétaires voulaient redécorer. La première journée a été longue, et il faisait nuit quand je suis rentré chez moi. Dans le coin, il n'y a pas de réverbères. Il faisait très noir. Mais j'ai vu une lumière dans le champ de King's Grave. Il y a là une vieille ferme, mais elle est vide depuis des années. Personne ne veut l'acheter. Ça m'a intrigué, et j'ai tourné sur le chemin. Il n'est pas en bon état, mais ma fourgonnette a réussi à passer. J'ai dû traverser un champ.»

Sadler s'interrompit pour écouter le bruit derrière les caisses.

«Le temps que j'arrive, il n'y avait plus de lumière à la fenêtre. J'avais peur, je n'ai pas honte de l'avouer. Mais je me suis senti obligé d'aller voir. J'avais ma lampe de poche.

— Qu'avez-vous trouvé ?

— La porte n'était pas fermée à clé. Dedans, ça semblait à l'abandon. Mais j'ai remarqué des traces d'occupation. Un lit, un petit poêle, quelques boîtes de conserve. Je me sentais surveillé. Des yeux dans l'ombre.

— Qui était-ce ? souffla Nyquist.

— À ce moment-là, je n'en savais rien. Mais la nuit suivante, en rentrant, j'ai vu la même lumière, jaune au milieu du champ. Je suis retourné à la vieille ferme et j'ai attendu dans la pièce où se trouvaient le lit et le poêle. J'ai attendu longtemps. Jusqu'à ce qu'un homme entre.»

Nyquist n'arrivait plus à respirer. Il n'osait pas parler.

«Il avait une mine terrible. Comme s'il venait de très, très loin, et que ça lui avait coûté très, très cher. Son visage... La façon dont il me regardait. J'en perdais mes moyens. Mais dans ces yeux hantés, il y avait le désir brûlant d'un contact humain.

— Vous lui avez parlé ?

— Oui. Je me suis présenté. Je lui ai demandé son nom. Il m'a répondu : *George.*»

La main de Nyquist se crispa sur Lame-de-Lune. «C'est bien ça. Le nom de mon père.»

Sadler hocha la tête. «*George Oliver Nyquist*. Il a articulé les trois noms, comme s'ils avaient tous la même importance.

— Oui, il le faisait souvent.»

Mais Nyquist devait en avoir le cœur net. Il sortit de sa poche la photo de son père, la posa sur la table et demanda : «C'est bien l'homme auquel vous avez parlé ?»

Un bref silence. « C'est lui. C'est lui, jusqu'au moindre détail. »

Cette confirmation lui suffit. Ce n'était pas un jeu, pas une blague. C'était vrai ! Son père était venu ici, il était en vie... Tout ce temps où Nyquist l'avait cru mort, il était vivant ! *Vingt ans*. Ses yeux se fermèrent devant cette idée, la promesse qu'elle contenait !

Il regarda Sadler en face. « Il faut que je sache de quoi vous avez parlé, tout, je vous en prie, le moindre mot...

— Je ne suis pas sûr...

— Racontez-moi.

— Je ne me souviens pas... »

Nyquist abattit son poing sur la table. « Vous m'entendez ? Le moindre mot ! »

Sadler hocha la tête. Il n'arrêtait pas de se lécher les lèvres, avec une expression crispée à cause du bruit, du nuage de poussière qui s'élevait de la table et de la branche morte du vieil arbre. « Je... Je vais essayer.

— Bien.

— Il... Le problème, c'est qu'il n'a pas beaucoup parlé. Je vous dis la vérité, monsieur, je le jure. Il faut que vous me croyiez.

— Continuez. »

Sadler fit un effort pour se reprendre. « On s'est vus trois fois en tout. Pas plus. Mais je n'y passais qu'une heure à chaque fois, ensuite il me faisait partir. Toujours la nuit. Il préférait, je ne sais pas pourquoi. Peut-être qu'il n'aimait pas le soleil ? Il se tenait toujours dans l'ombre. »

Nyquist fit un geste : poursuivez.

« Il parlait très peu. Je ne dirais pas qu'il souffrait de la solitude, parce que je crois qu'il y était habitué. Mais il aimait m'écouter parler, il aimait apprendre les nouvelles, les potins du village, des ragots, rien de plus, les petites choses qui font la vie des gens ordinaires. Qui s'était disputé avec qui, qui couchait avec qui, qui perdait l'esprit, tout ça. La vie ordinaire, il a dit, une fois. *La vie ordinaire...* »

Sadler s'interrompit.

« Qu'est-ce qui ne va pas ?

— J'ai besoin de boire un coup. J'ai la bouche sèche. »

Nyquist acquiesça et Sadler se leva pour gagner un évier coincé entre un cadre de lit rouillé et une statue croulante. Dans l'ombre le regardait un automate de Polichinelle à taille humaine, avec des yeux jaunes. Sadler se servit un grand verre d'eau et revint à table. Les deux hommes étaient de nouveau face à face et il reposa la main sur Lame-de-Lune.

« D'autres fois, il voulait que je lui parle du reste du monde, la politique, la culture, tout ça, les événements des dernières décennies. Ça le fascinait. J'avais l'impression... Comment dire... Qu'il était resté très longtemps loin de chez nous.

— Où ça ? Il vous l'a dit ?

— Non. Une fois je lui ai posé la question, mais il n'a pas répondu.

— Il a bien dû vous parler. Il n'a pas passé son temps à vous écouter.

— Un soir...

— Dites-moi.

— Il a parlé de sa femme.

— Sa femme ? Vous...

— Darla. »

Nyquist ne put s'empêcher de sourire. « C'était un petit nom qu'il lui donnait. Darla. Elle s'appelait Dorothy.

— Si vous le dites. Il m'a confié que Darla... Dorothy... lui manquait, même après tant d'années.

— Ma mère est morte dans un accident de voiture. Quand j'étais petit. »

Sadler gonfla les joues. « Vous n'avez pas eu une vie facile, on dirait.

— Continuez. Qu'est-ce qu'il a raconté à son sujet ?

— Rien d'autre. Qu'elle lui manquait. »

Nyquist rassembla ses esprits. « Et après le troisième soir ?

— J'y suis retourné une quatrième fois. Franchement, ce type me plaisait. Je passe le plus clair de mon temps tout seul, et votre père était agréable. Il savait écouter. Je lui parlais de mes problèmes, il hochait la tête, il avait des petits sourires d'encouragement, tout ça. Parfois même des conseils.

— Et cette dernière fois, que s'est-il passé ?

— Il avait disparu. La maison était vide. Il restait le lit, le poêle, ses livres.

— Ses livres ?

— Je ne vous l'ai pas dit ? Il aimait lire. Un sujet l'intéressait particulièrement. Dès le début, il m'a demandé si j'avais des guides à lui prêter. Alors, pour ma deuxième visite, j'en ai pris un sur mon étagère et je l'ai apporté. C'était un livre d'ornithologie. Pour apprendre à reconnaître les oiseaux. Les passereaux, les accenteurs, les pics épeichettes.

— Ça intéressait mon père ?

— Beaucoup. C'est même ça qui nous a rapprochés, quand il a appris que j'avais des pigeons. Il voulait tout savoir de mes oiseaux : Petite Tess et Lord Montague, la jolie petite Broodie, Mémé McIntyre…

— Ça se passait à quelle période ? coupa Nyquist.

— En fin d'été. Au mois de septembre.

— Pourquoi a-t-il quitté la vieille ferme ?

— Je ne saurais pas dire. Mais, à ma dernière visite, il m'a semblé très agité. Il s'est presque mis en colère. Il n'aimait pas que je parle d'Agnes. Je ne sais pas pourquoi. »

Nyquist réfléchit. Grâce aux photos, il savait qu'un lien unissait son père à Thomas et Agnes Dunne. Mais il ne comprenait pas. Pas encore.

« Il m'a demandé de partir, reprit Sadler. Il m'a foutu dehors, pour être honnête. Ce qui m'a mis en rogne, croyez-moi. Dans la lumière pâle, son visage tremblait bizarrement. Il avait l'air au bord de la crise de nerfs. Et c'est la dernière fois que je l'ai vu. »

Nyquist s'efforçait de garder son calme. Effleurant la photo de son père, il demanda : « C'est vous qui m'avez envoyé cette image ?

— Bien sûr que non. Pourquoi j'aurais fait ça ? Je ne vous connaissais même pas.

— Il ne vous a pas demandé de me contacter ?

— Pas du tout ! Je le jure ! »

Nyquist sortit de sa poche une autre photo. « Et celle-ci ? La tour noire ? Vous la reconnaissez ?

— Non. Jamais vue de ma vie.

— Mais pourquoi m'envoyer ça, si cette tour est dans un autre village, dans un champ loin d'ici ? Ça ne tient pas debout.

— Rien ne tient jamais debout, je trouve. »

Nyquist ne releva pas. Il tendit à Sadler son guide des environs. « J'aimerais que vous m'indiquiez le champ où se trouve la maison où vous retrouviez mon père. »

Sadler feuilleta le livre. Son stylo s'arrêta sur une zone vide, loin des secteurs habités. « Elle n'est pas sur la carte. Je vous l'ai dit, elle est abandonnée...

— Marquez son emplacement. »

Le stylo traça une petite croix au milieu d'un pré. « King's Grave. Quand vous êtes sur Ousle Road, il faut tourner sur le chemin, mais je vous préviens, il devient vite impraticable.

— Ne vous inquiétez pas de ça. Je me débrouillerai. »

Nyquist examina la carte. Une question devait être posée, et il mit un moment à en trouver le courage.

« Mon père a-t-il parlé de moi ?

— Pardon ?

— A-t-il prononcé mon nom ? A-t-il parlé de moi, son fils, son seul enfant ? Eh bien ? »

Len Sadler était nerveux. « Non, pas que je me souvienne. Pas directement.

— Comment ça, pas directement ?

— Une fois...

— Continuez.

— Quand il a parlé du livre sur les oiseaux. Il a dit que ça ferait un cadeau parfait pour quelqu'un. Un petit garçon.

— C'est tout ?

— C'est tout. Ça... Ça ne suffit pas ? »

Nyquist retira sa main de la branche. Il baissa la tête. Le grattement emplit le silence. Un animal vivait ici, dans le bric-à-brac : le bruit lui rongeait la cervelle.

« Qu'est-ce qui ne va pas ? » demanda Sadler.

Pas de réponse.

« Je sais, vous êtes en colère, M. Nyquist. Vous vous sentez perdu. Forcément. Tout le monde se sent perdu parfois. »

La tête de Nyquist restait baissée. Il ne parlait pas. Mais sa main se mit à bouger. Elle vint se poser sur l'écorce et ses doigts l'enserrèrent. Il ne pensait à rien, son esprit était vide. Mais le contact de la branche était agréable. Il aurait pu la brandir, la lever bien haut et faire des dégâts. Il imaginait le front de Sadler se fendre. Et avant même que cette idée lamentable s'évanouisse, l'acte prit le dessus. Il était debout contre la table, les deux mains serrées sur la branche, prêt à frapper.

Sadler ne poussa pas un cri. Prudemment, lentement, il porta les deux mains à sa bouche pour se forcer au silence. Un seul choix s'offrait à lui, et il choisissait de respecter la règle de la sainte.

Son geste eut un effet. Nyquist essaya de contrôler sa colère. Enfin il reposa la branche sur la table. Il la touchait encore, ce qui lui permettait de parler. « Je dois juste retrouver mon père. » C'était un désir simple et, en l'exprimant, Nyquist redevint petit garçon. Six ou sept ans, il courait, il pleurait, il avait les mains et les genoux crasseux, des traînées de larmes sur les joues, il sautait par-dessus les murets, marchait en équilibre sur le toit d'un appentis, il était soldat, il était avion de chasse, Spitfire, bras tendus, il imitait le bruit des moteurs et des mitrailleuses, il était cowboy, explorateur dans la jungle, le premier homme sur la Lune. Et son père était à ses côtés lors de toutes ses missions, pour l'encourager, pour monter à l'assaut avec lui, partir en patrouille, puis il était parti, parti, il ne l'accompagnait plus, il n'était plus là, et le petit garçon jouait seul, seul dans les rues de lumière et de ténèbres, un jeu sans fin, sans dénouement, jusqu'à ce que l'ombre ultime se rapproche.

Il se rassit et, doucement cette fois, déclara : « Il faut que je le retrouve. »

Sadler ne répondit pas. Il regardait ailleurs. La créature s'était remise à jouer, elle remuait, elle fouinait. Elle grattait. C'était un bruit discret, mais dans le silence on l'entendait clairement.

« Vous entendez ? » murmura Sadler.

Nyquist hocha la tête.

« Je... je crois qu'il vous appelle.

— Je ne comprends pas. » Un murmure aussi.

Le bruit continuait, plus fort.

Sadler se leva. Sur une étagère, il écarta une pendulette pour récupérer un objet tout au fond et revenir le poser sur la table. C'était une boîte en bois, le genre de souvenir qu'on rapporte de voyage. Un tigre était gravé sur le couvercle.

Le bruit provenait de la boîte.

« Je l'ai trouvée dans la maison d'un homme qui est mort cette année. Il s'appelait M. Holroyd.

— Jamais entendu parler de lui.

— Je ne crois pas que ça ait de l'importance. Regardez, je vous en prie. »

Nyquist ouvrit un petit loquet de cuivre et souleva le couvercle.

Immédiatement le bruit se tut.

Il regarda l'objet à l'intérieur, niché dans un lit de feutrine verte. Il resta longtemps sans comprendre ce qu'il voyait. Il interrogea Sadler du regard, mais l'homme garda le silence.

Reportant son attention sur l'objet, il dit : « C'est une arme de service. Un revolver Enfield. Double action. Militaire, on dirait. Calibre .38.

— Vous vous y connaissez en armes à feu.

— Un peu. J'en ai possédé une, mais je ne l'ai plus.

— Et si cette arme était là pour remplacer la vôtre ?

— Je ne suis pas sûr de la vouloir.

— Mais moi non plus. Plus maintenant. »

Nyquist sortit le revolver de la boîte pour l'examiner plus en détail. Il vit tout de suite qu'il restait attaché à la feutrine par une cordelette verte, identique en tous points à la vrille qu'il avait trouvée dans la tasse chez les Bainbridge. Il écarta encore le revolver, et la matière fibreuse s'étira jusqu'à ce qu'elle se décroche de la feutrine avec un petit bruit sourd et se rétracte en direction de l'arme, jusqu'à s'enrouler autour du canon.

Nyquist et Sadler contemplaient l'arme et son étrange parasite.

Rien ne bougeait à part la vrille qui ondulait autour de l'arme.

« C'est de cette créature que provenait le bruit ? »

Sadler hocha la tête. « Oui. Elle ne bougeait plus depuis que j'ai rapporté la boîte ici. Mais là, dès que vous êtes arrivé, elle s'est manifestée. Tenez, regardez. » Il lui tendit une loupe, qui lui permit de voir que le mystérieux parasite était fixé sur le pontet ; il paraissait même intégré au métal. L'autre extrémité de la vrille était libre, et coiffée d'une série de petits poils qui tremblaient comme les antennes d'un insecte, à la recherche d'un point d'ancrage. C'était vivant. Nyquist baissa la loupe. De toute sa vie il n'avait rien vu de pareil.

« Faites attention. Elle bouge ! »

La voix de Sadler le fit sursauter. La vrille se déploya à toute vitesse. Sans pouvoir s'en empêcher, Nyquist lâcha le revolver, qui rebondit sur la table. La créature se tordait en tous sens, comme la lanière d'un fouet.

« Seigneur.

— Oui, et tous les saints. » Sadler avait le front trempé de sueur.

Enfin la créature se calma. Elle ondulait lentement.

« Vous savez ce que c'est ? demanda Nyquist.

— J'en ai déjà vu, oui. Une fois.

— C'est le moment de parler.

— Mais je parle. Vous n'entendez pas...

— Plus fort, plus clairement. Venez-en au but ! »

Sadler s'essuya la bouche puis, indiquant la vrille, dit : « C'est un spécimen remarquable de ce que les gens du coin appellent Jenny-les-Vrilles. Ou, du moins, un fragment.

— C'est un peu court.

— Le revolver est lié à vous. Et rien, absolument rien ne pourra jamais rompre ce lien. Jamais ! Vous ne voyez pas ? » Une lueur d'excitation brillait dans l'œil de Sadler. « La vrille de Jenny-les-Vrilles relie l'arme à votre histoire. C'est pour cela qu'elle s'est animée quand vous êtes entré dans cette pièce. » Un gémissement de plaisir. « C'est si rare ! Un spectacle magnifique ! »

Nyquist sentait la réalité lui échapper.

« Vous avez déjà eu affaire à cela ?

— Une seule fois. Il y a quelques années, j'ai vendu un couteau de chasse à un type. Un peu dans votre genre. Le manche du couteau en avait une. Sinon, j'ai entendu les histoires qu'on raconte. Comme tout le monde.

— J'écoute.

— Je ne suis pas sûr que ça aiderait.

— Ce qu'il y a, c'est que j'ai déjà vu cette créature. Sur un autre objet.

— Vraiment ?

— Pas une arme. Une tasse à thé. C'est tout. Une tasse à thé ordinaire. »

Le regard de Sadler s'illumina. « Mais c'est incroyable ! Je n'ai jamais rien entendu de tel. Deux objets ! Deux objets liés à la même personne, à la même histoire ! Et vous connaissez la vieille chanson ? » Sans attendre de réponse, il expliqua : « Dès lors que Jenny-les-Vrilles vous appelle, impossible de lui échapper. » Il se mit à chanter. L'air évoquait une ritournelle de gamin, mais le ténor rauque de Sadler l'emplissait d'une mélancolie poignante.

Par les herbes et les crochets,
Par la chandelle, par le livre,
Par le bois, par la cascade,
Jenny-les-Vrilles s'approche.

Tandis que Sadler chantait la suite, Nyquist examina le cylindre du revolver : cinq chambres vides et une cartouche prête à être tirée. Il le referma, appréciant le son agréable des éléments qui se remettaient en place : c'était un objet de bonne facture, et bien entretenu. Mais la vrille s'agitait : elle semblait chercher Nyquist. Il la laissa faire. Les fibres effleurèrent le dos de sa main. Ça chatouillait, rien de plus. Elle s'enroula autour de son index. Il était lié au revolver par cette substance vivante, organique. La sensation était étrange : il pensa à une histoire qui se déployait, à la bifurcation d'un chemin qui se séparait en deux, et encore en deux, à l'infini, puis qui rejoignait d'autres chemins, d'autres histoires, jusqu'au moment où on pressait la détente et où le marteau venait heurter le percuteur, et la poudre explosait, la cartouche s'élançait vers la chair ou la cible.

Un cri de douleur et d'horreur, une gerbe de sang...

Dans son esprit, c'était réel, comme si le coup de feu avait vraiment retenti. Réel. Jusqu'à ce que la chanson s'achève et que la vrille lui lâche le doigt pour retourner s'enrouler autour du canon du revolver, et la vision disparut aussi vite qu'elle était venue.

« Je pense que cette arme vous appartient, dit Sadler. Je n'en veux plus chez moi.

— Parlez-moi de l'autre, celle que vous avez vendue. Le couteau de chasse. »

Sadler hésita.

« Quoi ? Son propriétaire s'en est servi contre quelqu'un ?

— Si on veut. Il s'est suicidé. »

L'HOMME LOINTAIN

La lande était un grand poids, une bête qui écrasait la terre. Nyquist suivait le chemin, en trébuchant parfois, et fut soulagé de voir la rivière couler dans son lit, l'eau zébrée d'argent comme un miroir dérangé dans une pièce obscure. Il s'en servit comme d'un guide, le son toujours à sa droite, et malgré tout il redoutait de s'être perdu. Toutes les terres étaient les mêmes terres, toutes les ténèbres les mêmes ténèbres – et l'intérieur de sa tête renfermait les mêmes ténèbres. Mais il continua jusqu'à distinguer une constellation de points jaunes au loin : des lampes et des fenêtres éclairées. Une luciole lui bourdonnait dans le crâne et voletait autour de ce qu'il avait appris grâce à Sadler et à son étrange fatras. Il passa en revue les mystères : les fils de coton brodés sur une photographie, le nom disparu que lui avait donné Sylvia Keepsake, la raison pour laquelle son père était venu dans ce village après tant d'années et si loin de chez lui. Surtout, il repensait à l'image de la maison de Sadler qui apparaissait sur le papier dans la chambre noire. Quelqu'un lui envoyait des indices, il ne voyait pas d'autre explication. Mais pourquoi ?

Un pas, un autre, le gazouillis de l'eau, un oiseau de nuit qui chantait dans la lande solitaire, la lune presque pleine mais cachée par les nuages. L'étang aux cygnes. Le pont de pierre sur la rivière. Il était de retour à Hoxley-sur-la-Vive. On était vendredi soir et la grand-rue était pleine de gens qui fêtaient le début du week-end. Les fenêtres du Cygne à Deux Cous brillaient d'une chaude lumière. Mais bien sûr personne ne parlait, personne ne faisait de bruit. Le revolver était lourd dans la veste de Nyquist, et il avait honte de porter une arme chargée dans ce petit village censé être si paisible : il se sentait encore moins à sa place qu'auparavant.

Des couples se promenaient, parfois main dans la main, emmitouflés dans la laine et la fourrure pour se protéger du froid. Jetant un coup d'œil par la porte du pub, il vit les buveurs au bar ou autour des tables, tous muets, échangeant des blagues ou des ragots en langue des signes, se disputant ou flirtant en silence. Nigel Coombes ne se mêlait pas aux réjouissances, il servait les commandes avec efficacité, un sourire professionnel plaqué sur le visage. L'atmosphère tentait Nyquist, mais il n'était pas prêt à terminer sa journée. Ses mains n'avaient plus de mots. Et il lui restait une mission à accomplir avant la nuit.

Il remonta Pyke Road jusqu'à la maison des Bainbridge. Son plan était simple : il attendrait huit heures, le moment où sainte Meade relâcherait son emprise sur le village, pour tambouriner à la porte de *L'If* et exiger de savoir pourquoi les Bainbridge possédaient cette tasse, celle avec la vrille. À en croire Len Sadler, un lien unissait la tasse et le revolver. Dans sa tête, une chaîne se formait : *moi, la tasse, le flingue, la tasse, le flingue, moi, le flingue, la tasse, le flingue, moi…*

Malédiction ! Les Bainbridge savaient forcément quelque chose.

À huit heures moins vingt, il commença à ne plus tenir en place. Il marcha jusqu'à la salle des fêtes, où la conférence avait commencé. Il paya un shilling à l'entrée et resta debout, dans la pénombre, pour voir les images défiler sur un écran installé derrière l'estrade. La salle était aux trois quarts vide. Indifférent aux sièges libres, Nyquist s'approcha de la table où se trouvaient les boissons et les amuse-bouche, mais il ne restait qu'une poignée de gaufrettes ramollies et les miettes de biscuits plus savoureux. Il mangea ce qu'il put avant de s'adosser au mur pour écouter la conférence. Dans l'allée centrale, un jeune homme s'occupait de la lanterne magique, et une femme plus âgée, sur scène, montrait les détails pertinents du bout de sa baguette. On ne prononçait pas un mot, on n'entendait pas un bruit hormis le cliquetis du projecteur quand une diapositive en remplaçait une autre et qu'une nouvelle image s'affichait.

Même quand une image apparut à l'envers, personne ne fit de remarque, pas même un éclat de rire. Des ombres dansaient sur les visages fascinés des spectateurs. Nyquist vit des oiseaux en vol, des enfants avec des cerceaux, la lune au-dessus d'une forêt, la grand-rue ornée de fanions, une tour noire solitaire, un homme qui souriait, des joueurs de cricket en uniformes blancs sur la place, un signe de la main d'un soldat qui partait à la guerre, une jeune femme qui disposait des fleurs sur une tombe, l'église de Hoxley décorée pour la fête des moissons. Mais il était incapable de comprendre la signification de cette séquence, ni la raison qui poussait les gens à regarder tout ça. On était loin des *Noces de sang* ou de Jack Hawkins dans *Le Cadavre sous la lune.*

Cinq minutes d'images aléatoires, ça suffisait. Il quitta la salle pour retourner chez les Bainbridge. La fin du silence approchait. L'atmosphère était lourde, vidée de tout bruit. Nul cri d'animal, nul chant d'oiseau ne troublait la pureté de cet instant ; même le vent était tombé. Nyquist osait à peine respirer, de peur de tout gâcher. Et il se demandait si tout le monde allait faire du bruit et se mettre à parler dès l'instant où l'horloge sonnerait huit heures, en récompense de cette journée muette.

Il songeait à la conférence sans paroles à laquelle il venait d'assister, certain d'avoir raté quelque chose dans l'enchaînement des images, une diapo importante.

Était-ce la même tour noire que...

Le bruit survint trop tôt.

Il n'était pas prêt. Il eut peur. Son cœur bondit dans sa poitrine.

Le bruit, le hurlement. Il survint trop tôt, trois minutes trop tôt.

Il déchira la nuit.

Nyquist imagina du sang s'écoulant du silence, du silence blessé.

Le hurlement résonnait toujours. Une voix aiguë de femme qui souffrait, qui souffrait terriblement.

Enfin Nyquist parvint à bouger. Il se précipita sur la porte de *L'If* et se mit à cogner de toutes ses forces.

« Bainbridge ! Bainbridge, ouvrez ! »

Pas de réponse. Il regarda par la fenêtre, entre les rideaux, et vit l'icône de sainte Meade, mais le salon était désert.

D'autres gens, effarés, sortaient sur le pas de leur porte.

Que pouvait être ce bruit ? Que signifiait-il ?

Mais il restait encore une minute, et personne ne parlait.

Nyquist s'élança sur le petit chemin qui contournait la maison. La porte de derrière n'était pas fermée. Il la poussa. Ce qu'il vit le figea sur place.

Plaquée contre le mur de la cuisine, Hilda Bainbridge avait les mains crispées, et son torse se balançait d'avant en arrière ; à chaque fois, son occiput heurtait le plâtre. Le choc était à chaque fois plus bruyant.

Et elle hurlait toujours.

Elle hurlait dans cette longue nuit de silence.

Nyquist l'appela. « Hilda. » Mais ça ne changea rien. Vraiment inquiet, il s'approcha, la saisit à deux mains et la tira vers lui. Enfin elle se tut. Nyquist vit une tache de sang sur le mur, là où elle s'était cogné la tête encore et encore. Elle le regardait, les yeux rouges, le visage ruisselant de larmes. Elle avait toujours la bouche ouverte et la respiration laborieuse.

L'écho de son cri semblait résonner, à la fois audible et silencieux.

Hilda détourna la tête. Tout plutôt que voir la silhouette assise à table. Nyquist lâcha la femme le temps d'aller poser une main sur le cou de l'homme. Pas de pouls, aucun signal à l'intérieur.

Ian Bainbridge avait trouvé une issue aux problèmes de sa vie, la porte solitaire du suicide. Bizarrement, il était toujours bien droit, les mains tendues, posées devant un verre de cognac. Mais il n'y avait aucun désordre, aucun regret de dernière minute, pas de résistance. Son corps avait simplement renoncé. Il avait des traces de griffures récentes partout sur le visage. Et ses lèvres avaient la couleur sombre d'un jus de baies. Le bout de ses doigts aussi était taché de rubis. Il restait quelques baies dans un bol, sur la table, leur peau presque blanche fendue sur une pulpe rouge vif. À côté du bol, une branche d'arbre pleine d'épines. Des copeaux d'écorce jonchaient la nappe blanche.

Bainbridge contemplait, droit devant lui, des paysages plus lointains que le mur de pierre avec ses rangées d'ustensiles de cuisine, les *Recettes de Mme Beeton*, le torchon à fleurs. Il regardait loin, loin, dans les champs, jusqu'à la lande et aux cieux où tous les soucis se changeaient en brume.

Hilda s'était effondrée sur une chaise près du poêle. Assise les mains sur les genoux, les épaules voûtées, le visage dissimulé. Pour la première fois

Nyquist remarqua qu'elle avait les cheveux mouillés et qu'elle sentait le savon. Elle portait une chemise de nuit en pilou. À l'évidence, elle sortait de son bain et, en redescendant, elle avait trouvé son mari. Mais ces pensées ne faisaient pas beaucoup avancer Nyquist. Il ne savait que faire pour l'aider.

Il entendit un bruit à la porte. C'était un voisin. Il entra dans la cuisine et s'arrêta net, horrifié par l'homme immobile à table. « Allez chercher un policier, dit Nyquist. Pouvez-vous faire ça ? » Le voisin le dévisagea. « Allez ! » Enfin le type terrifié recula et s'en fut. Nyquist regarda autour de lui. Il lui restait quelques minutes avant que les gens n'arrivent, à commencer par le flic de service. On le ferait sans doute sortir, on l'interrogerait certainement. Il était prêt, quoi qu'il se passe, mais, autant que possible, il devait fouiller la maison.

Il commença par la cuisine dans l'espoir de trouver la tasse à thé. Elle n'était ni sur la table ni dans l'évier. Il ouvrit les placards les uns après les autres jusqu'à trouver la vaisselle, bien disposée sur les étagères. Mais la tasse ne s'y trouvait pas, ni le service assorti. Il continua dans le couloir. Un buffet vitré contenait les objets précieux, des trésors de famille – broches, décorations, le service à thé du couronnement : tasses, soucoupes, théière, pot à lait, tout était orné du portrait de la reine. Mais il n'y avait que cinq tasses ; une soucoupe était vide. Il les examina quand même toutes, au cas où il verrait l'étrange filament vert, les restes de la vrille. Mais les tasses étaient propres.

Il entendit un cliquetis dans le salon. Il y entra d'un pas hésitant, craignant d'y trouver quelqu'un. Mais la pièce était déserte. Et silencieuse à présent, à part la pendule sur le manteau de la cheminée et le crépitement du feu dans l'âtre. Tout paraissait à sa place, normal, rassurant. Sur le rebord de la fenêtre, sainte Meade contemplait la rue.

Son règne était achevé.

Le son recommença. Nyquist se retourna. Il s'approcha de la cage à oiseau sur son pied. Elle était couverte d'un tissu violet, qu'il souleva pour regarder entre les barreaux. La perruche bariolée n'y était plus. À sa place, sur le perchoir, un corbeau, trop gros pour la cage, et de trop grande envergure. Comme une créature de cauchemar il fixait Nyquist d'un œil jaune, la tête tournée de profil. Un losange blanc lui marquait le front, comme le symbole d'une caste ou d'une guilde d'assassins.

Les ailes immenses se mirent à battre, ce qui secoua la cage et faillit la faire tomber. Au même instant, il poussa un croassement puissant qui, l'espace d'une seconde, transforma le salon coquet en monde sauvage. Puis l'oiseau se carra sur le perchoir, l'air content de lui.

Nyquist vit du blanc sur le sol de la cage. Il sut alors qu'il avait déjà vu l'oiseau, lors de sa première nuit au village. Cette sale bête lui avait volé le carton qui portait son nom, le nom offert par Sylvia dans les bois – ce même carton qui, déchiqueté, gisait dans la sciure et les fientes. Il vit les lettres CR sur un morceau, sur un autre la lettre G. Un fragment portait le mot ET, ou était-ce une syllabe d'un autre mot ?

Tous les autres morceaux étaient à l'envers : message inconnu.

Le corbeau montait la garde, son bec prêt à l'action.

DEUXIÈME PARTIE

TISSU CONJONCTIF

ALICE ET EDMUND VOUS SOUHAITENT LA BIENVENUE

Nyquist, cette fois encore, se réveilla tard, empêtré dans ses draps. Il avait du mal à bouger : les restes d'une nuit de mauvais rêves. L'air était épais, enfumé. Il réussit à se libérer et s'assit au bord du matelas, la tête entre les mains. Une bouteille de whisky aux trois quarts vide était posée sur la table de chevet, à côté d'un cendrier débordant de mégots. D'où l'air vicié et sa bouche pâteuse. Une aiguille lui perçait la tempe gauche. Il mit un moment à rassembler ses souvenirs – il avait acheté la bouteille au pub, tard la veille, à son retour. Oui, ç'avait été pénible, avec l'interrogatoire, l'attente, les allers et retours, avec les soupçons du flic et l'examen de la docteure Higgs, et Hilda Bainbridge qui pleurait en silence dans un coin du salon jusqu'à ce qu'on l'emmène passer la nuit ailleurs. Et, même alors, après la mort de son mari et le hurlement qu'elle avait poussé, aucun mot n'était sorti de ses lèvres, pas même sous l'insistance du policier : rien.

Il se leva, se passa de l'eau sur la figure et se brossa les dents sans jamais regarder le miroir, de crainte de ce qu'il y verrait. Il allait devoir remettre sa chemise de la veille et, il l'espérait, trouver le moyen de faire faire sa lessive. Sinon, il allait passer ses soirées à laver son linge dans le lavabo de la chambre. Une vie de glamour.

Une nouvelle icône trônait sur l'étagère. Il bougea la tête en essayant de se concentrer, car il craignait de voir double. Non, ses yeux fonctionnaient normalement. Une seconde icône était posée à côté de la première. Deux saints. Ça commençait mal. Les statuettes étaient identiques, ou presque, un frère et une sœur sans doute, et assez élaborées par rapport aux précédentes : faites de plastique moulé, en vêtements modernes, un costume bleu impeccable pour l'homme et une robe bleue simple mais bien coupée pour la femme. Les traits de leurs visages étaient doux et à peine esquissés : pas de rides, pas de plis, pas d'expression.

Nyquist descendit. Il y avait une nouvelle serveuse dans la salle à manger, une fille qui détourna le regard quand il la salua, puis quand elle lui apporta son petit déjeuner. Elle lui rappelait quelqu'un. Mais, à la vérité, tout était encore un peu flou et incertain. Il espérait soigner sa gueule de bois en se remplissant le ventre de protéines et de gras, mais sa tête continuait de bourdonner, et sa bouche était comme pleine de bouillie ou de plumes. Manger aggravait son état au lieu de l'améliorer. Il ne put finir son assiette. Il avait la nausée. La serveuse revint. Cette fois, il lui demanda son nom ; la réponse fut prononcée si bas qu'il l'entendit à peine.

« Pardon ?

— Alice, monsieur. »

Il essaya de la regarder, mais elle se détournait obstinément.

« Où est Mavis ? Elle ne travaille pas, aujourd'hui ?

— Je ne connais personne de ce nom. »

Et, avant qu'il ait pu l'interroger davantage, elle tourna les talons et disparut dans la cuisine avec son assiette et sa tasse vide.

Nyquist sortit. On était samedi matin, une de ces journées spéciales que l'hiver vous offre parfois, quand le monde semble en paix, que l'air est vif et argenté, comme l'intérieur d'une cloche au repos. Une banderole était tendue en travers de la rue, d'une maison à l'autre. Les lettres brodées disaient : *ALICE ET EDMUND VOUS SOUHAITENT LA BIENVENUE DANS LEUR VILLAGE.* Nyquist se dirigea vers le cabinet de la docteure. Un couple d'âge mûr le regarda passer avec une hostilité manifeste. Il avait l'impression de les avoir déjà vus quelque part. Mais où et quand, il ne le savait plus. D'autres gens secouèrent la tête en échangeant des propos à mi-voix. Il excitait la curiosité, ou peut-être la haine. Tandis qu'il marchait, la grand-rue lui apparut plus nettement et il vit que tous les visages étaient identiques, ou en tout cas très similaires. Les gens portaient tous un masque qui dissimulait leurs traits et leur donnait une expression nouvelle. Un pour les hommes et un autre pour les femmes, ces deux visages répétés sur tous les passants. Les visages des deux icônes de sa chambre.

Il émit l'hypothèse qu'il s'agissait de saint Edmund et de sainte Alice. Et que les gens empruntaient leur apparence pour la journée.

Quelque chose le heurta en pleine nuque.

Nyquist se retourna.

Trois personnes le regardaient, sans doutes jeunes, et masquées, deux Edmund et une Alice.

L'un des hommes ramassa une autre pierre dans le caniveau.

« N'y pense même pas, petit. »

La menace de Nyquist n'eut guère d'effet. L'autre jeune homme approcha à presque le toucher et dit par les lèvres mobiles de son masque : « Qui êtes-vous, monsieur ? Vous n'êtes personne. Quittez cet endroit. On ne veut pas de vous ici. » Le ton était froid, chargé de dégoût.

Nyquist n'allait pas se laisser intimider. Il le toisa.

Le masque était rudimentaire, fait d'un plastique presque transparent, et on devinait les traits de l'homme au travers. C'était une copie exacte du masque de l'icône mâle. La jeune femme rejoignit son ami, et son masque à elle était du même type, mais conçu à l'imitation de sainte Alice.

« Qui êtes-vous ? Comment vous appelez-vous ? Que faites-vous ici ? »

Il s'aperçut alors que c'était l'une des jeunes filles qu'il avait rencontrées au pied de Lame-de-Lune, le chêne. Dans son cerveau embrumé, il chercha son prénom.

« Val, c'est bien ça ? Pourquoi...

— Ne m'appelez pas comme ça. Mon nom, c'est Alice. »

Il allait protester quand une pierre le frappa à la poitrine, lancée par l'autre homme, en retrait, qui se balançait comme pour se préparer à bondir.

« Si tu recommences... »

Le type foudroya Nyquist du regard. Il se pencha pour ramasser une pierre.

Valerie prit la situation en main. « Viens, Edmund, on s'en va. » Et les trois amis reprirent leur route.

Nyquist continua. Sur la place, on montait un chapiteau, avec un écriteau qui disait : *Madame Fontaine, la Grande Diseuse de bonne aventure*. Un homme mettait les dernières touches à l'installation. Lui aussi portait le masque du jour. Il recouvrait le nom *Fontaine* d'un rectangle de carton blanc portant un autre nom : *Grey*. Étrange, sauf si Madame Fontaine était malade.

Nyquist sonna à la porte du cabinet médical. Une bonne le fit entrer. Il s'habituait à voir les gens porter un autre visage et dit même, sans réfléchir : « Bonjour, Alice. La docteure est-elle disponible ? »

La bonne le fit entrer dans le bureau, où la docteure Higgs lisait un compte rendu. Elle accueillit son visiteur d'un sourire.

« Puis-je vous aider, monsieur ? Êtes-vous souffrant ?

— C'est moi, doc. Vous savez pertinemment qui je suis.

— Pardonnez-moi, je ne crois pas vous connaître...

— Higgs, allons, retirez-moi ce masque. »

La bonne poussa un cri étouffé. Debout dans l'encadrement de la porte, elle attendait ses ordres.

Le masque de Higgs frémit en écho à l'expression du visage de chair en dessous. Nyquist ne put déchiffrer ses sentiments réels, trop bien cachés malgré la protection semi-transparente.

Puis Higgs se reprit et lança d'une voix guillerette : « Alice, ma chère, voulez-vous bien servir une tasse de café à notre ami ? »

La bonne sortit. Nyquist resta près du buffet. Deux poissons rouges nageaient sans but dans leur bocal. Les deux icônes montaient la garde de chaque côté de l'aquarium.

« Asseyez-vous, Edmund, s'il vous plaît, dit la docteure, inquiète. Vous n'avez pas bonne mine. » Par les ouvertures du masque, il voyait les yeux qui cillaient, pâles, bleus.

Il resta debout, un peu instable, et la pièce bougeait avec lui.

« Edmund, avez-vous fait des excès ?

— Arrêtez ce petit jeu.

— Que voulez-vous dire ? Je ne comprends pas. »

Il était venu voir Higgs pour le bon sens dont elle faisait preuve, et pour lui demander conseil ; il comptait sur son amitié. Mais elle ne lui inspirait plus qu'une confusion lasse.

« Je ne m'appelle pas Edmund mais John. John Nyquist.

— Vraiment, je ne le crois pas.

— Mais c'est mon nom ! »

Elle laissa cette exclamation se perdre dans le silence. Puis, poliment, doucement : « Pour aujourd'hui, malgré tout, je vous appellerai Edmund. J'espère que ça ne vous ennuie pas ? Ça rendrait tout beaucoup plus facile. »

Nyquist fit quelques pas vers elle. Il était tiraillé entre deux impulsions : laisser la femme tranquille... ou lui arracher son masque.

« Je vous en prie, Edmund.

— Je ne peux pas vous parler tant que vous portez ce truc. »

Elle le regarda un moment comme s'il était fou, avant de cracher : « Vous n'arriveriez pas à me le retirer, même si je vous laissais approcher. »

La porte s'ouvrit sur la bonne. Immédiatement, Nyquist s'écarta en laissant retomber ses mains. Déposant une cafetière et deux tasses sur le buffet, elle jeta un regard à Nyquist, puis à Higgs, et demanda : « Tout va bien, madame ?

— Oui, merci, Alice. Vous pouvez nous laisser. » Higgs gagna le buffet. « Je fais le service, d'accord ? » Elle servit son visiteur, qui but à longs traits. Le café était fort, brûlant, et il fit des merveilles sur sa gueule de bois.

Higgs sortit d'un tiroir un morceau de plastique roulé. « Prenez. Ça vous fera le plus grand bien. »

Le masque était humide et, quand il le déroula, il vit les trous pour les yeux et la bouche, et la peau froide de la chair.

« Il colle tout seul, expliqua-t-elle. Un gros progrès depuis mon enfance, quand on avait recours à de la ficelle, ou même à de la glu !

— Higgs !

— Je suis désolée, vraiment. Mais je m'appelle Alice. Alice Grey. Et vous êtes Edmund, mon frère, mon seul frère. Car, voyez-vous, en ce jour et en ce jour seulement, tous les hommes sont Edmund Grey et toutes les femmes sont Alice. Vous ne comprenez pas ? C'est fort simple. »

Nyquist gémit et se laissa tomber dans un fauteuil, le masque sur les genoux.

La docteure vint se planter devant lui. « Il m'est très pénible de vous voir dans cet état, Edmund. »

Il la regarda. Soudain, il était d'humeur complaisante. « Alice...

— Oui. C'est moi. Docteure Alice. Oh, mais vos mains ! Elles sont blessées ! »

Surpris, il regarda ses paumes, les ouvrit. Elles étaient sillonnées de coupures, nombreuses, encroûtées de sang. Alice les effleura.

« Qu'est-ce qui s'est passé ?

— Hier soir...

— Oui ? J'ai une pommade, si vous voulez.

— Je... Je ne me souviens pas. »

Elle entreprit de le soigner. « Trouver un cadavre, ça a dû être terrible pour vous. »

Nyquist se libéra. « Comment va Hilda ? Il faut que je la voie, je dois lui parler.

— Hilda ? Oh, Alice, vous voulez dire ?

— Si vous y tenez.

— Elle a passé la nuit chez moi, dans la chambre d'amis, et elle est partie tôt ce matin.

— Partie ? Où ça ? Elle est rentrée chez elle ?

— Certainement. À l'heure qu'il est, son mari doit être aux pompes funèbres de Bligh. La pauvre femme ! Elle doit être folle de chagrin. »

Nyquist se leva pour marcher de long en large. « Que savez-vous de la victime, Ian Bainbridge ?

— Je ne connais pas de M. Bainbridge, protesta Higgs, interloquée. Parlez-vous d'Edmund Grey, l'homme qui est mort hier soir ? »

Nyquist n'en pouvait plus. « Oui, oui. Edmund Grey. Quand est-il mort, au juste ? À quelle heure précise ?

— Peu de temps avant votre arrivée, je crois.

— De quoi est-il mort ? »

Elle hésita.

« Votre opinion professionnelle ? »

La docteure entreprit de bourrer sa pipe. « Paralysie des muscles cardiaques due à une ingestion de lune-argent.

— C'est-à-dire ?

— C'est comme ça que nous appelons les baies de myre. Elles sont hautement toxiques, et en avaler ne serait-ce que trois ou quatre suffit à ralentir le métabolisme ou même à l'arrêter. Dès leur plus jeune âge, nos enfants sont mis en garde : ne jamais en manger, ne jamais les toucher. Malheureusement, certains n'écoutent pas.

— Vous croyez donc au suicide ?

— Oui, bien sûr. Il a choisi.

— Pourquoi voulait-il mourir ? »

Higgs resta songeuse, puis expliqua : « Le Grand Tolly lui a rendu visite.

— Pardon ?

— Le Grand Tolly se montre une fois par an, à la Saint-Algreave. Un habitant du village se déguise avec des branches de myre. C'est la tradition. »

Nyquist repensa à l'étrange créature qu'il avait vue dans la machine.

« Ce n'est pas dangereux ?

— Ne vous en faites pas, on retire les baies avant de fabriquer le masque.

— Mais pourquoi... pourquoi le Grand Tolly pousserait-il au suicide ?

— Ce n'est pas le cas. Mais penser à lui inspire la peur. C'est un personnage de mauvaise réputation. Certains voient en lui un démon. Alors, quand quelqu'un a recours à la myre pour se suicider, on dit que le Grand Tolly lui a rendu visite. Rien de plus. »

Nyquist inspira profondément. Il voulait garder la tête claire. « Et le corbeau en cage ? Une autre de vos traditions ?

— Non. Une énigme.

— Que je dois résoudre. » Il fronça les sourcils. « Une chose est sûre : ce n'est pas un suicide ordinaire. Hier soir, des événements inouïs se sont produits dans cette maison.

— Vous êtes préoccupé, Edmund ?

— Vous savez ce qui m'amène au village.

— Et vous pensez que... que cette mort est liée à la disparition de votre père ?

— Higgs, j'en suis certain.

— S'il vous plaît, s'il vous plaît, s'il vous plaît, ne m'appelez pas comme ça ! N'employez pas ce nom ! Je le déteste, comme je déteste tout ce qu'il représente. Je m'appelle Alice. Docteure Alice Grey. »

Les saints l'avaient submergée. Nyquist regarda son masque tandis qu'elle luttait pour reprendre le contrôle d'elle-même : les émotions mi-cachées, mi-visibles. Mais elle finit par réussir. « Pardonnez mon éclat. Mais comprenez-le bien, Edmund, cette journée est l'une des plus importantes ici. Il y a soixante ans seulement, en 1899, le frère et la sœur sont morts pour protéger le village contre des étrangers malveillants. C'est une date que tous les écoliers apprennent dans leur première leçon d'histoire. Les Grey sont nos plus récents martyrs.

— Bien sûr. Je comprends. »

À travers le masque, Higgs ficha le tuyau de sa pipe dans sa bouche. Le résultat était absurde. Mais elle parut satisfaite et se mit à fumer, de nouveau sereine.

« Et Hilda, qu'est-ce qui lui est arrivé ? demanda Nyquist. Alice, je veux dire. Quand a-t-elle cessé de parler ?

— Il y a trois ans, à la Sainte-Meade 1956. Elle a renoncé à la parole pour la journée, comme de bien entendu, et elle n'a plus jamais rouvert la bouche. Personne ne sait pourquoi.

— Les saints ont-ils souvent ce genre d'effet ?

— Non, pas souvent. Nos règles nous soutiennent. Elles nous protègent.

— Mais parfois, ça tourne mal, les gens vont trop loin ? C'est ça ? »

Elle ne répondit pas.

Nyquist suivait les évolutions des poissons qui cherchaient la sortie de leur aquarium. « Je vais peut-être repasser chez elle.

— Pourquoi ?

— J'ai laissé quelque chose dans la cage à oiseau. » Il regarda ses mains couvertes de coupures.

« Vous vous êtes battu contre le corbeau ? demanda la docteure, surprise.

— Je cherchais à récupérer un objet qui m'a été volé, mais cette saleté de piaf s'en est pris à moi. Il ne m'a pas laissé approcher.

— Ils tiennent à leur butin. Que vous a-t-il pris de si important ?

— C'est personnel. »

Elle le regarda à travers la volute bleue de sa pipe. Elle se rembrunit, et son masque se plissa. Puis elle secoua la tête en décidant d'abandonner le sujet.

« Encore une chose, dit Nyquist. Il faut que j'aille à King's Grave. C'est un champ, vers...

— Je connais.

— Là-bas, il y a une maison que je dois aller voir.

— Je peux vous y emmener cet après-midi. J'ai un patient à voir dans cette direction.

— Merci. »

Higgs vida les cendres de sa pipe dans un cendrier. « Mais il y a une condition. Enfin, deux.

— Je vous écoute.

— Vous devez m'appeler Alice, et seulement Alice. Et je vous appellerai Edmund, et vous répondrez à ce nom !

— D'accord.

— Dernière chose : portez le masque.

— Ça fait trois conditions.

— Portez le masque, nom d'un chien. Parce que sinon...

— Je sais. Je me ferai attaquer. On m'a déjà lancé des pierres.

— Croyez-moi, M. Grey. Ça a déjà coûté la vie à des gens. » Elle lui donna le temps de digérer l'information puis ajouta en souriant : « Et si ça vous arrivait, on serait peut-être obligés de vous béatifier. Vous. Imaginez un peu ! » Elle éclata de rire, la bouche de son masque béante. « Partez, maintenant, laissez-moi. »

Nyquist sortit. Une mère et son enfant venaient vers lui, et le gosse poussait déjà de hauts cris en tendant le doigt vers lui. « Ne sois pas impoli, Edmund », dit la femme à son fils tout en jetant un regard noir à Nyquist. Alors il posa le masque sur son visage et, immédiatement, reçut des sourires de la mère et un éclat de rire ravi de l'enfant.

Le masque s'adapta à son visage et se plaqua contre sa peau. Au début, il était froid, mais bientôt une chaleur agréable se diffusa. Le plastique se raidit, ondula pour trouver les meilleurs points d'ancrage, puis se raidit encore et s'enfonça dans sa chair. Il était le masque, le masque était lui et ils vivaient comme un seul être.

John Edmund Nyquist Grey remontait Pyke Road. Il lui paraissait très naturel de contempler le monde à travers deux trous ménagés dans le plastique. Chaque pas, chaque inspiration, chaque mouvement, chaque sourire d'inconnu... rendait la situation plus agréable. Et même réconfortante. Il se délectait de sa nouvelle identité.

Edmund. Monsieur Edmund Grey.

Monsieur Edmund Grey, de Hoxley-sur-la-Vive. À votre service.

Il s'abandonnait aux caprices bienveillants des saints quotidiens, oui, il commençait à comprendre, le réconfort, renoncer à son libre arbitre dans ces domaines, consacrer sa vie à un but plus noble...

Nyquist cessa de marcher et regarda autour de lui. Il entendait un bruit de bâtons qu'on entrechoquait. C'étaient deux hommes d'âge mûr en plein combat d'escrime avec leurs cannes, leurs membres animés par l'esprit de la jeunesse. Était-ce une danse folklorique ou une passe d'armes ? Les deux portaient le masque d'Edmund Grey. L'un cracha sur l'autre, un petit mollard minable jaillissant de ses lèvres sèches par l'ouverture du masque. L'autre poussa un juron et traita son ami de souillure sur le monde, parce qu'il déshonorait le masque de saint Edmund. Les cannes attaquaient et paraient. Il repartit vers le sommet de la colline. Il les entendait toujours.

Personne ne répondit quand il toqua à la porte de *L'If*. À l'intérieur, tout était calme. Par la fenêtre, il ne vit qu'un salon vide. Il repartit pour sa seconde destination, la salle des fêtes, où il examina les feuilles fixées sur le panneau d'affichage jusqu'à trouver l'annonce de la conférence de la veille.

La Professeure Bryars
présente une histoire locale
racontée par les icônes, les folies, le bric-à-brac
et autres miscellanées
Thé et biscuits
Entrée 1 shilling

Au bas de la feuille figurait une mise en garde : *Les spectateurs sont informés que certaines images peuvent être perturbantes.* Il n'avait rien vu de tel dans la portion de la projection à laquelle il avait assisté ; avait-il raté le meilleur passage ? Mais il repensa à la tour noire, et à quel point elle ressemblait au bâtiment de la photo. Une vision fugitive, une diapo parmi tant d'autres. Il devait en avoir le cœur net. Il entra et demanda à Alice, qui tenait l'accueil, où trouver la professeure Bryars.

« Alice Grey, vous voulez dire, la conférencière d'hier soir ?

— Pardon. Oui. Désolé.

— Bien qu'elle ne mérite pas ce nom. » Le masque de la réceptionniste se figeait par instants sous l'effet de la colère.

« Pourquoi ? Elle a fait quelque chose de mal ?

— Oh que oui, Edmund. Oh que oui ! Tous les ans, c'est la même histoire.

— Où puis-je la voir ?

— Continuez à monter, première à gauche, puis ce sera la deuxième rue à droite, Fallow Lane. Ensuite, suivez le charivari. Vous ne pouvez pas vous tromper. »

Et elle avait raison. Dès l'entrée de la rue, il vit la foule attroupée autour de la maison. Il y avait là une trentaine de personnes, toutes en Edmund et Alice, en Edmund et Alice de tous âges, avec sans doute plus d'Alice que d'Edmund. Il vit les deux escrimeurs, réconciliés pour le moment, qui utilisaient cette fois leurs cannes pour taper sur les fenêtres et la porte du numéro 9, où vivait Mme Bryars. Tout le monde criait, les voix un peu étouffées par les masques, mais fortes tout de même, sûrement assez fortes pour alerter l'occupante de la maison. Mais personne ne venait ouvrir la porte, personne ne répondait à ces appels. Et les cris continuèrent, les exclamations, les insultes. Chacun encourageait ses voisins, et la colère gagnait ainsi du terrain, jusqu'à ce que la meute entière gueule comme un seul corps. Nyquist regardait la scène à distance. Le bruit et les émotions lui avaient pour le moment rendu la conscience de son identité propre, et cet incident l'inquiétait, cette agressivité soudaine des habitants du village. Ses mains, qui s'étaient portées à son masque pour l'ôter, ne trouvèrent aucune prise.

La pellicule de plastique glissait comme une gelée sous ses doigts et les bords en étaient collés.

La chair et le masque ne faisaient plus qu'un.

Il pénétra dans la foule. Immédiatement le masque se mit à chauffer et à se raidir encore plus ; il sentit son visage se crisper. Il avait du mal à respirer mais, quand ses mains se levèrent à nouveau vers le masque, ce n'était plus pour tirer dessus mais pour appuyer, le fixer plus fermement, redevenir un Grey, un Grey et rien d'autre, un Grey jusqu'à l'os et fier de l'être, fier du nom et du pouvoir qui y était associé. Il y avait des camarades partout autour de lui et c'était bon de se fondre dans la masse, une seule personne avec un seul nom, un seul visage et une seule voix qui s'élevait en chant de peur et d'hostilité, de plus en plus fort. Edmund se retrouva dépourvu d'autonomie. Il unit sa voix aux autres.

Couvre-toi. Traînée, couvre-toi. Couvre-toi !

Il avança avec les autres. Plus près de la maison. Il y eut une échauffourée. Il s'arc-bouta contre la clôture. Quelque chose le frappa à la tête. Une canne, peut-être.

Puis la porte de la maison s'ouvrit.

Bryars montra son visage.

Pas de masque, pas d'Alice.

Une vision terrible qui gelait le cœur. Edmund lui-même fut horrifié par la chair nue, les yeux, la ligne du nez, les lèvres rouges, les joues colorées, les rides au front de la femme. Comment tout cela pouvait-il rester visible ?

Sur le seuil, Bryars lançait des regards noirs à ses visiteurs.

Personne ne parlait, personne ne bougeait.

Vu la tension ambiante, une bagarre était sur le point d'éclater. Mais la femme leva une main pour montrer le masque qu'elle tenait. Elle le plaça sur son visage, et Alice Grey se tint dans l'encadrement de la porte. Nulle trace de Bryars. La foule se tut aussitôt, sereine, souriant de tous ses masques, hochant la tête de tous ses masques. Le groupe s'éparpilla jusqu'à ce que, sur le trottoir, il ne reste qu'un seul homme.

Edmund fixait Alice, qui lui rendit son regard.

« Vous feriez mieux d'entrer », dit-elle.

Dix minutes plus tard ils étaient assis au salon : Edmund avec une tasse de thé et, dans une assiette, des biscuits au chocolat de Sutton's ; Alice avec un verre de vin. Sans doute pas le premier de la journée. Elle avait des traces rouges autour des lèvres de son masque, et lui des miettes et des grains de sucre. Edmund hésitait à reprendre un petit gâteau. Alice, comprenant son envie, poussa l'assiette vers lui, et il se servit volontiers. Ils n'avaient échangé que quelques mots : le temps, la dernière pièce radiodiffusée, l'équipe de cricket de Hoxley et ses chances pour la saison d'été. Mais quand le thé et le vin furent bus, Alice dit à son invité : « Je pense que nous devrions retirer nos masques. Qu'en dites-vous ?

— Est-ce vraiment sage ? J'ai pris goût au mien.

— Faites-moi confiance. » La professeure Grey sourit. « Ensuite, nous pourrons parler. Comme il se doit. Face à face. »

Elle quitta la pièce. Edmund examina les meubles et les décorations. Beaucoup de bibelots en cuivre, des napperons, des faïences à motifs orientalisants, un cendrier souvenir du bord de mer, des *Encyclopædia Britannica* avec un espace vide à l'emplacement du volume 7.

Au bout de quelques minutes, la professeure revint avec un saladier plein d'eau, qu'elle posa sur la table devant son invité.

« On se débarbouille, et voilà ?

— Pas tout à fait.

— L'eau est un peu sale. »

Elle sourit. « Quelques ingrédients dont j'ai le secret. Ne vous en faites pas. J'ai l'habitude. »

L'inquiétude fripa le masque d'Edmund. Dans l'eau, quelque chose bougeait, une créature vivante. « C'est un scarabée ? demanda-t-il.

— Les masques, de par leur nature sainte, tombent tout naturellement à six heures, expliqua Alice d'un ton guilleret. Je me contente d'accélérer le processus. »

Edmund se pencha sur le saladier. Il y avait en fait cinq ou six bestioles – il ne parvenait pas à les dénombrer exactement, car elles gigotaient sans cesse. Et l'eau avait des reflets argentés qui lui rappelaient un souvenir récent. Mais lequel ?

Les insectes éjectèrent une sorte d'encre noire par des glandes postérieures.

« Vous ne comptez pas me faire boire ça, j'espère ?

— Edmund, ce serait ridicule. Mettez la tête dans l'eau, tout simplement.

— Dans l'eau ?

— Oui. C'est tout. Et restez-y une minute. Une minute trente, peut-être. Retenez votre souffle et n'ouvrez pas la bouche.

— Ce n'est pas toxique ? »

Tout sourires, elle lui tendit une serviette de toilette. « Allez-y. Je vais vous imiter. Ensuite, je vous raconterai l'histoire de la tour noire. »

Oui, c'était ce qu'il voulait. Edmund plongea la tête dans l'eau trouble. Il sentit son masque se détremper et se refroidir. Puis les ténèbres le recouvrirent quand Alice lui posa la serviette sur le crâne et les épaules, bloquant la lumière.

Les scarabées glissaient sur ses lèvres.

UN SORTILÈGE POUR LES MÉCHANTS

Il sentit d'abord une douleur sur sa peau, vive et soudaine, puis une autre et encore une autre, et il crut que le masque était tombé, que son visage à découvert était la cible des scarabées, mais non, tout était encore couvert, encore dans le noir, et la panique l'envahit parce qu'il ne pouvait pas respirer, il avait la bouche et les yeux fermés, il sentit comme de petits coups de couteau sur ses joues et son front, une, deux, trois fois, et la panique revint, plus forte. Je suis ce que je deviens, un habitant du village, véritablement, le légitime occupant de ce masque, qui ne me quittera pas, et c'est fini. Il se mit à divaguer. Les épines s'enfonçaient dans sa peau, le transperçaient sans pitié jusqu'à ce qu'il soit couvert de sang. Il le sentait empoisser son masque, lui remplir les yeux et la bouche, les épines dans ses tempes et son front, et quand il parvint à ouvrir les yeux il sut où il était, il arrivait à voir entre les branchages tressés et les barbelés qui les fixaient sur sa tête, bien attachés, il était le Grand Tolly, il entendait le chant des enfants qui dansaient. *Chante avec nous Sally, oh, la lune est dans la vallée, oh…* Et il dansait lui aussi, dansait d'un pas lourd et lent, un et deux et trois et quatre, en rond en rond sur l'herbe de la place. À travers le masque du Grand Tolly il voyait le village, les villageois caracolaient devant lui et déposaient à ses pieds leurs sacrifices de sang, de chair et de plumes. *Vienne le deuil ou vienne la vie, Grand Tolly, Grand Tolly, viens jouer avec nous !* Leur chant était une prière au clair de lune.

HISTOIRES DE FAMILLE

Une demi-heure plus tard, Nyquist était assis dans une pièce aux rideaux tirés, et par le rayon du projecteur les diapositives défilaient sur l'écran appuyé au mur. Bryars les introduisait dans la machine l'une après l'autre, ce qui faisait varier la lumière ambiante en même temps que les phases de la lune, la lune sur l'écran que Nyquist regardait dans ses différentes phases, en différents lieux – un croissant, puis pleine, un trait au bord d'un globe noir. La lune au-dessus de Hoxley, des bois, des champs derrière le village.

« C'est ma sélection nocturne, expliqua la femme. J'ai des images de chaque saison, chaque moment de la journée, sous la pluie ou par beau temps. Tout provient des archives. » La passion faisait trembler sa voix. « Le village ne manque jamais de m'enchanter : ses habitants, son histoire, la façon dont il interagit avec la terre et le ciel. »

Une diapo, une autre, succession d'images. Nyquist était envoûté, son visage illuminé, puis sombre, illuminé, puis sombre, ses yeux étincelaient, puis une éclipse. Il était incapable de se détourner.

« Si seulement tous mes spectateurs ressentaient votre fascination. »

Le public ne répondit rien, car le moindre mot aurait rompu le charme. C'était fort simple : Nyquist avait l'impression de regarder sa propre vie, mais en secret. Une autre version de lui-même avait vécu au village, il en était sûr, avait vécu ici avant d'y mourir et d'y renaître, d'y mourir encore et d'y renaître sans cesse, et ainsi de suite au fil des siècles et des années. Il regardait au fond d'un puits d'images tirées des profondeurs, jamais vues avant cet instant, mais dont toutes sonnaient le glas dans son esprit.

Des ténèbres ils jaillissaient, ces clairières et ces charmilles, les jeux d'enfants, l'arbre foudroyé, la vieille maison effondrée, *Représentation par Mlle Ida Pearson de son rêve étrange à l'aquarelle (encadré)*, un miroir qui montrait le reflet du photographe. Les vues du village et de ses habitants allaient et venaient dans le temps, du sépia au monochrome à la couleur et ça repartait, les années mélangées : certaines images visiblement colorisées à la main, d'autres à peine distinctes sous une brume distordue – les fleurs qui avaient remporté le premier prix à la foire, les dames en robes du dimanche, les processions de la Pentecôte, l'éclat du soleil sur les cuivres d'une fanfare, la troupe de danse folklorique en costumes en train de boire des pintes à la terrasse du pub, une jeune fille qui semblait revenue à la vie dans ce salon, animée par la lumière, l'ombre et les produits chimiques sur la pellicule. D'autres images étaient moins lisibles : une araignée dans une boîte à chaussures, un coin de terre, un couteau ensanglanté, la silhouette d'un avion au-dessus de la forêt, l'ombre du Grand Tolly sur la place du village.

Et la tour noire apparut. Bryars interrompit le défilé pour laisser l'image sur l'écran.

« Est-elle située près d'ici ? demanda Nyquist.

— Oui. Pas loin du village, mais cachée par les bois de Morden. »

Il se leva, sortit de sa poche la photo de la tour et compara les deux.

« C'est la même. Mais au village, tous ceux auxquels j'ai posé la question... Personne n'a l'air de savoir où elle se trouve, ni même si elle existe.

— Elle existe bel et bien, et elle n'est pas difficile d'accès. Il suffit de traverser la forêt puis, arrivé dans la clairière de Sylvia, vous prenez le sentier de gauche. Ensuite, c'est tout droit. »

Nyquist se tourna vers son hôtesse. « Dans ce cas, pourquoi personne ne veut en parler ? »

Bryars ne répondit pas tout de suite.

« Madame ?

— Appelez-moi Maude, je vous en prie. Par un jour comme celui-ci, ne croyez-vous pas que nous méritons nos véritables noms ? »

Il hocha la tête. Bryars alluma le plafonnier. Dans cet éclat soudain, et sans le masque, son visage était livide, presque incolore, un peu maladif. Ses cheveux clairsemés avaient la nuance bleue de sa teinture.

Des veines avaient éclaté sur son nez : preuve supplémentaire de son penchant pour la boisson. Il lui donnait moins de soixante ans, mais la vie l'avait marquée.

Elle détourna les yeux.

Ils se trouvaient à l'étage, dans une pièce qui était à la fois salle de projection et resserre. Les étagères qui tapissaient deux murs étaient bourrées de livres et de classeurs par ordre alphabétique. Tout était impeccable ; on imaginait volontiers qu'elle faisait le ménage et la poussière chaque jour.

« Il faut d'abord me dire ce que vous avez vu et ressenti.

— Quand ?

— Pendant le retrait du masque d'Edmund. »

Cette fois, Nyquist ne répondit pas. La professeure insista : « Vous avez eu une vision désagréable, je le sais. Votre corps a réagi. Vos épaules tressautaient, vos mains tremblaient de chaque côté du saladier.

— Je songeais à mon passé, à ma jeunesse, c'est tout. Je me suis mis à rêvasser.

— Je crois que vous mentez.

— Peut-être. Quelle importance, pour vous ?

— Je suis historienne. Les habitants de Hoxley me considèrent comme leur chroniqueuse et vous, monsieur, vous inspirez une grande curiosité. J'aimerais connaître votre histoire. » Ses yeux brillaient. « J'aimerais vous ranger dans les archives, dans la catégorie la plus appropriée.

— Dans les M, pour "Mystérieux inconnu" ? »

Elle soupira. « Savez-vous que collecter des faits, c'est mon seul plaisir ? Allez-vous vraiment refuser de me dire ce que vous avez vu quand le masque s'est détaché ? Cela me serait une telle joie. »

Nyquist s'accrocha à son mensonge. « Des souvenirs d'enfance, je vous assure. »

À la vérité, il ne voulait pas évoquer ses visions cauchemardesques ; il sentait encore les épines et les piquants du masque du Grand Tolly qui s'enfonçaient dans sa chair.

Hochant la tête, elle éteignit le projecteur et s'approcha d'une étagère.

« Cet édifice, c'est la tour Clud. »

Elle ouvrit un dossier pour en tirer une série de gravures qui la représentaient et les posa sur la table devant Nyquist. « Au milieu du XVIIIe siècle, quand elle a été construite, les Clud étaient une famille bien connue et d'assez mauvaise réputation. À Hoxley, presque tous les gens convenables les craignaient. Et les détestaient.

— Pourquoi ? Qu'avaient-ils fait ? »

Bryars s'animait. « L'histoire commence avec une Wilhelmina Clud. Au début du XVIIe siècle, c'était elle qui portait la culotte. Elle s'intéressait à l'occultisme. Hildegard, sa fille aînée, a été condamnée pour sorcellerie mais, quand ils l'ont pendue, elle n'est pas morte. Ils ont essayé trois fois avant de la bannir du village. Elle a vécu dans les champs, se nourrissant de plantes sauvages et de fruits, dormant avec les moutons dans les bergeries. Elle est morte seule, sur la lande. » Bryars reprit son souffle. « Le quatrième fils de Wilhelmina, Peter Clud, a épousé une femme stérile, et s'est mis à voler des enfants dans les villages alentour. Il s'est suicidé en mangeant de la lune-argent, les baies de la myre, comme ce pauvre M. Bainbridge. » Tout en parlant, elle tournait les pages d'un livre et ses doigts dessinaient des symboles ésotériques. « Je pourrais continuer, mais vous avez compris l'idée, j'en suis sûre. C'était une famille qu'il valait mieux éviter. Et la tour Clud était connue pour les actes abominables qui s'y déroulaient. Oh, les histoires qu'on entendait ! Des sacrifices d'animaux, des innocents mis à mort, des mots écrits sur les murs, des mots obscènes. Qui désignent des parties du corps.

— Et c'est pour cela que personne ne veut parler de la tour ?

— Exactement. En prononcer le nom est censé attirer le mauvais sort sur toute votre famille. »

Nyquist regarda la professeure. « Pourtant, vous le faites, et vous en montrez des photos pendant votre conférence. »

Elle hocha la tête. « Je crois au bien-fondé des traditions, en général. Je trouve qu'il faut les préserver, car elles assurent l'unité de la tribu. Mais certaines sont problématiques. Comme celle qui nous fait porter des masques identiques pour la Saint-Edmund-Sainte-Alice. Ce n'est plus une croyance utile mais une habitude, et une excuse pour mal se conduire.

— Les Clud habitent-ils toujours le village ?

— Oui. Quelques-uns. Mais ils ont changé leur nom pour se faire appeler Clough. Et, il y a longtemps maintenant, ils y ont ajouté *Fair*, et aujourd'hui ce sont les Fairclough. » Elle prit un air pincé. « Par cette méthode, ils espèrent faire oublier le passé. Vous avez rencontré Rebecca et Edward, je suppose ? »

Nyquist mit un moment à comprendre. « Becca et Teddy ? Les jeunes. Oui, je leur ai parlé.

— Eh bien ce sont des Fairclough. Becca est une gentille fille. Comme une poterie qu'on aurait trop vernie. Mais Teddy... » Elle secoua la tête. « Une âme torturée. Il me fait de la peine.

— En quoi ? »

En réponse, ou au lieu de répondre, Bryars mit la main sur un morceau de métal tordu posé sur une étagère. Il servait de serre-livres.

« C'est Teddy qui m'a donné ça. Ça provient d'un avion qui s'est écrasé. Vous avez vu la diapositive de l'avion qui survole les bois de Morden ?

— Oui.

— Il s'est écrasé à la lisière de la lande. Ça remonte à quelques années. Un problème de moteur, semble-t-il. C'est Teddy Fairclough qui est arrivé le premier sur les lieux. Il a assisté à la mort du pilote. » Un long soupir. « Le pauvre gosse avait dix ans.

— Ça n'a pas dû être facile.

— Teddy et moi partageons un certain mépris des traditions. Nous sommes tous deux à la recherche d'un moyen pour échapper à ce village... sans le quitter. Moi par l'histoire, et Teddy par ses rêves. Il rêve de voler.

— Il me semble que vous essayez de vous convaincre de rester ici à jamais.

— Teddy a le gène des Clud, ça ne fait aucun doute. Leur mère est alcoolique, vous savez, elle boit nuit et jour. Et leur père est pourri jusqu'à la moelle. Il a été chassé de l'armée. Aujourd'hui, il est en prison. Détournement de fonds. Menaces. Troubles à l'ordre public. Conduite en...

— Vous connaissez tous les secrets du village ? »

Elle prit cette question comme un compliment. « Oh oui ! Passés, présents et, en extrapolant les données connues, à venir. Tout est révélé. »

Énuméré puis noté, songea Nyquist. *Inscrit dans les registres et référencé.*

« Il faut se rendre compte que certains ont du mal à échapper à leur famille, à l'influence de leur famille. C'est une force gravitationnelle bien plus puissante que celle de la lune sur la mer. »

Nyquist pensa à son père et à son arrivée dans le village.

« Ce que je veux comprendre, c'est pourquoi on m'a envoyé une photo de cette tour.

— Peut-être votre famille et celle des Clud sont-elles parentes ?

— Je ne sais pas. Peut-être. »

Bryars hocha la tête. Elle était dubitative, mais un sourire naquit sur ses lèvres. « Votre nom de famille n'est pas anodin. Nyquist.

— Je ne me suis jamais posé la question.

— Il vient d'un ancêtre viking, un envahisseur. Un pilleur devenu colon. Il a dû épouser une femme anglo-saxonne.

— Votre esprit n'est pas banal.

— Comment ça ?

— Toutes ces histoires que vous débitez.

— Des paraboles nées de l'isolement, rien de plus.

— Tout de même. Des guerriers vikings, des fiancées saxonnes. »

Contente de cette évocation, Bryars se rengorgea. « En suédois, Nyquist veut dire *nouvelle branche*. La nouvelle branche d'une famille, peut-être, certainement une lignée bâtarde. La bande senestre des blasons.

— Cela expliquerait bien des choses.

— Ces origines sont très courantes. Tout est écrit dans notre sang, chaque mot, chaque histoire. Vous avez entendu parler de Watson et Crick, bien sûr.

— Un duo comique ?

— Pas tout à fait. Des scientifiques. Des chercheurs en biologie moléculaire. Ils ont découvert que le code génétique possède une structure en forme de double hélice. Un objet véritablement splendide. Si élégant, d'une puissance si simple. » Sa voix prenait un timbre doux, un peu rêveur. « Et c'est là que nous sommes, dans ces spirales, notre signification profonde transmise de parent à enfant. Mais fragmentée, brisée, recollée, chaque petite erreur ajoutant à notre personnalité. »

Nyquist n'avait pas envie de penser à tout cela. Les mères, les pères, ce qu'on vous donnait, ce qu'on vous prenait.

« Regardez un peu ça. » Bryars attrapa une petite bouteille verte. « C'est un penny de sang.

— Oui, j'en ai vu un dans la vitrine du magasin.

— Celui-là était faux. Un jouet pour les enfants. Celui-ci est authentique. Il est daté de 1807, vous voyez ? »

Nyquist lut l'étiquette : « *Authentique sang de sainte Cristobel.* Vraiment ?

— Tiré de la plaie d'une martyre. »

Nyquist regarda la professeure s'animer.

« Jadis, ils étaient très populaires, les pennies de sang. Il en existe pour chacun de nos trois cent soixante saints. On les portait sur soi pour éloigner le mauvais œil. La plupart n'existent qu'à un seul exemplaire. Pour d'autres, comme celui de Cristobel, il y en a plusieurs. Comment dire ? Pendant son supplice, elle a perdu beaucoup de sang. »

Nyquist leva le flacon dans la lumière. Le liquide qu'il contenait était épais et sombre. « Mais ils ne peuvent pas tous contenir du vrai sang, tout de même.

— Qui sait ? En tout cas, ce sont des symboles très profonds. Vous ne trouvez pas ? Authentiques ou pas, en fin de compte ça n'a guère d'importance, tant que les gens y croient. De cette façon, on *voit* le livre de chair s'écrire page à page. »

Elle lui prit le flacon des mains pour le reposer sur l'étagère.

« Et le Grand Tolly ? demanda Nyquist. Que représente-t-il ?

— Je vais vous montrer quelque chose qui va sans doute vous intéresser. »

Elle ouvrit un vieux registre à la couverture humide et moisie. Les pages étaient jaunies et déchirées. « C'est une liste de tous les gens qui ont tenu le rôle du Grand Tolly au fil des siècles. Voyez... » Elle lui montra la première page. « Adam Clud, 1666. Oui, au grand regret du village, le nom des Clud est le premier. Bien sûr, on fait grand cas du nombre 666 contenu dans la date, à cause de l'Apocalypse de Jean.

— Le nombre de la Bête ? Oui, je comprends que cela inquiète les gens.

— Adam était le petit-fils de Wilhelmina Clud. Mon opinion, c'est qu'il est l'inventeur du masque de branchages, mais aujourd'hui personne ne veut le reconnaître. Le suivant, ici... » Son doigt se posa sur la ligne suivante. « Jack Grand-Tolly, 1667. Pour des raisons qui ne nous sont pas parvenues, M. Grand-Tolly a donné son nom à tous ceux qui l'ont suivi. Pas Clud. Grand-Tolly.

— Le rôle est-il toujours tenu par des hommes ?

— Doucement ! Les pages sont fragiles. » Elle écarta la main de Nyquist avant de répondre. « Jusqu'au début de ce siècle, oui. En 1902, Molly Metcalfe est devenue la première Grande Tolly. Comme j'aimerais avoir des photos d'elle ! Mais elle a disparu dans les brumes du temps. Il ne nous reste que son nom. Ensuite, il est devenu courant que des femmes portent le masque. Jeune ou vieux, riche ou pauvre, tout le monde peut tenter sa chance. En revanche, je ne saurais vous dire ce qui pousse les gens à le faire. Ça doit être terriblement douloureux. Le soir, ils ont la figure et le cou dans un état affreux. Des petites coupures, des irritations, des boutons. La docteure Higgs se tient prête avec une lotion à la calamine et des pansements. »

Nyquist porta la main à sa joue, comme s'il allait y trouver du sang et des cicatrices. Il interrompit son geste quand il s'aperçut de ce qu'il faisait.

« Vous savez, si vous vous intéressez tant que ça à l'histoire de notre village, nous avons un petit musée. » Elle porta une main à son cœur. « J'en suis la curatrice.

— Je ne l'ai pas vu.

— Non, il est fermé en ce moment, suite à des problèmes de financement. » Elle se rembrunit. « Si vous voulez mon avis, le conseil municipal n'a pas le sens des priorités. Mais bon, ce n'est pas le sujet, ce n'est pas le sujet. » Elle se mit à tripoter les perles de son collier. « Si vous voulez, je peux vous le faire visiter. Il y a des pièces fascinantes.

— Je ne suis pas en vacances.

— Non, non, je comprends. Vous cherchez votre père. Bien sûr.

— Vous êtes donc au courant ?

— Les rumeurs vont bon train. » Un sourire. « Et, après tout, vous avez posé beaucoup de questions à beaucoup de gens.

— C'est vrai. Mais alors, le Grand Tolly, c'est toujours d'actualité ?

— Oh oui ! Tous les ans, à la Saint-Algreave. On réunit les candidatures, puis les anciens choisissent. Ensuite, souvent, on brûle le masque.

— Pourquoi ?

— John, je suis sûre que vous le savez déjà.

— Plutôt que de brûler les gens ? En guise de sacrifice ?

— Exactement. La civilisation, à mon sens, consiste à remplacer la réalité par des symboles.

— Jolie théorie. Mais il y a encore des meurtres.

— Oui. Parce qu'ils sont devenus des symboles. Aux yeux de quelqu'un. »

Nyquist resta songeur un moment. « Cette année, la Saint-Algreave a-t-elle déjà eu lieu ?

— Oui. Au printemps. Au début du cycle. Je trouve que M. Dunne a été très bon. Même si je n'ai pas vu la fin.

— Vous parlez de Thomas Dunne, le photographe ?

— Oui. Vous le connaissez ?

— Non. Je suis allé à son studio, mais ça avait l'air désert. Presque abandonné.

— Pas étonnant. Pendant quelques semaines après la Saint-Algreave, on a vu Thomas à Hoxley-le-Bas, mais ensuite les Dunne se sont mis à vivre en ermites. Ils ne sortaient presque plus de chez eux. Et puis... » Bryars secoua la tête, l'air préoccupé. « On pense qu'ils ont quitté le village pendant la nuit. Personne ne sait pourquoi. »

Nyquist se demandait ce qu'il venait faire dans toutes ces histoires. « Il se passe quelque chose, pas vrai ? Dans le village. Quelque chose d'étrange. Plus fou encore que vos histoires de saints. »

Bryars haussa les épaules. « Je me pose parfois la question.

— Si on m'a attiré ici, ce n'est pas par hasard, j'en suis sûr. Mais dans quel but ?

— Vous seul avez la réponse. Une chose est sûre : une partie des habitants seraient ravis que l'esprit des Clud soit ramené à la vie. » Elle plissa les yeux. « Pas forcément ceux qui portent ce nom ou les dérivés de ce nom… Mais ceux qui vouent un culte aux ténèbres. Et aux créatures qui vivent dans les ténèbres. »

Elle feuilletait machinalement son registre.

Nyquist allait lui poser une question quand elle s'illumina soudain et annonça : « Là ! C'est ça que je voulais vous montrer. D'autres interprètes du Grand Tolly. » Elle désigna un groupe de noms au milieu d'une page. « Vous voyez ? »

Edwin de Lumbe – 1855
Robert Keepsake – 1856
Inconnu – 1857
M. Charles Holroyd – 1858
William Nyquist – 1859

Le dernier nom était comme flou. La pièce s'assombrit, les ombres prirent des formes vivantes, tous les bruits errants devinrent des voix dans l'air, à peine audibles, étouffées, les murmures d'enfants qui dansaient sur la place. Le masque d'épines était pressé sur ses joues, lui bouchait la vue, lui entamait la peau, et Maude Bryars l'incitait à poursuivre sa lecture, encore une page…

Jud Wykes – 1899
Simon Dale le Jeune – 1901
Molly Metcalfe – 1902
M. Alfred Beck – 1903
Owen Nyquist – 1904

CORBEAU INVISIBLE

Nyquist, de retour dans Farrow Lane, avait la tête pleine de ce que lui avait appris la professeure. Le nom de famille surtout le préoccupait, et sa présence dans la liste des Grands Tolly : une coïncidence, ou un lien avec son père à travers les siècles ? Il avait toujours cru ses ancêtres paternels originaires de Soliade, où il était né, mais à présent il s'interrogeait : les Nyquist avaient-ils autrefois quitté le nord du pays pour s'installer en ville ? Une émotion profonde l'envahissait, d'un genre qu'il n'avait encore jamais ressenti – par-delà les décennies, le cours des rivières, le passage des années, les nuages à la dérive et le sang qui s'écoule des adultes aux enfants, il faisait partie d'une histoire encore jamais racontée.

Ses réflexions furent interrompues par des cris moqueurs. Sur le trottoir d'en face, un groupe de gamins tendaient le doigt vers lui avec une peur sincère ou feinte. Ils criaient de plus en plus fort. Il remit en place le masque d'Edmund Grey et sentit la chair l'accueillir, l'absorber. Mais il était toujours lui-même : un lien mystérieux avait été rompu par le rituel de l'eau et des insectes, et désormais il pouvait vivre à l'abri du masque sans pour autant oublier son véritable nom.

John Nyquist. John Henry Nyquist.

Une couronne de fleurs noires était fixée à la porte de *L'If*, qui n'était pas verrouillée. Il entra et s'arrêta, l'oreille tendue, dans un carré de lumière froide. Depuis le salon, un groupe de gens arborant des masques d'Alice et d'Edmund le regardaient. Ils étaient au moins une dizaine. L'une porta lentement un verre de vin à ses lèvres : cette Alice Grey but à petites gorgées sans le quitter des yeux par les trous de son masque. Nyquist entra. La pièce était bondée. Il se retrouva presque collé à la femme qui buvait.

« Edmund, je suis contente que vous soyez là. La pauvre Alice a besoin de nous. »

Nyquist hocha la tête. « Je suis d'accord. Il faut lui manifester notre soutien. »

Il s'approcha de la cage à oiseau dans le coin de la pièce. La perruche picorait joyeusement ses graines. Le sol de la cage était vide. Il n'y restait plus le moindre morceau de carton déchiré.

Une voix dans son dos demanda : « Comment va le petit Bertram ? »

Nyquist pivota. C'était un autre Edmund Grey, un visiteur.

« Bertram ?

— La perruche. Bertie. Je devrais l'appeler Edmund, mais il ne répond pas. Alors, comment va-t-il ? Il tient le coup, j'espère, en ces heures sombres. Vous savez qu'on l'a trouvé à la fenêtre, hier ? Il tapait du bec au carreau. Il n'arrivait pas à rentrer, le pauvre petit.

— Ah bon. Dites-moi, Hilda est-elle là ? Enfin, Alice ?

— Alice ? Oui, elle est là. À l'étage, je pense. Mais je ne connais pas de Hilda, désolé. »

Nyquist la trouva dans la chambre qui donnait sur la rue. Alice, la veuve. Assise à une coiffeuse, elle se regardait dans le miroir. Elle passait une houppette de maquillage sur les joues de son masque.

« Alice, pouvons-nous parler un instant ? » demanda-t-il à voix basse.

Elle ne détourna pas les yeux.

« Alice ? »

Il s'approcha, et elle le regarda dans le miroir. Ils restèrent un instant à fixer le reflet de l'autre, jusqu'à ce qu'elle se retourne. Il vit qu'elle avait déjà maquillé les lèvres du masque, et appliqué une ombre à paupières bleue autour des trous des yeux.

Tirant une chaise, il s'assit devant elle. « Alice, je sais que vous ne voulez pas parler, que vous ne pouvez pas... Mais j'ai besoin de votre aide. »

Elle ne dit pas un mot. Le deuil avait étendu sur la veuve une nouvelle couche de silence. Et ses traits à moitié cachés par le masque aggravaient encore l'exil qu'elle s'imposait.

« Est-ce que vous pouvez écrire ? »

Pas de réponse, pas même un signe de tête. Elle le dévisageait par les ouvertures jumelles. Elle avait pleuré, et elle avait les yeux rouges.

« Hilda ? »

Entendant son vrai nom, elle recula dans son fauteuil. Elle avait peur. Elle tremblait tout entière sous un effort muet.

« Alice. Alice, pardonnez-moi, j'ai parlé sans réfléchir. Je sais bien que vous n'êtes pas Hilda. Je sais que Hilda est sortie pour la journée. Je vous en prie, regardez-moi. Vous voulez bien ? »

Lentement, elle tourna sur elle-même pour lui faire face.

Il ne savait pas comment retenir son attention. « Alice, j'ai quelques questions à vous poser, rien de plus. Une ou deux. » Elle le dévisageait sans bouger. « Pour commencer, je m'intéresse à votre service à thé. » C'était absurde, à présent qu'il l'avait dit tout haut, mais tant pis. « Le service commémoratif du couronnement. Vous voyez duquel je parle ? »

Pas de réponse.

« Il manque une tasse. Alice, savez-vous où elle se trouve ? »

Il cherchait sur le masque la trace d'une réaction en dessous, dans la chair. Mais il n'y en avait pas. Il changea de tactique. « Qu'est devenu le corbeau qui se trouvait dans la cage ? »

Elle continua à le fixer.

« Et la cage elle-même ? La cage de la perruche. Elle a été nettoyée ? Alice ? Est-ce vous qui l'avez nettoyée, ou le policier ? »

Elle reporta son regard sur le miroir, sur son masque qui s'y reflétait.

« Alice, ne faites pas ça. » Délicatement, il la fit se retourner et lui prit la main. « Il y avait des morceaux de carton dans la cage, une carte déchirée. Je les cherche. Voyez-vous... » Il s'interrompit, cherchant ses mots. La situation était désespérée. « Voyez-vous, ils m'appartiennent, ces morceaux. J'ai besoin de lire ce qui était écrit dessus. C'était mon nom. »

Elle crispa les doigts.

Il se rapprocha encore. « C'est Sylvia Keepsake qui me l'a donné dans la forêt. Elle m'a donné un nouveau nom. Et je pense qu'il renfermait un indice ou un message. Parce que, à ce qu'on m'a raconté, quel que soit le nom que Sylvia vous donne, ça vous transforme. C'est vrai, selon vous ? »

Y avait-il eu un mouvement, l'ébauche d'un hochement de tête?

Il n'en était pas sûr.

« Voyez-vous... Alice... Je suis à la recherche de mon père. La dernière fois que je l'ai vu, c'était il y a très longtemps, j'étais enfant. » Encore une pause. « Vous comprenez? Très longtemps. »

Mais Alice Grey s'était retirée dans son monde.

La porte du masque s'était refermée.

« Tout est lié, j'en suis convaincu. Le nom, mon père, ce village, les saints. Mais je n'arrive pas à comprendre. »

Elle ferma les yeux.

Nyquist se concentra sur sa respiration.

À quoi bon continuer?

Dès qu'il lui lâcha la main, Hilda pivota pour s'absorber dans la contemplation de son reflet. À nouveau Alice était plongée dans le miroir. Il la regarda un moment avant de se pencher sur sa propre image, ou du moins sur son visage sous le visage d'Edmund Grey. Il y avait quatre personnes devant la coiffeuse, silencieuses dans leurs pensées.

Une voix les dérangea. Elle s'adressait à Nyquist.

« Comment osez-vous importuner une pauvre veuve? »

Une femme, le visage masqué, se tenait dans l'embrasure de la porte. Elle n'ajouta rien, et Nyquist s'approcha d'elle. Son masque d'Alice Grey était différent de ceux qu'il avait déjà vus, plus élégant et raffiné, et un peu plus transparent, comme si la femme voulait qu'on voie son vrai visage et qu'on reconnaisse son statut.

C'était Mme Jane Sutton.

Elle lui jetait un regard noir. Ses yeux étaient bien visibles. « Vous ne voyez pas qu'Alice souffre? Elle souhaite rester seule.

— Est-ce vraiment son choix à elle?

— Mais oui! Que les saints vous damnent, monsieur, pour avoir débarqué dans notre charmant village.

— Insinuez-vous que c'est de ma faute?

— Naturellement. Vous croyez vraiment que, sans votre influence, son mari se serait donné la mort?

— Quelle...

— Vous êtes venu le voir dès votre arrivée parmi nous. Et le lendemain, il était mort. Vous avez dû lui dire quelque chose, lui faire une remarque déplacée et malveillante. »

Nyquist ne trouva rien à répondre, parce qu'au fond de lui il savait qu'elle avait raison, au moins en partie. Mais il ignorait ce qui avait causé le suicide, un mot de sa part, un geste, ou autre chose encore. En tout cas, Mme Sutton avait bien manifesté, dès leur rencontre, qu'il n'était pas le bienvenu.

« Encore une fois, je vous demande de laisser mon amie tranquille.

— Pourquoi ? Auriez-vous peur, Mme Sutton...

— Je ne m'appelle pas ainsi ! Veuillez...

— Auriez-vous peur que Hilda connaisse la vérité sur ce village ?

— Il n'y a pas de vérité absolue ! Rien que les différentes vérités de chaque individu.

— Je commence à penser que vous êtes mêlée à tout ça. »

Elle se dressa de toute sa hauteur – elle était presque aussi grande que Nyquist – et déclara de sa voix la plus aristocratique : « Je suis Mme Alice Grey, directrice d'école. Je refuse qu'on me parle sur ce ton. »

Nyquist ne baissa pas les yeux. L'espace d'un instant, il crut qu'elle allait le saisir au revers pour essayer de le faire sortir de force. Il lisait la colère sur le masque et sur le visage en dessous. Elle ne supportait pas la présence de Nyquist.

« S'il le faut, je chargerai mon chauffeur de vous mettre dehors.

— Allez-y. Il risque de finir à l'hôpital.

— Mais qu'attendez-vous de nous, à la fin ? » cracha-t-elle, exaspérée.

Il s'apprêtait à lui raconter son histoire, l'histoire toute simple de son père qu'il voulait retrouver, quand un bruit de verre brisé le coupa dans son élan.

Jane Sutton sursauta.

Nyquist fit volte-face.

Hilda Bainbridge avait empoigné un gros flacon de parfum pour fracasser le miroir de sa coiffeuse. Des éclats de verre brillaient tout autour d'elle, et sur le tapis à ses pieds. Elle avait toujours le parfum à la main.

Mme Sutton voulut s'approcher d'elle, mais Hilda la mit en garde en levant le bras comme pour lui lancer le flacon au visage. Jane s'arrêta net. Son masque se mit à trembler quand elle comprit la vérité : l'intruse, c'était elle. Sans rien ajouter, elle franchit la porte en écartant Nyquist et s'en fut.

Il attendit que le bruit de ses pas ait disparu dans l'escalier, puis il retourna s'asseoir près de la coiffeuse. Délicatement, il incita Hilda à reposer le flacon de parfum. Elle obéit. Après quoi il prononça les mots qu'il aurait dû dire dès le début :

« Je suis désolé. Je suis navré qu'Edmund soit mort. »

Elle hocha le masque.

« Je suis désolé que votre mari, que Ian... »

Le vrai nom de son mari la fit frissonner.

« Je suis désolé qu'il ait fait cela. C'est terrible. »

Elle se reprit. Elle se tenait immobile, et aucun mot ne sortait de ses lèvres.

Se laissant aller contre le dossier de sa chaise, il sentit les muscles de son dos qui se contractaient. Il avait mal à la tête, tout son corps était las. Le calme régnait dans la chambre. On n'entendait pas les visiteurs au rez-de-chaussée, et Hilda s'enveloppait dans le silence comme dans un linceul, et lui se reposait dans ce silence et s'y enfonçait. Il était perdu, tout simplement. Ses yeux se fermaient d'eux-mêmes.

Sssssss

Il sentit un souffle, un courant d'air sur la peau de son avant-bras, rien de plus. Cela suffit à lui faire rouvrir les yeux.

Hilda bougeait les mains. Ses pouces étaient accrochés l'un à l'autre et ses doigts tendus bougeaient de chaque côté. Elle leva un peu les bras, les plia, les écarta, sans cesser d'agiter les doigts.

Les ailes d'un oiseau.

Un jeu de mime. Elle continua. Elle inclina la tête et ses yeux suivirent l'oiseau conjuré qui volait de ci, de là.

Nyquist se redressa.

« Un oiseau ? »

Pour seule réponse, le battement d'ailes imaginées.

« Le corbeau. Le corbeau s'est envolé ? Il est parti, c'est ça ? »

Les mains descendirent et remontèrent de plus belle.

« Il s'est enfui par la fenêtre ? Ou la porte ? »

Oui. L'oiseau partit par la porte imaginée. Les mouvements racontaient l'histoire. Puis Hilda se leva et raconta l'histoire dans la pièce, les mains tendues devant elle, toujours en mouvement, toujours deux ailes. Nyquist la suivit sur le palier, dans l'escalier, dans l'entrée. La foule de masques les regardait, mais Hilda traça son vol jusqu'à la cuisine. Là, l'oiseau se retrouva prisonnier, il se cognait contre la porte qui donnait sur le jardin. Nyquist l'ouvrit pour elle, et Hilda sortit, leva les mains et les sépara : l'oiseau disparut de ses doigts et s'en fut dans l'air pur de l'hiver.

Ses mains étaient vides.

Nyquist pensait qu'elle allait rentrer se mettre au chaud, mais elle resta dehors à contempler l'herbe gelée, la terre dure et les arbres nus. Il resta à côté d'elle. Elle fit quelques pas avant de s'arrêter en lui indiquant une zone de terre récemment retournée. Nyquist se pencha. Il y avait un déplantoir, qu'il utilisa pour creuser. Il découvrit bientôt un paquet enveloppé dans un journal. Le papier était mouillé, nauséabond, avec des taches de terre et de gras, mais il l'ouvrit sans perdre un instant, dépliant soigneusement les pages du *Reporter de Bligh, Lockhampton et Hoxley*. Il trouva enfin la tasse à thé manquante : une fissure parcourait un côté, et le rebord était ébréché. Elle avait dû tomber, à moins qu'on ne l'ait jetée par terre sous l'effet de la répulsion ou de la colère. À l'intérieur, autour de la vrille verte roulée sur elle-même, Nyquist vit des morceaux de papier déchiré. Les restes de la carte qui portait son nom.

Il remercia Mme Bainbridge de tout son cœur avant de s'en aller, emportant la tasse et son contenu. Par des rues de terre, étroites, désertes, hérissées d'herbes folles, par des rues impeccables grouillant de promeneurs. Il traversa la grand-place, où la tente de Madame Grey (née Fontaine) était à présent ouverte, avec une file de clients qui attendaient pour se faire dire la bonne aventure. Il prit la direction du Cygne à Deux Cous, sans presque plus remarquer les masques qui l'entouraient, Alice et Edmund, Edmund et Alice, Alice avec Alice et Edmund puis avec Alice et un autre

Edmund, les passants étaient flous, sans importance : car une seule chose comptait à présent. Il s'enferma dans sa petite chambre au-dessus du pub et vida la tasse sur son édredon. Sa présence avait éveillé la vrille, mais Nyquist n'y prêta pas attention. Il disposa les morceaux face en haut. Il y en avait quatorze. Il passa quelques minutes à les arranger pour reconstituer le puzzle. La carte était devant lui et les mots apparurent, le nom qu'on lui avait donné au premier jour dans le village : *Écrit en lettres de sang*. Il n'avait pas oublié les instructions de Sylvia Keepsake. Il fallait regarder la carte pendant au moins dix minutes. Il les respecta. De toute façon, il était incapable de détourner le regard.

NAUFRAGÉ DE LA VIE

Ils roulaient vers le nord, sur une petite route flanquée de murets en pierres sèches. Nyquist jetait de fréquents coups d'œil sur le visage de la docteure, sur le nouveau masque qu'elle portait. « L'effet est frappant, vous ne trouvez pas ? demanda Higgs. Une moitié de la journée en femme, une moitié en homme. Quoi de plus agréable ?

— Vous ne vous emmêlez pas les pinceaux ?

— Si. C'est le but. Au fait, vous devez m'appeler Edmund, maintenant.

— Je viens à peine de m'habituer à vous appeler Alice.

— Les temps changent. »

Lorsqu'ils passèrent devant la dernière maison du village, Higgs lui montra le pilori. Il eut juste le temps de l'apercevoir, une porte de ferme percée de quatre trous, deux en haut et deux en bas. « Autrefois, on y attachait les malfaiteurs. Les gens aimaient leur jeter des choses, ou même les agresser. »

Nyquist s'imagina Len Sadler passer des heures ici en espérant voir arriver Agnes Dunne, la femme qu'il aimait.

« Autrefois, hein. La dernière fois qu'il a servi, c'était en 1943. »

Higgs franchit un gué, soulevant des gerbes d'eau de chaque côté du véhicule. Devant eux, la route s'enfonçait dans la lande. Une brume légère leur cachait le paysage. Une clôture abîmée, la laine sale d'un mouton, un corbeau ou deux pour leur tenir compagnie. Pas un être humain, pas si loin, par une journée pareille. La Morris Minor de Higgs roulait tranquillement.

« J'ai besoin de savoir quelque chose, dit Nyquist.

— Quoi donc ?

— Comment avez-vous ôté le masque d'Alice ?

— C'est très simple.

— Vous avez mis la tête dans un saladier plein d'eau pour que les insectes vous mordillent ?

— Mais non. J'ai pris un comprimé.

— Un comprimé ?

— Ça vous étonne, Edmund ? Ne me dites pas que vous avez rendu visite à la professeure ? » Higgs s'esclaffa. La petite voiture s'emplit de son rire rauque de fumeuse. On aurait dit une pie qui marquait son territoire.

« Si.

— Et elle vous a raconté ces sornettes ? »

Il choisit de ne pas répondre. « J'ai eu recours à un décontractant musculaire, expliqua Higgs. Cela assouplit le masque, et on peut le décoller. J'en ai besoin pour mes patients, en cas d'urgence. Plaies au visage, troubles respiratoires, tout ça.

— Alors le saladier, ça ne marche pas ?

— Ça marche. C'est la méthode traditionnelle, mais seuls les vieux traditionalistes continuent de l'employer. Elle l'a fait, elle aussi ?

— Oui.

— Vous l'avez vu de vos yeux ?

— Non, j'avais la tête sous une serviette. »

La docteure se mit à rire de plus belle, puis céda à une quinte de toux, ce dont elle s'excusa.

« Ce rhume, impossible de m'en débarrasser. »

D'un coup de klaxon, elle fit décoller un corbeau qui traînait sur la chaussée. « Elle a pris un comprimé, j'en mettrais ma main à couper. Classique !

— D'accord, doc. Vous avez gagné. Je suis l'idiot du village.

–Vous êtes plus que ça. Bien plus. Mais vous avez beaucoup à apprendre.

— À ce propos, j'ai appris des choses, aujourd'hui. Sur ma famille, pour commencer.

— Je vous écoute.

— Il y avait des Nyquist au village, dans le temps.

— Vraiment ? Comme c'est intéressant.

— Nous avons incarné le Grand Tolly à deux reprises. Mais, pour une raison quelconque, ma famille a quitté la région pour s'installer dans le Sud. » Il se tourna vers Higgs. « D'après la professeure, ça remonte au tournant du siècle.

— Nouvelle ère, nouvelle vie. Vos ancêtres ont peut-être voulu chercher fortune ailleurs ?

— Peut-être, oui. »

Mais l'évocation de sa famille avait plongé Nyquist dans une rêverie, et la campagne qui défilait le berçait. La docteure n'insista pas.

Il avait l'impression d'être au village depuis bien plus que trois jours. Il avait déjà presque oublié la peur que lui avaient inspirée l'horizon et le ciel infini. À présent il avait l'impression que le paysage était un reflet fidèle de son âme, et il se sentait un peu chez lui. Savoir que sa famille avait vécu ici lui donnait envie de continuer à creuser : c'était comme trouver une flaque d'eau précieuse au fond d'un puits abandonné.

Higgs parlait, et il dut se concentrer pour la comprendre.

« ... Et nous avons eu une petite aventure.

— Qui ? Pardon ?

— La professeure et moi. À l'époque où le monde était jeune et plein d'allégresse. Elle faisait tourner toutes les têtes, dans sa jeunesse, croyez-moi. Bien sûr, nous devions nous cacher.

— Vous étiez l'Edmund de son Alice ?

— Ne soyez pas obscène. Edmund et Alice sont frère et sœur. » Elle sourit. « Vous m'accusez de perversion ?

— Et maintenant ?

— Maintenant ? Célibataire. Toute seule. Enfin, en compagnie de mes saints bien-aimés. »

La voiture cahota. Un obstacle sur la route.

« C'était quoi ? demanda Nyquist.

— Un chien mort. Mais non, un nid-de-poule, tout bêtement. Et nous sommes arrivés. King's Grave, voilà. »

Elle s'arrêta. La voiture était cernée. Un mur de pierres d'un côté, un champ de l'autre, qui disparaissait très vite dans la brume et la bruine.

Un lieu solitaire et froid. Conductrice et passager restèrent un moment sans rien dire.

Ce fut Higgs qui rompit le silence. « On ne sait pas au juste quel roi serait enterré ici. Un chef de guerre saxon, j'imagine. Aelfric le Sanguinaire, mettons. »

Nyquist ouvrit son guide à la page où Len Sadler avait marqué d'une croix l'emplacement de la ferme. Il allait devoir traverser les champs. Indifférente à la présence des humains, une pie solitaire sautillait sur le muret.

« Pourquoi venir ici, Edmund ?

— Je ne sais pas exactement. Mais il y a une maison pas loin, une vieille ferme, un cottage, et je crois que mon père y a vécu un temps. »

Higgs eut un frisson. « Ça ne fait pas envie. Comment comptez-vous rentrer ?

— Je ne sais pas.

— Je repasse par ici dans deux heures, après avoir vu mon patient. Je me garerai ici et je vous attendrai un quart d'heure. Après quoi...

— Oui, je sais.

— Vous devrez vous débrouiller seul.

— Merci. » Il rechignait à sortir.

« Qu'y a-t-il ? Ça ne va pas ?

— Je vous ai parlé des photos ?

— Je ne crois pas.

— Je vous ai montré un portrait de mon père.

— Ah, oui.

— Il y en a sept en tout. Sept photos. Quelqu'un me les a envoyées, je ne sais pas qui. Mais elles m'ont conduit ici, au village.

— Comme un appât ? »

Il la dévisagea. « C'était un jeu auquel je jouais avec mon père. On découpait des images dans un livre, dans des journaux ou des magazines, on les disposait en cercle et on racontait une histoire à rebours, avec les images comme guides, comme indices.

— Pas étonnant que vous soyez devenu détective privé !

— Peut-être.

— Comment on gagnait, à ce jeu ?

— En racontant l'histoire la plus drôle ou la plus farfelue.

— C'est vous qui l'avez inventé ?

— Non. C'est mon père. Il l'appelait Prograde.

— C'est le sens inverse des aiguilles d'une montre, le sens rétrograde, ou prograde. Ça veut dire tourner à rebrousse-poil. Partir dans la direction opposée.

— Ah bon ? Je croyais que c'était un mot inventé. »

Higgs lui sourit. « On nous l'apprenait à l'école, parce qu'il ne fallait surtout pas faire le tour de l'église dans le mauvais sens, sinon on rencontrerait le diable.

— Ce que j'ai fait, mon premier jour ici.

— Oh ? Qui avez-vous croisé ?

— Les fantômes les plus ordinaires. Ceux qui vivent dans ma tête.

— Les pires, si vous voulez mon avis.

— En tout cas, quand on jouait à Prograde, mon père me battait toujours. Il avait une imagination débordante.

— Et vous pensez que les photos ont un rapport avec ce jeu ? »

Il haussa les épaules.

« Ça voudrait dire que c'est votre père qui vous les a envoyées, non ? C'est ça que vous espérez ?

— Peut-être. Si je ne vous retrouve pas tout à l'heure, doc, je vous raconterai demain comment ça s'est passé. » Il ouvrit la portière et descendit. La pie s'envola. La voiture, elle aussi, s'éloigna, et fut bientôt invisible.

Plus que jamais, Nyquist était seul dans la nature. Le ciel était si bas qu'il aurait presque pu toucher les nuages noirs. L'air était lourd d'humidité. Il ne pleuvait pas vraiment, mais le temps de s'engager sur le chemin mal pavé qui traversait le champ, il était trempé. Mais il avançait, baissant la tête quand une bourrasque l'assaillait. Et à chaque pas il sentait le masque reprendre le dessus ; peut-être les effets des insectes se dissipaient-il. Il essayait de résister, de garder l'esprit clair. Il devait absolument trouver la maison, voir si son père y était encore. Le plus faible espoir l'habitait et ne le lâchait pas. Il quitta le chemin et coupa à travers les hautes herbes.

Il priait pour avoir choisi la bonne direction. Il passa à côté des restes d'un animal à moitié dévoré, une plaie sanguinolente dans la laine. Un mouton égaré, sans doute. Ou un agneau sacrificiel.

Ses pieds s'enfonçaient dans la boue. Il marchait difficilement et se figurait qu'il mettait au jour les ossements du roi saxon, mort depuis si longtemps, et dont les restes étaient de la tourbe, non plus du calcium. Le vent le gifla ; son manteau battait l'air comme les ailes d'un corbeau fou. Des gouttes de pluie s'infiltrèrent sous son masque, lui donnant l'impression de nager, de se noyer. Il résistait à la peur. Soudain, comme jaillie de ses pensées, une masse sombre apparut au loin, une construction. Espérant qu'il s'agissait de la ferme, il accéléra.

La pluie se mit à tomber fort, en diagonale.

Il marchait la tête baissée, presque plié en deux. Il oublia le passage du temps, il ne restait que ses pieds, l'un après l'autre, et il comptait ses pas pour s'occuper l'esprit. 52, 53, 54, 55, 56… Quand il leva les yeux, il était devant la ferme. Elle était voilée de brume et sa seule fenêtre était barrée de planches. C'était une maison de plain-pied, petite, faite en pierre locale, avec des trous dans le toit d'ardoises et des bouts de murs effondrés sous les assauts du vent, de la pluie et des années. Mais, après la description de Len Sadler, il s'attendait à la trouver en plus mauvais état encore.

La porte était fermée à clé. Il fit le tour sans trouver d'accès facile : une seule fenêtre à l'arrière, barricadée elle aussi. Le jardinet était peuplé de sculptures en métal, des sortes de totems faits de pièces de moteur rouillées. Cela lui évoqua les bidouillages de son père dans son atelier, ses machines étranges, des appareils destinés à capter les formes dans la brume.

La porte d'un appentis battait au vent. Dedans, des toilettes, ou plutôt un trou dans la terre, sans doute au-dessus d'une fosse d'aisance. Il se pencha, osa regarder. Rien que le noir. Pas même une odeur pour indiquer une utilisation récente. Mais quand il fit volte-face, il remarqua une bicyclette appuyée contre le mur. Neuve et bien entretenue, elle appartenait forcément à quelqu'un. Il retourna à la porte d'entrée. Impuissant, il sentait la pluie lui dégouliner dans le cou. Quelle scène impitoyable ! À cet instant il vit le pot de fleurs retourné à côté de la marche. Dessous, il trouva une clé. Il ouvrit la porte et entra, heureux de se trouver à l'abri. Il grelottait de tout son corps. Il avait l'impression d'avoir marché deux heures, au lieu des quelques centaines de mètres qui le séparaient de la route.

Il n'y avait qu'une seule pièce, calme mais pas silencieuse. Les poutres craquaient, le vent gémissait dans la moindre fissure. Les moellons frottaient doucement les uns contre les autres. Il y avait un évier dans un coin mais pas de robinet, pas d'eau courante : il devait y avoir un puits pas loin. Les lieux étaient propres. Le ménage était fait. Les draps du lit, dans un coin, étaient blancs et bordés, avec une couverture pliée dessus. Même la cheminée était impeccable, sans trace de cendres ou de suie. Ce n'était pas le paradis : il voyait des plaques de mousse sur les murs, le toit fuyait. Des gouttes tombaient dans un seau en métal, au rythme d'un tambour militaire.

ploc

ploc

ploc

On imaginait sans mal qu'un vagabond puisse finir sa course ici, bien planqué, pour disparaître aux yeux du monde. Ce qui soulevait la question : pourquoi son père s'était-il retrouvé ici ?

Nyquist inspecta soigneusement le contenu de la pièce. Des conserves : petits pois, haricots, pâté de porc. Un réchaud. Une rangée de livres sur une étagère. Une peinture à l'huile accrochée au mur, l'œuvre d'un amateur, des champs verdoyants et des collines au soleil. L'image le fit tiquer. Il s'en approcha. En petits caractères rouges, près du bord inférieur, quelqu'un avait écrit un message : *Jenny-les-Vrilles appelle.* Nyquist songea au nom donné par Sylvia : *Écrit en lettres de sang.* Cette couleur rouge était-elle une coïncidence ? Avait-elle une signification ? S'agissait-il d'une mise en garde rédigée par son père ? Le tableau lui accrochait l'œil. Sans savoir pourquoi, il murmura : *Écrit en lettres de sang. Un penny de sang.* Et il pensa à la fiole que la professeure Bryars lui avait montrée. Était-ce la somme d'argent à dépenser pour une relique ? Pour une preuve ? Une preuve de quoi ? D'un lien de sang ? *Un penny seulement, mon bon monsieur, sortez votre argent, c'est une affaire. Un peu du sang de votre père, authenticité garantie !* Il repoussa cette idée. C'était cette foutue ferme, elle l'inquiétait, elle le rendait nerveux. Les ombres, les fantômes dans les murs, les grincements du bois et la pluie qui gouttait dans le seau.

Nyquist resserra son manteau pour se protéger du froid et de la mélancolie.

Il avait du mal à faire coïncider l'homme fier et digne qu'il avait connu dans son enfance et l'homme qui occupait peut-être cette pièce. Pourtant, le père était parti en abandonnant son fils. Cette envie de départ avait-elle toujours habité son père, un élément de sa nature profonde qui attendait de se manifester, peut-être sous l'influence de la mort de sa femme, la mort de Darla ? À sa mort, Nyquist avait juste sept ans. Ensuite tout avait changé. Tout. Mais qu'est-ce qui avait poussé son père à s'enfoncer dans le brouillard un jour pour réapparaître ici, dans le village de ses ancêtres, tant d'années plus tard ? Et pourquoi s'installer ici, loin de tout, et non à Hoxley ? Ça ne tenait pas debout.

ploc

ploc, ploc

ploc

Une équation étrange s'imposa à Nyquist : en fonction de la fréquence des gouttes, du diamètre du trou au plafond et de la quantité d'eau dans le seau, il réussirait peut-être à déterminer la date à laquelle son père avait décampé. Il n'avait besoin que d'un relevé des précipitations de ces dernières semaines ou de ces derniers mois…

De la folie, bien sûr.

Il alla caresser du doigt les livres sur l'étagère. *Lune oubliée*, *Coups de feu en enfer*, *Le Baiser de la vipère*, *La Maîtresse du Diable*, *Rôdeur de nuit*. Typique des goûts littéraires de son père, autrefois. Mais le dernier volume détonnait. Nyquist le saisit. C'était un manuel d'ornithologie : *Guide Auberon des oiseaux de Grande-Bretagne*. Il se souvint que Len Sadler en avait parlé : à la requête de son père, il lui avait trouvé ce volume. Plus important encore : en voyant la couverture, Nyquist se souvint d'avoir déjà vu ce livre, quand il était petit. C'était le plus connu dans le domaine, à l'époque, et son père lui en avait offert un exemplaire pour son anniversaire. Il ouvrit celui qu'il tenait. La page de titre racontait l'histoire : *à Johnny, mon fils, pour ses sept ans*. C'était l'écriture de son père. Pour une raison mystérieuse, il avait inscrit les mêmes mots que dans le livre de son enfance. Nyquist avait oublié cet épisode. Oublié, jusqu'à cet instant.

ploc

ploc

Entre ses mains, le livre tremblait. Il tournait les pages : images en couleurs, différentes espèces, détails des chants, des habitats naturels, des migrations.

Cygne muet... Cygnus olor...oiseau aquatique présent presque partout dans les Îles... présent à toutes les périodes de l'année... bec noir et orange, cou gracieusement incurvé...

Un étrange cadeau pour un petit garçon, d'autant que la ville où ils habitaient n'était pas connue pour la richesse de sa faune, à part peut-être le rat, le chien errant et le pigeon. Pourtant le livre l'avait fasciné et, la nuit, il passait des heures dans son lit à regarder les images avant de s'endormir en rêvant qu'il volait. L'alouette !

Il ouvrit une autre page au hasard – la bergeronnette grise – et comprit que le livre était fait pour lui, aujourd'hui comme dans son enfance, car une vrille verte s'éleva de la page. Celle-ci était beaucoup plus fine que les deux autres, celle de la tasse et celle du revolver, mais très rapide. Elle s'étira pour s'enrouler à son doigt, cherchant à s'unir à la chair. Cette fois, il laissa la créature végétale agir à sa guise. Il était lié au papier par Jenny-les-Vrilles elle-même, ou par une partie d'elle, selon les explications de Sadler. La vrille ondula et alla se nouer autour de sa main tout entière, puis de son poignet, plus longue chaque seconde car elle s'extrayait du livre, de l'histoire qu'il contenait, l'histoire de pépiements et de croassements, de griffes, de becs et de plumes, de vol et de ponte, de nids et d'oisillons. Il se perdait dans un vol plané qui partait des hauteurs, le vent dans les ailes, planer sur les courants, demi-tour, oublier la gravité...

Dehors, il y eut un bruit.

Des pas.

La panique le saisit. Il laissa tomber le livre et se colla au mur. Il n'avait pas peur, du moins pas peur d'un inconnu, mais peur de son père ; il redoutait de devoir lui faire face, homme à homme – jeune à vieux, enfant à parent, après tout ce temps. Il était vulnérable. Exposé. Pourtant il devait bouger, il devait voir, en avoir le cœur net. Mais il hésitait.

Les dernières gouttes de pluie tombèrent dans le seau.

ploc

ploc, ploc

ploc

Puis le silence. Peut-être les deux hommes étaient-ils en proie à la même peur, invisibles tous les deux, tous les deux cachés. Père et fils, vraiment ? Nyquist mit un terme à l'attente. Il franchit le seuil, et dans le clair-obscur du champ se tenait une silhouette enroulée dans un long imperméable, la capuche relevée, le visage dans l'ombre. Pas le temps d'agir, pas le temps de sursauter, la silhouette s'avança, bras levé, un objet brandi, une massue ou une branche. Nyquist sentit le choc sur sa tempe et tomba dans l'obscurité du jour, il s'effondra sur la terre mouillée, ses pieds puis sa main droite dérapèrent dans la boue alors que l'homme s'apprêtait à frapper une deuxième fois.

Non. Stop.

Ce n'était pas dit à voix haute. Les mots furent prononcés en lui – non, pas prononcés, criés. Non, pas criés… mais hurlés, hurlés au fond de lui en silence.

STOP !

Et la main de Nyquist se leva pour se protéger, pour empoigner la branche de son assaillant, et ils se battirent un instant, tous les deux, avant que l'autre ne s'écarte en titubant, lâche son arme et s'enfuie.

Nyquist resta étendu. Il tâtait le côté de son crâne. Sa blessure saignait. Il avait les cheveux empoissés de sang, et du sang coulait sous le masque, sur sa figure. Ses yeux étaient voilés de rouge, le champ de King's Grave teint de la même couleur. Terrifié, il tira sur le masque pour l'arracher, mais c'était coincé, collé, le sortilège faisait son effet.

Il se releva, étourdi, faible. Il faillit tomber.

Mais il resta debout et fit quelques pas hésitants le temps de fouiller la lande du regard, au loin – le ciel bas et implacablement gris, maussade, le soleil qui descendait déjà vers l'horizon. Il cligna des yeux pour en chasser le sang et chercha son assaillant ; en vain, car les champs étaient déserts. Quand il fit le tour de la maison pour trouver un meilleur point de vue, il aperçut une forme sur la crête d'une colline, qui s'éloignait et disparut bientôt. Il s'élança à sa poursuite, cherchant un appui dans la terre boueuse. Tout en courant, il se répétait chacun de ses trois noms, pour faire un choix, pour se figer dans une identité. *Edmund Grey. John Nyquist. Écrit en lettres de sang. John Nyquist. Écrit en lettres de sang. Edmund Grey...*

Et ainsi de suite. Il atteignit le sommet, hors d'haleine. À ses pieds s'ouvrait un petit vallon où gisaient plusieurs objets métalliques.

La pluie avait totalement cessé.

Nyquist descendit parmi les machines rouillées, les tripes d'un moteur, une aile cassée ornée d'un pavillon lacéré : la cocarde rouge, bleu et blanc de la Royal Air Force. C'étaient les vestiges d'un petit avion, le fuselage déjà à moitié enterré, couvert de fougères et de mousse. Un lac, sur le côté, parmi des rochers, brillait noir et immobile sous le ciel. Une pale d'hélice dépassait de l'eau ; elle avait dû y terminer sa course lors de l'accident. Nyquist pensa à Excalibur rendue au lac d'Avalon.

L'inconnu à capuche s'était arrêté au milieu des débris de l'avion. Il ne cherchait plus à s'enfuir. Nyquist se figea pour ne pas effrayer le jeune homme. Car il l'avait reconnu.

« Teddy ? »

Ce nom fut comme un déclic. Baissant sa capuche, Teddy révéla son visage.

« C'est moi, Nyquist. John Nyquist. »

Écœuré, le garçon secoua la tête. « Je sais.

— Vous ne portez pas de masque.

— Pas besoin, grommela Teddy d'une voix presque plaintive. Personne ne peut m'y obliger.

— Vous êtes plus courageux que moi. »

Cela arracha un sourire à Teddy. « Les saints, je les déteste tous autant les uns que les autres, et je déteste ce qu'ils forcent les gens à faire au nom de la foi.

— Pourquoi ne pas partir, dans ce cas ? Quittez Hoxley. Déménagez, trouvez... »

D'un seul coup Teddy leva les bras, très écartés, et cria de tous ses poumons – un cri primitif, inarticulé, qui résonna dans le vallon. Effarouchée, une grouse prit son envol. Dans le crépuscule, au milieu des fragments de l'avion, il ressemblait à un pilote horrifié d'avoir brisé ses ailes.

Quand les échos du cri se furent évanouis, Teddy demanda : « Qu'est-ce que vous fichiez dans la maison ? Vous n'avez rien à y faire.

— Je sais. »

Un mot mal choisi, et le jeune homme risquait de prendre la poudre d'escampette. Et cette fois, Nyquist ne le rattraperait pas.

« Je cherchais quelqu'un. Je pensais qu'il s'était installé là.

— Qui donc ?

— Mon père. George. »

Il guettait une réaction, mais Teddy se contenta de froncer les sourcils. « Je l'appelle M. Nyquist. Ou monsieur, tout court. Un homme aussi respectable, aussi intelligent, c'est plus convenable.

— Vous vous occupez de l'entretien ? »

Le regard du garçon s'illumina. « Je nettoie, je range. Et dès que le temps se mettra au beau, je m'attaquerai au toit, pour réparer les fuites.

— Pourquoi ?

— Pour le jour où il reviendra.

— Vous pensez qu'il va revenir ? »

Teddy parut soudain inquiet. « J'en suis sûr.

— Sûr ? Vraiment certain ?

— Il me l'a promis. Promis ! »

Nyquist laissa la promesse retentir, qu'elle soit vide ou sincère. Il se sentait pris de frissons intérieurs, le contrecoup de la bagarre, du coup à la tête, du froid.

« Retournons à la ferme. Je suis gelé, j'ai mal au crâne, j'ai le masque plein de sang.

— Je suis désolé. J'ai cru que vous veniez fouiller. Emporter les affaires de M. Nyquist.

— Je pense que vous saviez exactement qui j'étais, Teddy, depuis le début, depuis le premier jour. Et je pense que vous étiez jaloux. Je me trompe ?

— Oui. »

Mais son expression disait le contraire. Nyquist commençait à comprendre. « Et c'est vous qui vous êtes introduit dans ma chambre, la première nuit.

— Je n'ai rien fait de mal. La porte était ouverte.

— Que cherchiez-vous ?

— J'avais entendu parler de vous, comme tout le monde. Je connaissais votre nom.

— Ça a dû vous faire un choc. »

Le jeune homme hocha la tête. « Au début, j'ai cru que c'était lui, le vrai M. Nyquist. J'ai cru qu'il était revenu me chercher. Mais ensuite je vous ai vu sur la place, le soir, quand on était tous dehors, à la Sainte-Meade. Et j'ai su, sans l'ombre d'un doute, que vos intentions étaient mauvaises, que si vous le pouviez vous alliez l'emmener.

— Et maintenant ? Vous le pensez toujours ? »

Teddy hésita. « Je pense que vous êtes aussi perdu que moi, et aussi triste. »

Nyquist sentit la morsure du remords, qui se changea vite en colère.

« Dis-moi une chose. Quelle mouche t'a piqué de coudre la bouche de mon père, sur la photo ? »

Cette question provoqua une réaction inattendue. Teddy se mit à trembler et à se dandiner. Son visage fut traversé par une série de tics nerveux. Nyquist fit un pas vers lui. Mais cela parut donner du courage au jeune homme. « C'est le lac Birdbeck. » Sa voix exprimait le désir. Et, l'espace d'une seconde, il sembla prêt à entrer, à s'enfoncer dans l'eau. Si l'hélice de l'avion dépassait, il ne pouvait pas être bien profond, mais on pouvait tout de même s'y noyer, et il était froid, froid et noir. Le sang gèlerait.

Nyquist tendit la main. « Ne t'en fais pas, Teddy. Je n'approche pas plus.

— Bon. Merci. Restez là.

— Il vaudrait mieux qu'on rentre. Il va se remettre à pleuvoir. La bicyclette, à la ferme, elle est à toi ? »

Teddy hocha la tête, mais sans obéir : il resta immobile.

Nyquist pressa son masque pour en chasser le sang, en débarrasser ses orbites. Il porta la main à la blessure de sa tempe : c'était ouvert, mais pas très grave.

« Quand as-tu fait la connaissance de M. Nyquist ?

— Il y a trois mois et deux jours.

— Début septembre ?

— Oui. J'étais à vélo, je venais voir les restes de l'avion. C'est mon endroit préféré, quand je veux être seul. Mais en arrivant au sommet de Hawley Ridge, j'ai vu quelqu'un bouger en bas. Il ramassait des bouts de métal sur les débris. Ensuite, il est allé à la ferme. J'étais curieux, la maison était vide depuis plus d'un an. Et presque inhabitable.

— Tu es allé à sa rencontre ?

— Non. Pas cette fois-là. Trois ou quatre jours plus tard, je suis revenu, je me suis allongé dans l'herbe et je l'ai espionné. J'avais apporté une paire de jumelles. Je l'ai vu travailler dans le jardin, à l'arrière, et fabriquer la première de ses machines avec les matériaux qu'il avait récoltés ici.

— Qu'est-ce que tu te disais ?

— Que c'était sans doute un espion, un ennemi du peuple, ou un criminel en cavale. Qu'il construisait une arme.

— Tu comptais l'appréhender ?

— Non. L'aider.

— Et tu avais raison ? C'était un espion ? Un criminel ? »

Teddy se retourna pour regarder vers la colline, derrière les débris de l'avion, là où le ciel rencontrait la terre, loin, sauvage, avec des pics enneigés.

« Je crois que vous ne le connaissez pas, dit-il en regardant Nyquist à nouveau. Vous ne le connaissez pas comme je le connais.

— Je suis bien d'accord. »

Cet aveu parut calmer le jeune homme dont les bras se relâchèrent, et qui fit un pas vers Nyquist. « Deux jours plus tard, j'ai trouvé le courage d'aller lui parler devant la maison.

— Vous avez parlé de quoi ?

— De tout ! Oh, de tout. De tant de choses. Je n'avais jamais rencontré personne qui lui ressemble. Les habitants de Hoxley... Vous les connaissez, vous voyez le genre. »

Nyquist lui fit signe de continuer.

« Je ne me lassais jamais d'écouter ses histoires. Les endroits où il était allé, ses voyages. »

C'était douloureux à entendre, comme si le jeune homme avait volé la vie de Nyquist. S'apercevant qu'il grinçait des dents, il s'efforça de se décontracter.

« Il m'a parlé des machines qu'il fabriquait dans le jardin.

— Les sculptures ?

— Ce ne sont pas des sculptures. Des appareils de communication.

— Pour communiquer avec qui ?

— Les gens cachés, les gens perdus, les cieux eux-mêmes. Des messages de l'au-delà. Il m'a expliqué qu'il cherchait un esprit, un esprit en particulier.

— Laisse-moi deviner. Sa femme, qui est morte ? »

Le jeune homme hocha la tête. « Il disait qu'elle vivait dans les airs, et qu'il lui suffirait de la reconstituer en rassemblant les atomes qui l'avaient composée. »

Nyquist poussa un juron. Ces élucubrations, il les avait entendues dans son enfance. La folie des stratagèmes élaborés par son père, son goût pour le spiritisme, et le petit Johnny qu'il forçait à participer.

« C'est lui qui l'a tuée, tu le savais ? Il te l'a dit ? Non, bien sûr que non. Il l'a tuée dans un accident de voiture.

— Ce n'est pas vrai... protesta Teddy, bouleversé.

— Et Sadler ? coupa Nyquist. Len Sadler. Tu l'as déjà vu, à la ferme ? »

Le changement de sujet fut le bienvenu. « Oui, une fois, mais je me suis caché en attendant qu'il s'en aille. Sale fouineur !

— D'après Sadler, mon père n'était pas bavard. »

Teddy se rengorgea. « Et voilà ! J'étais son préféré. À moi, il adorait parler.

— Tu voulais garder M. Nyquist rien que pour toi ?

— Je ne voulais pas que d'autres lui parlent, pas même ma sœur. Ni Val. Alors, je n'ai rien dit à personne. Et ça l'arrangeait. Il avait envie de solitude.

— Il ne t'a pas parlé de ses origines ?

— Il m'a raconté des histoires sur une ville de lumière et de ténèbres, de ciel jamais visible – le soleil et la lune, jamais visibles –, de rues pleines de lampes, de lanternes, de réverbères, par millions ! On aurait dit un rêve.

— C'est là que je suis né. La ville s'appelle Soliade.

— Bien sûr, j'en ai entendu parler. Un secteur s'appelle Crépuscule.

— Exact. Il est plein de brume, une brume infinie. »

Teddy hocha la tête. « M. Nyquist a évoqué la Brune. Il y a vécu, à une époque.

— Il s'y est réfugié quand j'étais petit. Et il n'est jamais revenu.

— Oui, il a mentionné... M. Nyquist a mentionné un fils... Qu'il avait perdu. »

La douleur l'atteignit dans le mille, comme une aiguille. Une piqûre, une autre. Douleur, espoir.

« Pourquoi est-il venu à Hoxley ? demanda Nyquist. Il te l'a dit ?

— Le village l'attirait.

— Comment ça ?

— Je ne peux pas en dire plus. Je n'ai pas le droit.

— Teddy. Raconte. »

Nyquist tendit le bras, mais le jeune homme recula. Leur équilibre se modifia.

« Je vous l'ai déjà dit : n'approchez pas !

— Je ne... Je ne bouge pas. Regarde, Teddy. Regarde-moi. »

Teddy se dirigea vers le lac. Ses pieds s'enfonçaient dans la boue de la berge. Les yeux dans le vague, il déclara : « Un jour, M. Nyquist est entré dans l'eau. Voici ce qui s'est passé. Un pas, deux pas, jusqu'au centre. Je le regardais depuis la crête, là-haut, et j'ai crié de toutes mes forces. Mais il faisait comme s'il ne m'entendait pas. Et il s'est enfoncé dans l'eau. Complètement. Il s'est enfoncé sous la surface.

— Mais pourquoi ?

— Pour rentrer. Pour rentrer chez lui.

— Qu'est-ce qui s'est passé ? Tu... Tu n'es pas en train de me dire qu'il s'est noyé, Teddy, si ?

— J'ai accouru, j'ai essayé de le sortir, mais... il se débattait, il m'a glissé des bras, et l'eau était sombre, trop sombre, et je ne le trouvais plus. J'ai cherché, cherché. J'ai retenu mon souffle pour plonger, encore et encore, et je l'ai cherché partout.

— Mais tu l'as sauvé, dis-moi ? Tu as fini par le trouver, et tu l'as sorti de l'eau ?

— Oui. Oui. Je l'ai sauvé. Sa main a trouvé la mienne et je l'ai serrée fort, je l'ai tiré jusqu'à la berge. Il sanglotait. Il répétait...

— Oui ? Que disait-il ? Teddy !

— Qu'il était naufragé. Naufragé de la vie. Il le répétait en boucle. »

Teddy tremblait comme une feuille. Il avança d'un pas. L'eau montait autour de ses semelles.

« Teddy ! Regarde-moi. Par ici, mon garçon. Oui, voilà. » Nyquist devait le faire parler, l'empêcher de céder à son impulsion. « C'était quand ? Quand as-tu vu mon père pour la dernière fois ? »

Teddy essuya des larmes d'un revers de main. « À la fin du mois. Le 27 septembre. Je n'oublierai jamais ce jour. Il se rongeait les sangs, vous comprenez, c'était ça le problème. M. Nyquist avait peur d'être découvert. Qu'on apprenne son identité.

— Qui était à sa recherche ?

— Il ne me l'a pas dit. Il ne voulait pas. Mais il s'inquiétait, ça sautait aux yeux. Et moi aussi, je m'inquiétais, à l'idée que Len Sadler crache le morceau.

— Je crois qu'il a gardé le secret, mon garçon. À ce qu'il me semble. »

Teddy se mordit la lèvre. « En tout cas, quelqu'un est venu. Et il a dû prendre la fuite, trouver une autre planque. À moins qu'on ait mis la main sur lui. » Il se tapait les flancs. « Je ne sais pas. Je n'en sais rien. Quand je suis revenu, après ça… Il n'était plus là. La maison vide. Quelques affaires.

— Tu ne l'as pas revu depuis ? »

Nerveux, le jeune homme secoua la tête.

« Il ne reviendra peut-être pas, Teddy. Crois-moi.

— Il va revenir. C'est obligé. »

C'était la vérité, et Nyquist le comprit. C'était indéniable. « Teddy, je vais retourner à la ferme pour me réchauffer. Je souffre, j'ai froid et j'ai mal là où tu m'as frappé. Et il faut que je regagne le village. La docteure Higgs va repasser bientôt. Je vais l'attendre au bord de la route. J'ai besoin qu'elle examine ma blessure. Et d'ôter ce masque. » Il se tut, le temps que Teddy digère. Puis il demanda : « Tu veux bien m'accompagner ? »

L'autre hésita. Il s'éloigna du lac pour se tourner vers Nyquist. « Si j'ai cousu la bouche de votre père, sur la photo, c'est pour l'empêcher de parler. » Il parlait d'un ton posé, comme s'il récitait un discours.

« De la magie ?

— Oui. Ainsi, il ne serait pas capable de vous révéler le secret.

— Quel secret ?

— Celui qu'il m'a fait jurer de garder bien caché, ici. » Il posa une main sur son cœur. « Il ne sera jamais révélé à personne. »

Nyquist ne se contrôlait plus. Il avança. « Teddy… Je dois tout savoir. Il faut que je retrouve mon père.

— Non, non. Il ne vous appartient pas.

— Qu'a-t-il dit ? » Ils étaient ensemble au bord de l'eau, face à face. Nyquist le saisit par le biceps. « Parle !

— Je suis né et j'ai grandi ici même, à Hoxley-sur-la-Vive, fit Teddy d'une voix atone, comme hypnotisé. Je vivrai et je mourrai ici. » Par cette accumulation de faits, il créait sa place dans le monde. « Mon père moisit en prison. Ma mère est alcoolique. Ma sœur n'attend que de se marier. La semaine prochaine, je vais avoir vingt ans. » Il ne résistait pas, il ne cherchait pas à lui échapper. « Avant, je m'appelais Edward Patrick Fairclough. »

Trop tard, Nyquist se souvint de l'histoire de Becca sur le nom donné à son frère.

« Sylvia des Bois a parlé. Elle m'a donné un nouveau nom. Je suis *Né pour suivre*. C'est par ces mots que je serai connu, par ces mots qu'on se souviendra de moi. Je suis baptisé ! »

Il s'arracha à l'emprise de Nyquist et s'élança dans l'eau du lac à grands pas maladroits. Nyquist l'agrippa par la capuche dans l'espoir vain de le sauver et fut entraîné à sa suite.

Ils tombèrent dans les profondeurs, l'un après l'autre.

L'eau pénétra dans le manteau de Nyquist, l'entraîna vers le fond. Ses mains touchèrent la vase, ses doigts s'y enfoncèrent, trouvèrent un appui dans les galets.

Ouvrant les yeux, il ne vit que les nuages de terre qui s'élevaient dans les ténèbres : le souffle d'un monstre.

Il n'y avait plus un bruit, sauf un battement sourd au loin.

Son cœur.

Teddy était tout près, un autre objet, il se débattait, il cherchait la vie, la mort, selon ce qui l'emporterait.

D'un grand effort, Nyquist tendit le bras dans le noir et tâtonna jusqu'à refermer la main sur quelque chose de solide et de coupant, auquel il s'accrocha pour pousser brutalement. Quand sa tête jaillit à la surface, il prit une longue bouffée d'air. Il se tenait à la pale de l'hélice. Excalibur ! Il regarda autour de lui, mais il n'y avait aucune trace de l'autre homme. « Teddy, Teddy ! » Il avait la gorge et la bouche pleines de terre ; de terre, de vase et d'eau noire, d'herbes et d'insectes. « Teddy ! » Il se mit debout, se releva. L'eau lui arrivait sous la poitrine. Le lac était calme, brillant, aussi net qu'auparavant, sans trace de l'incident.

La voix de Nyquist résonnait sur les collines.

Bizarrement, le froid ne l'avait pas encore atteint, mais il frissonnait. Des voix hurlaient dans sa tête, la plus forte l'incitant à regagner la berge pour remonter sur la terre ferme. Mais il se força à replonger et s'accrocha aux pierres, aux algues, aux racines, pour avancer, et tout était calme, tranquille, presque incompréhensible, un autre monde, un royaume onirique. L'eau était tiède, apaisante. Elle était teintée de bleu avec des particules d'argent en suspension. La magie vivait là, submergée, patiente. Nyquist sentit son masque se décoller. Il vit des pièces, des os d'animaux, des joyaux dans les rochers et les fragments du fond, et la lame d'une dague gravée de runes, de petits éléments de l'avion, des écrous, des boulons, des objets enrubannés, une pendule brisée qui donnait l'heure exacte, son masque d'Edmund Grey qui flottait doucement, la tête peinte d'une poupée, des lunettes d'aviateur, des ossements, des boutons, un dé, un crâne, et, plus attirant encore, un miroir dans un cadre de bois, la surface de verre tournée vers le ciel et qui un instant refléta son mouvement, sa progression, son visage, non, pas son visage mais celui de son père, vieux, sage, souriant, et même le froid se dissipait dans le corps et le sang de Nyquist, et il se sentait en paix, le nuage de vase s'écartait devant lui à mesure qu'il cherchait, il chercha jusqu'à ce que dans les quasi-ténèbres il trouve une main, une main qui se tendait vers la sienne et qui la saisit, l'enlaça.

VRILLES

Les saints les contemplaient. Sainte Alice et son frère Edmund contemplaient les deux hommes qui affrontaient l'adversité, ils leur souriaient, ils les encourageaient. La pluie ne revint pas, les cieux s'éclaircirent au-dessus de King's Grave et le vent se réduisit à un murmure. Titubants, ils entrèrent dans la maison et reprirent leurs esprits tout en se battant les flancs pour se réchauffer. Nyquist prit la couverture posée sur le lit pour en envelopper Teddy, et un drap en coton pour lui-même. « Je vais faire du feu », dit le jeune homme, qui grelottait. Mais Nyquist refusa, il n'y avait pas de temps à perdre, il fallait regagner la route en priant pour ne pas arriver trop tard. Il attrapa le guide d'ornithologie et jeta un dernier regard aux affaires de son père avant de ressortir. Teddy voulait prendre sa bicyclette. « Non. Laisse-la. » Nyquist força le jeune homme à passer le premier, car il connaîtrait le meilleur chemin, l'itinéraire le plus sûr. Et en effet, ils atteignirent la route et attendirent dix minutes, pas plus, avant qu'une voiture apparaisse. Le crépuscule teintait l'air et un calme soudain tomba sur la lande. La Morris Minor s'arrêta à leur hauteur. La docteure Higgs les salua avec un grand sourire avant de voir l'état dans lequel ils étaient ; alors ses réflexes professionnels prirent le dessus. Elle installa Teddy bien emmitouflé sur la banquette arrière et Nyquist à l'avant, et redémarra sans un mot. Une fois dans son cabinet, elle lava le sang qui maculait la figure de Nyquist et pansa la plaie avec un gros bandage. Les deux hommes durent se déshabiller pour faire sécher leurs vêtements. En robes de chambre, assis devant un bon feu, ils prirent un bain de pieds brûlant. Nyquist buvait un whisky, Teddy une tasse de thé. La docteure, à son bureau, fumait sa pipe en lisant le dernier numéro de l'hebdomadaire *The Lady*. Elle portait toujours son masque d'Edmund Grey. De temps à autre elle levait le nez en marmonnant des paroles indistinctes.

« Si vous avez quelque chose sur le cœur, doc, autant le dire clairement. »

Elle foudroya Nyquist du regard. « J'imagine que vous n'allez pas m'expliquer ce qui s'est passé ?

— Un petit ennui. Rien de grave. »

Elle soupira avant de lui sourire. « Ce qui me défrise, c'est que j'ai chez moi deux hommes qui ne portent pas leur masque. Ça va jaser !

— Tant pis.

— On va inventer des histoires invraisemblables. »

Nyquist haussa les épaules. « J'habite un endroit qui s'appelle Histoireville. Les rues sont jonchées des malheurs de la semaine précédente. Les gens ne tarderont pas à tourner la page.

— Il n'était pas froid. »

C'était Teddy qui parlait, les premiers mots qu'il prononçait depuis son retour au village.

« Qu'entendez-vous par là ? demanda la docteure.

— Le lac. L'eau n'était pas froide. Ce n'est pas normal, non ?

— Elle était un peu froide, quand même, répondit Nyquist d'un ton détaché.

— Non. Non ! Tout le secteur, là où l'avion s'est écrasé, a quelque chose de bizarre. Rien ne s'y passe normalement. Rien ne pousse normalement... »

Il fut interrompu par des coups de poing à la porte et des cris furieux sur le trottoir. Higgs alla voir ce qui se passait, tandis que Nyquist, d'un geste, intimait le silence à Teddy. Le jeune homme se leva à l'instant où Becca et Val entraient. Toutes deux portaient leur masque d'Alice Grey.

« Qu'est-ce qui se passe ? demanda Val. Pourquoi est-il dans cet état ? Où sont ses vêtements ?

— Teddy a eu un accident, quelque part dans les champs, dit la docteure.

— Un accident ?

— Mais il va bien. Rien qui ne puisse se guérir avec une bouillotte et...

— C'est ce qu'on va voir. »

Val entreprit de retirer du séchoir les vêtements de Teddy, pendant que Becca faisait sortir son frère de la pièce. À la porte, elle se retourna vers Nyquist. « Je ne veux plus que vous vous approchiez de mon frère, vous m'entendez ? »

Nyquist l'entendait.

« Et tant qu'on y est, monsieur, je pense que vous feriez mieux de partir. Quittez le village ! »

Elle tourna les talons mais pivota immédiatement pour lui crier : « Et pourquoi Teddy n'a-t-il pas de masque ? Ça aussi, c'est votre faute ? »

Il allait parler, mais elle ne lui en laissa pas le temps.

« Vous me dégoûtez ! »

Sur ces mots, elle disparut, et la pièce retrouva son calme. Nyquist finit son verre d'une longue gorgée. La docteure, prise d'une toux violente, essuya la bouche de son masque avec un mouchoir qu'elle inspecta ensuite.

« Êtes-vous malade ? demanda Nyquist. Dites-moi la vérité. »

Elle hocha la tête en lui montrant les taches rouges sur le coton.

« C'est grave ? »

Cette fois, elle ne répondit pas. Nyquist la regarda un moment. « Qu'en pensez-vous, doc ? Je devrais quitter Hoxley ? Ça vaudrait mieux ?

— Qui sait ? » Elle effleura son masque, qui se décollait de son visage. « Peut-être demain sera-t-il la Saint-Belvedere, où nous devons être gentils les uns avec les autres, de l'aube jusqu'à minuit. Oh, non, attendez... Elle est déjà passée cette année. Merde. Pardon ! Je ne devrais pas dire de gros mots. C'est mal élevé.

— Que savez-vous de Teddy ? Sauf si vous voulez que je continue à l'appeler Edmund ? demanda Nyquist d'un ton sec.

— Ma foi, je pense que nous n'en sommes plus là.

— Parlez-moi de ce garçon.

— Jusqu'au mois dernier, il travaillait à la boulangerie.

— Je ne le vois pas dans un emploi manuel.

— Il était dans les bureaux. Il est doué, quand il prend la peine de le montrer. Il est très à l'aise avec les chiffres. Mais il s'est fait virer.

— Pourquoi ?

— À ce qu'on raconte, il a dit du mal des Sutton.

— J'y crois volontiers. »

Higgs haussa les épaules. « C'est une âme tourmentée.

— Ce qui me dépasse, c'est qu'il soit toujours ici, à Hoxley ? Il n'aime pas le village, ça saute aux yeux. »

Elle ne répondit pas. Mais, lui jetant un regard étrange, elle dit : « John, il faut que vous soyez prudent. La situation peut mal tourner. Quoi que vous espériez trouver...

— Je n'ai pas le temps d'être prudent. Absolument pas. »

Ils se dévisagèrent longtemps, sans bouger, jusqu'à ce que la pendule de la cheminée sonne six coups. Higgs eut un pâle sourire.

« L'heure est venue. »

Elle appuya de nouveau sur son masque et, cette fois, il lui resta entre les doigts et se détacha facilement. « Je redeviens moi-même. Irene Higgs, médecin généraliste. » Ses mots exprimaient une certaine tristesse.

Nyquist examinait ses vêtements. Ils étaient presque secs. Il trouva le plan dans la poche de son manteau. Les pages étaient humides, froissées. Quand il voulut l'ouvrir, il ne réussit qu'à déchirer le papier. Il demanda à la docteure si elle en possédait un exemplaire, et elle le sortit d'un placard.

« Pourquoi en avez-vous besoin ?

— Pour voir où je suis allé aujourd'hui. D'après Teddy, nous étions au lac Birdbeck. » Il consulta l'index. « Au fait, il avait raison.

— À quel sujet ?

— L'eau n'était pas glacée. Moins que ce que j'aurais pensé.

— C'est un moyen qu'a trouvé le corps pour se protéger. La peur, l'adrénaline...

— Peut-être. Il n'y a pas de sources chaudes ?

— Il y en avait une, oui, mais beaucoup plus près du village. Elle s'est tarie au XIXe siècle. »

Nyquist repensa à ce qui s'était passé. « Quand je me suis enfoncé dans le lac, c'était très calme et... tiède. Je ne sais pas. Presque agréable. Non, ce n'est pas le mot qui convient. C'était... réconfortant. *Réconfortant.* Je me disais que j'aurais bien aimé rester là, à flotter, en paix avec le monde.

Et il y avait plein de choses au fond, comme si on les y avait jetées exprès. Des offrandes.

— Des offrandes ? Je ne suis pas sûre de vous suivre.

— Comme dans un puits aux souhaits. »

Il suivit du doigt un itinéraire incertain sur la page du plan, qui traversait le champ de King's Grave, dépassait la maison, franchissait la colline de Hawley Ridge et redescendait dans la vallée ombreuse. Mais le lac n'était pas indiqué : pas de symbole, pas de contours irréguliers. La zone portait un point d'exclamation, et il repensa à sa conversation avec Mavis Coombes, au pub ; quand il l'avait interrogée à ce sujet, elle avait écrit une mise en garde sur sa serviette.

Fantômes.

Nyquist le raconta à Higgs, qui répondit : « C'est une tradition bien ancrée au village, je le crains. Inventer des histoires à dormir debout.

— Mais ce n'est pas une simple élucubration. Sinon, pourquoi la carte signalerait-elle quelque chose ?

— Non... » La docteure céda. « Là-haut, près du lac, il y a des apparitions. Comme un peu partout à King's Grave. Mais, je le répète, des histoires...

— Je compte découvrir la vérité. »

Nyquist avait assez souffert, après cette journée, la pluie, le vent, les masques, les saints. Il prit ses vêtements et alla s'habiller dans la pièce d'à côté. Puis, prenant congé de Higgs, il repartit vers le Cygne. Cela faisait du bien de voir les visages ordinaires que les habitants révélaient à présent qu'il était plus de six heures. Ils souriaient, ils bavardaient, ils se chamaillaient, ils riaient ensemble. Sous une porte cochère, un jeune couple s'embrassait. La pleine vie, vue pleinement. Plus d'une fois il remarqua des masques sur le trottoir, Alice et Edmund abandonnés.

Il monta dans sa chambre, alluma le poêle et se pencha pour se réchauffer les mains. Il posa sur son lit le guide ornithologique avant de sortir de leur cachette le revolver et la tasse à thé. Sa collection d'objets s'accroissait. Il songea qu'il pourrait la présenter dans une vitrine en ébène.

Objet n° 1 : pour votre délectation – une tasse à thé.

Objet n° 2 : un revolver Enfield, particulièrement intéressant.

Objet n° 3 : un guide ornithologique, avec une tendre dédicace.

Un jour, bientôt, même s'il ne savait pas encore pourquoi, il aurait besoin de chacun de ces objets.

Il disposa les sept photos sur l'édredon, ainsi que les fragments de la carte où figurait son nom. À partir de ces diverses offrandes, sa tâche prit forme. Sans but précis, il les déplaçait, mettant le revolver au centre, puis la tasse ; il forma un cercle avec les morceaux de carton ; chaque photo prit tour à tour une position différente dans le cercle, dans le sens inverse des aiguilles d'une montre. Oui, il en savait plus long qu'à son arrivée, trois soirs plus tôt, mais le mystère restait épais. Il tâta le pansement sur son crâne pour s'assurer qu'il tenait bon.

Il ouvrit le *Guide Auberon des oiseaux de Grande-Bretagne*. Son père avait laissé beaucoup d'annotations, de commentaires. De page en page les illustrations colorées défilaient sous ses doigts, une espèce après l'autre : couleur des œufs, envergure, plumes, alimentation, cris et chants...

Grand corbeau... Corvus corax... réputé pour être un oiseau de mauvais augure. Quelques mots manuscrits : *Gardien des secrets.*

Pourquoi son père avait-il laissé ce livre à la ferme ? Car Nyquist croyait à présent qu'il ne l'avait pas trouvé par hasard : son père savait qu'un jour il viendrait à Hoxley. C'était probablement George Nyquist qui lui avait envoyé les photos. Mais dans quel but ? Pourquoi ne pas lui écrire une lettre, lui expliquer ses intentions ?

Il atteignit la page de la bergeronnette grise.

Motacilla alba... le soir, se réunit en groupes importants... œufs de couleur crème avec une nuance turquoise, taches brun-rouge...

Là aussi, son père avait ajouté un commentaire : *Apparaît souvent dans les rêves.*

La vrille glissait sur le papier, comme réveillée par l'air ou la lumière. Cette fois, elle ne cherchait pas la main de Nyquist, elle s'étirait vers le bord du livre. Les vrilles de la tasse et du revolver s'allongeaient elles aussi. Chacune cherchait les deux autres. Elles se touchèrent. Connexion. S'entortillèrent. Emmêlées.

Nyquist eut une réaction physique incompréhensible : des fourmis dans les mains, sur tout le corps une démangeaison qui se mua en chaleur diffuse. Il se sentait fort, il avait l'impression d'être à la hauteur de cette tâche, de sa quête. Il distinguait nettement la poussière qui flottait, les mites sur les draps. Tous ses nerfs étaient en éveil, les poils de ses bras se dressèrent comme des antennes. Cela dura une seconde ou deux, pas plus, et les trois objets se séparèrent pour redevenir tasse, arme, livre. Et Nyquist redevint un être humain, une personne, un visiteur, un homme seul dans une chambre minable au-dessus d'un pub. Il installa sa collection sur la table de chevet, se dévêtit, se glissa entre les draps et s'endormit sans hésiter. Il n'était pas encore sept heures et demie. En bas, le samedi soir battait son plein dans le bar et l'arrière-salle, mais les éclats de voix et les tintements de verres ne l'atteignirent pas. Il dormit profondément dans la nuit.

Les heures passèrent. Sa chambre était sombre, silencieuse. Puis le silence gagna le pub.

Quelque part dans les profondeurs de la maison une pendule sonna doucement, une fois, deux fois. La porte s'ouvrit et une forme ombreuse se glissa dans la chambre, une femme. Elle tenait deux branchettes épineuses coupées sur un buisson de myre et les frotta l'une contre l'autre. Cela fit un petit bruit. Elle respirait comme respirerait le bois, comme une forêt respire dans la nuit, calme, calme, une branche nue puis une autre, une baie, une graine. La femme s'arrêta au pied du lit, regarda l'homme qui dormait. Elle émit un murmure, un chuchotis qui renfermait une chanson qui renfermait une poésie et une menace et une promesse et un jeu. *Chante avec nous Sally, oh, la lune est dans la vallée, oh.* Les mots s'étiraient. *Vienne le deuil... Viens jouer avec nous.* Les deux branchettes, ornées d'une grappe de lune-argent, descendirent vers la victime. Les baies brillaient, pâles à l'extérieur, écarlates à l'intérieur, emplies de poison. Les épines étaient aiguës, légèrement recourbées. Elles s'approchaient du visage du dormeur.

Nyquist frémit. Ses paupières tressautèrent.

Ses yeux s'ouvrirent.

Ses yeux ne s'ouvrirent pas.

Il dormait, il était éveillé. Endormi, éveillé. Endormi, éveillé.

Les bords de la nuit étaient flous et il y était prisonnier, sur la frontière.

Sommeil, veille, sommeil, veille.

Il ne voyait pas la visiteuse, mais il rêvait d'elle. Mais il ne rêvait pas vraiment d'elle, car elle était vraiment là. Mais ça n'était pas réel, pas vraiment, c'était comme l'apparition d'un fantôme. Ou plus exactement comme une créature conjurée par le dormeur, par son esprit obscurci, le fruit de son imagination. Ou plutôt un souvenir d'autrefois, surgi de son enfance ou d'une histoire d'autrefois. Pas une histoire, pas vraiment un souvenir, mais un événement qui s'était déroulé ailleurs, ou sur une autre planète. Mais pas une planète lointaine, non, la planète de la chambre, du village, du lieu qu'occupait le dormeur. Et ainsi, de cette façon, la visite s'était produite et ne s'était pas produite, simultanément. À moins que la visite n'existe quelque part entre les deux, réelle et irréelle, en boucle – réelle, irréelle, réelle, irréelle, et ainsi de suite jusqu'à ce que le dormeur se réveille.

Ou ne se réveille pas.

TROISIÈME PARTIE

À L'ENVERS

CLOCHETTE

C'était étrange. Pas un son ne l'accueillit, ni du rez-de-chaussée, ni de l'extérieur, pourtant la journée était déjà bien entamée : le soleil filtrait par les rideaux entrouverts. Une nouvelle icône attendait sur l'étagère, une plante en pot, une sorte d'arbre miniature avec un tronc tout tordu et des branches qui formaient une silhouette humaine, les bras tendus, des brindilles pour les cheveux et les mains. Le visage était gravé dans l'écorce, des traits sommaires, la bouche, le nez, les yeux. Le supplice du saint ou de la sainte, se dit Nyquist, avait dû s'achever contre un arbre, avec des cordes bien solides.

Il resta un long moment dans la salle de bains, allongé dans la baignoire jusqu'à ce que l'eau ait refroidi. Habillé, rasé, il descendit. Il mourait de faim. Mais la salle à manger était déserte. Il s'assit et attendit sans que personne ne vienne prendre sa commande. Aucun signe de Mavis ou de son père. Il jeta un coup d'œil dans la cuisine : vide aussi. On avait commencé à préparer les petits déjeuners, mais tout avait été laissé en plan. Les brûleurs étaient allumés. Nyquist coupa le gaz avant d'aller fouiller la maison de haut en bas.

Pas âme qui vive.

Le silence était intense, il emplissait chaque pièce comme une obscurité.

La porte d'entrée était grande ouverte. Nyquist sortit dans l'acier vif du soleil d'hiver. Dans la grand-rue, personne. Ses pas résonnaient sur les pavés.

Les portes étaient ouvertes. Toutes. Toutes les maisons, ouvertes, l'invitaient à entrer. Mais il continua sur le trottoir, espérant croiser un habitant du village, entendre un appel, un salut ; il se serait même contenté d'un cri ou d'une exclamation de colère. Il n'y avait rien. Consultant sa montre, il vit sans surprise qu'il était déjà onze heures moins le quart. Il avait trop dormi, beaucoup trop.

On était dimanche. C'était peut-être pour ça. Le jour du repos.

Devant le cabinet de la docteure, il hésita avant d'entrer et de s'aventurer jusqu'au salon. La veille au soir, cette pièce était pleine de bruit, de bavardages, la vie humaine, un feu rugissant, des intrus, des disputes, des accusations. Ce matin, le silence régnait. Il alla regarder l'aquarium : les poissons eux aussi avaient disparu. Par la fenêtre, il vit un chenil vide et une pelouse nue. Le moindre geste de Nyquist blessait le silence. C'était troublant. Longtemps, il n'osa pas bouger. Pas parler. Pas respirer. Quelque chose attendait qu'il fasse du bruit, quelque chose ou quelqu'un, une créature tapie dans les recoins invisibles.

Il pivota lentement et remarqua l'icône du saint du jour dans un pot en terre cuite sur le buffet. Le visage d'écorce le regardait fixement.

Dans le jardin, un pépiement d'oiseau, une note répétée.

Le charme se rompit et Nyquist monta voir au premier étage.

Vide, vide.

Dans la plus grande chambre il vit l'icône sur la coiffeuse. Celle-ci portait une étiquette attachée à une branche : *Sainte Leander.* Le nom l'étonna. Il sortit de sa poche la photo numéro sept et regarda l'image vierge. Au dos, il relut la légende : *Sainte-Leander 1958*. Elle avait donc été prise un an plus tôt. Non. Non, bien sûr. Higgs le lui avait dit, les saints étaient choisis au hasard ; ils ne respectaient pas le calendrier ordinaire. Pas un an plus tôt, donc, mais le jour attribué à sainte Leander l'année précédente. Ça ne pouvait pas être un hasard : village vide, image vide.

Il jeta un dernier regard autour de lui et remarqua de petites taches de sang sur l'oreiller. Il fouinait dans la vie secrète de la docteure. Il était à la fois honteux et inquiet.

Dix minutes plus tard, il était dans Pyke Road. Là aussi, toutes les portes des maisons et des immeubles étaient ouvertes. Il n'entendait rien, rien du tout, pas même un rire d'enfant ou le gargouillis d'un bébé. Pourtant les voitures étaient garées dans la rue ou devant les garages, et les portières, les coffres, étaient ouverts. Si les villageois étaient partis, ils étaient à pied. Ou peut-être étaient-ils cachés, et on l'espionnait, on suivait son errance solitaire, on riait en silence de le voir ainsi décontenancé.

Nyquist était seul.

Il toqua à la porte de *L'If*, en vain. À l'intérieur, la cage à oiseau du salon était vide – les chants s'étaient envolés, à moins qu'on ne les ait remisés ailleurs : chant, plumes, os, griffes et bec, partis. Il appela Hilda : si elle répondit, elle répondit en silence.

Un fantôme aurait fait plus de bruit.

Il ressortit pour continuer à chercher la trace d'un être humain, un signe de vie. Il passa devant la salle des fêtes et poursuivit jusqu'à la boulangerie Sutton's avant de faire demi-tour, traverser la grand-place avec l'étang et Lame-de-Lune, entrer dans l'école, où les salles de classe étaient vides, oui, il les vérifia toutes. Échos dans l'air froid, poussière de craie, colonnes d'additions au tableau. Une fois dehors, il se demanda si de toute sa vie il allait revoir quelqu'un ; il se sentait comme Robinson Crusoé tout juste arrivé sur son île.

Il n'y avait que le silence et le vide.

Tout le monde avait dû se rassembler au même endroit, dans les bois ou dans un pré, pour accomplir un obscur rituel de leur invention. Il maudit la docteure et Coombes, le propriétaire du pub, pour ne pas lui avoir dit où aller.

Et là...

Là, un bruit lui parvint.

Il se figea pour mieux entendre. Un bruit très faible, à peine réel.

Intermittent, comme une clochette qui se balançait. Une clochette qu'on tenait à la main et qu'on secouait pour qu'elle sonne. Ou bien un sifflet, aigu, pur, vif. Impossible de déterminer la nature précise de ce bruit. Un petit enfant rêvant d'un oiseau, d'un chant d'oiseau presque inaudible. Ça ressemblait aussi à la clochette des Bainbridge, celle que la perruche aimait tapoter. Comment s'appelait-elle, déjà ? Ah, oui, Bertie. Voilà. Le petit Bertie Bainbridge. Ding-dong.

En plus doux.

ding, ding, dong

Nyquist se mit à tourner sur lui-même dans l'espoir de repérer l'origine du bruit, de déterminer d'où il venait, une maison, une ruelle, une ombre.

Mais le silence était revenu.

Silence. Vide.

Il repartit dans la grand-rue et franchit le pont sur la Vive. L'eau coulait doucement. Il entra dans l'église et contempla la nef jusqu'à l'autel : bancs vides, hymnes muets, incantation inexistante. Même aujourd'hui. Même le jour du Seigneur ! Il alla examiner les niches ménagées dans les murs à différentes hauteurs. Il y en avait beaucoup, des centaines, chacune pour l'icône d'un saint différent. Comme aucun ne portait de nom, il n'identifia que ceux qu'il avait déjà vus, soit dans sa chambre, soit au village. Quelques niches étaient vides, ce qui le surprit jusqu'à ce qu'il se rappelle que Higgs avait évoqué les cinq jours dédiés à Saint-Personne. Des jours merveilleux, certainement ! Il alla voir l'autre côté de l'église, où se trouvaient d'autres icônes. Beaucoup avaient devant elles des restes de cire fondue ; certaines, moins nombreuses, avaient des cierges intacts. Nyquist comprit qu'il s'agissait d'une ébauche de calendrier, pour montrer quels saints avaient déjà eu leur tour cette année et lesquels attendaient toujours. Sa théorie se confirma quand il nota que le seul qui était allumé honorait l'arbre en forme de sainte Leander. La sainte du jour. La flamme dansait comme si quelqu'un soufflait dessus.

Il ressortit. Pour la première fois il remarqua le buisson de myre qui poussait dans le cimetière, ses branches lourdes des terribles baies de lune-argent, ses racines enfoncées dans la terre riche. Il contourna l'église par la gauche, délibérément, pour que le diable lui apparaisse. Il lui aurait tenu compagnie. Mais personne ne le dérangea. Il arracha des plantes grimpantes et des herbes sèches qui recouvraient les pierres tombales. C'étaient les noms d'autrefois, les noms des morts et de leurs familles toujours en vie : *Keepsake, Clud, Clough, Tattersthwaite, Bryars, Wykes, Holroyd, Dunne, Fitten, Higgs, Prudholme, Fairclough, Coombes, Bainbridge, Metcalfe*. Un nom – Elizabeth Margaret Featherstonehaugh – avait nécessité deux lignes. Et, bien caché derrière un fourré, il trouva une tombe qui portait son propre nom de famille : William Nyquist, 1835-1859. Mort à vingt-quatre ans. *Réuni avec son épouse bien-aimée, Edwina, et leur fils, Henry.* Les lettres de tous les noms, comme les chiffres, étaient fendillées, abîmées, pleines de terre, de racines fibreuses et de fiente d'oiseaux, et il dut mettre au jour les détails de ses mains nues.

1859. L'année où était mort William Nyquist. Cent ans plus tôt.

Ça devait être important, et il songea à la liste de Grands Tolly que la professeure Bryars lui avait montrée. Voilà, ça lui revenait : 1859, c'était l'année où William avait tenu le rôle : il était mort peu après avoir porté le masque d'épines. Était-ce lié ? Le Grand Tolly avait-il causé la mort de son ancêtre ?

Il imagina sa famille quitter Hoxley-sur-la-Vive, peut-être par choix, peut-être chassée, puis le trajet vers le sud. Y avait-il un Nyquist tout seul, ou un jeune couple, peut-être avec un enfant ? Peut-être avaient-ils pris la fuite sous le couvert de la nuit pour échapper aux persécutions ou à la pauvreté. Oui, il se construisait déjà toute une mythologie familiale. Et bien des années plus tard, en exil, un enfant naît, un fils : John Henry Nyquist. Lui-même. Un enfant, homme à présent. Et il sentait que son corps tout entier s'enfonçait dans la terre, y prenait racine, ici, près de la rivière, dans cette lande. Il repensa au nom que lui avait donné Sylvia Keepsake : peut-être *Écrit en lettres de sang* était-il une allusion à la lignée, à la famille, à ce qui était transmis à chaque génération et à ce qui était perdu ou rejeté. Nyquist s'était senti attiré par le village, la source – mais à quelles fins ? Ou quels débuts ?

Il quitta le cimetière par le chemin qui longeait la rivière et menait à Hoxley-le-Bas. Il fut heureux de voir les cygnes qui nageaient dans le bassin de retenue, preuve qu'il existait une vie autre que la sienne. Mais il ne croisa personne, et il n'entendit que les glouglous de l'eau et de rares cris d'oiseaux dans les ajoncs.

Le soleil redescendait déjà et l'air se faisait plus froid. Décembre enjolivait la campagne, la faisait étinceler d'éclats gelés. Nyquist serra les pans de son manteau et continua.

Hoxley-le-Bas l'accueillit par le silence.

Rues vides, maisons vides, toutes les portes grandes ouvertes.

Ni chats ni chiens. Pas même l'ombre d'un pas, d'un souffle, d'une feuille morte.

Je suis seul. Je suis tout seul ici.

Il passa devant le studio du photographe et continua à grimper jusqu'aux limites du village, là où vivait Len Sadler. La camionnette du décorateur était garée sur le côté, les portières béantes. Nyquist passa à l'arrière : cages vides, perchoirs abandonnés. Les portes des pigeonniers étaient ouvertes aussi, et il imagina les pigeons s'envoler tous en même temps, chacun porteur d'un message, un papier vierge qu'on aurait pu traduire ainsi : Ici, aujourd'hui, il n'y a rien. Ne venez pas à Hoxley, ça ne sert à rien, vous n'y trouverez rien. Allez ailleurs.

Lui-même s'en fut. Parvenu à mi-côte, il entendit à nouveau le tintement de la clochette qui l'appelait dans une maison ou une autre, il ne savait pas laquelle. Mais cette fois il fit la sourde oreille, il ne s'arrêta pas. Il acceptait enfin le fait que seules des ombres l'attendaient. Il passa la tête dans la petite épicerie – la sœur jumelle de celle de Hoxley-le-Haut –, Cholmondeley's, pour prendre un paquet de Woodbine, un sandwich jambon-fromage et une bouteille de tonic *Dandelion and burdock*, en laissant sur le comptoir une pile de shillings et de pennies, bien assez pour payer ses emplettes. En ressortant, il vit à côté de la porte un présentoir chargé de gadgets, de jouets, de farces et attrapes et de ballons. Il y avait des paquets de « Cheveux de Jenny-les-Vrilles », comme il en avait vu dans l'autre boutique. Il en acheta un.

Cinq minutes plus tard, il était assis sur un banc de la place et mangeait son sandwich en fixant les noms sur le monument aux morts. Il se détendit en fumant une cigarette. Sainte Leander avait pris les commandes de sa vie. Il était à sa merci. *Je suis seul. Oui.* Et, pour la première fois, ça ne le dérangeait pas, pas du tout. Il avait passé toute sa vie dans des rues populeuses, des ruelles, des immeubles décatis, des bureaux minuscules, dans des bars louches et des tripots, sous des néons et des publicités lumineuses, dans des marchés grouillants de monde ou des gares animées. Sans cesse, jour après jour, il avait senti le poids d'autres chairs contre son corps. En avait-il encore besoin ? Ne pouvait-il pas finir ses jours à Hoxley-sur-la-Vive, suivre les décrets de chaque saint tour à tour, changer de comportement à chaque nouvelle journée ?

C'était une idée rebelle mais réconfortante.

Son repas fini, Nyquist ouvrit le paquet de cheveux de Jenny-les-Vrilles. Il contenait cinq filaments d'un vert vif, longs d'environ soixante centimètres. Il les déroula, mais, contrairement à ceux qui s'agrippaient à ses affaires, ils étaient faits d'une matière élastique, avec un petit crochet en plastique à chaque extrémité. Il lut les quelques lignes imprimées au dos du paquet :

Utilise ces cheveux de Jenny-les-Vrilles pour attacher des objets ensemble et les unir dans une même histoire ! Toi aussi, comme Jenny-les-Vrilles, tu peux réunir les éléments les plus incongrus. Des heures d'amusement !

Il prit dans sa poche l'enveloppe de photos pour examiner chaque scène avec les yeux non pas d'un étranger mais d'un habitant du village : l'église, la grand-rue, la boutique, la tour Clud, les Bainbridge devant chez eux. Le visage de son père. Mais il se concentra surtout sur la septième image jusqu'à s'enfoncer dans le paysage invisible, de plus en plus profond... jusqu'à ce que la réponse lui vienne. Bien sûr ! Ça paraissait si simple, maintenant que l'idée lui était venue. Un filament qui s'accrochait à un autre.

Nyquist retourna au studio du photographe. La porte était ouverte. Rien n'avait bougé depuis son premier passage : les empreintes de pattes d'oiseau sur la table de la cuisine, les portraits d'Agnes Dunne sur les murs, l'odeur nauséabonde de produits chimiques éventés. Dans la chambre noire, il plaça la septième photo dans le bac de développement. Les restes du papillon de nuit flottaient encore à la surface. Il reconnut le fluide bleu parsemé de particules argentées : c'était le même qu'au lac Birdbeck, dans les collines. Thomas Dunne y avait prélevé du liquide pour ses travaux. Avec un frisson, Nyquist se revit à l'instant où il s'enfonçait dans le lac, avec tous ces objets parmi les cailloux, submergés, et il repensa aux sentiments qui l'avaient envahi.

Magie. Transformation. Transmutation.

Il agita doucement le bac et regarda. La dernière fois, cela avait fait apparaître une image, la maison de Len Sadler ; cette fois, l'image était fort différente.

Dans l'autre pièce, la clochette tinta, dansa dans l'air : le village rêvait. Mais il ne se retourna pas. Car, il le savait, il n'y aurait personne, pas même un fantôme. Il se concentrait entièrement sur le bac et la photo dans le liquide, sur l'image qui émergeait lentement, une ombre qui prenait forme sur le fond blanc, un bâtiment… non, une chambre, une pièce. Le regard fixe, il vit l'image se former, un détail après l'autre – des étagères, une armoire vitrée encore imprécise. Et, à côté du meuble, une personne se vêtait de couleurs, de courbes, de traits, le visage était net, une femme. Elle brandissait une petite cloche d'argent.

Longtemps il resta sans bouger, sans savoir comment bouger, et seuls ses yeux fonctionnaient. Il s'imprégnait de l'image dans ses moindres détails, tout ce qu'il remarquait : premier plan, arrière-plan, le corps de la femme, sa posture, son visage, ses cheveux. Mais il ne la connaissait pas. Il ne l'avait jamais vue, ni au village ni dans sa vie, dans son passé.

Une inconnue.

Il regagna la rue puis la rivière, dont il suivit le cours jusqu'à Hoxley-sur-la-Vive. Personne ne l'y accueillit ; toutes les portes étaient ouvertes mais personne ne l'invita à entrer. Et, à trois heures, le plaisir de la solitude disparut entièrement, ne laissant qu'un marcheur, tout seul, le regard vide, dans des rues vides, tant de maisons vides, de chambres vides. Chez quelqu'un, il passa un quart d'heure aux toilettes à lire une histoire dans un magazine féminin. *Oh, Margaret, tu n'aurais jamais dû retourner avec lui !* Remontant son pantalon, il reprit son errance. Par moments il regardait la septième photo et relevait les yeux, cherchant un lien entre l'image et la réalité, un lieu : où était l'armoire, où se tenait la femme. Il s'assura d'emprunter toutes les rues, les unes après les autres, en les cochant sur sa carte. Sans s'arrêter. Il dîna seul chez la docteure Higgs, un vrai gueuleton : langue de bœuf, stilton, une grosse part d'un cake de Sutton's pour le dessert. Le ventre bien plein, il s'installa dans le fauteuil de la docteure pour lire son exemplaire du *Reporter de Bligh, Lockhampton et Hoxley*, sans rien sauter.

Petites annonces, infos locales, festival des fleurs, contrecoup de la Saint-Juniper du mois dernier. Il cherchait des indices, surtout, des indices sur la véritable nature du village et sur la femme apparue sur la photo.

Et il n'apprit rien.

Il reprit sa quête, en direction cette fois de la grand-place où la diseuse de bonne aventure avait toujours sa tente. Il dénoua les embrasses, écarta le rideau et entra. Il faisait sombre. Nyquist pensait que Madame Fontaine serait partie, mais une silhouette était assise devant une table, le visage dans l'ombre.

Il se força à rester immobile.

Ses doigts tremblotaient.

Être en présence d'une autre personne après toute cette journée, ces errances, c'était trop ! Pourtant la femme, comme lui, restait muette. Elle ne bougeait pas. Même quand il parvint à la saluer.

Deux grandes bougies étaient posées sur la table. Il craqua une allumette, l'approcha des deux mèches, et les flammes lui révélèrent le visage d'une Gitane impavide, morte à toute réaction. Elle était sculptée dans du bois. C'était de la belle ouvrage, les lignes et les plans du nez, des pommettes, du front étaient soignés. Elle avait les lèvres peintes en rouge et portait une robe chamarrée qui la couvrait de la tête aux pieds. Ses deux mains, posées sur la table, dépassaient des longues manches. Elles aussi étaient en bois, avec des articulations métalliques aux phalanges et aux poignets. Mais c'était le visage qui fascinait, car il l'avait déjà vu. Le souvenir plana dans la tête de Nyquist et disparut. Sur un perchoir se tenait un corbeau mécanique, avec un losange blanc sur le front.

Nyquist trouva un *tanner* dans sa poche, une pièce de six pence, et le glissa dans la fente ménagée sur la table. Madame Fontaine prit vie. Lentement d'abord, ses bras craquèrent, sa tête s'inclina. Le corbeau leva les ailes et émit un son grinçant, comme si l'on avait frotté deux plaques de métal rugueux. La main de la diseuse de bonne aventure se déplaça vers une boîte contenant un jeu de cartes. Les doigts descendirent en prendre une, apparemment au hasard, et la déposèrent maladroitement devant elle. C'était un tarot. Nyquist n'y connaissait pas grand-chose, mais, fasciné, il vit l'opération se répéter deux fois. Trois cartes au total. *Le dix de bâtons, le Monde (renversé), la Papesse.* Le corbeau poussa un nouveau cri perçant. Madame Fontaine choisit une autre carte, dans une boîte différente. Celle-ci était une prédiction. Nyquist la prit pour la lire.

Suivez un chemin dans les bois. Posez votre question au feu.

Toute pensée cohérente s'évanouit, il ne resta plus dans son esprit qu'une énigme, des énigmes infinies, des fragments de signification. Il examina d'autres prédictions qui auraient pu lui échoir : *Vous allez recevoir une bonne nouvelle.* Ou *Vous allez recevoir un cadeau d'un parent qui vit à l'étranger.* Ou même *Vous allez rencontrer un homme grand et beau.* C'était absurde, et il ne put s'empêcher de rire ; c'était la seule réaction appropriée. Il riait au nez de tous les saints réunis et de tous ceux qui tissaient les histoires dans un village bâti sur la folie. De Jenny-les-Vrilles elle-même.

Il regarda une dernière fois Madame Fontaine et, cette fois, il la reconnut. Elle ressemblait à Agnes Dunne, dont il avait vu les portraits chez le photographe. Il s'en étonna, jusqu'à ce que, examinant la Gitane mécanique et la table qu'elle occupait, il remarque une plaque de cuivre portant le nom de l'artisan. *Leonard Sadler.* Un hommage à la femme qu'il aimait.

Nyquist sortit et retraversa la place en espérant trouver une rue qu'il n'aurait pas encore remarquée, une porte dérobée, une ruelle discrète. Il explora le moindre recoin, toutes les pièces de toutes les maisons.

Ne rencontra personne.

Ne vit personne, pas même au loin, pas même l'ombre de quelqu'un.

N'entendit personne.

Même la clochette s'était tue.

Le crépuscule n'allait pas tarder à tomber. Il commençait à être fatigué par tant de marche. Dans la lumière déclinante, le village semblait abandonné plutôt que désert. Et il craignait que, même avec la fin du jour et le début d'un nouveau, les rues ne restent vides. Il allait vivre ici pour toujours, incapable de partir, condamné à suivre les traces pâlissantes de fantômes. Mais il devait à tout prix trouver la femme de la photographie, tout de suite, à la Sainte-Leander et pas un autre jour : le lendemain, il serait déjà trop tard.

Nyquist poursuivit sa route, se déplaçant au hasard, tournant au hasard des carrefours, oubliant le plan du village. Les maisons vides le déprimaient. Les personnes disparues : bavardages inaudibles, comptines d'enfants étouffées jusqu'au silence, disputes de couples trop basses pour qu'on les entende.

Alors il vit quelque chose qui l'arrêta net, qui le stupéfia, qui lui fit presque peur.

Une porte fermée.

Une seule porte qui était fermée.

La première depuis qu'il avait quitté le pub ce matin-là. Méfiant, il s'approcha. La maison était l'une des plus grandes du village, de style Tudor, avec un garage attenant dont la porte ouverte révélait le capot d'une Bentley. Mais la porte d'entrée était fermée. Un panonceau dans le jardin lui apprit qu'il se trouvait devant le *Pavillon de l'Ami tendre*. Nyquist tira la sonnette, qui retentit dans les couloirs vides sans qu'on réponde. Par la fenêtre, il vit un salon. Personne. Mais, sur la table, sainte Leander poussait dans son pot... Alors pourquoi cette porte fermée, ça ne tenait pas debout. Qu'est-ce qui distinguait cette maison des autres ? Il alla voir à l'arrière, mais la porte de la cuisine était fermée elle aussi. Il eut envie de donner des coups de tête dans la porte à s'en faire saigner le front, à s'en fendre l'os. Très envie. Douleur, soulagement. Mais, dans un effort de volonté, il repartit vers le centre du village.

Puis s'arrêta, incapable de continuer.

Il se mit à pleurer.

Il criait. Il hurlait. Un beuglement inarticulé.

Il espérait une réponse, une réaction du village, de n'importe qui.

Rien. Rien du tout.

Seul, seul, seul.

Il hurla encore, et il s'entendit hurler encore dans une rue vide.

écho, écho

écho

Il se trouvait devant la salle des fêtes. Après une longue journée passée à fouiner dans tous ces intérieurs, le bâtiment lui donnait l'impression de constituer le cœur du village, un lieu neutre. Pas d'attaches, pas de souvenirs. Il entra, plus pour se réchauffer et pour se calmer que dans l'espoir d'y trouver quelque chose, car il y était déjà passé un peu plus tôt. Il y avait un vestibule avec le bureau de l'accueil et le panneau d'affichage, et une porte ouverte qui donnait sur le bureau de l'administrateur. Nyquist trouva l'auditorium où il avait assisté à la projection de Bryars : l'écran n'avait pas bougé. Il vit la table où il avait pris une collation. Il monta sur l'estrade. Sur l'écran, une note manuscrite disait : « Le cours de vannerie de ce soir est annulé par manque de participants. » Il la décrocha puis se tourna vers les rangées de sièges vides, vers les spectateurs invisibles. Il prit une profonde inspiration.

« Mesdames et Messieurs, bonsoir. Je suis John Nyquist. Les anciens du village ont eu l'amabilité de me demander de me présenter et de vous expliquer la raison de ma présence parmi vous. »

Personne ne l'écoutait. Il avait des vertiges, comme si une partie de son esprit s'était séparée du reste.

« On m'a parfois appelé Edmund Grey. Ou bien M. Écrit en lettres de sang. »

Il n'était pas censé prononcer son nouveau nom, il le savait bien, mais personne ne s'offusqua, pas un seul spectateur.

« Je suis né dans une ville appelée Soliade, où règnent la lumière et la chaleur, le bruit et la foule. D'un secteur nommé Crépuscule, où la brume consume tous ceux qui s'y aventurent. » Il ménagea un silence pour que son message soit bien compris. « Si je suis dans votre village, c'est pour retrouver mon père, qui a disparu dans Crépuscule alors que je n'étais qu'un enfant de huit ans. Voici des images. » Il eut un geste en direction de l'écran vide. « La maison où je suis né, sous l'éclat des néons. Dorothy, ma mère, qui est morte quand j'étais petit. Mon père, George. Arrêtons-nous un instant sur lui. » L'image invisible ondulait sur l'écran. « Je vous en prie, bonnes gens de Hoxley-sur-la-Vive, regardez bien le visage de cet homme. L'avez-vous déjà vu ? »

Personne ne répondit.

« Regardez-le bien. Je pense qu'il est arrivé ici en septembre dernier, mais il se montrait sans doute discret. Je cherche à déterminer où il se trouve actuellement. »

Silence dans tous les sièges.

Il les regardait. Il regardait tous les habitants disparus.

« Je vous en supplie. Refuserez-vous d'aider un inconnu qui en a besoin ? »

Ils refusaient.

Les yeux de Nyquist parcoururent la salle vide avant de s'arrêter sur un siège précis, au centre, un peu à gauche, au troisième rang. C'était celui qu'aurait choisi son père s'il assistait à un spectacle. Il s'adressa à ce siège.

« Ma modestie dût-elle en souffrir, j'aime à penser que j'ai fait quelque chose de ma vie. Je suis détective privé. J'ai assisté à des événements si étranges qu'ils m'ont conduit au seuil de la folie, mais j'ai survécu, souvent par accident plus que par mes ressources propres. Je suis arrivé jusque-là, malgré tout. Je suis vivant ! »

Son public attendit ou n'attendit pas. Il imagina qu'une chaise grinçait ; au fond, quelqu'un quittait la salle. Une autre personne le suivit.

« Et pourtant, en récompense, par mon travail, j'ai… J'aimerais croire… que j'ai aidé… Que j'ai soulagé des malheurs ici et là… Et que j'ai, presque par hasard, élucidé… »

Les uns après les autres, les spectateurs partaient.

« … Élucidé des mystères cachés. »

Les chaises vides étaient doublement vides. La salle était déserte, deux fois déserte. Ou pas tout à fait, car Nyquist vit qu'un siège était encore invisiblement occupé, le siège de son père. Et, voyant cela, il se sentit possédé, habité par deux esprits jumeaux : chercher, trouver. Ces esprits jumeaux qui, en secret, se vouaient une haine intense.

« Je sais que tu as tué ta femme, Dorothy… Ma mère. Je sais que c'était un accident… Je sais que tu étais ivre au moment des faits. »

Ses pensées ne parvenaient jamais à s'achever.

« En conséquence de quoi… Si je peux parler franchement… Si je te retrouvais… père… Je ne sais pas si je t'aimerais de tout mon cœur… ou si je te tuerais. »

Encore une pause, car il n'y avait plus grand-chose à dire. Et une prise de conscience, il s'adressait à une salle vide, il aurait tout aussi bien pu parler à un miroir vide, pour les réactions qu'il allait récolter : un miroir vide, brisé.

Il avait tout de même une dernière chose à dire : « Y a-t-il des… des questions ? »

Silence, silence absolu.

Jusqu'à ce qu'enfin…

Jusqu'à ce qu'enfin quelqu'un trouve le courage de parler.

Il y eut une question dans la salle.

Nyquist resta parfaitement immobile, son âme concentrée sur l'acte d'écouter.

Mais elle ne fut pas posée en mots, cette question, plutôt en son, le son d'une clochette qui tintait. Un frémissement d'argent dans l'air. Il voulut en localiser la source, mais chaque fois qu'il tournait la tête la clochette semblait s'éloigner. Alors il se mit à quatre pattes et colla l'oreille contre l'estrade en bois. Oui, ça venait de là, de sous l'estrade !

En vain, il chercha une trappe. Il descendit de la scène et vit la petite porte sur le côté. Elle était entrouverte. Il se pencha pour pénétrer dans un espace obscur plein d'accessoires de théâtre, costumes, chapeaux, maquillage, décors roulés. Plié en deux, il atteignit un escalier qui descendait dans le noir.

La clochette l'appelait.

Le bruit était plus fort, un tout petit peu. Il se rapprochait.

Il se retrouva dans une cave. Là, il pouvait se tenir droit, même si le sommet de son crâne effleurait le plâtre et qu'un nuage de poussière lui atterrit dans les cheveux. C'était minuscule, avec une seule porte devant lui. Entrebâillée. Un écriteau calligraphié annonçait : *MUSÉE ET GALERIE D'ART DE HOXLEY*. En dessous, un avis imprimé disait : *Fermé pour rénovation*. Aucune réparation n'avait été faite depuis longtemps, et il se rappela les remarques de la professeure Bryars sur les difficultés financières du musée.

Nyquist tira le battant. Immédiatement, le bruit de la clochette se tut.

Il n'osait plus bouger.

Il inspira à fond pour se préparer. Et la clochette retentit à nouveau, plus fort, en réponse à son attitude. Aiguillonné, il s'enfonça dans le corridor dont les murs étaient couverts de vitrines. Sa main trouva un interrupteur, qui n'alluma que l'ampoule la plus proche. Devant lui, les ténèbres restaient entières. Les vitrines étaient du même style que celle de la photo. La femme avait dû se tenir ici, quelque part. Le photographe avait eu recours à un flash.

Nyquist avançait prudemment. Son premier pas fit trembler les toiles d'araignée autour de sa tête ; le deuxième fit déguerpir une petite créature.

Chaque vitrine contenait un objet poussiéreux. Des lièvres et des belettes empaillés dans des décors de cailloux et de bruyère sèche ; un gant blanc brodé de perles ; le cadran d'une vieille pendule, large d'un bon mètre ; un livre de sortilèges ouvert à une page, le texte et les diagrammes bien visibles ; la peau vide et plate d'une vipère à côté des os de sa mâchoire. Après un tournant, le corridor débouchait sur une section dédiée à la peinture : portraits et paysages. Il lut quelques étiquettes : c'étaient des gens du coin, des scènes locales, dont il reconnut certaines. Il y avait aussi un portrait à l'huile du roi Édouard VII, jauni, les couleurs royales ayant viré au brun et au beige. Encore un tournant, de nouvelles vitrines. À l'intérieur, des icônes primitives, gravées à la main, modelées avec de la boue et des feuilles, moulées en étain ou en cuivre, maintenues par de la colle ou des bouts de ficelle, burinées, cassées, mal réparées, avec des mains ou des visages manquants, figurines de fer vêtues de rouille, tête momifiée de poulet plantée sur une poupée. Un visage horrible était hérissé d'ailes d'insectes, par centaines.

Un panneau expliquait au visiteur que le premier saint auquel les habitants de Hoxley avaient rendu un culte était saint Algreave, en 1666. Encore une fois cette date, avec son trio de six. Le premier saint et la première apparition du masque de Grand Tolly remontaient à la même année ; l'un était-il la conséquence de l'autre, le saint servant de protection divine contre le diable ? Et, près de trois siècles plus tard, le cycle perdurait.

La salle suivante abritait une collection de sang humain, trois cent soixante spécimens présentés sur des étagères vitrées. Triés par date, les contenants variaient avec les époques : verre coloré très épais, verre transparent, éprouvettes, boîtes de Petri, ainsi de suite. Chacun portait le nom du saint sur une étiquette. Quelques-uns, de l'époque victorienne ou edwardienne, portaient l'indication d'un prix : un farthing, un halfpenny, un penny, un shilling, etc. Et malgré l'inflation, un nom était resté. Penny de sang. Une fiche manuscrite, très vieille, froissée, portait un poème ou un sortilège.

Une guinée pour la comtesse
Deux shillings pour Jenny-les-Vrilles
M. Brown, une demi-couronne
Mais le diable prend un penny

C'était le type de texte dont le sens et les personnages se perdaient dans la brume du temps. Et, bien qu'il soit décrit comme un « charme du XVIIIe siècle pour repousser le mal », il pouvait s'agir du contraire. Nyquist ne savait que penser. Le couloir était sombre, éclairé seulement par quelques ampoules dissimulées, ce qui donnait aux bouteilles, aux fioles et aux tubes un éclat obscur et mystérieux. S'agissait-il de reliques véritables, prélevées dans les blessures de chairs saintes ? Et si les gens le croyaient, cela ne devenait-il pas vrai, comme l'affirmait la professeure Bryars ? Les symboles détenaient autant de pouvoir que la réalité.

Un dernier tournant, et une pièce étouffante. Complètement déboussolé, Nyquist ne savait même plus où il se trouvait par rapport à la salle des fêtes. Était-il déjà sous un autre bâtiment ? Le temps et la distance ondulaient et se mêlaient. Il avait la nausée. La tête lui tournait. Seul le bruit de la clochette le faisait avancer.

Dans une vitrine, le Grand Tolly le regardait.

Encore un pas ; encore un masque, surgi des ténèbres. Six en tout. Tous étaient datés – *1799, 1824, 1859, 1899, 1912, 1937*. Le plus vieux ressemblait à un tas de branches mortes attachées avec des plantes en putréfaction. Il les examina un par un. Branchages de myre, fil de fer et ficelle ou corde ou fil de pêche à la place du fil de fer, épines, trous irréguliers par où autrefois des yeux humains avaient regardé, petites tiges dont on avait ôté les baies de lune-argent, ténèbres enchevêtrées au centre de chaque masque. Il s'arrêta devant celui de 1859 et réprima un frisson, sachant que l'un de ses ancêtres l'avait porté. Pour la première fois, il se souvint des événements de la nuit – peut-être un rêve, peut-être le contraire –, du Grand Tolly ou de la Grande Tolly au pied de son lit, les doigts acérés qui lui touchaient le visage. Il repoussa cette idée troublante et repartit jusqu'à la dernière vitrine, où il aurait dû y avoir un septième masque, fabriqué en 1947 d'après la carte, mais il y avait eu effraction. Des éclats de verre jonchaient le sol. Le masque avait été volé. Un vide dans un vide. Cela mit Nyquist mal à l'aise. Il s'était à peine aperçu que la clochette s'était tue.

Le silence monta dans la pièce, se mêla aux ombres.

Sur le mur du fond, il distinguait une autre porte : *Objet n° 149*. Ouverte, bien sûr, mais derrière on ne voyait que du noir, un noir riche, attirant. Au lieu d'y pénétrer, il resta immobile, soudain terrifié.

Il n'était pas seul.

À chacune de ses inspirations, une autre personne respirait. Et quand il retenait son souffle, l'autre faisait de même, en écho.

Il régnait un silence de mort.

Nyquist se retourna.

Et là, parmi les ombres, la moitié du visage plongé dans l'obscurité, une femme l'attendait. Elle leva le bras pour lui montrer l'objet qu'elle tenait. Une clochette d'argent. Et à cet instant précis, tous les détails de la septième photographie s'animèrent.

Lente, calme, douce, presque inaudible, la clochette se mit à résonner.

LE DÉLUGE

La lumière changea, ou la femme bougea, et son visage s'enfonça dans le noir. Même sans lumière, sa présence était palpable, une pression dans l'air qui pesait sur la peau de Nyquist : la pièce était un lieu drogué. La clochette sonnait. Un bruit beaucoup trop faible par rapport à sa taille. Comme étouffé, ou lointain. Le carillon se fondit dans le silence... puis trouva le silence.

« Qui êtes-vous ? » Sans le savoir, il parlait à mi-voix.

Il l'entendait respirer, rien d'autre.

Il envisagea de répéter sa question.

Mais elle parla. « Je vous ai observé. »

Elle parlait d'un ton posé, presque trop calme, comme si elle maintenait chaque mot à sa place, soigneusement, à mesure qu'elle le prononçait. « Je vous ai observé, de temps à autre, chaque fois que par hasard nos chemins se croisaient, et chaque fois que j'interrompais mon travail.

— Aujourd'hui ?

— Oui. Aujourd'hui seulement. Vous n'avez pas entendu ma clochette vous appeler ?

— Si. Mais vous ne vous êtes pas montrée.

— Je ne pouvais pas. » Un accent de regret. « Il fallait que j'attende... et que vous me trouviez. Comme le veut la règle. »

Nyquist chercha la meilleure réponse à faire, car il savait que cette femme détenait des secrets très importants pour lui, et il savait aussi, ou il sentait, qu'elle se tairait ou même se cacherait s'il insistait trop. Alors, de la même voix basse qu'elle, il demanda : « Je ne vous ai pas déjà vue, dans le village ?

— Non. J'ai bien peur que ce ne soit pas possible. Cela m'attriste. Mais c'est ainsi.

— Pourquoi ? Pourquoi ne puis-je vous voir qu'aujourd'hui ?

— Parce que...

— Je vous écoute. »

Les vêtements de la femme bruissèrent doucement. « Ils ne me laissent sortir qu'à la Sainte-Leander.

— Je vois. Et comment vous appelez-vous ?

— Je ne connais que le nom que m'ont donné les habitants du village. Il y a eu un concours, et ils ont voté pour la meilleure proposition.

— Quel nom a gagné ?

— Madelyn. Madelyn Arch.

— On ne doit pas en avoir souvent besoin, par ici.

— Je vous demande pardon ?

— Des arches. Ni d'en avoir, ni d'en construire. »

Elle prit cette remarque très au sérieux. « Vous supposez juste.

— Sauf s'il pleut pendant quarante jours et quarante nuits.

— Cela ne s'est pas produit, pas pendant cette durée précise, de toute ma vie. »

La conversation était cocasse. Dans les paroles de la femme, dans sa voix, nulle trace de duplicité ou d'humour. Elle incarnait l'innocence, non celle de l'inexpérience ni même de l'ignorance, mais une innocence innée et perpétuelle. Qui était cette Madelyn ? Comment s'était-elle retrouvée dans la position qu'elle occupait au village ? Pourquoi les habitants ne la laissaient-elle sortir qu'un jour dans l'année ?

« Mais vous savez sans doute que le prénom Madelyn signifie *femme de la haute tour*. Et pourquoi une femme dans une haute tour aurait-elle besoin d'une arche ? Ça n'a ni queue ni tête. Que la pluie tombe, au sommet de sa tour elle ne redoute pas le déluge. »

Nyquist opina, sans être sûr qu'elle le voyait.

« Pourtant, je dois m'accommoder des contradictions. Par chance, au fil des ans j'ai accepté toutes ces ambiguïtés.

— Madelyn, ne voulez-vous pas me montrer votre visage ? »

En réponse, elle fit un petit pas. La clochette était toujours dans sa main, mais au niveau de sa taille. De l'autre main, elle actionna un interrupteur.

L'ampoule, faible, poussiéreuse, suffisait à peine à éclairer son visage, mais sous sa lumière elle lui sourit. Ou elle essaya ; sur son visage, les émotions étaient des malédictions, des obstacles.

« Qu'en pensez-vous ? »

Il avait du mal à trouver une réponse, car elle ne présentait aucun signe particulier. Ou trop en même temps. Par exemple, il était presque impossible de lui donner un âge : au début, il aurait dit le même que lui, ou à peu près, environ trente-cinq ans ; mais à mieux y regarder, il avait des doutes. En fonction de l'éclairage et de ses humeurs, elle pouvait paraître vingt et un ans ou quarante-cinq. Sous les yeux de Nyquist, elle parut soudain vieillir, se rider, se ratatiner, puis reprendre une expression plus pure, plus jeune. Et à présent qu'il la voyait nettement, même son genre était incertain. Malgré le nom qu'on lui avait donné, Madelyn était androgyne, qu'on examine ses yeux de chat – un bleu, un vert – ou ses cheveux courts et ébouriffés, ou bien son corps mince vêtu de gris, une tunique toute simple et un pantalon. Pas la moindre tache de couleur, pas le moindre bijou. Ses cheveux n'étaient ni blonds ni bruns, avec des mèches grisonnantes au niveau des tempes. En plein milieu d'une phrase, sa voix, de gutturale, devenait chantante. Nyquist commençait à comprendre pourquoi les bonnes gens de Hoxley ne l'appréciaient pas.

« Où vivez-vous, quand ce n'est pas la Sainte-Leander ?

— Dans le noir.

— On vous garde prisonnière ? »

Cette question l'inquiéta : elle reprit son apparence plus âgée.

« Je ne devrais pas vous parler, dit-elle. C'est dangereux. Si les habitants reviennent, s'ils nous trouvent ensemble...

— Que peuvent-ils faire ? »

Madelyn secoua la tête pour chasser cette idée. « Je vais nous protéger. Le plus longtemps possible. »

Ils restèrent un moment à se regarder. Puis elle reprit : « Vous n'avez pas répondu à ma question.

— Laquelle ? Vous pouvez me la répéter ?

— Que pensez-vous de mon apparence ? »

Nyquist réfléchit. « Honnêtement, je ne sais pas. Votre visage...

— Oui ? » Une lueur d'espoir l'animait.

« Il est frappant. » Il ne trouvait rien de mieux.

« Frappant ? Comme un coup ? Un coup de poing ? » Ses yeux s'illuminèrent d'une lumière que la pièce ne pouvait suffire à leur donner. Elle était enchantée, et ses doigts dansaient. « Ça tape. Un choc ?

— Si vous voulez, oui.

— Oh, ça me plaît ! Quelle idée charmante... J'ai un visage qui cogne, qui marque ! Je ne l'avais jamais envisagé, jamais, durant toutes mes longues années. »

Et dans son visage un peu vieux, les traits de Madelyn rajeunirent à nouveau, puis vieillirent, puis rajeunirent. Nyquist la vit se tourner vers la septième vitrine, avec son verre cassé et son étagère vide. « Qui a volé le masque, à votre avis ? demanda-t-elle.

— Je ne sais pas.

— Quelle honte. Quelqu'un doit vraiment détester ce village et tout ce qu'il représente. Un étranger, à mon avis. » Elle eut une toux polie. « Il faut que vous m'excusiez, j'en ai bien peur.

— Pourquoi donc ?

— Je n'ai pas l'habitude de telles conversations.

— Vous vous en sortez très bien.

— J'apprends. Une phrase après l'autre.

— Je suis comme vous. Je ne sais jamais quoi dire aux gens...

— Vous comprenez, John... Ça ne vous dérange pas que je vous appelle par votre prénom ? »

Il haussa les épaules. « Vous savez donc qui je suis ?

— Bien sûr, bien sûr. Vous comprenez, je n'ai pas beaucoup de personnes à qui parler. Voilà quelques années, j'ai eu une charmante conversation avec une femme, une certaine Norma. Norma Spence. C'était si agréable ! Nous avons discuté pendant une heure, treize minutes et vingt-deux secondes. Elle n'était pas d'ici, comme vous. Elle arrivait de Nouvelle-Zélande. Vous avez entendu parler de ce pays, John ?

— De l'autre côté du globe, près de l'Australie.

— Exactement. Mlle Spence était un robuste individu, avec beaucoup de fierté et une excellente constitution. Une aventurière. Elle était de passage, en vacances dans le nord de l'Angleterre, et elle s'est arrêtée à Hoxley pour la nuit, au pub, et il se trouve que le lendemain, c'était la Sainte-Leander, et nous nous sommes rencontrées. C'est la dernière fois que j'ai parlé librement à quelqu'un, quand on se répond l'un l'autre comme vous et moi en ce moment, on échange, on bavarde. Oh, les mots d'esprit ! Quel délice !» Elle serra les lèvres. « Miséricorde, regardez-moi ça, je dégoise, je dégoise...

— Et les gens qui vous retiennent prisonnière ? Ils ne vous parlent pas ?

— Ils me parlent, mais je ne peux pas répondre. Tous les autres jours, ma voix est silencieuse, et je suis soumise aux lois du village. »

Nyquist s'interrogeait sur la santé mentale de Madelyn. Quelle vérité renfermaient ses explications ? Et quelle folie ? Il perdait rapidement espoir de dénouer des mystères. Sa vieille colère le taraudait, amie loyale ou ennemie.

« Votre conversation avec Mlle Spence, elle remonte à quand ?

— C'était il y a neuf ans.

— Neuf ans ?

— Vous voyez pourquoi je manque d'entraînement.

— Vous n'avez parlé à personne depuis neuf ans ?

— Personne. Pour être honnête, je crois que j'ai fait peur à Norma. Elle est partie de toute la vitesse de ses jambes musclées. Vous n'allez pas l'imiter, John, hein ? Promis ? »

La réponse vint toute seule. « Promis.

— Norma a découvert ma vraie nature. Je lui ai fichu une frousse bleue.

— Et quelle est votre vraie nature ? »

Elle savoura sa réponse, le mot lui-même : « Innombrable. »

Son visage rassembla ses éléments jeunes et les exhiba en même temps. « Que dites-vous de cela, John ? Me voici devant vous, Madelyn l'Innombrable. La seule et unique, dans son irrésistible étrangeté. Madelyn l'Innombrable ! »

Elle en faisait une chanson, très brève car elle se tut après un seul couplet, et Nyquist put demander : « Vous voulez bien me dire qui vous a prise en photo ?

— Je ne sais pas de quoi vous parlez. On ne m'a jamais prise en photo. »

Il lui tendit l'image. Elle l'observa un long moment, avec une expression à peine étonnée.

« C'est moi ?

— Mais oui !

— Je ne me regarde pas souvent dans les miroirs. C'est trop déroutant.

— Je vous l'assure, Madelyn, c'est bien vous. Vous ne vous souvenez pas qu'on vous ait photographiée ?

— Je vous jure que non.

— Mais c'était ici même, dans le musée, là où vous vous tenez maintenant. Et vous regardez droit vers l'appareil, vous voyez ? »

Elle hocha la tête.

« C'était l'année dernière, à la Sainte-Leander. »

Madelyn leva les yeux de son image. « C'est vrai que la dernière fois, j'ai visité le musée des curiosités. Il fait partie de mon itinéraire annuel. Tous les endroits, toutes les portes. Mais j'étais seule, ça ne fait aucun doute.

— Vous ne vous souvenez pas d'avoir remarqué un flash ?

— Comment ça ?

— Comme un éclair. Pour que la lentille reçoive assez de lumière. »

Elle secoua la tête avant de jeter un nouveau coup d'œil à la photo. « Je tiens la clochette ?

— Oui.

— Pour appeler des compagnons. »

Madelyn secoua sa clochette. C'était plus fort, une note aiguë et pure, qui comme un sortilège envoya une bouffée d'air pur que Nyquist sentit sur ses joues.

Elle prit la pose, comme sur l'image.

La clochette sonna, ralentit, se tut.

Des échos les effleurèrent.

Nyquist lui reprit la photo. « Madelyn, avez-vous entendu parler d'un certain George Nyquist ? »

Elle ferma les yeux un instant et ses paupières dansèrent comme si elle rêvait.

« Vous le connaissez ? »

Elle se concentra et répondit lentement : « J'ai entendu parler de lui, oui, et je l'ai entendu parler, oui, dedans, ici, dans ma tête. Je les entends parler, tous, je les entends en ce moment même, tous en même temps.

— Mon père ? Que dit-il ?

— Il dit, ne dit pas, il dédit, tout est dit en même temps pour l'éternité.

— Madelyn ? »

C'était inutile, elle était perdue dans un autre monde.

« Qui vous parle ? Les habitants de Hoxley ?

— Oui, tous, ils me parlent.

— Ils vous parlent, mais vous ne pouvez pas répondre ?

— C'est cela.

— Que disent-ils ?

— Ils sont en colère, John. Ils sont en colère contre moi. » Sous l'influence de la peur, elle vieillit en un instant. « Ils reviennent, ils approchent, je les entends. Si nombreux. Des voix, des voix ! Certains crient, ils me crient des horreurs, John ! Ça fait mal. C'est blessant, ce qu'ils me disent ! John, aidez-moi, aidez-moi. » La panique lui arrachait des larmes. « Empêchez-les d'approcher. » Elle recula jusqu'à une vitrine, une main sur le visage pour se protéger de forces invisibles. Sa clochette sonnait à toute volée. « Écartez-vous ! Ne m'approchez pas ! » Elle hurlait, à présent.

Ils n'étaient que deux dans la pièce.

Les six masques du Grand Tolly regardaient en silence.

Le visage de Madelyn grouillait d'expressions, l'une après l'autre, toutes différentes, toutes cherchant à l'emporter. Nyquist s'approcha d'elle, mais cela ne fit que la troubler davantage, et elle s'écarta d'un bond, elle se faufila sous le bras qu'il tendait vers elle. « Ne me touchez pas. Ne me touchez pas ! » Et elle prit la fuite.

Il se lança à ses trousses dans les corridors en enfilade, un virage, un deuxième, un autre, entre les vitrines et leur contenu, dans des pièces obscures, pénombre et ténèbres, dans de petites zones éclairées, dans la poussière. Madelyn n'avait pas lâché la clochette et dans sa course elle sonnait, et c'était ce bruit que suivait Nyquist, un fil d'argent dans le labyrinthe. Une volée de marches, une porte, il déboucha dans un jardin derrière la salle des fêtes. Il s'arrêta pour reprendre son souffle et écouter. La clochette tintait à plusieurs kilomètres. Il y avait une ruelle, longue, mais personne, personne nulle part.

Et la clochette se tut.

Il choisit une direction au hasard et marcha sans s'arrêter jusqu'à rejoindre une allée qui le ramena dans Pyke Road. Il était six heures moins le quart. L'air était sombre, la nuit tombait vite, et il n'y avait toujours aucun signe des habitants. La solitude était encore plus intense. Il envisagea de quitter Hoxley pour de bon, mais pas longtemps, car il devina tout à coup où se cachait Madelyn.

Les portes étaient toujours fermées à clé dans la grande maison Tudor de Stickleback Avenue : le *Pavillon de l'Ami tendre*. Nyquist actionna le heurtoir en cuivre et attendit. Il recula de quelques pas dans l'allée pour regarder les fenêtres des chambres, au premier étage. Un rideau bougea. On l'observait. Il se contenta de retourner devant la porte. Cela prit un moment, mais il finit par entendre quelqu'un de l'autre côté. La serrure cliqueta. Une voix de femme s'éleva. C'était Madelyn. La porte resta close.

« Vous n'aurez qu'à tourner la poignée.

— Très bien.

— N'entrez pas tout de suite.

— D'accord. J'attendrai. »

Il tint parole et compta trois minutes à sa montre avant d'ouvrir et d'entrer dans le vestibule. Il fit le tour du rez-de-chaussée, désert, puis monta l'escalier. Sentant une odeur de térébenthine et de peinture à l'huile, il sut qu'il approchait d'un atelier d'artiste. Il occupait une pièce qui donnait sur l'arrière, une ancienne chambre à coucher. Deux grandes fenêtres donnaient sur un ciel gris-blanc et le feuillage d'un bosquet. Divers tableaux, à l'huile ou à l'aquarelle, étaient appuyés contre les murs ou posés sur des chevalets. Dominant le tout, une grande broderie était tendue sur un cadre. Elle représentait l'arche de Noé et une longue file d'animaux qui, deux par deux, faisaient la queue pour embarquer. Au loin, au-dessus de falaises découpées, se massaient des nuages noirs. L'œuvre était à moitié achevée, peut-être un peu plus, et une surface de tissu vierge attendait l'aiguille et les fils colorés.

Assise sur un tabouret haut, Madelyn travaillait à sa broderie. Ses doigts bougeaient avec grâce, elle était concentrée sur la petite section qu'elle avait sous les yeux. Il la regarda un moment. Ils ne parlaient pas, ils ne se firent pas un signe. Puis, sans se retourner, elle lui dit : « C'est la maison de M. et Mme Sutton. Ils sont très prospères.

— Je les ai croisés. Cette chère Lady Sutton m'a mis en garde. À deux reprises.

— Elle se montre très protectrice envers le village, c'est vrai. Mais leur pain et leurs pâtisseries sont très appréciés dans les environs, même au-delà des limites du comté. Ils possèdent cinq boulangeries. » Un sourire ravi. « Vous aurez saisi le jeu de mots, je suppose. Le nom de la demeure. »

Il hésita un instant. « Pigé. Les Sutton vous offrent l'hospitalité, alors ?

— Ils m'ont donné cette chambre et l'ont transformée en atelier. » Elle désigna une desserte. « Mme Sutton me fait toujours un gâteau. Cette année, c'est un *Victoria sponge cake*. Servez-vous, John, je vous en prie. Il est léger comme un pissenlit qu'on souffle par une journée d'été. »

Nyquist déclina. « Êtes-vous libre d'aller où bon vous semble ?

— Aujourd'hui, oui. On me libère pour que je déambule à ma guise. » Ses doigts maniaient l'aiguille, tiraient un fil, ajoutaient des détails à la fourrure d'un léopard. « Tout le monde est très gentil, on me laisse toutes les portes ouvertes. » Encore un point. Pour la première fois, elle regarda Nyquist. « À cause de vous, cette année, j'ai moins travaillé. À cause de votre présence. J'ai fait beaucoup moins de points.

— Depuis quand travaillez-vous à cet ouvrage ?

— Depuis 1902. Mais comme je n'ai qu'un jour par an à y consacrer, je trouve que je ne me suis pas si mal débrouillée.

— Quel âge avez-vous, Madelyn ? »

Elle lui lança un coup d'œil inquisiteur. « Comment voulez-vous compter ? Par la journée de vie dont je dispose chaque année, ou par toutes les années mises bout à bout, même quand je suis prisonnière des ténèbres ?

— La seconde proposition.

— C'est en 1724 que sainte Leander a rejoint le calendrier. Calculez vous-même. »

Il fit la soustraction en silence.

« Vous faites une drôle de tête. Je me demande pourquoi. Oh, vous trouvez que ça fait vieux ? Oui, je suis une créature ancienne. Mais en moi-même, je me sens jeune. La vie ne m'use pas du tout. Approchez, je vous en prie. Examinez mon travail. »

Il s'approcha de la broderie pour en admirer les détails, les griffes des animaux, les ailes des insectes, la mousse sur un rocher, chaque plume de chaque oiseau, le tout habilement représenté. Noé se tenait sur la passerelle de son bateau, sa famille derrière lui.

« Vous voyez, dit Madelyn, j'ai de bons yeux et mes mains sont habiles. Mon arche flottera avant que les ténèbres ne m'engloutissent totalement. Si cela doit arriver. »

Nyquist voulait lui faire parler de son père, de l'endroit où il se cachait, mais une phrase maladroite risquait de la faire rentrer dans sa coquille ou de la bouleverser.

« C'est magnifique », dit-il.

Elle sourit. Elle se leva, posa son fil et son aiguille. « Laissez-moi vous montrer d'autres pièces. » Elle le conduisit devant un chevalet qui supportait une peinture à l'huile, un portrait de la professeure Bryars. Sur les murs, Nyquist reconnut d'autres habitants du village. Ils étaient tous ressemblants, réalistes. Elle était douée. « Je me demande parfois si je ne devrais pas essayer un style plus moderne. Apparemment, ça fait fureur dans les grandes villes.

— Oui, pourquoi pas ? Je verrais bien la docteure Higgs avec un visage cubiste. Un œil d'un côté, l'oreille à l'envers... »

Madelyn le regarda sans l'ombre d'un sourire. Elle se mit à expliquer sa méthode : « Je travaille d'après photos. » Du menton, elle indiqua des cadres sur une étagère. « Je m'en sers comme modèles. Mon but est de peindre un jour tous les habitants du village, qui vivent et meurent pendant que je continue, moi, année après année. »

Nyquist réfléchit : elle créait sa propre population.

« Et ceci ? »

Il posa la main sur le bord d'un tissu blanc drapé sur un socle. Elle l'ôta pour lui montrer la sculpture qu'il protégeait. C'était un masque du Grand Tolly, aux trois quarts achevé.

« Je l'ai fait moi-même, annonça-t-elle toute fière. Les nœuds, les courbes, tout. »

Il la croyait. La tête coupée était un tressage serré de brindilles et de feuilles sèches, avec une ou deux plumes noires, et cerclé de barbelés. Les pointes et les épines donnaient au masque un aspect sinistre, douloureux. Elle devait y travailler depuis longtemps, car le bas était plus sec que le haut, avec des teintes plus pâles. Les lignes irrégulières en faisaient un dieu en colère, ou un démon, et on imaginait sans mal les sentiments intenses qui devaient envahir celui qui le portait, une fois qu'il y enfonçait la tête et les épaules. Nyquist remarqua une grappe de baies dans le tressage plus récent, au niveau du front.

« J'ai laissé la lune-argent dessus, même si on est censé l'ôter.

— Licence artistique ?

— Oui. Pour représenter le poison dans l'âme humaine. » Elle avait dit cela d'une voix étale, comme un fait évident. « C'est pour ça que j'aime aller au musée, pour étudier les exemples du passé. Comme les artisans étaient habiles, autrefois ! » Autour de l'œuvre, il y avait des outils d'ébénisterie et de jardinage, dont un sécateur et une serpette. « J'aimerais que mon masque soit utilisé une fois, si le comité l'accepte et si saint Algreave le permet. Ce serait un honneur.

— Vous n'avez jamais vu le Grand Tolly, j'imagine.

— Non, jamais. Ce jour-là, je suis toujours enfermée. » Elle était un peu triste, perdue en elle-même. « Vous savez que chaque année on brûle le masque après qu'il a servi.

— On me l'a dit, oui.

— Seuls ceux du musée ont survécu.

— Pourquoi cela ?

— Quand la Saint-Algreave tombe un soir de pleine lune, le masque est sacro-saint. La lune en fait un magnifique objet de piété, relique vénérable au lieu du masque diabolique qu'il est la plupart du temps. »

Nyquist s'écarta du Grand Tolly.

« Regardez-moi. Madelyn. Tournez-vous vers moi. »

Au début, elle garda les yeux vagues, mais ensuite elle parvint à le fixer, dans un grand effort de volonté. « Vous devez me promettre de ne pas me toucher. Le contact de votre ombre sur la mienne suffirait à nous causer des ennuis. Vous seriez aspiré.

— Si vous le dites.

— Je l'affirme. C'est ce qui a tant effrayé la pauvre Norma Spence.

— Vous-même portez un masque, n'est-ce pas ? En ce moment ?

— Pas un masque, John, non. Mais tout le monde est en moi.

— Tout le monde ?

— Tout le village, oui.

— Vous croyez que tous les habitants de Hoxley vivent en vous et qu'ils vous parlent ? C'est bien ça ? »

Elle le dévisagea. Pour une fois, ses iris étaient sombres. « Ce n'est pas une croyance. C'est un fait.

— Et vous voyez par leurs yeux ?

— Tout ce qui est vu par leurs yeux est à ma disposition, oui. Tout ce qui est plaisant à voir, tout ce qui est redoutable ou mauvais. Je vois tout.

— Vous savez donc où se trouve mon père ? Vous le voyez ?

— Je ne sais pas. Oh, John, c'est si pénible ! Il y a des zones d'ombre où je ne discerne rien. Ici et là, dans les dédales de mon cerveau. Des ombres. C'est horrible... »

Il n'en pouvait plus. « Madelyn, il faut me répondre !

— Je le voudrais...

— Alors ?

— Hélas, on ne me le permet pas. Les ombres refusent de me parler. »

Sur ces mots elle traversa la pièce. Nyquist allait insister, mais il savait bien que c'était inutile.

« Et lui, il vous plaît, John ? »

Il la rejoignit. Elle s'était plantée devant un portrait de Ian Bainbridge. Il était réussi, le désespoir de l'homme était parfaitement rendu, surtout autour des yeux. Il lui dit qu'il l'aimait beaucoup, et elle répondit : « Il est mort, à présent. Je ne l'entends plus parler. Un de moins, un de moins. » La mélancolie étouffait sa voix.

Nyquist lut sur ses traits une douleur fugitive. « Qu'y a-t-il, Madelyn ? Avez-vous des détails sur sa mort ?

— Oui, et qui me perturbent.

— Dites-moi.

— Il y avait quelqu'un avec lui, une autre personne.

— Dans ses derniers moments ? Hilda, sa femme ?

— Non, non. Quelqu'un d'autre. Qui me dissimule son visage. Et je ne sais pas pourquoi.

— Ian Bainbridge a été assassiné ? C'est ce que vous voulez dire ? On l'a forcé à avaler les baies ?

— Je ne sais pas. Mais c'était à cause de…

— Oui ? Allez, Madelyn ! Dites-moi ce que vous savez.

— J'essaie. J'essaie de voir la vérité. Pour vous. Mais les ombres m'en empêchent.

— Je vous en supplie… »

Elle fournit un grand effort, sembla se replier sur elle-même, mais réussit à cracher : « M. Bainbridge est mort à cause de votre père. »

Le saisissement figea le sang de Nyquist dans ses veines. Malgré les doutes qu'il nourrissait quant à la santé mentale de Madelyn, il sentait qu'il approchait de la vérité.

« Pourquoi ? Quel rôle a-t-il joué ?

— Je l'ai d'abord remarqué, lui, sa voix, la voix de George Nyquist, sa présence au village… à la Saint-Algreave de cette année.

— Le jour du Grand Tolly ? Il est arrivé à ce moment-là ?

— Oui, et c'est là que les ennuis ont commencé, avec la venue de votre père », dit-elle d'un ton précipité. « Fil à fil, l'histoire commence ce jour-là, et des mois plus tard M. Bainbridge se prend dans cette trame, et elle se resserre, oh, Mlle Jenny-les-Vrilles le tient, et il a peur, tellement peur, il a crié, il a hurlé ! »

Les traits de Madelyn se crispèrent sous une douleur soudaine et elle se mit à trembler. Elle semblait avoir une cinquantaine d'années. Nyquist fit un pas vers elle.

« Non ! Surtout pas ! Pas trop près ! »

Il s'arrêta pour la regarder. Il était suspendu entre la vérité et l'ignorance. « Montrez-moi », souffla-t-il. Net, froid.

« Je ne contrôle pas...

— Montrez-moi ! »

Un instant d'hésitation, puis les traits de Madelyn vacillèrent et se décalèrent, permettant à Nyquist d'apercevoir un autre visage, une femme, plus vieille, beaucoup plus vieille, une des petites mamies de Hoxley, il l'avait croisée une fois ou deux dans la rue, avec sa canne et son chignon tout gris. Ce visage disparut et un autre prit sa place, un homme cette fois, un homme reconnaissable, l'un des jeunes du village, son arrogance envahit les traits de Madelyn une seconde, pas plus, avant de s'évanouir. Ensuite un autre encore, et un autre, un défilé de visages, et Nyquist les vit tous en regardant Madelyn, une personne après l'autre, tous les habitants. Il vit la docteure Higgs malade et il vit Maude Bryars avec son air sérieux. Il vit la femme qui tenait l'épicerie, et le facteur, et le vicaire, et le policier à mi-temps, et il vit des inconnus, ceux qu'il n'avait jamais croisés, auxquels il n'avait jamais parlé, il vit des jeunes et des vieux, hommes femmes et enfants, tous, il vit un éclair de plumes bleues et jaunes quand une perruche traversa Madelyn, et il vit les yeux jaunes des chats, la truffe humide et les crocs d'un chien à la langue rose et baveuse, il vit les poissons rouges qui nageaient dans un aquarium de joues, il vit Becca Fairclough et son amie Val et Nigel le tenancier du pub et sa fille Mavis et beaucoup d'autres, à la suite ou superposés, tous les habitants du village, Hoxley-le-Haut comme Hoxley-le-Bas. Il les vit tous dans le visage de la femme nommée Madelyn Arch, bâtisseuse de l'arche, en elle il les vit tous, cachés, vivants, certains honteux d'être vus, d'autres fiers, certains hilares d'autres boudeurs, sourires ou souffrance, et il entendit leurs voix, un chaos de mots insensés, hachés, modifiés. Nyquist était incapable de s'arracher à la contemplation de ce tourbillon, il était passif, étourdi, béni, terrifié, c'était un miroir profond qui retenait prisonniers tous ses reflets, jusqu'au jour où le verre se briserait. Nyquist allait tomber. Et ils revenaient, les visages, Higgs à nouveau, puis Val, et Len Sadler, Hilda, les escrimeurs qui se disputaient, mais jamais dans le même ordre, toujours un visage différent dans un ordre différent, sans arrêt, un mouvement perpétuel, avalanche yeux bouches nez fronts pommettes boutons rides, chair et chair, dégradés de teints, mat pâle buriné blafard, et tout ce temps il n'attendait qu'un visage parmi tous, celui de son père, oui, même si Madelyn affirmait qu'il se cachait, il espérait toujours, le regard fixe, concentré, sa volonté appelait le visage, le visage de son père, de George Oliver Nyquist, vieux ou jeune il s'en fichait, il voulait avoir raison, rien d'autre, savoir qu'il avait encore une chance, oui, et que cette histoire pouvait s'achever dans la lumière et non dans les ténèbres, dans le soleil pas dans la nuit, et il pourrait tendre la main et...

Il la toucha.

Sa main effleura l'épaule de Madelyn.

Le plus léger contact, cela suffit.

Et Nyquist partit, partit, il tomba enfin. Par-dessus bord.

Le noir d'abord, avec toutes les voix qui l'appelaient, puis la lumière et un silence limpide. Il tombait. Il tombait dans le bassin du miroir, le verre s'ouvrit en liquide tiède doux lunaire immobile rêve argenté et il fut rassemblé, accueilli dans une foule, un déluge de gens.

Un parmi tous.

Tous en un.

Tenu, lié par la chair.

Un habitant de Hoxley, enfin, perdu dans la masse.

La docteure Higgs fut soudain contre lui, mains tendues, regard inquiet. Il l'appela, essaya de l'appeler, *Docteure, à l'aide ! Que se passe-t-il ?* Mais le visage recula, se perdit dans la foule.

Nyquist essaya de comprendre où il se trouvait.

Un lieu clos. Une pièce. Tout le monde était là, tous les habitants connus de Hoxley, bien trop nombreux pour la surface disponible. Partout, des corps le pressaient : bras, jambes, coudes pointus. Des têtes s'approchaient, reculaient, repartaient. Serrés les uns contre les autres, ils se balançaient au même rythme parfois, comme une seule créature hétérogène, un corps une chair, puis des entités distinctes qui se disputaient la place, l'air, une bonne inspiration, un rayon de lumière.

Mais il n'y avait que le noir et la chair.

Jusqu'à ses pensées qui commençaient à se fondre dans les leurs, un peu floues.

Son nom disparut.

Sa perception du temps disparut.

Son identité, son esprit, toutes les histoires qui tissées ensemble faisaient qu'il était lui, qu'il avait été lui, se mêlèrent aux autres et il ressentit leur rage, la rage, l'amour, la haine et la mesquinerie, le manque, l'ennui, l'impatience, la bonté, les cœurs brisés, les espoirs envolés, amassés au long des années de vide en une personne, un villageois.

Je m'appelle John Henry Belinda Thomas Claybourne Johanna Edward Keepsake Fitten Potten Postlethwaite Maude Jack Sutton Lumbe Lumley Lambert Becca Cholmondeley Edwina Higgs Gladys Fairclough Underwood Gough Dunne Dunnock Jud Lillian Hoxton Geoffrey Myrethorpe Nigel Joan Patricia Clegg Featherstonehaugh Prudholme Lillian Emma Jim Dorothy Sadler Iris Ollerenshaw Deidre Hilda Alice Patrick George Oliver Bainbridge Nyquist George Jack Oliver Nyquist Oliver George Nyquist Oliver George George Oliver George Oliver Nyquist…

Et dans les ténèbres se forma le visage de son père, devant lui en brume puis net, oui, nettement visible.

Le temps s'arrêta.

La foule se tut.

Père et fils se regardaient. L'un tendit les bras vers l'autre, le fils vers le père, leurs doigts se touchaient presque dans la grande distance proche.

Un instant dans le noir du temps du lent du rêve…

Presque, presque. Et perdu, un visage parmi trop, trop de visages, des centaines. Nyquist se fraya un chemin, il cherchait, il cherchait. En vain. Soudain il eut mal, il trébucha, il faillit tomber. Seule la pression de la foule le maintint debout. *Écoute-moi, il faut que tu quittes le village.* Une voix. Un murmure tout proche. *Repars, d'accord ? Allez, barre-toi !* Au début, il ne sut pas qui parlait, voix d'homme ou de femme, vieille ou jeune, mais il percevait la véhémence, la haine dans chaque mot. Quand il distingua le visage, la voix prit forme : Jane Sutton. Elle lui cracha au visage. Elle leva la main et il vit le couteau. Nyquist recula et sentit l'instant lâcher prise, la foule lâcher prise, chute, chute dans les profondeurs de la peau de l'os et du sang, et il ouvrit les yeux.

Il était dans l'atelier, devant le masque du Grand Tolly sur son socle.

Hébété, il vit Madelyn Arch à côté de lui. Ils étaient seuls, juste tous les deux.

« Qu'est-ce qui s'est passé ? J'étais au milieu d'une foule... » Il porta la main à son front. Il avait le vertige.

« Oui, désolée, John. Je crois que j'ai... »

Il s'aperçut qu'elle tenait un outil d'ébéniste, une espèce de couteau. La lame était rouge.

« Je crois que je vous ai blessé, dit-elle d'une voix précipitée. Ce n'était pas ma faute, vraiment ! Je crois que c'était Mme Sutton. Elle m'a investie, elle m'a forcée. »

Nyquist baissa la tête. Il vit le sang sur sa chemise, sur son ventre.

La pièce bascula doucement et il la suivit, appelé vers le bord par un son lointain qu'il n'identifiait pas, qu'il n'entendait jamais vraiment.

UN SPECTACLE EXCEPTIONNEL

Au début, il crut qu'il se trouvait près du bassin de retenue sur la Vive, mais il vit les ailes et le fuselage de l'avion à moitié enfoncés dans la terre. Il était au bord du lac Birdbeck. Il faisait nuit. Une demi-lune éclairait la scène. La brume planait sur l'eau et estompait les berges, qui n'étaient presque pas visibles. Seule l'eau existait, sa surface noire, brillante, indéchiffrable. La longue hélice dépassait au milieu du lac, le métal poli, comme neuf. Elle l'attira.

On n'entendait pas un son.

L'eau lui léchait les pieds.

Nyquist se pencha sur le miroir noir. Il se vit, mais pas comme il était, plus vieux, les années avaient fait leur œuvre, il avait des rides et les cheveux clairsemés. C'était le visage de son père qui le regardait depuis les profondeurs. Il plongea une main dans l'eau pour ramasser un objet mais ses doigts chassèrent le visage et l'eau redevint vide, sans reflet, aucun.

Il se redressa pour regarder l'autre rive. Là-bas, quelque chose dérangeait l'eau, y formait des vaguelettes. La créature mit un long moment à émerger de la brume. Elle avançait lentement.

C'était un cygne, un cygne muet. *Cygnus olor.*

Son plumage blanc et ses ailes repliées luisaient sous la lune. Gracieusement, il contourna l'hélice avant de s'arrêter. Émerveillé, Nyquist regarda les deux cous qui partaient de sa poitrine ; émerveillé, mais pas surpris, car la créature ne lui paraissait pas fantastique, c'était l'enfant du village et de toutes ses règles. Chacun des cous se terminait non par une tête d'oiseau, non par des plumes, mais par une main, une main humaine, la gauche et la droite. L'une prit la forme d'un bec, le pouce serré contre les autres doigts à plat. La créature plongea dans l'eau cette tête temporaire comme pour manger puis la ressortit et la secoua pour chasser les gouttes d'eau. Elle s'approcha de la rive où se tenait Nyquist et lui ouvrit ses deux paumes. Il vit la ligne de vie, la ligne de cœur, la ligne de tête qui y étaient inscrites, les vieilles cicatrices et les abrasions. Elle faisait étalage de sa longue vie, des batailles gagnées et perdues.

Puis le cygne se mit à battre des mains, très lentement, encore, encore. Un son cruel et moqueur.

Bien joué, monsieur. Vraiment remarquable. Un spectacle exceptionnel, mon vieux. Du beau travail. Hip, hip, hip…

L'applaudissement résonnait sur la lande jusque dans les terres de brume.

L'INCONNU BIEN CONNU

Il lui sembla qu'il avait rapporté un peu de brume du creux de son rêve, car au réveil il ne voyait pas à un mètre – au-delà, le monde virait au brouillard gris. Maladroit, il sortit un bras des couvertures et s'aperçut, effaré, que sa main s'enfonçait dans le gris, d'abord les ongles puis les doigts tout entiers, la paume, le poignet. Ça picotait en diffusant une chaleur plutôt agréable ; il arrêta son geste pour récupérer sa main.

Étrange.

Nyquist assistait à l'incident comme un enfant à un spectacle de magie.

Il répéta le mouvement, revit sa main disparaître, réapparaître. Il se rallongea, ferma les yeux et se raconta que tout allait bien, quand il ouvrirait les paupières le monde serait normal, visible.

Vas-y, regarde. Ose…

La brume flottait autour de lui, au-dessus du lit, un cocon gris.

Ou un linceul.

L'idée l'inquiéta. Il fallait agir. En s'asseyant, il ressentit une douleur dans les côtes. Il avait un bandage avec une petite tache rouge.

Une forme.

Il ne comprenait pas bien. D'abord, où se trouvait-il ? Ce n'était pas son lit du pub, avec ses draps trop souvent lavés et son édredon rêche. Ces draps-ci étaient plus doux, plus blancs, avec un parfum fleuri.

Comment s'était-il retrouvé là ?

Tant de questions qui s'entassaient sous son crâne.

Il essaya de se lever, une main sur la tête du lit pour ne pas tomber, l'autre bien appuyée sur le matelas. Une poussée. Consterné, il vit que le brouillard bougeait en même temps que lui, où qu'il aille, autour de lui, à un mètre tout au plus, et lui cachait toujours le reste de la chambre.

Et il se rassit.

Et il attendit. Il espérait la clarté, une vision nette.

Il n'avait pas mal. Mais la douleur était une possibilité, jamais lointaine. Une drogue l'enlaçait doucement. Il pensa à Higgs. Oui, bien sûr, la docteure avait dû le prendre en charge. Voilà. Sur cet élément sa mémoire se mit en marche, et il se rappela petit à petit sa rencontre avec Madelyn et presque tout ce qui s'était passé ensuite dans son atelier.

Le coup de couteau.

Il palpa le bandage sur son ventre, la tache de sang humide. Dans son sommeil, dans les mouvements de ses rêves, il avait fait craquer un point de suture. Il envisagea d'appeler, de demander l'aide de Higgs, mais l'hébétude engendrait la peur de ce qui rôdait autour, bienfaisant ou malveillant. Il fallait qu'il en ait le cœur net. Il se releva donc et, cette fois, fit quelques pas, toujours au centre de la brume. Les objets lui apparaissaient quand il se déplaçait, et peu à peu il situa les murs et le sol de la chambre, une section après l'autre. Oui, il la connaissait, c'était une chambre qui donnait sur l'arrière de la maison de Higgs ; il l'avait fouillée la veille, quand il cherchait un visage amical dans le village déserté. Mais il n'y avait toujours personne. À petits pas il décrivit un cercle puis avança à tâtons, comme un aveugle, ce qui lui permit de trouver ses vêtements bien pliés sur une chaise. Il s'habilla à la hâte et reprit son exploration. C'était l'impression que ça lui donnait, d'explorer une terre inconnue, une terre lointaine, étrange. Les mains tendues à la limite de son champ de vision il atteignit la coiffeuse et la nouvelle icône qui l'attendait. Un homme cette fois, en argile brute, nu à l'exception d'un pagne. Le saint avait les mains dans le dos et son visage était couvert d'une gaze blanche nouée sur sa nuque. Il n'y avait pas d'étiquette, pas de nom. Mais c'était un nouveau jour. Il avait passé la nuit dans ce lit. Quel jour était-ce ? Il les passa en revue.

Jeudi, il était arrivé. Personne n'avait le droit de sortir.

Vendredi. Interdiction de parler.

Samedi. Masques, masques, masques.

Dimanche. Toutes les portes ouvertes. Madelyn, la folle au couteau.

On était donc lundi.

Nyquist voulut se retourner, mais il chancela. Un pas après l'autre, c'était la règle. Un seul pas. Laisse la brume t'accompagner, donne-lui le temps de te suivre. Un pas. Avance, regarde, laisse le monde qui t'entoure t'apparaître. Puis mémorise ce que tu vois. Et repars. Grâce à cette méthode il trouva une porte, mais elle s'ouvrit avant qu'il l'ait touchée et quelqu'un entra.

Nyquist ne put s'empêcher de reculer. Sa vue se troubla, la porte et l'intrus disparurent. Mais c'était pire, bien pire ! Il y avait quelqu'un dans la pièce, ce pouvait être n'importe qui. Il se jeta en avant, faillit tomber, dans l'espoir de distinguer l'inconnu, de déterminer s'il courait un danger.

Une voix l'appela. « Nyquist ? Vous êtes là ? »

C'était la docteure. Avec une bouffée de joie, il se tourna vers elle, vers la voix qui bougeait autour de lui, et ils se rencontrèrent au centre de la brume comme deux vagabonds dans la nuit. Il avait envie de la serrer contre lui, mais il se retint. Il ne pouvait se fier à ses yeux.

« Que faites-vous debout ? demanda-t-elle d'une voix contrariée. Vous vous êtes vu ? Je vais devoir refaire votre pansement. Allez, au lit. Venez. »

Dans sa panique, il la repoussa et, effaré, la vit s'enfoncer dans le gris. Il sentait son cœur battre à tout rompre et il fut pris d'une sueur froide. L'attaque pouvait survenir à tout instant. Higgs l'appelait, invisible, lui demandait de se calmer, de regagner son lit. Mais il avait tant tourné sur lui-même qu'il avait perdu tout sens de l'orientation. Il partit en avant, renversa une table. Une lampe tomba par terre. Il continua à tituber jusqu'à se cogner au mur, et il le suivit, les mains collées dessus comme un grimpeur sur une falaise. Par hasard il arriva à la porte ouverte, sortit, et manqua tomber dans l'escalier. Ses doigts se refermèrent sur la rampe, il s'exhorta au calme, contrôlant tant bien que mal sa respiration. *Je deviens aveugle. Je deviens aveugle !* Il descendit marche par marche, vers la brume qui bougeait avec lui, tout le temps, en restant toujours à la même distance. Higgs, restée sur le palier, lui criait quelque chose, mais il avait déjà atteint la porte d'entrée, qu'il ouvrit à la volée. Il sortit, espérant voir la rue à gauche et à droite, quel bonheur ce serait !

Mais le brouillard l'enveloppait entièrement.

Il voyait le trottoir sous ses pieds. Au-dessus de lui, il ne voyait que le gris.

Pas de soleil, pas de ciel.

Il avança prudemment, arriva sur la chaussée... puis hésita. Incapable de faire un pas.

Et si je me fais renverser par une voiture?

Une femme pénétra dans son cercle.

Il en resta éberlué.

Elle lui adressa un signe de tête, un sourire, et s'enfonça dans le gris.

Il était seul à nouveau.

Quelque part, quelque part il devait y avoir une fin à cette situation, à ces limites qui l'emprisonnaient. Il avança, sans savoir où il allait, sans rien connaître au-delà de son étroit périmètre de visibilité. D'autres passants le virent et s'en furent, apparition, disparition. L'un d'eux lui rentra dedans et poussa un juron en lui disant de regarder devant lui. Mais Nyquist ne le pouvait pas. Impossible.

Il s'arrêta, attendit, attendit...

Sans s'en apercevoir il avait traversé la rue. L'épicerie était à peine visible. Nyquist alla s'asseoir sur un banc devant l'entrée. Il laissa s'écouler quelques minutes, sa respiration s'apaisa enfin, son cœur se calma.

Dans la brume devant lui, tout autour, nageaient des volutes de noir, de gris, de mauve. Fumée vivante. L'expression lui vint à l'esprit. Il avait déjà vécu une expérience similaire quand il avait traversé la Brune, dans la ville où il était né; mais là-bas, c'était un vaste paysage empli d'un brouillard argenté. Ici, c'était différent. Ce n'était ni du brouillard ni de la brume ni une vapeur, c'était localisé, concentré sur son corps ou sur son esprit. Oui, il pouvait s'agir d'une illusion, d'une hallucination due à une transe hypnotique. Ça ondulait comme un nuage. Dans les profondeurs clignotaient de petites lumières, bleues, rouges, jaunes. Il ne les avait pas remarquées plus tôt. Elles ne durèrent qu'un instant, ces étincelles, avant que d'autres les remplacent: orange, vertes, bleues à nouveau. Elles apparaissaient surtout là où sa main s'était enfoncée. Avait-il dérangé la substance, qui réagissait à sa présence?

Elle était liée à lui, elle faisait partie de son corps, elle émanait de lui.

Aura. C'était cela.

Cette idée le rendait malade. Il repartit, cette fois d'un pas prudent, une main toujours contre le mur, l'autre tendue devant lui servant de guide et de mise en garde. Voix. Bruits de pas. Rires. Des gens passaient. Parfois, on entrait dans son champ de vision et on en ressortait. Eux aussi avaient les mains tendues, sauf ceux qui s'aidaient d'une canne pour trouver leur chemin. Il se dit : Ils sont comme moi, prisonniers comme moi. *Tout le monde au village est dans le même état, alors ?* Était-ce la règle du jour ? Que chacun soit isolé dans un univers miniature ?

Un petit garçon fit sursauter Nyquist. Il passa à toute allure, en tapotant le sol avec un bâton. Il poussait des cris de joie. Sa mère le suivait. « Brian ! Brian, reviens tout de suite ! » Le gosse s'enfonça dans la brume, la mère aussi. Ils étaient beaucoup plus à l'aise que lui, la brume ne les gênait pas, ce n'était qu'un nouveau délice, un autre effet des saints, un plaisir.

Nyquist se sentit plus assuré, plus confiant. Il ne tomberait pas, il ne heurterait personne, tant qu'il resterait calme. Il s'arrêta une fois encore et, fermant les yeux, se demanda ce qui lui arrivait, s'il frôlait la folie, à accepter ainsi la situation. Certes, il avait vécu d'autres moments étranges au cours de sa vie, il connaissait les charmes des mondes occultes. Mais jamais auparavant il ne s'était considéré comme fou ; il se voyait plutôt comme un vagabond, un combattant, l'adversaire du doute, de la souffrance, de l'inconnu.

Regardant devant lui, il s'aperçut qu'il avait atteint le *Cygne à Deux Cous*. L'enseigne dépassait de la brume environnante. Il entra et grimpa l'escalier qui menait à sa chambre. Nigel et Mavis se préparaient à ouvrir pour le déjeuner : il entendait leurs voix. Sa petite chambre était un refuge bienvenu où le brouillard le suivit et l'entraîna. Ils étaient liés, l'homme et le nuage. Tous deux s'assirent sur le lit, et quand Nyquist baissa la tête la brume s'inclina avec lui. Quand il releva la tête la brume se redressa, quand il se leva la brume se leva avec lui. Toujours elle l'entourait. Il était prisonnier. Cela resterait vrai tout au long de cette journée terrible.

Son flanc lui faisait mal ; il souleva sa chemise pour examiner le pansement. Il était rouge vif, imbibé de sang. Il lui fallait une nouvelle dose d'antalgiques, et vite. Merde ! Il aurait dû laisser Higgs le soigner. Tout était la faute de la brume ; il avait cru pouvoir la fuir, mais non, elle ne se laissait pas distancer, elle s'accrochait. Il envisagea de s'en libérer, de trouver un couteau magique, une lame vorpale toute rouillée dans un tiroir de la cuisine : repérer les points de contact entre chair et fumée. Ensuite... *trancher*. Trancher net !

Il tourna lentement sur lui-même dans les nuées de sa chambre. Une nouvelle icône était posée sur l'étagère, l'homme d'argile à la tête voilée. Il y avait un nom : *Saint Athelstan*. Il n'avait pas simplement les mains dans le dos, non. Ses poignets étaient attachés par du fil de fer.

Il s'approcha du lavabo. Le miroir.

Son visage émergea du brouillard.

Il ne s'était pas rasé depuis plusieurs jours. Ses vêtements étaient sales. Il sentait son odeur, chair pas lavée, saleté, sueur, l'antiseptique que Higgs avait appliqué sur sa blessure. À deux mains il s'agrippa au rebord du lavabo pour faire face à l'inconnu bien connu dans le verre. Les yeux qui posaient tant de questions à leur reflet, énigmes sans fin ni réponse. Derrière sa tête il voyait le reflet de la brume qui tournoyait doucement, lentement, en attendant que Nyquist bouge. Mais pour aller où ? Il voulait rester là, figé devant lui-même, ou peut-être se mettre au lit et dormir jusqu'à ce que la journée soit passée et que le monde se soit rouvert dans toutes les directions. C'était son seul désir.

Impossible. Il était en danger. On l'avait poignardé. Et il pensa à ce qu'il avait vu la veille, dans la tête de Madelyn Arch : tous les villageois, son père parmi eux, caché, le couteau dans les mains de Mme Sutton. Puis le couteau dans les mains de Madelyn.

Deux couteaux, deux mondes. Les deux en parallèle, l'un guidant l'autre. Jane Sutton incarnant une sorte de force intérieure qui contraignait Madelyn à attaquer. Ou alors, Madelyn elle-même, poussant sa folie jusqu'au degré ultime, avait vu en lui l'intrus, l'étranger indésirable. Il ne pouvait pas savoir quelle explication était la bonne : Hoxley-sur-la-Vive l'avait privé de toute rationalité.

Il s'éloigna du miroir. Il alla soulever le matelas pour chercher son revolver. Si vraiment il devait servir un jour, Nyquist le tiendrait prêt.

Pour se protéger, tout au moins. Sa main se glissa plus loin. Rien. Il jeta la literie par terre. Rien sur le sommier à ressorts, rien sur le sol en dessous. On lui avait volé son arme. Il vérifia sur l'étagère du bas : la tasse à thé et le guide d'ornithologie avaient disparu eux aussi. Tous les trois, les trois objets magiques avec leurs vrilles. Mais qui les avait pris, et pourquoi ? Le doute lui rongeait l'esprit.

Il quitta sa chambre à tâtons, redescendit, appela le patron qui lui répondit depuis le bar. Mais Nigel Coombes n'était pas visible, pas encore. La salle était obscurcie.

« Où êtes-vous ?

— Juste ici, derrière le comptoir. Et vous, M. Nyquist ?

— Ici. »

À la voix ils se trouvèrent, deux cercles de brume qui se superposèrent. Nigel tenait un seau et un balai.

« On est entré dans ma chambre, dit Nyquist. On m'a volé des affaires.

— Vous êtes sûr ? demanda le patron, inquiet. Quoi, au juste ? »

Nyquist ne pouvait pas répondre. S'il mentionnait le revolver, il passerait pour un fou ou pour un criminel. « Je dois trouver le coupable.

— Est-ce que… Est-ce que vous m'accusez ? Ou ma fille ? »

Nyquist le regarda droit dans les yeux. Il vit les mains de l'homme se crisper sur le manche du balai, comme pour en faire une arme. Mais la tension se dissipa. Coombes soupira, posa son matériel et, tapotant l'épaule de Nyquist, souffla : « Allons voir ensemble. Vous avez peut-être égaré l'objet, tout simplement. »

Oui, oui, c'était possible. Avec sa mauvaise humeur et son champ de vision restreint, Nyquist voulait bien le croire. Il se laissa entraîner jusqu'à l'escalier, mais ils s'arrêtèrent quand Becca Fairclough apparut dans le couloir. Ce fut Nyquist qui l'entendit le premier, puis qui la vit lorsqu'elle partagea son cercle gris. Elle avait une mine affreuse. La peur hantait ses yeux écarquillés, et au début elle ne parvint pas à prononcer un mot. Elle était bouleversée.

« Qu'y a-t-il ? demanda Coombes. Qu'est-ce qui ne va pas ? »

Elle finit par bafouiller : « Il… Il s'est passé quelque chose à l'école. Un accident.

— Comment ça ?

— Je ne sais pas, je ne sais pas. C'est Mme Sutton. Je crois que… J'ai besoin de la docteure Higgs. Où est-elle ? »

Coombes secoua la tête.

« Elle était à son cabinet, répondit Nyquist. Je l'y ai vue tout à l'heure.

— Elle n'y est plus. »

Becca sortit en courant. Nyquist lui emboîta le pas. Mais seule la brume existait, la femme n'était plus visible. Il accéléra, bras tendus pour se protéger des chocs. Il avançait dans la direction qu'il espérait être la bonne, s'en remettant à la grâce du saint, et il finit par arriver au bout de la rue, tout près de l'école. Il vit la grille et entendit les enfants qui jouaient dans la cour, qui couraient, qui riaient. Il parvint à distinguer deux petites filles tout près de la grille. Elles sautaient à cloche-pied dans leurs cercles jumeaux et chantaient une ritournelle dont le thème lui était familier.

Deux pas en avant, un pas en arrière,
Tourne à l'envers, tourne à l'envers, tape dans tes mains.
Appelle Jimmy et appelle Jack,
Jenny-les-Vrilles n'est pas loin !

Au dernier vers, les petites poussèrent un cri d'horreur ravi et recommencèrent leur jeu, échangeant le rôle du monstre et celui de la victime.

Nyquist franchit le portail, traversa la cour. Il entendait les enfants tout autour, invisibles et soudain tout proches, qui cavalaient devant lui. Il attrapa un gamin par l'épaule. Le gamin, qui devait avoir sept ou huit ans, fut d'abord étonné puis furieux, et essaya de s'enfuir. Nyquist ne le lâcha pas. « J'ai besoin de voir la directrice. Tu sais où elle est ? »

Le gosse se débattit.

« Mme Sutton. Conduis-moi ! Allez, je te donnerai un *tanner* !

— Non, un shilling, s'il vous plaît.

— D'accord. Mais dépêche-toi. »

Enfin motivé, le petit lui fit traverser la gadoue de la cour jusqu'à l'entrée principale. Un instant, Nyquist vit Teddy Fairclough, les yeux fous, l'air mauvais : une bête enragée, très à l'aise dans ce monde de cachettes, dans ce nuage qui très vite l'engloutit à nouveau.

Dès que Nyquist fut entré, l'atmosphère changea. On entendait des murmures, des chuchotements, un sifflement. Le gamin prit un air inquiet. « J'ai peur. Mon mouron est bizarre. La couleur n'est pas normale.

— Pardon ?

— Le mouron. C'est comme ça qu'on appelle la brume de saint Athelstan. » Il s'arrêta, regarda Nyquist. « Il s'est passé quelque chose ?

— Comment tu t'appelles ?

— Harry Clegg.

— Je te protège, Harry, ne te fais pas de souci. Il faut simplement que je parle à Mme Sutton. »

Harry battit des paupières avant de prendre la main de Nyquist. À l'autre bout du couloir, un petit groupe d'enseignants se pressaient devant une porte ouverte. Ils se tournèrent vers Nyquist, l'étranger mal rasé, mal vêtu, avec son air d'être dans les nuages – dans le *mouron* – et sa voix que la douleur de sa blessure rendait cassante.

« Où est Mme Sutton ? Que lui est-il arrivé ? »

D'abord, personne ne répondit. Les visages exprimaient la tristesse ou l'hébétude.

Nyquist lança au gamin une piécette d'argent en lui faisant signe de retourner dehors. Harry obéit avec un soulagement évident.

« Êtes-vous M. Nyquist ? demanda une prof.

— Oui. Je suis un ami de la docteure Higgs. Elle arrive.

— Nous attendons Joe Ferneyhough.

— Le policier ?

— Oui. Je pense qu'il ne faut pas déplacer le… » Elle ne put achever sa phrase.

« Elle est morte ? » demanda Nyquist.

Nul ne lui répondit. Tant de gens, tant d'yeux qui le regardaient. Il se faufila entre eux et entra dans la classe. Au début, il ne vit presque rien, car son mouron s'était resserré en virant au noir, comme sous l'effet de la peur. Mais il avança jusqu'à une rangée de pupitres, puis une autre. Les chaises étaient vides. Un silence de mort planait. Il continua. Pupitres, chaises. Des cahiers, des crayons, des règles bien rangés. Il parla, mais le mouron lui prit sa voix ; pas de réponse. Jane Sutton apparut alors dans le nuage de mouron : ses mains, son torse, son visage.

La directrice était assise à son bureau, parfaitement immobile. Nyquist s'approcha jusqu'à voir le tableau noir derrière elle. Écrits à la craie, les mêmes mots qu'il avait lus dans la vieille ferme de son père, à King's Grave. Était-ce un ultime message de la victime ou la mise en garde de l'assassin ? Ou simplement la leçon du jour ?

Jenny-les-Vrilles appelle.

Mme Sutton était assise de travers, une main sur son bureau, l'autre pendante, la poitrine tournée sur le côté et la tête penchée en avant, presque violemment. Élégante comme toujours, elle portait une jupe en tweed et un cardigan bleu, mais les boutons avaient sauté, et un manquait. Des mèches s'étaient échappées de son chignon. Ses yeux regardaient devant elle, et l'espace d'un instant Nyquist eut l'impression qu'ils se tournaient vers lui. L'effet était saisissant, et il lui toucha le cou pour sentir les battements du cœur. Mais en elle tout était silence et immobilité.

Il recula d'un pas pour reprendre son souffle.

La peau et les pépins de baies de myre écrasées emplissaient un bol. La chair avait été mangée. Les lèvres et le menton de la directrice étaient maculés de rouge rubis. De petites égratignures lui mouchetaient le visage. Le sang séchait déjà.

Elle était morte comme Ian Bainbridge. Mais là où lui avait contemplé le néant au loin, Jane Sutton affichait une autre expression : le désir. Nyquist n'en pouvait douter : à l'instant suprême, après l'ultime combat, elle avait accueilli la mort à bras ouverts.

CONVERSATIONS AVEC LES LUCIOLES

L'après-midi, il y eut une enquête, prévue à l'origine pour déterminer les circonstances de la mort de Ian Bainbridge, mais élargie à celle de Jane Sutton. Un magistrat local servit de coroner, et la salle des fêtes devint salle d'audience. Nyquist s'installa vers le fond. Tous les sièges étaient occupés. Il ne voyait que ses voisins immédiats, et pas du tout l'estrade. Les mourons des villageois réunis emplissaient l'espace. Mais il entendait les voix des témoins et les questions du coroner. Parfois quelqu'un traversait son cercle de vision pour gagner la scène. M. Gerald Sutton, apparemment stoïque, débitait des phrases monocordes. Mais de temps à autre sa voix se fêlait sur un mot : la colère montait. Hilda Bainbridge, au contraire, refusa de répondre. Son silence tenait bon. Nyquist, le regard perdu dans les formes changeantes du mouron, imaginait les expressions et les gestes de la veuve, ses mains qui voltigeaient, le chagrin dans ses yeux, le frisson chaque fois qu'on prononçait le nom de son mari.

Quand on l'appela à la barre, Rebecca Fairclough raconta comment elle avait découvert le cadavre de la directrice. « Quand je suis disponible, j'aide un peu à l'école. Mme Sutton donnait un cours d'anglais pour les élèves des classes supérieures.

— Je vois. Et vous l'avez trouvée pendant la récréation du matin ?

— Oui. Les enfants étaient dans la cour. Je suis entrée pour effacer le tableau et faire un peu de rangement. Au début, je me croyais seule, mais quand je suis allée nettoyer le bureau, j'ai trouvé Mme Sutton… assise sans bouger, le regard fixe.

— Vous n'avez vu personne dans la salle ? Personne qui en sortait ? Ni dans le couloir ?

— Non.

— Cela dit, votre vision était restreinte par les saints effets du jour – le mouron ?

— Oui. Mais, comme vous le savez, nos autres sens prennent le relais et compensent. J'étais seule, j'en suis certaine. »

Nyquist écoutait cela avec intérêt en pensant à Teddy, le frère de Becca, qu'il avait vu dans la cour. Cachait-elle quelque chose ?

La docteure Higgs passa ensuite. Sans perdre de temps, elle décrivit les effets de la baie de myre sur le système nerveux humain : « Si on en ingère suffisamment, la paralysie se déclare vite. La mort s'ensuit en cinq ou dix minutes.

— À votre avis, il ne s'agit pas d'un acte criminel ?

— En aucun cas.

— Pour aucune des deux victimes ?

— Non.

— Et les égratignures sur le visage de Mme Sutton ? Vous les mentionnez... » Un bruit de papier. « Dans votre rapport. *Nombreuses petites coupures au visage*. Il y en avait aussi sur celui de M. Bainbridge. Pouvez-vous l'expliquer ? »

Nyquist attendit la réponse de la docteure. Elle tarda à venir. « Je pense qu'ils se les sont infligées eux-mêmes, monsieur, pendant qu'ils ramassaient les baies. »

Nyquist en doutait, car elles étaient récentes, il l'avait remarqué. Le coroner était du même avis. « Je ne suis pas convaincu, docteure Higgs.

— Les symptômes de l'empoisonnement à la myre étaient évidents chez M. Bainbridge comme chez Mme Sutton, rétorqua Higgs. Capillaires éclatés, doigts crochus, tempes légèrement décolorées. Ils sont morts de la même chose, ça ne fait pas l'ombre d'un doute. »

Le coroner éternua, s'excusa puis demanda : « Il est rare que ces baies soient mortelles, je me trompe ?

— Non, vous avez raison. À Hoxley, le dernier décès remonte à sept ans. Mais, depuis, j'ai traité des cas d'intoxication non fatale. Deux ou trois baies, et les fonctions vitales ralentissent, ainsi que les perceptions sensorielles. Comme elles sont très amères, il faut un acte de volonté pour en avaler beaucoup.

— Vous voulez dire qu'ils ont agi délibérément ?

— Oui. Les deux victimes désiraient mourir. »

Une exclamation dans l'assistance. Nyquist ne voyait pas qui l'avait poussée, mais il le devinait. Hilda. Un hoquet, un sanglot.

La docteure poursuivit malgré tout. « Ils ont avalé les baies une par une ou par poignées, et ils ont continué à en manger jusqu'à obtenir l'effet recherché.

— Vous parlez en tant que médecin ?

— Oui.

— Merci. Vous pouvez vous rasseoir. »

Après quelques autres témoins, Nyquist lui-même fit sa déposition. Il traversa la salle, guidé en chemin par quelques mains secourables. Bienveillance, ou impatience d'entendre ce qu'il avait à dire ? Le mouron le suivit fidèlement. Il s'y était habitué, comme un chien à son collier et à sa laisse. Il était rasé de frais, avec des points de suture refaits et un pansement propre. Les antalgiques donnés par Higgs faisaient leur office. Il dit la vérité telle qu'il la connaissait, en commençant par l'histoire du vendredi soir, quand il avait entendu un hurlement à *L'If* avant de découvrir le corps de M. Bainbridge et sa femme plaquée contre le mur. Il décrivit le bol de baies sur la table de la cuisine et celui qu'il avait vu devant Jane Sutton dans la salle de classe, et les taches rouges sur la bouche des deux victimes. On ne lui posa pas d'autre question, et Nyquist regagna son siège.

Enfin, le coroner demanda à d'autres témoins éventuels de se faire connaître s'ils avaient des éléments importants à ajouter. Une voix chevrotante sortit du nuage : « Moi, monsieur. » Nyquist le vit passer dans l'allée centrale : c'était le vieux qui s'était assis à côté de lui sur le banc, quelques jours plus tôt, et qui lui avait donné le nom et l'adresse du photographe. Que pouvait-il avoir à raconter ? Nyquist se pencha pour mieux entendre la voix de l'homme qui flottait dans les volutes d'air gris. « Je promenais mon chien, monsieur, c'était cette année, en été, dans les bois, monsieur, vers Tatterly Edge, et j'ai vu un couple en pleine action. » Le coroner lui demanda ce qu'il voulait dire, et le vieux eut recours au latin : « *In flagrante delicto*, monsieur. » La surprise et l'horreur parcoururent la salle, mais le vieillard continua. « Entre les arbres, c'était. Comme Adam faisait avec Ève, monsieur. » Le coroner l'interrompit pour l'empêcher d'entrer dans les détails et lui demanda en quoi son intervention était pertinente. « L'homme et la femme que j'ai vus, monsieur, c'étaient M. Bainbridge, monsieur, et Mme Sutton. En pleine séance de... » Ce fut un concert de protestations. Parmi les cris et les gémissements, Nyquist entendit le beuglement de Gerald Sutton et le long gémissement de Hilda Bainbridge. Le coroner joua du marteau pour réclamer le silence. Quand le calme fut un peu revenu, il conclut la séance en annonçant un double verdict de « mort auto-infligée », en ajoutant « possiblement – je dis bien possiblement – motivée par des raisons personnelles ». Pour finir, il qualifia les deux affaires d'histoires « aussi navrantes qu'édifiantes ».

Ensuite, Nyquist retourna chez Higgs, et ils dînèrent ensemble : un ragoût de bœuf et de légumes dans une sauce au vin rouge. Leurs mourons s'imbriquèrent au bord de la table. Ils ne parlèrent pas beaucoup. La viande était bonne. Nyquist but un verre de vin. L'alcool fit voler dans la brume des étincelles violettes, qui se comportaient plus comme des insectes que comme des points lumineux, à voleter l'une vers l'autre, à laisser des traînées colorées.

Lucioles. Des pensées devenues palpables, des possibilités qui se croisaient.

Il finit par aborder le sujet. Il ne pouvait plus tourner autour du pot. « Et si ce n'était pas un suicide ? Ni lui, ni elle ?

— Nyquist, vous avez entendu comme tout le monde qu'ils étaient amants. C'est évident, non ?

— Écoutez, doc : et si quelqu'un les avait forcés à avaler les baies ? À moins qu'une autre force ne soit entrée en jeu.

— Qu'entendez-vous par là ? »

Il repensa à ce que lui avait dit Madelyn Arch : à l'instant de sa mort, Ian Bainbridge n'était pas seul. « Une pulsion psychologique, une obsession qui affecte les habitants du village.

— Une dépression collective ?

— Ou un mauvais sort. Une malédiction. Serait-ce possible ?

— À Hoxley ? Tout est possible, pour le meilleur et pour le pire. Tout. Les saints y veillent.

— Et si ce n'était que le début ? Et si d'autres gens se mettent à avaler des baies ? »

Higgs ne lui répondit pas directement. Elle bourra sa pipe en lui parlant de l'histoire locale qu'elle avait étudiée à l'école. Le Grand Tolly, les chasses aux sorcières du XVIIe siècle, les saints pour se protéger contre les forces du mal. « Sauf qu'il y a une autre façon de voir les choses.

— Dites-moi. » Nyquist alluma une cigarette.

« Au fil du temps, on a ajouté de nouveaux saints, jusqu'à atteindre les trois cent soixante que nous connaissons aujourd'hui. Et s'ils servaient de méthode de calcul ?

— Comme un abaque ? » demanda-t-il en souriant.

Elle secoua la tête. « Comme une façon de nous forcer à expérimenter des comportements très différents, souvent extrêmes, de façon régulière, année après année. Il y a des règles dans ce chaos, mais jamais prévisibles, pas exactement, à cause de la succession aléatoire des saints. Tout est pensé pour fabriquer un vaste *moteur*... Je ne trouve pas de terme plus adapté. Et les habitants sont les pièces mobiles. »

Nyquist réfléchit à cette hypothèse surprenante. « Et ça nous mène où ?

— Qui sait ? Le moteur des saints tourne depuis des siècles. Il aboutira bien à un résultat, peut-être très bientôt.

— Je ne suis pas sûr de vouloir être dans les parages à ce moment-là.

— Certains voudront être aux premières loges.

— Vous savez quoi ? La professeure Bryars a évoqué une idée similaire.

— Vraiment ? » Higgs haussa les sourcils.

« D'après elle, une partie du village essaie de réveiller l'esprit de la famille Clud. L'esprit sombre.

— Oh, celle-là, elle va bientôt nous faire revenir aux sacrifices d'animaux ! Franchement, elle a de ces idées ! »

Nyquist n'insista pas. « Comment sont-ils choisis ?

— Pardon ?

— Comment choisit-on les saints de chaque jour ?

— Je ne saurais vous le dire. Peut-être qu'ils tirent au sort ?

— Vous l'ignorez ? Vraiment ?

— C'est une cérémonie secrète qui a lieu chaque matin.

— Peut-on tricher ? Pour qu'un saint...

— Non ! Non, non. » Elle était livide. « C'est totalement impossible. Toute notre culture serait menacée ! Comment pouvez-vous suggérer une horreur pareille ? »

Nyquist hocha la tête. Avec un geste en direction des mourons qui entouraient la table, il demanda : « Comment ça marche, ça ? »

Higgs tira sur sa pipe. « Tous les organismes vivants sont entourés par le mouron, dont ils font partie. Et le mouron fait partie d'eux. Ils sont inséparables. Mais c'est seulement dans ce village, en ce jour, que les mourons sont visibles. Gloire à saint Athelstan le sage ! »

Il chercha sur les traits de la docteure des signes d'humour ou de folie.

« Ça ne va pas ? Vous ne me croyez pas ? »

Il sourit. « Vous savez, dans ma vie, j'ai vu des choses étranges.

— Oui, John. Je n'en doute pas. Car, malgré le long exil de votre famille, vous êtes un Hoxléien dans l'âme. Vous avez porté les saints en vous, ici, où que voyages vous conduisent. » Elle se touchait le cœur.

Il chercha une offrande à lui faire en retour, mais elle le fit taire d'un geste. « Regardez ! » Sa main s'enfonça dans le mouron. Les étoiles dans la brume étincelèrent autour de ses doigts. Elle fit danser en tous sens les fragments colorés : bleu, vert, jaune, rouge. Elle en attrapa même quelques-uns, et ses doigts s'illuminèrent. Quand elle rouvrit la main, les étincelles partirent rejoindre leurs sœurs.

« Vous voyez ? Elles sont liées à moi. Essayez. »

Il ne réussit qu'à faire apparaître de maigres paillettes qui ne dansaient pas.

« Ça viendra, dit Higgs. Continuez à vous entraîner. »

Mais il en avait assez. Il se laissa aller contre le dossier de sa chaise. « À quelle heure le mouron disparaît-il ?

— À minuit. C'est une chance, car c'est dans l'obscurité qu'il est le plus vivant. Vous devriez vous joindre à nous sur la place, ce soir. C'est spectaculaire. Vous comprendrez toute la beauté des saints. »

Il hocha la tête, l'esprit déjà ailleurs.

« Qui est Jenny-les-Vrilles ?

— Pardon ?

— Jenny-la-Rampante. J'ai vu ce nom écrit au tableau, dans la classe de Jane Sutton. »

La docteure réfléchit avant de répondre, comme si elle puisait des informations dans la brume qui l'entourait.

« Un personnage mythologique. Dans la tradition, c'est l'épouse du Grand Tolly. Mais, ces dernières décennies, sa légende a évolué vers plus d'indépendance. Là où le Tolly représente la mort, Jenny-les-Vrilles est l'esprit des plantes, des bois, des fleurs, de la terre au printemps. La Femme Verte. La régénération.

— Elle symbolise aussi les histoires, non ?

— C'est un autre de ses attributs. La capacité de relier les idées ensemble pour former une histoire.

— Pourquoi son nom était-il au tableau ?

— John, la directrice donnait un cours de...

— *Jenny-les-Vrilles t'appelle.*

— Oui, mais...

— Et Jane Sutton a répondu. Elle est partie vers l'esprit. »

Higgs fit la grimace. « Vous commencez à me faire peur.

— Je l'ai vu ! Je l'ai vu dans ses yeux. »

La docteure détourna la tête.

« Je veux vous montrer quelque chose », fit Nyquist en écartant la vaisselle pour poser devant eux les sept photos qui l'avaient conduit au village. « Vous avez vu celle de mon père. Mais les autres m'ont été envoyées aussi, de façon anonyme. Toutes prises à Hoxley ou dans les environs, comme vous le voyez. »

Higgs les examina tour à tour.

« Voici Ian et Hilda Bainbridge devant *L'If*. Et là, l'épicerie. Mais vous voyez la camionnette, devant ? *Sutton's*.

— Qu'est-ce que vous insinuez, John ?

— Je ne sais pas au juste. Mais ces deux morts doivent être liées. Et je crois que mon père se trouve au centre du mystère. Ces images sont des indices. Je n'ai plus qu'à découvrir leur signification.

— Vous ne lâcherez pas le morceau.

— Non. C'est écrit en lettres de sang : chercher jusqu'à ce qu'on trouve. »

Elle lui jeta un regard indéchiffrable, mais elle comprenait parfaitement ce qu'il voulait dire, il en était certain. Il lui tendit la septième photo, celle de Madelyn Arch au musée. « Vous la connaissez ?

— Oui. Madelyn. Une habitante du village.

— Elle vit ici ?

— Oui. Mais elle mène une vie très solitaire. Au point de...

— Laissez-moi deviner. Elle ne sort qu'un jour par an. À la Sainte-Leander.

— Exactement.

— Et les autres, où vont-ils, ce jour-là ? »

N'obtenant pas de réponse, il essaya de se montrer plus direct. « Docteure Higgs, où étiez-vous fourrée, hier ?

— Vous le savez.

— Ah bon ?

— Nous nous sommes rencontrés. Presque. Dans la pièce, la pièce avec tout le monde. Je vous ai vu.

— Je ne crois pas. Je n'ai vu personne jusqu'à ce que je voie Madelyn, et nous avons eu une longue conversation dans son atelier, chez les Sutton. Ensuite, j'ai dû faire un malaise, et j'ai rêvé que je voyais tous les habitants du village. Après quoi Madelyn m'a poignardé.

— Vous êtes sûr que c'était elle ? Vous n'avez vu personne d'autre brandir un couteau ? »

Nyquist hésita.

« Répondez-moi, John, insista Higgs. C'est très important.

— Si. J'ai vu Mme Sutton.

— C'est Jane qui vous a blessé, alors ? Jane Sutton ? C'est ça ?

— Je... Je ne sais pas. Je ne comprends pas. » Il avait des ombres plein la tête. Il se rappelait les menaces proférées par Mme Sutton dès le soir où il était arrivé au village.

« Où m'a-t-on retrouvé ?

— Sur la place. À dix heures du soir. Nous étions tous rentrés chez nous.

— On a dû me déposer là après que j'ai perdu connaissance chez les Sutton.

— Peut-être. C'est une famille très influente. Et qui dispose d'une camionnette pour vous transporter. »

Nyquist se frotta les yeux en cherchant à réveiller ses souvenirs.

« Vous voulez que je vous donne quelque chose, John ? » Higgs parlait d'une voix douce, trop douce. « Un autre comprimé, peut-être ? Vous avez mal à la tête ? »

Il ne répondit pas.

« Un jour par an, murmura Higgs tout près de son oreille, nous vivons dans Madelyn. Le reste de l'année, c'est elle qui vit en nous. Grâce au village. C'est un arrangement fort agréable...

— Agréable ! » Nyquist tapa du poing sur la table. Les couverts s'entrechoquèrent. Ce bruit, ce geste, brisèrent le sortilège.

« John ? Ça ne va pas ? Vous êtes contrarié ?

— Tous ces secrets en poupées russes !

— Je nous croyais amis.

— Je suis là depuis... quoi, quatre jours ?

— Cinq.

— Vous me connaissez à peine. Amis ?

— Je comprends. Mais je vais vous dire ceci : de tous les visiteurs que nous avons reçus, vous êtes le plus en communion avec notre mentalité. »

Il se leva, ramassa les photos, de la première à la septième.

« John, je vous en prie, asseyez-vous. Ne vous fâchez pas. »

Trop tard. Nyquist partait. Il récupéra son manteau dans l'entrée et passa la porte. Le soir tombait. Le mouron l'accompagnait toujours, mais il changeait avec l'obscurité croissante. Nyquist avait chaud, comme s'il était dans un cocon. On se serait cru au printemps et non au cœur de l'hiver. La brume était animée d'une lumière propre, une poudre de lune : pâle, translucide. Au sein des volutes, les étincelles colorées se multipliaient. Quand il essaya de les repousser, elles résistèrent, se rassemblèrent et continuèrent à briller librement.

Il se sentit soudain différent. Sa colère partait à la dérive.

À présent, son pas était sûr, il n'avait aucun mal à éviter les autres passants. Il n'avait même pas besoin de faire attention ; le mouron faisait partie de lui et lui obéissait. Il protégeait, il observait, il lui montrait par ses limites la nature de la vision.

Nyquist suivait les traces de son père. Mais où menaient-elles ? Il repensa à la seule information utile que lui avait donnée Madelyn : George Nyquist était arrivé au village le jour de la Saint-Algreave. S'agissait-il d'une coïncidence, ou bien son père se trouvait-il uni au Grand Tolly par des liens mystérieux ? C'était la question cruciale ; dès lors qu'il aurait la réponse, toutes les pièces du puzzle trouveraient leur place.

La place du village était pleine de gens, adultes comme enfants. Nyquist se mêla à eux. Son mouron était devenu lumineux, réconfortant. Il n'était plus entièrement opaque. À travers le voile mouvant il reconnut des visages. Il vit l'arbre nommé Lame-de-Lune et il vit l'étang où Gladys Coombes avait trouvé la mort. Il vit le village comme s'il ne l'avait jamais vu. Il vit que de nombreux habitants avaient décoré leur mouron avec des ondulations noires, pour porter le deuil de Ian Bainbridge et de Jane Sutton. Les étincelles du sien dansaient devant ses yeux. Il tendit la main pour les toucher, pour les faire trembler. Il sentit leur chaleur dans sa paume. D'un simple geste, d'une pensée même, il pouvait les faire changer de couleur, rouge puis doré puis vert puis rouge à nouveau. C'étaient les lucioles de son propre corps, libres, aériennes. Il communiquait avec elles par-delà les mots. Et tout l'émerveillait.

Il marchait dans la lumière, dans la fumée, les étoiles, la chaleur.

La lune le baignait de son éclat.

Le mouron le caressait.

Un Nyquist onirique s'était libéré de son corps et l'enveloppait : un double qui rêvait, et celui du village... Lui se trouvait au point de rencontre des deux rêves.

Il vit Bryars s'approcher. Mais il ne se sentait pas capable de lui parler, il préférait être seul avec ses pensées traduites en couleurs flottantes. Il allait les examiner, chercher des liens secrets, tracer un chemin nouveau dans le labyrinthe. Cette idée l'emplissait d'enthousiasme. Il quitta la pelouse. D'un simple claquement de doigts il rendit son mouron noir, opaque. Il ne voyait plus rien mais au moins personne ne pourrait le suivre. Il allait se trouver un petit coin tranquille. Il marchait, il sentait le monde aux limites du mouron, il voyait par la brume les objets qu'elle touchait : les murs des maisons, un réverbère, l'épicerie. Il s'y arrêta. Du bruit provenait de la ruelle adjacente. Quelqu'un avait besoin d'aide.

Il éclaircit son mouron afin de voir ce qui se passait.

Ça ressemblait à une agression.

Plusieurs mourons mêlés tourbillonnaient, deux qui tremblaient de colère, un qui tremblait de peur. Les couleurs dansaient sous les coups. Nyquist s'approcha. La bagarre se déroulait dans un petit jardin. Sa présence arrêta un poing levé. Déstabilisés, les assaillants se tournèrent vers lui. Deux jeunes voyous. Leur victime était plus jeune encore, et plutôt malingre. C'était Teddy Fairclough. Son mouron était minable, pâlichon, tremblotant, d'un blanc cassé taché de rouge en écho aux plaies qui saignaient sur son visage et ses paumes. Le poing s'abattit. Et le mouron éclata de rouge vif, comme une fleur. Gémissant, Teddy se roula en boule, la tête dans les mains.

« Pas très loyal, comme combat », lança Nyquist.

Un type vint vers lui, prêt à cogner, et bondit. Des étoiles tournoyaient autour de son bras.

Le temps ralentit.

Le poing traversa le mouron de Nyquist, qui l'évita sans peine et répliqua par un direct à l'estomac. En plein dans le mouron, puis en plein dans le ventre. L'homme tituba et faillit tomber. Il rebondit contre le mur. Son camarade abandonna Teddy pour se jeter dans la mêlée. Mais une voix l'arrêta net.

« Ça suffit. Ce n'est pas le moment. »

Le nouveau venu écarta ses sbires. C'était Gerald Sutton. Son mouron chatoyait de couleurs vives, une création magnifique. Ces améliorations avaient dû lui coûter les yeux de la tête. Son orgueil, son chagrin, sa colère jouaient dans la brume : flammèches de bleu marine, de pourpre, de gris-brun. Les étincelles luisaient comme des comètes avant de s'éteindre.

« C'est une affaire privée, M. Nyquist.

— Plus maintenant. »

Les deux hommes échangèrent un regard. Là où leurs mourons se touchaient, l'air bouillonnait.

« Toutes mes condoléances. Votre femme était...

— Je vous interdis de parler d'elle ! »

La colère de Sutton était dorée. Elle s'épanouit, s'éleva, retomba. Les étincelles s'entrechoquaient, rebondissaient en diagonales folles. Un de ses gorilles fit mine d'avancer, mais Sutton leva une main pour le calmer, sans jamais quitter Nyquist des yeux.

« Ne parlez pas de ma femme, monsieur. Cela me contrarie. »

Nyquist garda le silence pour laisser la rage de Sutton suivre son cours.

« Cela me contrarie de voir un... un étranger se hausser du col, comme s'il la connaissait. Comme s'il avait conscience de la beauté de Jane, de son raffinement, de son intelligence. » Ses rides étaient profondes. « Et ne faites aucune allusion à ce que le vieux a raconté pendant l'audience !

— Je n'en avais nullement l'intention.

— Un ramassis de mensonges ! Ma Jane ne se serait jamais abaissée ainsi. Sûrement pas pour un type comme Bainbridge. Elle avait un goût trop sûr. »

La colère se dissipa ; le mouron de Sutton s'apaisa et le chagrin l'inonda. Nyquist lisait l'homme dans les couleurs qu'il montrait, volontairement ou non. Cela lui donna une piste.

« Je sais que vous voulez me rendre responsable de tout, M. Sutton. C'est bien compréhensible. Les choses tournent mal depuis mon arrivée.

— Nous sommes une communauté soudée. Et nous tenons à nos coutumes.

— Rien de plus normal. Mais pourquoi punir ce garçon ? »

Sutton se tourna vers Fairclough. « Ce voyou a été vu à l'école ce matin. Il a parlé à ma femme, juste avant sa... » La douleur crispa son visage. Il se racla la gorge et cracha. « Un des enfants me l'a raconté.

— Et alors ? Vous pensez que c'est Teddy, le coupable ? Il a peur de son ombre ! »

Une encre noire se répandit dans le mouron de Sutton, dont la voix s'adoucit. « Quelqu'un l'a forcée. J'en suis certain. Je le sais, monsieur. Elle était forte, ma Jane. » Son humeur s'assombrit à nouveau. « Jamais elle ne se serait suicidée.

— Nous sommes bien d'accord. »

Sutton s'approcha de lui, jusqu'à l'englober complètement dans son mouron. Nyquist en sentit la puissance, l'ampleur.

« Comment ça ? Expliquez-vous.

— D'autres forces sont en jeu à Hoxley. » Nyquist soutint le regard de l'autre. « Et je pense que vous les connaissez. Mais vous préférez faire l'autruche. Et c'est pour ça...

— Que les saints vous damnent !

— Et c'est pour ça que vous vous défoulez sur Teddy. »

Sutton se redressa de toute sa taille – près d'un mètre quatre-vingts. Sa voix et son mouron s'unirent dans un rouge furieux. « Que Dieu me pardonne de le dire, mais je regrette que Jane ne vous ait pas achevé ! »

Ainsi Nyquist apprit-il la vérité sur les événements de la veille au soir. C'était bien Jane Sutton qui l'avait attaqué au couteau, et Madelyn Arch n'était qu'un instrument.

« Vous auriez dû suivre le conseil de ma femme, mon vieux.

— Quoi ? Quitter Hoxley ? »

Gerald Sutton se pencha vers lui en souriant. « J'ai une autre solution pour vous. En fait, j'espère sincèrement que vous trouverez ce que vous êtes venu chercher. » Il ménagea une pause théâtrale avant de conclure : « Et que vous y laisserez votre peau. »

Un très long moment, la colère resta stable. Mais le deuil caché dessous commençait à percer. Son mouron se recroquevilla. Sutton émit un grognement. Un bruit étrange d'animal blessé, acculé. Il tourna les talons et appela ses deux larbins, qui lui emboîtèrent le pas. La ruelle longeait la rangée de maisons par l'arrière. Nyquist s'accroupit près d'Edward Fairclough. Le jeune homme releva la tête. Toutes ses blessures étaient visibles. Avec son mouchoir, Nyquist lui nettoya la figure. Ça n'avait pas l'air trop grave, une fois le sang ôté. Il l'aida à se mettre debout.

« Viens, on va voir la docteure.

— Non !

— Higgs va t'examiner.

— Non. Non, pas elle. Elle est mêlée à tout ça.

— Que veux-tu dire ?

— Jane Sutton et elle, elles mijotaient quelque chose. Je les ai vues ensemble, souvent, au bord du lac Birdbeck.

— Qu'est-ce qu'elles fichaient là-bas ?

— Je ne sais pas. Elles s'intéressaient à l'eau. Elles préparaient un sortilège.

— C'était avant que tu rencontres mon père à la vieille ferme ?

— Avant, oui. Quelques semaines plus tôt. »

Nyquist le regarda. Ils étaient dans le jardin derrière la boutique. Tout était calme. Il n'y avait pour toute lumière que la lune et la chambre éclairée d'une maison voisine, qui suffisaient à faire briller leurs mourons de nuances bleues et or. Unis, leurs nuages tremblotaient, et les étincelles dansaient comme des insectes, deux par deux, toutes ensemble, dans les couleurs instables de l'amour et de la haine, et Nyquist ressentait tout ce que ressentait Teddy Fairclough comme ses propres émotions. C'était une peur glacée, du mépris pour son entourage, de l'inquiétude, une angoisse perpétuelle. Pourtant, en dessous se cachait de la gentillesse, qui formait des traînées pastel sur le mouron. Il était fragile, ce garçon. Fragile et terrifié.

« Si tu ne veux pas voir la docteure, dit Nyquist à voix basse, on peut aller chercher ta sœur, Becca. Tu préférerais ça ? »

Teddy hocha la tête. Il se laissa entraîner vers la grand-rue. « Alors, vous avez retrouvé votre père ?

— Non. Je poursuis mes recherches.

— Il est dans le coin, j'en suis sûr. Il n'a pas quitté le village.

— Si tu le dis...

— J'en suis sûr. Mais... écoutez... c'est vous qu'il attend, pas moi.

— Allez, petit...

— Pas moi ! Pas moi !

— Ne te torture pas. D'autres s'en sont déjà chargés. »

Teddy n'eut pas l'air de trouver ça drôle. « Votre père m'a raconté son voyage. »

Ils s'étaient arrêtés dans la ruelle. Nyquist le regarda. « Comment ça ?

— M. Nyquist, il m'a dit que...

— Je t'écoute.

— Qu'il avait parcouru les routes de la mort pour arriver jusqu'ici, et qu'il y avait vu des monstres. Et que... » Une pause. Teddy jetait des coups d'œil alentour, de peur que ses ennemis ne reviennent. « Et qu'il fallait que je quitte le village. Sans quoi, ils s'en prendraient à moi. Jenny-les-Vrilles et ses enfants, les mille vrilles. Une fois qu'on est pris, on ne peut plus leur échapper. Mais je ne devais le répéter à personne. C'était un secret.

— Ne t'en fais pas, on va les vaincre, Teddy. Toi et moi.

— Je... J'aimerais y croire.

— Promis. » Nyquist le prit par l'épaule. « Et écoute, on suit les règles du marquis de Queensberry : nous, on se bat à la loyale. D'accord ? »

Apparemment satisfait, Teddy hocha la tête. Il planta ses yeux dans ceux de Nyquist. Dans le monde clos de leurs mourons réunis, Nyquist sentit que tout allait bien, qu'ils s'étaient dit tout le nécessaire. Il avait un ami, un ami véritable. Et il sentait qu'il devait lui venir en aide par un geste concret. Il sortit son portefeuille et lui tendit un billet de cinq livres, que Teddy accepta sans cacher sa surprise. « Fais-toi plaisir, achète-toi quelque chose. Ou fais un cadeau à Val.

— On... On n'est pas ensemble. »

Teddy plia soigneusement le billet et le glissa dans sa poche. Mais il changea d'expression. Il avait du mal à respirer et la tranquillité qu'il avait retrouvée l'abandonnait. Il était pétrifié.

« Qu'est-ce qui se passe ? demanda Nyquist. Ça ne va pas ?

— Vous êtes trop gentil. » Il retenait ses larmes.

« Mais non. Simplement...

— Monsieur, j'en ai trop vu.

— Oui, tu as passé de sales quarts d'heure, je sais.

— Je sais qui est coupable. J'ai vu son visage. » Teddy baissa la voix. Il chuchotait. « À l'école. J'allais voir Becca. On s'était disputés pendant le petit déjeuner, et je voulais m'excuser.

— Et ? »

Teddy fit un effort pour se concentrer. « Mais je me suis perdu dans les mourons des élèves, ils étaient tellement nombreux. C'était un banc de brouillard. » Une pause pour reprendre son souffle. « Je suis arrivé dans le couloir. J'étais seul. Ou plutôt, je me croyais seul, jusqu'à ce que j'entende un bruit dans la brume.

— Un bruit ?

— Un craquement de branche ! En plein milieu du couloir. »

Il essaya d'imiter le son. *Criccc !*

« Et ensuite ?

— Quelqu'un est sorti de la classe. Celle où on a trouvé la directrice. En plein jour, sous le couvert du mouron.

— Tu veux dire que...

— Au début, j'ai cru que c'était le Grand Tolly qui passait tout près de moi. Aussi près que vous, là. » Il serra la manche de Nyquist. « J'avais peur. Je tremblais. Le mouron voilait la silhouette, il était épais, agité, monstrueux. Opaque. Comme du brouillard. Comme le brouillard dans les arbres le matin. On ne voyait que le masque. Le masque de branchages. Mais...

— Teddy, parle clairement. Qu'as-tu vu ?

— Les branchages se sont écartés. Ce n'était pas un masque, je l'ai compris à ce moment-là. La femme tenait des branches à la main, comme ceci. » Il leva les mains pour se dissimuler le visage. « Deux branches, une dans chaque main, avec des baies très colorées. Et là, ses mains se sont écartées. » Il révéla sa figure.

« Une femme, tu dis ? »

Teddy hocha la tête.

« Qui ?

— Madame Fontaine. La diseuse de bonne aventure. C'est elle qui a tué Mme Sutton. »

Alors le jeune homme s'écarta brusquement de Nyquist et repartit dans l'autre sens en courant. Il grimpa sur une poubelle pour franchir le mur et disparut de l'autre côté. La lueur bleu pâle de son mouron scintillant s'attarda un instant avant de s'évanouir à son tour.

TOUR À TOURS

Nyquist retourna sur la place. Il passa d'un groupe à l'autre pour trouver quelqu'un, espérant que cette personne participait aux festivités. Il demanda conseil, s'enquit de l'endroit où il pourrait la trouver, et on l'envoya au bord de l'étang, où il trouva sa proie.

Len Sadler discutait avec Nigel Coombes. Sadler riait à gorge déployée, Coombes hochait la tête sans comprendre la plaisanterie. Le rougeoiement de leurs cigarettes, amplifié par les mourons, brillait comme de petits soleils. Nyquist les interrompit en demandant à Sadler un instant d'entretien. Coombes héla sa fille en s'éloignant.

Sadler était ivre. « Nyquist, mon ami venu de loin, j'espère que vous n'avez encore tiré sur personne.

— Pardon ?

— Le revolver que je vous ai donné, vous l'avez toujours ?

— Non. On l'a volé.

— Volé ? Quelle triste nouvelle. Il vous était destiné, à vous et à personne d'autre.

— Je suis sûr qu'il réapparaîtra. »

Nyquist sortit un carton de sa poche. « Aujourd'hui, on m'a dit la bonne aventure.

— Madame Fontaine vous a parlé ? s'exclama Sadler.

— Oui.

— Un ouvrage très réussi, sans vouloir me vanter.

— Vous lui avez donné les traits d'Agnes Dunne.

— Oui. Et alors ? On n'a pas le droit d'être amoureux ?

— Qui a mis les prédictions dans la boîte ? demanda Nyquist sans répondre.

— Moi. Mais c'est Agnes qui les a rédigées. » Il avait la voix pâteuse. « Moi, je les ai seulement mises en place.

— Toutes ?

— Oui, oui. À ma connaissance. Pourquoi ? »

À la lueur du mouron, Nyquist lut le message qu'il avait tiré. « *Suivez un chemin dans les bois. Posez votre question au feu.* » Sadler ne fit pas de commentaire. « Ça veut dire quoi, à votre avis, Len ?

— Comment je le saurais ? Les devinettes, ça n'est pas mon fort.

— Où est-elle ?

— Agnes ? Peut-être qu'elle a quitté le village. En tout cas c'est ce qu'on raconte...

— Non. Je pense qu'elle est toujours ici. »

Nerveux, Sadler commença une phrase et s'interrompit aussitôt en faisant mine de s'éloigner. Nyquist le saisit par le bras, mais l'autre était costaud. Il pivota pour cracher des insultes.

« Allez vous faire foutre ! Dégagez. On vous a assez vu. »

Nyquist s'essuya les joues d'un revers de manche.

Une bourrasque secoua leurs mourons, mais, à l'abri, les deux hommes ne sentirent qu'un courant d'air tiède. Ils étaient coupés du monde extérieur. Cela aurait dû les réconforter, mais le moment n'était pas à la détente.

« Je pense que vous savez où elle se cache, dit Nyquist.

— Non. Aucune idée. Pourquoi je vous mentirais ? grinça Sadler.

— Pour la protéger.

— La protéger de quoi ? Vous délirez. »

Nyquist le croyait sincère, mais quelque chose ne sonnait pas juste.

« On l'a vue, Len. Aujourd'hui. Dans l'école.

— Agnes ?

— Au moment où Jane Sutton a trouvé la mort. »

Le temps ralentit : des couleurs variées passèrent sur le mouron de Sadler en écho à l'inquiétude qui envahit son visage, à ses expressions changeantes. Pour finir, les couleurs éclatèrent en mots : « Elle n'y est pour rien !

— Ah ?

— Elle n'a tué personne. Ni Bainbridge, ni Sutton.

— Qui est le coupable, alors ?

— Je ne sais pas. Mais Agnes ne ferait jamais ça. »

Nyquist regarda autour de lui. Derrière son mouron, la nuit était sombre, la lune, voilée. Il discernait des gens de l'autre côté de l'étang, avec des mourons rayonnants : jaune, vert, orange. Il se retourna vers Sadler : ravagé, celui-ci ruisselait de sueur, et ses yeux étaient rouges. Sa bière était finie ; son verre vide lui glissa entre les doigts. Nyquist comprenait très bien ce qu'il ressentait, car il avait été à sa place quand, ivre, les ténèbres se refermaient sur lui.

« Je suis désolé de vous embêter. Mais si vous croyez qu'Agnes est mêlée à cette histoire, il faut que vous disiez la vérité.

— Je ne... Je ne peux pas.

— C'est trop douloureux ? »

Sadler parvint à se concentrer sur une étincelle, la seule rouge de son mouron. Alors il put faire face à Nyquist et tâcher de contrôler ses paroles.

« J'ai merdé. Je n'aurais jamais dû...

— Quoi ? Tomber amoureux d'elle ?

— C'était une erreur, et maintenant j'en paie le prix. »

Nyquist touchait au but, Sadler allait se confesser. « Quel est ce prix ?

— Il est très, très élevé. Du sang, des larmes, tant par livre, c'est au poids. Regardez, regardez mes mains... »

Il lui tendit ses paumes. Elles étaient couvertes d'entailles et de cicatrices, anciennes et récentes, dues au marteau ou au burin.

« Vous avez travaillé dur, Len. Toujours. Le travail, c'est votre vie.

— Oui, oui. » Sadler avait perdu toute combativité. Il semblait prêt à s'effondrer. « Mais à quoi ça m'avance ? Je vais travailler jusqu'à ce que je tombe raide mort. »

Nyquist l'entoura de ses bras pour aller l'asseoir sur un banc au bord de la pelouse. Longtemps, ils gardèrent le silence. Puis Sadler lâcha un sanglot. Son mouron tremblotait.

« Savez-vous où elle se trouve ? souffla Nyquist.

— Non. Je le jure. Mais elle est venue me voir. » Il prit une grande inspiration. « Je pensais qu'elle avait quitté Hoxley avec son mari. J'en étais persuadé. Mais, un soir, elle est venue.

— Quand cela ?

— Il y a quelques semaines. Le jour de la Sainte-Poivre, quand on détourne le regard et qu'on marche en crabe. Agnes en a profité pour se faufiler où elle voulait sans se faire remarquer... jusqu'à ce qu'elle se plante devant moi. »

Nyquist repensa aux jours où les victimes étaient mortes : Bainbridge, quand personne ne pouvait émettre le moindre son, et Jane Sutton quand les mourons embrumaient le village. Le tueur profitait des saintes règles pour agir en secret.

« Continuez. Que voulait-elle ? »

Le regard de Sadler lui répondit avant ses mots. « J'ai cru qu'elle voulait vivre avec moi. Qu'elle avait quitté son mari. » Il baissa les paupières. « Mais non.

— Elle voulait quoi, alors ? insista Nyquist.

— Me dire la vérité. Ce qu'elle avait fait. Ou plus exactement ce qu'elle allait faire. » Il se lécha les lèvres. « J'ai besoin d'un verre.

— Pas maintenant. Continuez.

— Vous êtes un sale type. Vous ne pourriez pas me ficher la paix ?

— Non. »

Sadler gémit. « Agnes voulait punir les villageois qui avaient fait du mal à son mari, Thomas Dunne. Mais je ne pense pas qu'elle voulait les tuer. »

Nyquist compatissait. Aveuglé par l'amour, Sadler n'avait pas compris la vérité. Une vérité possible, du moins.

« Et qu'est-ce qui était arrivé à son mari ?

— Elle a refusé de me le dire. Elle est vite repartie. J'ai insisté pour qu'elle reste, mais en vain. Devant la porte, on s'est embrassés. C'est tout. Et j'ai compris... » Son visage se plissa, et son mouron aussi, secoué de bleu et de noir. « J'ai compris qu'elle aimait son mari bien plus que moi. » Il serra les mâchoires. « J'étais un imbécile. »

Nyquist crut que la conversation était finie, que Sadler n'avait plus rien à ajouter, mais au bout d'un moment il releva la tête. « Il y a un endroit... On y allait, elle et moi, quand on était jeunes. Mais je ne peux pas vous dire où c'est.

— Sadler. Allons. Le moment est venu.

— Vous ne m'écoutez pas. » Il articulait soigneusement. « Je ne *peux pas* vous le dire ! J'aurais de gros ennuis. »

Sadler se leva et partit. Ses couleurs se fondirent dans la nuit. Nyquist regagna la grand-rue. Il n'avait plus qu'une idée en tête, une seule destination. L'idée était montée du fond de son esprit. Mais, alors qu'il se mettait en marche, un autre mouron vint se mêler au sien. C'était la docteure. Elle était agitée.

« Nyquist, à quoi jouez-vous ?

— Je me demandais quand vous alliez avouer.

— Je n'avoue rien du tout. Il faut que vous soyez prudent...

— C'est votre refrain préféré.

— N'ai-je pas été pour vous une amie, une confidente ?

— Vous m'avez surveillé sans relâche, c'est vrai. Sans me quitter d'une semelle. »

Higgs s'emporta. « Peut-être que j'essaie de vous protéger, John, ça ne vous est pas venu à l'esprit ? » Mais cet éclat de voix vira à la quinte de toux. Elle se plaqua une main sur la bouche, devint toute rouge, son mouron également, et la toux forma des ondes de choc dans la brume.

« Je ne suis pas votre ennemi. Vous le savez ? »

Higgs le regardait fixement. Elle parut sur le point de rétorquer quelque chose, mais son corps céda, puis son esprit. Pour la première fois, elle évoqua ses peurs : la maladie, le peu de temps qui lui restait.

« Maude Bryars vous aidera, dit Nyquist. Elle s'occupera de vous, j'en suis sûr.

— Ça ne suffit pas. »

Nyquist réfléchit à cette remarque. « Irene, dites-moi que vous n'avez pas conclu un pacte ? Disons avec le diable ? Ça ne tourne jamais bien, vous le savez comme moi.

— Il faut que je guérisse.

— Et c'est la solution que vous avez trouvée ?

— C'est la seule. »

Effaré, il secoua la tête. « Je ne sais pas ce que vous avez trafiqué au juste et, franchement, ça m'est égal. Sauf que mon père est mêlé à tout ça. Et là, ça me met en rogne.

— Oui... Je ne savais pas que ça finirait ainsi.

— Que ça finirait comment ? Higgs ?

— Personne ne savait. Je suis désolée.

— Je veux la vérité. Savez-vous où se trouve mon père ?

— Il vous attend. Le moment venu, vous vous retrouverez. »

Elle reculait, son mouron se séparait de celui de Nyquist. « Higgs, attendez ! Dites-moi où il est ! »

Mais son visage, sa silhouette s'évanouirent dans les ténèbres alentour tandis que se dissipaient les dernières volutes de sa brume. Sa voix surgit de l'obscurité. « Il est trop tard. Nous sommes allés trop loin, il est impossible de reprendre le chemin de la lumière. »

Nyquist était seul. Il s'élança pour la rattraper, mais son mouron n'allait jamais dans la bonne direction ; la docteure savait se cacher, savait faire de la brume un refuge, un secret.

Tant pis ; il avait des préoccupations plus urgentes.

Il était presque huit heures et demie. Il sortit du village, traversa un pré en pente douce et, tout en cheminant, réfléchit à l'affaire et aux éléments qu'il avait découverts. Deux personnes étaient mortes. Gerald Sutton avait raison : il se sentait responsable de ces morts, en partie. Son arrivée au village avait déclenché une série d'événements imprévus. Il espérait seulement trouver l'assassin avant le prochain empoisonnement. Et toujours au fond de sa tête errait une idée qu'il n'avait pas osé envisager : que son père, George Nyquist, soit impliqué dans ces meurtres. Que les saints le protègent, pouvait-il même être l'assassin ? Madelyn Arch l'avait laissé entendre.

Si Nyquist parvenait à l'innocenter, il ne serait pas venu pour rien. Au moins.

Il atteignit une zone boisée : c'était l'orée des bois de Morden, il le savait désormais. Il franchit la voûte des branches, vaguement éclairé par son mouron, assez pour pouvoir avancer pas à pas. Il songeait aux indications que Bryars lui avait fournies : *Traversez les bois de Morden puis, arrivé dans la clairière de Sylvia, prenez le sentier de gauche. Ensuite, continuez à marcher.* Oui, enclos dans son globe lumineux, il allait suivre cet itinéraire. Les arbres apparaissaient un par un, chaque branche éclairée un instant, chaque rameau, chaque grappe de baies blanches. Il avançait ainsi, dans la lumière de son propre corps, et laissait les ténèbres dans son sillage.

Il se retrouva bientôt dans le fourré de myre, au centre de la forêt. Il vit une première étiquette accrochée à une branche, puis une autre, et de plus en plus à mesure qu'il progressait. Les cartes de Sylvia. Éclairés par le mouron, les noms étaient bien lisibles, même dans la brise qui les faisait danser. *Cœur noir, Collecteur de bave de coucou, Foyer des écureuils, Baignoire de scarabées, Yeux du crâne, M. Creux, Branche mystère.* Ils lui frôlaient la tête et les cheveux. Le cri d'une chouette frémit dans le mouron et le fit trembler – le son traversa la brume en marbrures colorées avant de se dissiper.

Encore quelques pas et il parvint devant une cabane en bois au milieu d'une clairière. Celle de Sylvia. Il toqua à la porte. « Sylvia, c'est John Nyquist. Vous êtes là ? » Il essaya avec un autre nom. « C'est moi, Écrit en lettres de sang. » Même ainsi, il n'obtint aucune réponse. Quand il poussa la porte, elle s'ouvrit. Il entra. Il n'y avait aucun signe de vie. Le plafond était bas, avec des centaines d'étiquettes pendues à des fils de coton. Il en lut une poignée tout en avançant : *Lis-moi lentement, Sort de parole, Message pour un fantôme, Nom silencieux, Favori de Sylvia, Aile blanche, Poème-cocon.* L'ameublement était rudimentaire. Il y avait une table, une chaise, une cheminée avec une grille chargée de bûches qui attendaient la flamme. Tout était propre et rangé, les surfaces impeccables. Il examina la table : des boîtes contenaient des réserves de ficelles, de fiches et de crayons gras. Même la table, les chaises et les boîtes elles-mêmes portaient leurs étiquettes : *Attend les mots, Encre de minuit, Assieds-toi là.* Une série de registres étaient alignés sur une petite étagère. Il prit le plus récent,

Taxonomie de Sylvia Keepsake, volume 4 et y trouva une ligne pour chaque arbre, chaque branche, avec son nouveau nom. Y figuraient aussi des oiseaux, des animaux, des gens. Nyquist recula de quelques pages. Il vit Edward Fairclough : *Né pour suivre.* Il vit Gladys Coombes : *La Dame du Lac.* Et ainsi de suite. Quelques autres habitants du cru, qu'il ne connaissait pas. Il trouva son nom au jeudi précédent : *Dans les bois, j'ai rencontré un inconnu. Une âme égarée. Je l'ai nommé Écrit en lettres de sang.* Et ceci, remontant à deux jours : *Mme Agnes Dunne qui cueillait des baies. Elle s'est montrée impolie. Je l'ai nommée Voleuse de branches.* Un nouvel indice pour sa collection.

Il ressortit. Dans sa petite bulle de lune, il avait l'impression d'être la seule créature de chair et de sang à des kilomètres à la ronde : chair, sang, brume et lumière, une créature composite, enfant de saint Athelstan. Mais, tandis qu'il quittait la clairière, un incident se produisit : son mouron vacilla, clignota et disparut, les étincelles moururent dans un crépitement, la brume se dissipa. Ainsi, le pouvoir des saints ne s'étendait pas plus loin que la clairière. Là, le monde ordinaire prenait le dessus. C'était la frontière. Nyquist, sans protection, se sentait nu, vulnérable et gelé. Il consulta sa montre : il était plus de neuf heures. Frissonnant, se battant les flancs, il envisagea de regagner le village. Mais non, il était venu jusqu'ici, il devait continuer. L'enjeu était trop important.

Suivant les instructions, il emprunta le sentier de gauche.

Aussi loin dans les bois, à cette heure, régnaient le silence et l'obscurité. Les arbres étaient plus serrés. Nyquist devait se faufiler entre leurs troncs. Çà et là, des grappes de lune-argent mûres avivaient les branches de leurs promesses : le calme, le sommeil. Un sommeil éternel. Mais il avançait, et bientôt la forêt se clairsema et il arriva en plein champ, en vue d'une petite colline.

Au sommet, sa destination.

La tour Clud.

Les nuages quittaient le ciel, laissant la lune veiller sur la terre. Un seul croissant de ténèbres demeurait à la lisière de la lune ; elle était presque pleine, et il voyait clairement l'édifice. Et il comprenait la peur de Sadler, car les habitants du village ne pouvaient jamais prononcer le nom de ce lieu, ni même en reconnaître l'existence.

Le chemin qui y menait était envahi de broussailles. Nyquist, immobile, contempla la haute tour. Elle n'était pas ronde, contrairement à ce qu'il avait imaginé d'après la photo floue qu'il avait reçue. C'était une série de murs plans, peut-être en pentagone ou en hexagone. Il allait devoir en faire le tour pour en être sûr. Les vieilles pierres étaient noircies par le temps, la pluie, la mousse, l'humidité. Il y avait une porte en bois massive, peinte en vert, avec un cadenas.

Pourquoi lui avoir envoyé une photo ?

Du sommet de la colline Nyquist voyait la vallée et l'autre versant, au loin, avec quelques lumières, des habitations, peut-être des fermes ou une autre bourgade. Bligh, ou Lockhampton ?

D'un pas vif, il fit le tour du bâtiment. Cinq murs, et il était de retour devant la porte verte. Il n'y avait pas d'autre accès. Il refit le tour, pour bien tout examiner, cette fois dans le sens inverse des aiguilles d'une montre. Un mur, un autre, le troisième, un quatrième, le cinquième. Mais pas de porte. Il avait dû mal compter. Il repartit dans la même direction en comptant les murs, et il en était à douze quand il s'arrêta, tremblant soudain à l'idée de ne jamais retrouver son chemin. Un nuage couvrit la lune. Il faisait très sombre. Quelque chose bruissait près de lui, un animal ou un esprit. Un souffle. Vite, Nyquist fit demi-tour et trouva la porte verte dans le cinquième mur. Il poussa un petit cri de soulagement. Il était en sueur et un tremblement incontrôlable agitait ses mains. Il mit une bonne minute à se remettre.

La tour était pentagonale, il devait garder cela en tête.

Cinq côtés. Cinq côtés seulement.

Il réessaya, à l'envers, et fut bientôt perdu, car les murs se succédaient sans que la porte se montre. Il s'arrêta, à bout de souffle, comme au terme d'un long voyage. Il fit quelques pas, toujours en comptant. Seize murs. Dix-sept. Dans la vallée, les lumières n'avaient pas bougé. Après un temps de repos il fit demi-tour et compta les murs – un, deux, trois, quatre, cinq – jusqu'à la porte verte. Il était à l'abri.

La vérité : dans le sens des aiguilles d'une montre, la tour Clud n'avait que cinq côtés. Dans l'autre sens, elle en avait plus de cinq. Elle en avait beaucoup, il ne savait pas combien. Peut-être une infinité, et l'idée lui donna le vertige. Mais il le savait : il ne trouverait jamais ce qu'il cherchait dans une tour à cinq côtés seulement. Il allait devoir partir dans le sens inverse et marcher jusqu'à une autre porte, ou un objet. Ou une personne.

Nyquist entama son voyage. Il se fixa une limite en notant l'heure qu'indiquait sa montre : au bout de trente minutes il abandonnerait et s'enfoncerait dans la forêt pour regagner Hoxley et sa chambre au *Cygne à Deux Cous*. Son lit lui manquait terriblement ; il s'imaginait entre les draps, au chaud, à l'abri. Mais il marchait au pied de la tour Clud, il marchait, il comptait les murs et se trompait, il renonçait à compter. Seule la certitude qu'il lui suffisait de faire demi-tour, de longer cinq pans de murs, et que la porte l'attendrait : seule cette idée le sauvait de la folie. Alors il continua.

D'après sa montre, il tournait depuis douze minutes.

Il arriva devant un élément qu'il n'avait encore jamais vu, un graffiti à la craie représentant une forme complexe, enchevêtrée. En face, un petit cercle de pierres et de briques, enfoncées dans la terre, avec les restes d'un feu de camp. Nyquist se pencha. Les cendres étaient froides. Il aurait dû se réjouir, car ce foyer prouvait qu'il avançait, qu'il pénétrait dans des territoires neufs. Mais il tremblait de tous ses membres. *À l'envers, à l'envers !* Il se remémorait les paroles de la docteure Higgs, il ne fallait jamais faire le tour d'une église dans le sens inverse des aiguilles d'une montre, sinon on risquait de rencontrer le diable. En cet instant, cela lui semblait possible, dans le noir, dans le froid mordant. À chaque nouveau pan de mur, il s'attendait à voir quelqu'un qui l'attendait, un inconnu aux yeux sombres armé d'un couteau, ou une bête sauvage, ou un démon aux griffes acérées accroché à la muraille. Son imagination s'emballait, vagues de peur et d'appréhension. Un mur, un autre. Un autre. En rond. Dix-huit minutes sur le cadran. Il repassa devant le feu de camp ; c'était le même, il revit le graffiti sur le mur. Mais il y avait une différence ; cette fois les cendres fumaient et des braises rougeoyaient dans la poussière grise. Il se pencha, sentit la chaleur sous ses paumes. Il se demanda : voyageait-il dans le temps, vers le passé, peut-être vers l'avenir ? Il avait la nausée. Sa montre était-elle fiable ? Il la porta à son oreille. Le tic-tac était irrégulier, comme un cœur blessé. Où se trouvait-il ? Quel jour était-ce ? Qui faisait ce bruit, ce doux murmure derrière l'angle du mur ? On aurait dit une créature qui rampait. Il frissonna. *Avance, avance !* Mais en se relevant il s'arrêta et regarda mieux. Dans les braises luisait un éclat d'argent. Il ramassa un bâton pour écarter les cendres jusqu'à révéler l'objet. C'était une pièce, une pièce ancienne sans doute. Il la poussa devant les pierres du foyer et essaya de la faire tomber au sol, mais quelque chose la retenait. Il agita son bâton et un filament vert apparut. C'était une vrille, comme celles qu'il connaissait désormais. Il avait trouvé un quatrième objet important. La pièce était chaude. Elle portait la date 1666 et le portrait d'un roi, sans doute l'un des Charles. Un homme emperruqué. La vrille dépassait de la tranche. Très vite, elle se tendit vers les doigts de Nyquist et s'enroula. Il sentit les petits crochets s'enfoncer dans sa chair et un petit point de sang apparut, comme une piqûre d'épingle. Mais il refusa de céder à la panique, il tint bon alors même qu'il se crispait et que les crochets mordaient plus fort. Comme on lui avait volé les trois autres objets, il devait se réjouir de ce nouveau lien, l'accepter pleinement. C'était la seule solution.

Il arriva au mur suivant. Le bruit sourd s'évanouit. Il était toujours seul. Vingt-cinq minutes s'étaient écoulées depuis le début de son voyage. Un mur et un autre et un autre. Encore un ! Sa volonté faiblissait et son corps se fatiguait. Il voyait trouble. Il se raccrochait à la moindre trace sur les pierres, des traces de vie pour prouver qu'il progressait – éraflures et graffiti, les noms d'amoureux depuis longtemps oubliés, servant de boussole. Sans arrêt. Il comptait les murs, il était reparti de zéro : un, deux, trois, quatre, cinq, six, sept, huit, neuf… Il s'arrêta quand il entendit la chanson du Grand Tolly derrière l'angle suivant.

Chante avec nous Sally, oh,

La lune est dans la vallée, oh…

Il fit quelques pas avant de s'immobiliser. Son corps tout entier était pris dans cet instant. Avancer était impossible.

Le masque, le masque vivant.

Le masque de branches noueuses liées par un barbelé.

Les branchages qui grinçaient et craquaient en chœur.

Il savait que c'était une femme qui portait le masque, car son chant continua encore un peu, haut et doux dans la nuit.

Nyquist ne savait que faire. La sueur lui coulait dans les yeux, il avait du mal à bien voir. Il était paralysé.

Enfin, enfin le chant s'acheva.

Il put bouger.

Un sifflement s'éleva du profond des branchages.

La voix de la femme.

Nyquist se tenait assez près d'elle pour voir ses yeux dans les ténèbres du masque. Ses yeux brillants. C'étaient des yeux humains, se dit-il. Rien de plus ! Il se força à avancer. Il voulut parler, en vain, la peur le bâillonnait.

Il tendit le bras...

Mais la Grande Tolly se retourna et s'enfuit derrière l'angle suivant. Nyquist la suivit, essayant de ne pas se laisser distancer, mais chaque angle, chaque mur, l'éloignait davantage, jusqu'à ce que, après un nouveau pan de mur, elle ait disparu. Mais il ne pouvait plus s'arrêter. Il courut. Un mur, un autre. Tous ces murs ! Il fonçait, indifférent à tout, maladroit dans le noir.

Puis il renonça, à bout de souffle, les muscles raidis.

Mais il distingua des lueurs tremblotantes et de la fumée. La fumée lui emplit les narines. Il fit quelques pas, lents, douloureux, et arriva devant le feu de camp. Cette fois il brûlait, il rugissait dans la nuit. Assise sur un petit tabouret de bois, à se chauffer les mains devant les flammes, il y avait une femme.

Il vint à elle.

« Agnes Dunne ? »

Sa voix s'étrangla, comme s'il avait perdu l'habitude de la parole. Mais il devait lui demander, à cause des changements qu'elle avait apportés à son apparence.

« Oui. Je vous attendais. »

Elle lui indiqua un autre tabouret. Il s'assit face à elle, de l'autre côté du feu.

Agnes mordit dans un biscuit.

Le masque de Tolly était posé à ses pieds.

Longtemps ils restèrent sans rien dire, tous les deux, et Nyquist put reprendre son souffle. Puis Agnes dit : « Ça fait un bon bout de temps que je vous ai envoyé les photos. »

Il ne pouvait toujours pas parler.

Agnes arracha une brindille au masque de Tolly et la jeta au feu. Elle le brûlait petit à petit. Nyquist vit que beaucoup de branchages avaient déjà servi de combustible. L'effigie ne tenait plus que grâce au barbelé.

« Vous vous êtes fait dire la bonne aventure ? »

Il hocha la tête en sortant la carte de Madame Fontaine de sa poche de poitrine. Il la lui tendit. Elle la lut avec un petit sourire. « Vous avez suivi un chemin dans les bois ?

— Oui.

— Dans ce cas... Posez une question au feu. »

Il remua les lèvres. Les mots, prisonniers de sa bouche, ne donnaient aucun son. S'il les prononçait, ils allaient s'envoler, muets, inutiles.

Agnes attendait tranquillement sa réponse.

Enfin, les yeux dans les flammes, Nyquist dit ce qu'il devait dire.

« Pouvez-vous me dire où est mon père ? »

Les branches crépitèrent dans le feu, la fumée et les cendres s'envolèrent, mariage de fantômes destinés à la nuit.

QUATRIÈME PARTIE

LES PENNIES DE SANG

UN NŒUD SEPTUPLE

Agnes Dunne parla à mi-voix, invoquant un esprit. « Si Jenny-les-Vrilles le permet, je vais filer les fibres de votre histoire, ses filaments, ses racines, ses tiges. » Elle alluma une cigarette à une branchette incandescente du masque, un acte sacrilège qui devait lui plaire, car un bref sourire joua sur ses lèvres. « Au village, deux personnes sont mortes. Une autre a sombré dans la folie. Les raisons sont diverses mais naissent toutes d'une même idée : le sang finit toujours par regagner sa source. »

Nyquist ne répondit pas. Elle cherchait ses yeux à travers les flammes.

« Vraiment, j'y crois. C'est pour cela que vous êtes venu à Hoxley, John Nyquist. Pour cela que votre père a fait le même voyage.

— Et votre rôle dans tout ça ?

— J'aspire à me venger de ceux qui ont infligé des souffrances physiques et mentales à mon mari, M. Thomas Dunne, de notre paroisse. »

Elle pesait chacun de ses mots comme si elle devait se défendre au tribunal.

Nyquist la laissait aller à son rythme.

Il l'avait vue pour la première fois dans une série de portraits, des photos prises et développées par son mari. Ensuite, dans le visage en bois de Madame Fontaine, sculpté cette fois par Len Sadler. Chacun à sa façon, les deux hommes l'avaient idéalisée. L'éclairage et l'ambiance choisis par Thomas faisaient d'elle une actrice hollywoodienne glamour, savamment décoiffée, alors que Sadler la voyait en déesse païenne. Mais la femme assise près du feu – qui parlait, retombait dans le silence, ajoutait une branche dans les flammes – était bien différente de ces deux versions. Les longues boucles des portraits avaient été coupées en une coiffure plus pratique. Sa peau était rougie par le vent. Ses traits étaient définis par les os de son crâne et non par les muscles et la graisse. Ses yeux recelaient les ténèbres. Elle avait les joues et le front constellés de petites égratignures, certaines déjà refermées, d'autres récentes. Les épines s'étaient enfoncées.

« Est-ce vous qui avez volé le masque de Tolly au musée ? demanda Nyquist.

— Je l'ai libéré, oui. » Encore ce sourire.

« Et vous vous êtes mise à le porter ?

— De temps à autre. » Elle hocha la tête. « Certains vont désapprouver, car il n'est censé servir qu'à la Saint-Algreave, mais j'avais besoin de savoir ce qu'avait ressenti mon mari.

— C'est Thomas qui a tenu le rôle du Grand Tolly, cette année ?

— Oui. Il en rêvait depuis longtemps, mais le comité l'a longtemps évincé. » Un souvenir adoucit son expression. « Il était ravi, vous l'imaginez bien. » Le sourire s'évanouit. « C'est là que tout a commencé, je crois. Vous ne connaissez pas bien nos traditions, j'imagine ?

— J'ai appris les bases.

— À la Saint-Algreave, le Grand Tolly se promène dans le village, fait peur aux enfants, danse avec les jeunes filles, provoque en duel les jeunes hommes, tout ça. Aujourd'hui, ce n'est guère qu'une coutume vide de sens. Mais en fin de journée, le volontaire est emmené dans la campagne pour être démasqué. Seuls quelques anciens ont le droit d'assister à la cérémonie. » Elle tira une dernière bouffée de sa cigarette avant de la jeter au feu. « J'ai attendu qu'ils soient partis et je me suis mise en route. Je leur ai laissé dix minutes d'avance. On était dans la camionnette de M. Sadler, qui conduisait.

— Vous les avez suivis ?

— Je n'avais pas besoin de les suivre, tout le monde sait où ça se passe. Au lac Birdbeck.

— Là où l'avion s'est écrasé ?

— Exactement. Leonard voulait venir avec moi, mais j'ai tenu à m'approcher seule. Il est resté dans la camionnette.

— Pourquoi, Agnes ? Qu'espériez-vous découvrir ?

— Le retrait du masque est auréolé de mystère. Au village, on explique aux enfants que c'est un acte ésotérique, que celui qui incarne le Grand Tolly est très affecté, que le rituel est très intense, au point que certains ne s'en remettent jamais totalement. J'étais inquiète. Inquiète pour mon mari, et… Et je voulais savoir. Découvrir la vérité. Imaginer Thomas affrontant cela sans que je sois au courant de rien, ça me torturait. » Elle offrit aux flammes une nouvelle brindille du masque. « Notre relation était explosive, souvent tendue. Et par périodes, oui, très passionnelle. »

Des étincelles s'envolaient. Il neigeait, mais quelques flocons seulement, les saints soient loués. Le feu crépitait et Nyquist s'y réchauffait les mains et les joues. Avec un frisson, il s'aperçut que son mouron lui manquait. Mais quand il leva la tête, il sentit que toutes les étoiles connues et inconnues brillaient dans le ciel, jusqu'au dernier point de lumière lointaine – et il était là, au centre de tout, tandis qu'on lui racontait une histoire.

« C'était un jour de plein été, dit Agnes. Un début de soirée chaud et clair. Du sommet de Hawley Ridge, je voyais tout ce qui se passait. Ils étaient au bord du lac. Quand on était petits on nous interdisait d'y aller, parce que c'était hanté. Il y avait des fantômes. Jenny-les-Vrilles régnait sur les lieux.

— J'y suis allé. Le coin donne la chair de poule.

— Oui. La cérémonie du Grand Tolly empêchait les fantômes d'approcher le village. C'est du moins ce qu'on nous apprend à l'école. Maintenant, je pense le contraire. »

Elle prit un moment pour rassembler ses idées.

« Il y avait cinq personnes sur la berge. Thomas, toujours avec le masque de branches. Nigel Coombes, Ian Bainbridge, Jane Sutton et la docteure Irene Higgs. Tous les ans, ces quatre-là emmenaient le Grand Tolly au bord du lac pour la cérémonie. Cette fois-là, j'y ai assisté en témoin invisible. »

Un temps. Nyquist crut qu'elle n'allait pas poursuivre. « Pouvez-vous m'en dire plus ? souffla-t-il.

— Oui. Votre question doit trouver sa réponse. Je vais faire de mon mieux. »

Il la remercia d'un signe de tête.

« Le masque du Tolly a été retiré. Nigel et Ian s'en sont chargés, et la docteure Higgs a examiné le visage de Thomas. Il le portait depuis des heures et des heures, les épines avaient dû lui lacérer les chairs. Mais Higgs n'a pas cherché à le soigner. Elle a laissé les coupures saigner librement. Il a dû s'agenouiller au bord de l'eau pour regarder son reflet. Les quatre autres l'observaient. Je ne sais pas s'ils ont parlé, ce qu'ils ont dit, j'étais trop loin. Peut-être qu'ils chantaient. Au bout d'un moment, Thomas s'est levé, est resté sans bouger, puis il est entré dans l'eau, droit vers l'hélice au milieu du lac. Il s'est penché, il s'est enfoncé dans l'eau. Sous la surface. Il agissait de son plein gré, je le voyais. Mais ça m'inquiétait quand même. Et j'ai attendu, j'ai attendu de le voir remonter. Mais il est resté sous la surface de l'eau. Plusieurs minutes. J'étais sûre qu'il se noyait, mais j'ai fini par le voir. Sa tête est ressortie, il a pris une longue inspiration. Je lisais la détresse sur son visage. Il agitait les mains, il éclaboussait, il avait du mal à regagner la berge. Les autres l'ont aidé. Ils avaient l'air ravis. J'ai eu l'impression que leur rituel avait réussi. »

Agnes s'arrêta, interrompue par un bruit strident : un corbeau entra dans la lumière du feu. *Croa, croa*. Il se posa tout près des flammes. Des étincelles apparurent au bout de ses ailes. Son cri était fort, insistant, mais Agnes le calma d'une caresse sur le bec. Nyquist vit la marque argentée sur son front : c'était l'oiseau qui lui avait volé son nom et qui s'était retrouvé dans la cage de la perruche chez les Bainbridge. Agnes lui parla comme à un animal domestique.

« Alors, M. Picore, on a trouvé de jolis trésors ? »

L'oiseau lui répondit par une série de cris plus doux.

« Rien, vraiment ? Rien pour toi ? Pauvre petit.

— Vous avez un corbeau ? demanda Nyquist.

— Mais non. Les corbeaux n'appartiennent qu'à eux-mêmes. Mais son esprit a été lié au mien, l'an dernier, à la Saint-Malachie, quand tous les animaux et les habitants s'unissent. C'est le même pouvoir qu'utilise Leonard pour dresser ses pigeons. » Elle sourit. « Dans ma vie, j'ai acquis une certaine connaissance de la terre, des arbres et de l'air. De la façon dont on peut utiliser les différents éléments.

— Il m'a volé la carte qui portait mon nom.

— Oui, M. Picore me l'a montrée. *Écrit en lettres de sang*. Un nom difficile à porter.

— Vous trouvez ?

— J'espère qu'il vous en restera assez dans les veines, une fois que tout sera écrit. »

Agnes donna au corbeau la moitié d'un biscuit Sutton's, qu'il avala tout rond. Cela suffit à le remettre en forme et il s'envola dans une ténèbre de plumes enlacée par une ténèbre de ciel. Un silence s'installa entre Agnes et Nyquist.

L'oiseau avait rompu un sortilège.

Agnes soupira. Elle indiqua derrière elle le nœud peint sur le mur. « C'est un nœud septuple, un nœud de sorcière. Sept personnes sont impliquées dans le cœur de notre histoire. Thomas et les quatre anciens. Vous, John Nyquist. Et votre père.

— Combien la tour a-t-elle de côtés ?

— Cinq, bien sûr, dit-elle avec un petit rire.

— Et dans le sens inverse ?

— Quatre cent… soixante… neuf. En tout. Puis le voyageur revient devant la porte d'entrée. Enfin. Enfin ! Mais en chemin il passe devant une autre ouverture. Dix-sept murs après celui-ci, en tournant à gauche bien sûr, vous repasserez devant le feu. » Elle sourit aux flammes. « Il sera éteint, complètement froid. Mais longez encore vingt-cinq murs, et vous arriverez à une autre porte, plus petite. Celle-là n'est pas fermée. C'est là que je me suis installée, dans la tour Clud. Il y a une cheminée. Un lit de paille. Assez confortable, si on est bien couvert. Pas de fantômes, du moins aucun qui s'intéresse à moi. Un biscuit ? » Elle avait posé un paquet entamé à côté d'elle.

Nyquist refusa. « Pouvez-vous me raconter la suite ?

— Ce n'est pas facile ! dit Agnes, au désespoir.

— Je comprends, mais…

— Nous avons tant perdu.

— Racontez-moi. Vous n'avez pas le choix. » Pour la première fois depuis qu'il l'avait rencontrée, il sentit la colère monter. « Parlez, Agnes, bon sang ! Par tous les saints, j'ai besoin de comprendre. »

Elle plissa les yeux. Les couleurs des flammes dansaient sur son visage. « Ça me tracasse que, par la gauche, le nombre de côtés de la tour ne soit pas divisible par cinq, pour correspondre à l'autre sens. C'est très étrange. »

Entendant cela, Nyquist eut conscience qu'il parlait peut-être à une meurtrière. Il pouvait y avoir des limites à ce qu'elle avait le droit de dire. À moins qu'elle ne soit folle, complètement folle, et donc libérée des limites imposées par le sens et par la logique.

« Vous veniez ici, quand vous étiez petite ?

— Non. Plus tard. À l'adolescence. Avec Leonard. On n'était pas censés venir, à cause de la malédiction de la famille Clud. Leonard ne voulait pas, j'ai dû le convaincre. On était amoureux, plus ou moins. Il m'a suivie. Mais il a toujours refusé de tourner dans le mauvais sens. » Elle rit doucement.

« Combien de fois avez-vous fait tout le tour ?

— Deux fois. Pour bien compter le nombre de côtés. »

Nyquist se pencha pour arracher une brindille au masque du Grand Tolly et la poser dans le feu. Agnes avait fermé les yeux, mais ce geste avait dû l'atteindre, car quand il recula elle reprit le cours de son histoire, très librement.

« Je me suis relevée et je me suis dépêchée de rejoindre Leonard. Il m'attendait. On est retournés à Hoxley. Pendant tout le trajet il a cherché à savoir ce que j'avais vu, et j'ai fini par lui mentir en expliquant que les anciens avaient retiré le masque et adressé des prières à saint Algreave, point final. Je ne sais pas s'il m'a crue. Ça n'a plus vraiment d'importance. Parce que je n'avais pas compris ce qui s'était passé. La vérité m'est apparue plus tard.

— Je ne vois toujours pas le rapport avec mon père. »

Agnes hocha la tête. « J'y viens. Pendant un mois, rien ne s'est passé, et j'ai chassé de mon esprit les souvenirs de la Saint-Algreave. Puis Thomas a commencé à changer. Il a perdu du poids. Il avait le teint grisâtre, les yeux battus. Il contemplait d'autres mondes, je ne peux pas mieux dire. Je savais qu'il avait vu la docteure Higgs à plusieurs reprises, et la fréquence des visites augmentait. Je le pensais malade, ça m'inquiétait. Mais chaque fois que je lui demandais comment il se sentait, j'avais beau le supplier, il ne disait rien, il prétendait que ce n'était pas grave, qu'il guérirait vite. Et, c'est vrai, il semblait reprendre du poil de la bête. »

Elle jeta une autre brindille dans le feu. Le masque était fragilisé ; encore quelques branchages et il se déliterait.

« Il lui arrivait de sortir, de disparaître pendant des heures, et je n'ai jamais su où il allait. Je le soupçonnais de me tromper. Mais c'était plus grave que ça, bien plus grave, et à son retour il était chaque fois plus mal en point. Sa maladie le rongeait. Il était exténué, ses mains tremblaient, sa peau pelait par endroits, ses pommettes se creusaient. Une mine de déterré. Je ne le voyais plus jamais faire de photos. Je devais me charger des commandes. Mais un autre but l'animait. » Elle hésita et reprit : « Un jour, je suis entrée dans la chambre noire sans prévenir, et je l'ai vu verser un liquide dans le bac de développement. Ce n'étaient pas les produits habituels. Quand je l'ai interrogé, Thomas s'est mis en colère, il m'a fait sortir. Il m'a interdit de pénétrer dans le labo. Il s'y enfermait. Que les saints me protègent, c'était une période affreuse. »

Le visage d'Agnes trahissait son malaise ; les souvenirs l'infectaient, l'envahissaient comme une fièvre.

« Jamais, durant tout notre mariage, jamais je ne l'avais vu dans cet état. Et puis un jour... »

Elle se tut, inspira doucement et, voulant prendre une cigarette, trouva son paquet vide. Elle fronça les sourcils mais, quand Nyquist lui tendit les siennes, elle refusa.

« Thomas s'est mis à vieillir, reprit-elle en se redressant. Il perdait ses cheveux, ce qui l'angoissait. La peau de son cou pendouillait. Il a pris des années en l'espace de quelques semaines, et je ne pouvais rien faire d'autre que m'inquiéter. Je savais qu'il s'était passé quelque chose de grave dans le lac, avec les plaies qu'il avait au visage. Il avait attrapé une saleté dans l'eau. Une bactérie, un microbe, je ne sais pas. J'en étais persuadée. Je suis allée voir Higgs à son cabinet, j'ai exigé qu'elle me dise la vérité sur la maladie de Thomas. Mais bien sûr elle a déblatéré des fadaises sur le secret médical. C'était lamentable ! J'ai failli lui avouer que j'avais assisté à la cérémonie. Mais je me suis retenue, j'ai gardé le secret. »

Avivées par la colère, les traces des épines sur ses joues étaient rouge vif.

« Une autre vérité me travaillait.

— Laquelle ?

— Vous avez entendu parler d'Adam Clud et de son rôle dans l'histoire du village ?

— Maude Bryars m'a un peu parlé de lui. Il a été le premier Grand Tolly. On le considère comme un scélérat, le rejeton d'une famille toxique.

— C'est juste. Sa femme s'appelait Guinevere. Toutes les sources concordent : elle ne valait pas mieux que lui. Elle est morte jeune. Les légendes ont fleuri. Et, depuis mon enfance, j'entends raconter que le démon de Guinevere Clud peut être invoqué, si on connaît le rituel. Au fil des siècles, son prénom a évolué. On l'appelle Jennifer.

— Jenny-les-Vrilles ?

— En personne. Ou en esprit.

— Vous croyez que c'était ça que les anciens du village cherchaient à faire ? Invoquer un démon ?

— Oui. Oui. Et j'ai assisté au rituel, à l'acte de possession. Au bout de quelques jours, je ne reconnaissais même plus l'homme que j'avais devant moi, mon propre mari. Il avait trente-neuf ans. Mais il en faisait largement dix de plus. Il ne m'adressait plus la parole. Il s'est enfoncé en lui-même, et je n'existais même plus dans son monde. Je n'étais plus sa femme, sauf sur un point : je tenais à lui, il m'était précieux. Mais je ne pouvais rien faire d'utile. Souvent, quand je l'appelais par son nom, il ne réagissait même pas. Un jour il m'a dit – calmement, sans la moindre trace de folie – qu'il ne fallait plus l'appeler Thomas Dunne, qu'il préférait prendre le nom de jeune fille de son arrière-arrière-grand-mère.

— Qui était ?

— Votre nom. Nyquist. »

Dans le cercle de pierres, les flammes dansaient. Au loin une chouette hulula, solitaire dans la nuit.

« Vous trouverez sa tombe au cimetière, si vous voulez. Myrtle Winifred Nyquist...

— Arrêtez. Pitié.» Nyquist se leva pour marcher de long en large. Autour de lui, l'air s'assombrissait. «Je ne laisserai pas cette histoire se conclure.» Il ne savait pas ce qu'il entendait par cette phrase. «Je ne la laisserai pas arriver à son terme.» Il lui tourna le dos pour se planter devant la tour Clud et le nœud septuple. Il répétait la même chose en boucle.

Agnes attendit un moment. «C'est difficile, je sais.»

Il lui fit face. «Vous ne comprenez pas. Depuis mon enfance, je suis tout seul. J'ai été abandonné deux fois, la première quand ma mère est morte, puis par mon père. Depuis, je suis tout seul. Mais j'ai vécu ! J'ai vécu dans une ville dont une moitié est dans le noir, l'autre dans la lumière, et j'y ai été heureux. Parfois j'ai noyé mes souvenirs dans l'alcool. Mais toujours, toujours, je savais que j'avais ma vie en main. J'allais me battre ! Toujours me battre.» Il inspira un grand coup, regarda Agnes. «Mais maintenant... Apprendre que j'ai une famille, une lignée, un sang... C'est trop.

— Asseyez-vous. Asseyez-vous, John, je vous en prie.»

Il resta debout mais s'immobilisa. Il attendit.

«Ce sont les photos qui vous ont attiré ici, non ?»

Il hocha la tête.

«Alors, je vais vous raconter comment elles ont été prises.»

Cela le calma un peu. «Oui, j'aimerais le savoir.

— Je vous l'ai dit, Thomas avait abandonné la photographie. Mais il continuait d'aller dans la chambre noire. Une fois par jour au moins. Un soir, je l'y ai rejoint. Il avait arrêté de fermer la porte à clé. Il n'a pas protesté. À ce moment-là, seul son travail comptait à ses yeux, et il se fichait que je découvre son secret. Dans une boîte, il a pris un papier photo vierge, il l'a laissé flotter dans le bac. Je le regardais, il a plongé les mains dans le fluide, ses mains nues.» Elle se lécha la lèvre où était resté collé un fragment de tabac. «Je ne comprenais pas, mais je n'ai pas cherché à l'arrêter. Il fallait que je voie jusqu'où allait sa maladie, ou peut-être sa folie.

— C'était de l'eau du lac ?

— Oui, oui. Maintenant, je le sais. Mais je regardais ses mains dans le liquide. Pendant plusieurs minutes, on n'a pas prononcé une parole. Il se concentrait de toutes ses forces. Ses yeux étaient fermés. Je crois qu'il formait une image dans sa tête. Alors il a retiré les mains. Je me suis approchée. Le papier flottait dans le liquide avec des insectes morts, des graines, une feuille, des éclats de pierre argentés. J'étais émerveillée. Vraiment. C'était stupéfiant. »

Nyquist se rassit près du feu. « Une image s'était formée sur le papier ? »

Agnes hocha la tête, heureuse qu'il confirme. « Oui. Oh, une tache floue, rien de plus, une trace sombre avec quelques points de lumière fumeuse, l'esquisse d'un visage humain, c'est tout. Et Thomas était déçu, je l'ai bien remarqué. Mais il a passé la photo dans le bac de fixateur avant de l'accrocher pour qu'elle sèche à côté d'autres images, ses tentatives précédentes, à chaque fois la même tache floue et les mêmes ténèbres. Il... Il essayait de donner corps à ce qu'il avait dans la tête, de donner vie à ses idées, et ça ne marchait pas bien, pas encore.

— Sans appareil photo ?

— Je voyais cela comme une exposition directe. Mais il ne maîtrisait pas encore le procédé. Ça lui a pris quelques jours. Je l'ai aidé, je n'avais pas le choix, je ne voulais pas le laisser seul. À cette période, il changeait encore plus, il devenait un homme différent, sous mes yeux – ou plutôt, un autre homme prenait le contrôle de mon mari. Son seul espoir, c'était ce projet photographique. Comme il ne sortait plus, c'était moi qui devais travailler pour faire rentrer de l'argent, aller aux commissions, tout ça. Il avait trop changé pour se montrer à qui que ce soit. Une fois, la docteure Higgs est venue frapper à la porte, mais il a refusé de la laisser entrer. Par honte ou par colère, je ne sais pas. Dieu seul sait ce qu'il ressentait quand il regardait dans un miroir. » Elle se rembrunit et trouva un peu de force. « C'est à ce moment-là que je me suis rapprochée de Leonard Sadler. Une âme sœur. »

Nyquist se pencha vers elle. « Agnes, vous dites que votre mari a développé des photos avec sa méthode magique. Celles que j'ai reçues ?

— Oui. Mais plus tard. La première image réussie était un peu différente. Je vais vous la montrer. » Elle farfouilla dans un sac à ses pieds et en tira une feuille. « Il l'a créée selon la même technique, les mains dans le bac de développement, dans les eaux du lac, les yeux fermés, tout son être tendu vers le résultat. J'étais là, j'ai vu l'image se former lentement, devant moi. »

Elle la tendit à Nyquist, qui l'examina. C'était granuleux, encore flou, avec le pourtour trop sombre, mais au milieu s'était concentrée assez de lumière pour qu'on distingue nettement une forme comme sortie d'un rêve. Il n'arrivait pas à détourner le regard de cette silhouette. Il tremblait.

« Vous voyez ce que c'est ? »

Il acquiesça. « Oui. C'est un petit garçon. Il tient un jouet. Un pistolet. Il a cinq ou six ans. Je reconnais le jardin. » Il la regarda. « Mon père avait dessiné des buts sur le mur, à la craie. Et la corde à linge, la poubelle, tout... Je reconnais tout.

— Vous voyez maintenant pourquoi il fallait que vous veniez ici ? »

Agnes prit une petite branche dans le Grand Tolly, qui s'effondra, visage anéanti.

PORTRAIT DE FEMME AUX BRANCHAGES

« J'ai demandé à Thomas qui était cet enfant. Il a dit : "Mon fils. C'est John, mon fils." »

Nyquist regardait la photo. Agnes parlait. Il écoutait à peine.

« Il a répété ça sans s'arrêter, comme ensorcelé. Ça me faisait mal de l'entendre dire ça, parce que nous n'avions pas d'enfant. Nous n'en aurions jamais. »

Il leva les yeux vers elle.

« Ça tournait en rond dans ma tête, j'essayais de comprendre ce que disait mon mari. Je lui ai demandé : "Tu as un fils, alors ? Avec une autre femme ?" Je ne voyais pas d'autre explication. Mais il me regardait sans me voir, sans parler. Il ne comprenait pas plus que moi ce qui se passait. Et il souffrait. Physiquement. Il avait les sourcils froncés, les dents serrées, les lèvres retroussées avec les gencives toutes rouges, et j'ai vu un filet de sang qui lui coulait d'une narine. Il avait vécu l'enfer. Pour produire cette unique photo floue, la photo d'un enfant. Dans quel but ?

— Il… Il a fait… »

Nyquist ne trouvait pas ses mots. Par-dessus les flammes, Agnes lui prit les mains. « À ce moment-là, tout a changé. Après cette photographie. Je savais que j'avais affaire à quelque chose que je ne pouvais ni comprendre ni contrôler. Je me suis promis de veiller sur Thomas, parce qu'il l'aurait fait pour moi. »

Il s'écarta.

« La colère montait en moi. Contre les gens qui avaient fait ça à mon mari, ces satanés anciens du village, contre le comité responsable de la fête du Grand Tolly, des autocrates égocentrés – Sutton, Bainbridge, Coombes, Higgs. » Le dégoût teintait chaque nom. « Ils savaient très bien ce qu'ils faisaient. Et Thomas était leur victime, leur sacrifice. »

Nyquist jeta un nouveau regard à la photo. « Je vais la garder. S'il vous plaît. »

Elle hocha la tête. « J'ai incité Thomas à m'expliquer ce qui se passait, mais mes questions n'ont réussi qu'à l'agacer, et il s'est mis à crier. Il devenait violent. Je suis partie. Il a claqué la porte du labo derrière moi. Je l'ai entendu tourner la clé. »

Nyquist avait froid, il sentait à peine ses mains, ses doigts, il grelottait. Ses pensées errantes s'entrechoquaient.

« Quelques heures plus tard, reprit Agnes, Thomas est entré dans le salon. Il s'est excusé de s'être mis en colère. Pour la première fois depuis plusieurs semaines, j'ai pu le regarder en face. D'habitude, il se détournait, comme s'il avait honte de ce que je lirais dans ses yeux.

— Et qu'avez-vous vu ?

— Un visage assez proche du vôtre, John. » Elle l'examinait avec attention. « De la même lignée, du même sang. Un homme en train de devenir quelqu'un d'autre. Il ne répondait plus au prénom de *Thomas*. » Une pause. « Vous savez bien sûr quel prénom il voulait que j'emploie.

— Oui. » Presque avec effroi, presque avec espoir, il prononça le nom de son père. Presque avec douleur. Il sentait que toute sa vie d'adulte avait tendu vers ce lieu, cet instant, ces mots.

George Oliver Nyquist...

« Bien sûr, je continuais à croire vaguement que Thomas délirait. Que les changements physiques avaient une cause psychosomatique.

— Qu'a-t-il fait ?

— Il avait sept autres photos, celles que je vous ai envoyées.

— Il vous a demandé de les poster ? »

Elle hocha la tête. « J'ai dû trouver votre adresse. Ç'a été toute une affaire. Le seul indice qu'il m'a donné, c'est le nom d'une ville, Soliade, et le nom de son fils.

— Il ne savait rien d'autre à mon sujet ?

— Non, je ne crois pas. J'ai dû aller à la bibliothèque de Lockhampton pour chercher *John Henry Nyquist* dans l'annuaire de Soliade. Il y en avait deux, et sept *John* ou *J. Nyquist*. Je les ai tous appelés pour me renseigner. Un seul de mes interlocuteurs a pu m'aider : il a dit que John Henry Nyquist avait déménagé, mais qu'il avait une adresse à Histoireville pour faire suivre le courrier.

— Je me suis installé là-bas il y a quelques mois.

— J'ai consulté un vieil annuaire d'Histoireville, mais vous n'y figuriez pas. J'ai laissé tomber. J'étais prête à les expédier à l'adresse qu'on venait de me donner. Sauf que ma main refusait de glisser l'enveloppe dans la boîte.

— Vous aviez peur qu'elle se perde ?

— Non. Mais je vous imaginais en train de regarder les photos, surtout celle de votre père ainsi déformée. Je savais bien que ça allait vous retourner, que ça risquait de ficher votre vie en l'air... quelle que soit la vie que vous meniez. » Agnes détourna les yeux. « J'ai menti à mon mari. Je lui ai dit que j'avais posté les photos. Mais ce n'est que bien plus tard, il y a deux semaines, que j'ai retrouvé l'enveloppe et que je me suis décidée à l'envoyer. Je me sentais coupable, je suppose. Et j'en étais déjà arrivée à la conclusion de ce qui devait arriver ensuite. Peut-être que vous les faire parvenir était une ultime tentative pour l'empêcher ?

— Je les ai reçues, au bout du compte. Merci.

— Je ne savais pas quoi faire d'autre.

— Pourquoi voulait-il que je les voie ? Il n'y avait ni lettre ni explications.

— Il a essayé d'écrire. Il y a passé du temps, il ne trouvait jamais les mots. Il déchirait tous ses brouillons. Il a fini par décider que les photos suffiraient. Que vous comprendriez.

— J'essaie.

— À ce moment-là, Thomas était à la frontière. Une frontière intérieure, où il était presque quelqu'un d'autre. Ça nous arrive à tous, même si on évite d'y penser.

— On ne peut jamais être une seule personne ?

— C'est ça. Et pour Thomas, cette frontière était devenue réelle. L'esprit de votre père la franchissait pour prendre le contrôle. Les photos sont nées de cette période de confusion où une partie de lui combattait encore l'autre, à chaque instant. Un homme voulait rester lui-même, l'autre changer du tout au tout.

— Lequel ?

— Je n'en sais rien. » Agnes haussa les épaules. « L'appel à l'aide, à mon avis, vous faire venir au village – c'était le fruit de la même confusion. »

Nyquist se sentait un peu dépassé.

« Quand je suis rentrée de la bibliothèque, dit Agnes pour elle-même autant que pour lui, j'ai vu que Thomas avait encore changé. Tant que je vivrai, je continuerai à l'appeler par ce nom. Thomas Dunne.

— Comment était-il ?

— Distant. Comme s'il était à des kilomètres de moi dans la même pièce. Je n'arrivais plus à lui parler. Nous avons continué à nous éloigner.

— Il vous a quittée ? C'est ça, Agnes ? »

Elle acquiesça. « Nous ne nous adressions plus la parole. Nous n'étions plus mari et femme. Deux inconnus qui partageaient une maison. Il restait dedans. Sans jamais sortir. » Elle eut un rire amer. « Je me souviens que les gens me demandaient de ses nouvelles, parce qu'ils ne l'avaient pas vu depuis longtemps. Je noyais le poisson, je prétendais qu'il était en voyage, qu'il cherchait à installer son studio dans une autre ville. Un matin, ses hurlements m'ont réveillée. Oh, un son horrible, qui m'a atteinte jusqu'au cœur. J'ai sauté de mon lit et je l'ai trouvé allongé dans la chambre noire. Il se griffait les joues, il essayait de s'arracher la peau. Il y avait… Il y avait du sang. Du sang sur ses ongles. »

Agnes inspira profondément en s'essuyant le coin de l'œil. Ses doigts glissèrent jusqu'aux coupures infligées par le masque du Grand Tolly.

« Maintenant, je comprends qu'il cherchait désespérément à reprendre ce qui lui appartenait. Son visage, ses traits, ses souvenirs, sa vie, la vie de Thomas Dunne. Sa vie à lui ! Mais quand, plus tard, j'ai pansé ses plaies, j'ai bien vu que la transformation était achevée. Je cherchais un signe au fond de ses yeux, une trace de l'homme que j'aimais. » Une grimace. « En vain. Car un autre homme vivait désormais dans son corps et sur son visage. Un autre homme. »

Nyquist buvait ses paroles.

« Et cette nuit-là il est parti. Avant l'aube. Il s'est éclipsé. Je ne sais pas où. Mais je savais qu'il était parti définitivement. Ça ne faisait aucun doute.

— Il s'est installé dans une vieille ferme près de King's Grave.

— Je ne le savais pas.

— Ensuite, un peu plus tard, je crois qu'il a été kidnappé.

— Pas étonnant. Ils ont dû attendre le moment opportun, pour s'assurer que le rituel fonctionnerait. Il fallait que la métamorphose de Thomas soit absolue, qu'il ne reste aucun vestige de son ancienne identité. »

Ça se tenait. « Mais, ce rituel, quel en était le but ?

— Faire revenir Jenny-les-Vrilles. Chacun avait une motivation différente.

— Et Len ? Leonard Sadler ?

— Oh, il a bon cœur. Il était content, dans un certain sens, je crois, que Thomas et moi nous éloignions. Naturellement, je n'ai jamais pu lui révéler la vérité. Mais il percevait ma colère, ma rage, et il les a mal interprétées. Il en tirait de l'espoir. Quant à moi, à cette période, j'aurais eu grand besoin d'amour. Mais à la vérité... » Elle plongea les yeux dans ceux de Nyquist. « À la vérité, j'étais seule. Et je suis seule depuis lors. »

Elle remua les braises. Une petite lueur rouge apparut.

« J'ai mis un écriteau dans la vitrine pour dire que le studio était fermé, et je n'ouvrais à aucun client. Ni même à mes amis et voisins. Et dans l'obscurité de ma maison, j'ai couvé ma douleur, je l'ai attisée, je l'ai nourrie chaque jour d'amertume, et j'ai maudit les saints, oui, tous, les trois cent soixante, et j'ai blasphémé contre les anciens dieux. Seule Jenny-les-Vrilles a échappé à mes invectives, car j'espérais qu'elle ferait en sorte que mon histoire se conclue dignement, dans le sang et la justice. »

La profondeur de sa peine se lisait dans son visage marqué, les rides, les cheveux courts, les doigts couverts de cendres.

« Jusqu'à ce que naisse le besoin d'obtenir une... récompense. Oui, c'était le mot que j'avais en tête. En contrepartie du fait que j'avais perdu mon mari et de tout ce qu'ils lui avaient infligé. Ils se sont servis de lui comme d'un objet, ils l'ont soumis à cette épreuve.

— Êtes-vous en train de me dire… Agnes, regardez-moi. » Elle obéit à contrecœur. « Êtes-vous en train de me dire que vous avez assassiné Ian Bainbridge et Jane Sutton ? C'est ça ?

— Le soir de la Sainte-Meade, alors que le village entier était plongé dans le silence, je suis allée chez Ian. Grâce à la règle, il ne protesterait pas quand je lui dirais le fond de ma pensée. Je n'avais pas d'autre intention, je vous le jure. Et sa pauvre femme, qui n'a pas dit un mot depuis si longtemps. »

Nyquist enfonça les mains dans les poches de son manteau. « Qu'avez-vous fait ?

— Au pire, je comptais lui cracher au visage. J'ai emmené M. Picore, pour qu'il mette tout sens dessus dessous chez eux, et qu'il chie sur leurs meubles. Mais quand je suis arrivée, Ian m'a laissée entrer. Il avait presque l'air soulagé, comme s'il avait espéré ma visite. Il m'a fait signe de le suivre dans la cuisine, et on s'est assis. Devant lui, sur la table, il y avait le bol déjà plein de lune-argent, des baies bien mûres. À côté, j'ai vu une branche de myre.

— Il les avait cueillies lui-même ?

— Oui. Le jour même. » Agnes sortit des paperasses de son sac. « Sa femme ne s'est pas montrée, mais j'ai entendu un bruit au premier étage. On était là, tous les deux, sans rien dire. Tout à coup Ian a pris la branche et a enfoncé les épines aiguës dans son visage, ici, puis ailleurs et encore ailleurs, en appuyant fort, jusqu'à se faire saigner. Comme un moine pénitent qui se flagelle afin de purifier son âme. Mais il restait impassible, il n'exprimait aucune douleur, rien qu'une détermination froide. Quand il a reposé la branche, il a griffonné quelques lignes sur une feuille, toujours sans un mot. Je l'ai avec moi. »

Elle tendit le papier à Nyquist, qui lut :

Ensemble, nous avons invoqué l'esprit de Jenny-les-Vrilles. Autrefois, on l'appelait Guinevere des Bois Impénétrables, épouse et compagne d'Adam Clud. Notre Dame aux cheveux emmêlés, dont les mains filent et tissent les fibres vertes qui relient toutes choses. Dans ma quête, j'ai commis un crime contre nature, et j'en serai châtié. Je voudrais défaire tout ce que j'ai fait. Hélas, je ne le peux pas.

Elle lui donna une autre feuille.

Je ne cherchais qu'à arracher au silence la voix de Hilda. Pour cela, j'ai conclu un marché. En vain. À présent, mon histoire touche à son terme.

Nyquist repensa à la réaction de Bainbridge devant la vrille de la tasse à thé, le premier soir. Il croyait avoir affaire à une partie du corps de Jenny-les-Vrilles, ce qui avait dû le pousser à bout. Il avait dépassé les bornes et savait qu'il le paierait de son âme.

« Vous l'avez vu mourir ? »

Agnes hocha la tête. « Oui. Il a esquissé un geste de bénédiction avant d'avaler les baies une par une. Je suis restée sans bouger jusqu'à ce que son corps se fige, jusqu'à ce qu'il ne reste de la vie que dans ses yeux et qu'à leur tour ils se vident eux aussi. » Elle parlait d'un ton monocorde, indifférent. « J'ai libéré la perruche et j'ai laissé M. Picore dans la cage à sa place, une mise en garde pour les trois autres, qu'ils comprennent le sort qui les attendait. »

Nyquist ne dit rien. Il regardait Agnes qui passait un doigt léger sur les cendres recouvrant les pierres de l'âtre pour se les étaler sur le visage. Des taches, des points. « Les cendres du masque sont réputées salvatrices contre les plaies laissées par les épines.

— Selon qui ?

— Les antiques dieux de cette contrée et les martyrs d'autrefois. Il suffit de consulter les grimoires du musée. La professeure Bryars le confirme. Et Mme Sutton, la directrice, que les saints lui accordent le repos. Les sources ne manquent pas. »

Le visage convenablement enduit de cendres, elle poursuivit : « Ian Bainbridge m'avait fourni une piste pour ma vengeance. Je suis allée dans le bois de myre cueillir des baies et des branches. J'ai bien ri quand Sylvia-la-Folle m'a baptisée Voleuse de branches. Car j'avais d'autres crimes en tête, autrement plus sérieux.

— Vous aviez l'intention de tuer Jane Sutton ?

— Non, pas encore. Ma première victime était Nigel Coombes. J'ai profité des saints à mesure qu'ils étaient choisis, j'ai improvisé en fonction de leurs règles. Ce jour-là, comme toutes les femmes du village, je portais le masque d'Alice Grey. J'étais tout le monde, je n'étais personne, et mon déguisement m'a permis de boire de la bière avec les clients du pub. Ensuite, je me suis cachée dans la cave et j'ai attendu que toutes les portes soient fermées à clé. Je suis restée planquée des heures, à remâcher ma haine. Quand il a éteint, j'ai encore attendu, par précaution. J'ai monté l'escalier tout doucement. Au pied du lit de Coombes, je l'ai écouté ronfler. Son visage endormi m'écœurait, tout rougi par l'alcool. J'avais deux branches de myre avec leurs baies. Quand elles sèchent, elles sont moins puissantes. Je comptais lui glisser la lune-argent entre les lèvres, une pleine poignée, et lui maintenir la bouche fermée pendant qu'il se débattait, jusqu'à ce que le jus ralentisse son souffle et le prive de ses forces, jusqu'à ma victoire. »

La rage crispait le visage d'Agnes tandis qu'elle revivait cette nuit.

« Mais je n'ai pas pu me résoudre à agir. J'ai pensé à sa femme, morte un peu plus tôt, à Mavis, sa fille, et à leur chagrin. Je revoyais les photos que Thomas avait prises de leur famille, il y a quelques années. Ils souriaient dans leurs habits du dimanche. Et, comme M. Bainbridge, Nigel Coombes avait une bonne raison d'invoquer un esprit du passé. Son histoire était toute boiteuse, et seules les mains habiles de Jenny-les-Vrilles pouvaient lui donner sens. Alors je suis sortie de sa chambre et je me suis arrêtée devant votre porte, John, car j'étais curieuse, très curieuse. J'avais entendu parler de vous, de votre arrivée au village. J'ai ouvert la porte et je me suis approchée de vous, les deux branches de myre croisées devant la figure, comme ceci, et je vous ai regardé à travers les rameaux enchevêtrés et les baies mûres et poudrées de lune. À cet instant, j'avais l'impression d'être la Grande Tolly incarnée. Et j'ai vu sur vos traits les traits que Thomas avait pris. L'histoire qu'il m'avait racontée était vraie : vous étiez le fils de George Nyquist.

— Qu'avez-vous ressenti ? »

Elle réfléchit un moment. « J'ai su que j'avais perdu Thomas, et sans doute pour toujours. »

Nyquist était fatigué. Mais il voulait en apprendre le plus possible.

« Et Jane Sutton ?

— C'était facile, car vraiment cette femme n'avait aucune excuse. Elle aspirait au pouvoir, pour elle-même et pour le minable bouffi d'orgueil qui lui sert de mari. Vous pensez vraiment qu'un démon – ancien, réel, mort, vivant, tout ce que vous voulez – accepterait de jouer à ce petit jeu ? Non. Aucune chance. » Agnes sourit. « Les saints m'ont bénie encore une fois, ce jour-là, en m'offrant le déguisement du mouron. J'ai traversé le village, je suis entrée dans l'école sans encombre. Mme Sutton venait de donner une leçon sur Jenny-les-Vrilles. Ça m'a fait rire. Son histoire suivait son cours, je n'ai eu qu'à lui montrer les baies. Elle m'a pratiquement suppliée de les lui faire manger. Elle s'est un peu débattue, oui, mais je faisais d'elle ce que je voulais. Alors qu'elle succombait au poison, j'ai disposé son corps en une contorsion immonde. Je voulais que le village la voie souffrir, cette femme prétendument si convenable. Pour finir, j'ai enfoncé les piquants de la myre partout sur son visage, en rétribution des blessures de Thomas. » Agnes fit la grimace. « Chez ces gens-là, la culpabilité n'est jamais très loin, tout comme la peur. Les quatre l'avaient compris : ils étaient impuissants face au démon qu'ils avaient invoqué. » Elle regarda Nyquist dans les yeux. « Votre présence le montre bien. »

Nyquist se leva et sortit de sa poche la demi-couronne. La vrille se déroula, se tendit, cherchant sa chair. Agnes haussa les sourcils. « J'ignorais que les anciens étaient arrivés jusque-là.

— Vous pensez que cette pièce est liée à Jenny-les-Vrilles ?

— À l'école, j'ai chanté les chansons, j'ai lu les poèmes, j'ai répété les comptines. Adulte, j'ai plusieurs fois prié Jenny-les-Vrilles d'accorder à mon histoire une conclusion satisfaisante. Mais je n'ai jamais vu son corps. Puis-je ? »

Elle lui prit la pièce et la tourna en tous sens.

« Vous connaissez le poème ? M. Brown, une demi-couronne, Mais le diable prend un penny. Dans cette histoire, vous tenez le rôle de M. Brown, qui, à mon avis, représente le roturier, l'homme ordinaire.

— Comme insulte, j'ai connu pire. »

Agnes, intriguée, regardait la vrille s'étirer de toutes ses forces vers son propriétaire. « Elle veut vous rejoindre ! Oh ! Vous faites partie de ce rituel,

M. Nyquist, vous en êtes même un élément crucial. Comme les anciens ont dû être surpris ! Ils devaient s'attendre à voir le démon s'unir à eux, peut-être à l'un d'entre eux seulement, mais pas à un étranger. Votre père a bien fait de vous attirer ici.

— Comment le rituel s'achève-t-il ?

— Je ne sais pas. » Elle lui rendit la demi-couronne.

« Je dois vous laisser. Je dois retourner au village. »

Agnes lui sourit gentiment. « Je crois qu'une autre personne est impliquée, en plus des quatre qui ont conduit Thomas au lac. Mais j'ignore de qui il s'agit.

— Je vais le découvrir.

— Bien. Et, si vous trouvez mon mari, vous me le ramènerez ?

— Si j'y arrive.

— J'aimerais lui montrer le jus des baies sur mes mains, de la couleur du sang. Le sang que j'ai empoisonné. »

Nyquist partit en contournant la tour Clud par la droite, et, après seulement cinq pans de murs, il parvint à la porte fermée. Il emprunta le sentier des bois de Morden et traversa la forêt de noms, qui tournaient, ondulaient et brillaient sous la lune entre les arbres. Là, son mouron revint, un peu moins dense qu'auparavant, mais agréable. Il s'y réchauffa, bien à l'abri dans sa lueur moelleuse. Ils n'auraient plus beaucoup de temps à passer ensemble, l'homme et la brume, avant la fin du jour. Nyquist se dépêcha de regagner Hoxley-sur-la-Vive. Minuit sonna doucement au clocher de l'église quand il arriva, et son mouron pâlit, s'infiltra en lui par tous ses pores. Il l'avait fidèlement servi. Dans sa chambre, au pub, il alluma le poêle et prit la bouteille de whisky sur sa table de chevet pour se servir un verre. Pour la première fois depuis plusieurs heures, il se souvint qu'il était blessé. Le bandage était propre, mais la douleur de la blessure le lançait. Il songeait à ce qu'apporterait le lendemain, qu'il trouverait peut-être son père ou, au moins, l'homme qui avait pris l'image de son père. Dans le miroir, son autre corps bougea. À moitié familier, à moitié inconnu. Mais ils ne se regardèrent pas dans les yeux. Nyquist alla au lavabo faire une petite lessive : une paire de chaussettes, le col et les aisselles de sa chemise préférée, celle avec des broderies aux revers. Il l'avait portée le premier jour. Comme ça paraissait loin ! Et voilà qu'il frottait, les mains pleines d'eau chaude et de savon. La vie d'un exilé. Il suspendit les vêtements devant le feu et s'assit avec une cigarette et son scotch. L'alcool l'apaisait. Sa main gauche jouait avec la demi-couronne. La vrille verte lui chatouillait les doigts. *Deux pas en avant, un pas en arrière, Tourne à l'envers, tourne à l'envers, tape dans tes mains.* La vrille s'enfonça dans sa chair. Il chantait à mi-voix, un murmure : *Appelle Jimmy et appelle Jack, Jenny-les-Vrilles n'est pas loin !* L'histoire l'attirait, se rapprochait. Il coupa le gaz, éteignit la lumière et se mit au lit. Ses yeux venaient à peine de se fermer qu'il était emporté par un sommeil insondable.

UN CHANT DANS LE CRÂNE DE LA NUIT

Deux heures avant l'aube, le lendemain, mardi. On n'apercevait aucune lumière dans les maisons. Le seul mouvement dans la grand-rue était un chat en maraude auquel le monde appartenait. Dans l'église silencieuse, deux personnes, un frère et une sœur, officiaient à une cérémonie sans apprêts. Une troisième personne, leur arrière-grand-mère, était allongée sur une table en pierre. Elle s'appelait Ethel Clegg. Elle était vieille, terriblement vieille, sans un pouce de peau qui ne fût strié de rides. Elle avait les yeux chassieux, cernés de noir, et la respiration sifflante. Elle était si maigre qu'elle disparaissait en elle-même, que son corps n'existait presque plus, et vêtue de haillons. Ses ongles, plus longs que ses doigts, avaient la même couleur que ses cheveux : jaune pisseux. Ses arrière-petits-enfants attendaient qu'elle parle. Quand enfin elle parla, l'homme se pencha pour entendre le murmure de sa voix. L'haleine d'Ethel n'était pas désagréable. Relents de genièvre, de terre et de poils de chat.

Un nom de saint fut prononcé.

Quelques minutes plus tard les deux personnes quittèrent l'église et s'avancèrent entre les pierres tombales, guidés par le rayon de leurs lampes de poche, avant de se séparer en arrivant au pont : la femme prit la route de Hoxley-le-Bas, l'homme, la grand-rue. Gordon Clegg portait un long manteau gris et un chapeau melon. Il avait un sac en bandoulière contenant des enveloppes toutes identiques adressées à chaque maison de Hoxley-sur-la-Vive. Maureen, sa sœur, était chargée de la même tâche pour le village en contrebas. À eux deux, ils firent en sorte que chaque boîte aux lettres reçoive son enveloppe.

À six heures et demie, un réveil sonna au Cygne à Deux Cous, dans la chambre de Nigel Coombes. Il bâilla, enfila son peignoir et descendit. Il se pencha avec un petit grognement pour ramasser l'enveloppe qui attendait sur le paillasson. Lisant le nom du saint écrit sur le carton, il se demanda en quoi ce choix allait affecter sa journée, ses projets. Le rituel serait retardé. Pensant à sa défunte femme, cette chère Gladys, il descendit à la cave, où se trouvait sa collection d'icônes faites maison : une paire identique pour chacun des trois cent soixante saints. Coombes les rangeait selon l'ordre chronologique de la date de leur martyre, qu'il connaissait aussi bien que le prix d'une pinte de bière. Il prit les deux effigies de saint Yorick. L'une reçut la place d'honneur sur une étagère au-dessus du bar, l'autre se retrouva dans la chambre qu'il louait. L'icône était couchée, avec des mains parfaites croisées sur la poitrine, en position de repos. John Nyquist, lui aussi, dormait encore. Coombes le regarda quelques instants. Il songeait au plaisir immense qu'il aurait à étrangler cet intrus, à cause de toutes les questions qu'il posait, des ennuis qu'il avait causés, des suicides de Jane et de Ian. *Merde*. Rien ne se passait comme prévu, alors qu'on lui avait promis tant et tant ! Mais comme apparemment M. Nyquist jouait un rôle important, le tenancier du pub s'écarta de son lit. Son regard tomba sur la demi-couronne posée sur l'étagère, et il poussa un profond soupir en remarquant la vrille verte enroulée sur le profil du roi. Il n'en aurait donc jamais fini ? Délicatement, il souleva la pièce et l'emporta. Contrariée qu'on la déplace, la vrille se mit à s'agiter. Coombes frissonna à l'idée que Jenny-les-Vrilles puisse le toucher. Nom de Dieu, il avait hâte que ça se termine ! Dans le jardin, il creusa un trou dans un parterre de fleurs pour récupérer la boîte en métal qu'il avait enterrée la veille. D'habitude, il y plaçait le butin de la nuit, mais en ce moment elle contenait un trésor plus précieux. Il y déposa la demi-couronne à côté des trois autres objets – le guide ornithologique, la tasse à thé, le revolver Enfield –, la referma à clé et l'enterra de nouveau. Il entendait le bruit incessant des quatre vrilles qui se débattaient dans le noir pour atteindre leur unique but : John Nyquist. Elles n'y arriveraient pas. Pas encore, du moins. Coombes regagna sa chambre, se remit au lit et s'endormit. Il avait beaucoup de rêves à faire.

Au cours de l'heure qui suivit, les Hoxléiens se réveillèrent peu à peu et trouvèrent l'enveloppe sur leurs paillassons. Eux aussi placèrent l'icône de Yorick sur un rebord de fenêtre, un buffet ou un piédestal. Beaucoup se recouchèrent immédiatement, mais d'autres restèrent debout le plus longtemps possible. Certains, célibataires ou retraités, faisaient la grasse matinée : ils se soumettaient à l'autorité du saint sans le savoir, avec la chance d'ignorer ce qui allait se produire.

Le laitier livra le lait, le facteur distribua le courrier. Certaines lettres et factures furent lues ; d'autres restèrent sur les paillassons. Les gens prirent leur petit déjeuner en bavardant comme si la journée était ordinaire. Personne ne se prépara pour partir travailler.

À *L'If*, Hilda Bainbridge buvait une tasse de thé avec un toast. Une photographie de son mari, Ian, était posée devant elle. Demain, elle l'enterrerait. Gerald Sutton réagissait différemment face à son chagrin : il était debout depuis six heures et quart du matin et réfléchissait à sa journée de travail, dans l'espoir de s'y absorber. Ouvrir l'enveloppe l'attrista d'abord, mais après quelques minutes il s'en réjouit plutôt. Une autre diversion l'attendait.

Dans son cabinet de la grand-rue, la docteure Higgs passait des coups de fil pour annuler tous ses rendez-vous. Ses patients allaient devoir attendre ; de toute façon, à la Saint-Yorick, personne ne tombait jamais malade. Chez les Fairclough, dans Hawkshead Lane, Becca et Teddy dormaient. Teddy n'avait pas de travail et les cours avaient été annulés suite à la mort de la directrice : ni le frère ni la sœur n'avaient de raison de se lever tôt. Au contraire, la professeure Bryars s'était réveillée à sept heures. Elle savait précisément ce qu'impliquait la journée et feuilletait un vieux registre pour lire les noms des villageois d'antan et imaginer leurs vies, les bons moments et les épreuves qu'ils avaient traversés au rythme des saints qui imposaient leurs règles. *Nous sommes bienheureux*, songeait-elle, *de vivre en cet endroit, de ne jamais nous contenter du quotidien. Chaque réveil est une nouvelle aventure !* L'épicerie avait ouvert à huit heures, comme de coutume, mais Mme Featherstonehaugh donnait un tour de clé et accrochait dans la vitrine la pancarte FERMÉ ; elle était restée ouverte exactement cinquante-cinq minutes. Il était près de neuf heures. Elle retourna se déshabiller dans sa petite chambre. Dans le froid de l'église, le vicaire allumait le cierge devant l'icône de saint Yorick.

Dans sa chambre du Cygne à Deux Cous, John Nyquist dormait.

Juste avant neuf heures, le silence tomba sur les rues et les ruelles de Hoxley-sur-la-Vive. Çà et là marchait un traînard, un malheureux qui avait été retenu ou qui, pour une raison ou pour une autre, ignorait que Yorick régnait. Peut-être, ayant aperçu une icône à une fenêtre, pressait-il le pas pour rentrer chez lui. Presque tous les habitants étaient au lit ou assis sur le canapé en attendant que la cloche sonne. Beaucoup dormaient, mais quelques-uns profitaient de ces dernières secondes. Higgs étaient de ceux-là. Elle avait donné congé à la bonne et s'installait au salon, dans son fauteuil préféré. Elle s'assit confortablement, les mains sur les genoux. Elle semblait un peu inquiète. Elle pensait à sa dispute avec John Nyquist et se demandait – ce n'était pas la première fois – si elle avait commis une erreur. Mais à présent les dés étaient jetés. Ses paupières devenaient lourdes.

Le clocher sonna neuf heures.

Au neuvième coup, la docteure s'endormit.

Au même instant, tous les autres habitants du village s'endormirent.

Dans Puzzle Lane, un vieux monsieur n'avait pas tout à fait réussi à atteindre sa porte : il s'effondra sur le trottoir et y resta roulé en boule. La même mésaventure arriva à une jeune femme de Hoxley-le-Bas, qui passa la journée dans la relative sécurité de son jardin. Tous les chats et les chiens des deux villages dormaient aussi, là où ils se trouvaient à neuf heures, dehors ou dedans. Dans les aquariums, les poissons rouges immobiles flottaient entre deux eaux. Dans sa cage de *L'If*, Bertie dormait tranquillement, agrippé à son perchoir, la tête sous les plumes d'une aile.

Tout Hoxley dormait.

Saint Yorick le tenait en son pouvoir.

Les heures s'écoulèrent. Rien ne se passait. Les rues restaient vides. Il n'y avait presque pas de bruit. Les oiseaux chantaient dans les arbres, car ils n'étaient pas soumis aux règles du village ; les insectes continuaient de creuser et de chasser.

Bébés au berceau, garçons et fillettes, jeunes et vieux, hommes et femmes, tous dormaient.

Dans son lit, Nyquist respirait paisiblement et ses paupières tressaillaient : traces d'un rêve. Parfois il bougeait un peu.

Le soleil atteignit son zénith et entama sa descente. Les ombres raccourcirent puis s'allongèrent. À deux heures et demie il y eut une averse, qui mouilla les cheveux et le visage des quelques villageois restés dehors, sans les réveiller. La pluie ne dura pas et les nuages se dissipèrent.

L'après-midi passa, fit place au crépuscule.

Il était quatre heures et quart.

Nyquist dormait.

Le village dormait.

Le ciel s'assombrissait. Le temps passait.

Le clocher de l'église sonna six coups.

Le dernier sembla faire office de signal. Une maison après l'autre, une chambre après l'autre, dans les salons, les jardins, partout où dormaient les gens et leurs animaux, il y eut un mouvement. Ce pouvait être un doigt qui pianotait, une joue qui frémissait, la queue d'un chat qui s'agitait. Le frisson d'un cil. Les uns après les autres les villageois s'étirèrent, gémirent, s'assirent dans leur lit ou dans leur fauteuil. Ils se levèrent tous en même temps et s'habillèrent, s'il le fallait. Leurs yeux étaient presque fermés, à peine entrouverts pour laisser entrer un minimum de lumière. Ça suffisait. Ils bougeaient lentement, régulièrement, presque sans faire de bruit. Les mères se penchaient sur les berceaux pour prendre leurs bébés dans leurs bras et les envelopper d'une couverture. Les vieillards se frottaient les articulations en gémissant, puis se préparaient à la tâche qui les attendait. Un ou deux puisèrent du courage dans le souvenir des champs de bataille de leur jeunesse. Au rythme de tous les habitants, ils sortirent dans les ruelles et les allées. On se saluait de la tête et du geste : pas de mots. Ainsi le village de Hoxley-sur-la-Vive se rassembla pour une promenade. À Hoxley-le-Bas, c'était la même chose sous le même sortilège. Saint Yorick les guidait. En bas, les gens se massèrent sur la petite place, avec son monument aux morts et sa fontaine à sec. Alors qu'à Hoxley-sur-la-Vive on se regroupait sur la pelouse. Le temps que tout le monde arrive, il était six heures et demie : garçons et filles tenant la main de leurs parents, bébés dans les landaus, adolescents et jeunes mariés, adultes, vieux, ils étaient tous là. Et tous encore endormis dans leur tête ; seuls les corps bougeaient, obéissant à des ordres dont ils n'avaient même pas conscience. C'étaient les membres de la Société des Somnambules de Hoxley, les fidèles de saint Yorick. *Nous sommes unis. Nous sommes le village. Nous attendons.* Nyquist n'était qu'un villageois parmi les autres, enroulé dans son manteau, le visage impassible, les yeux dans le vague. Pas une pensée ne le perturbait, pas même quand Dolly Copple entama *La Fille aux pieds nus* sur son concertina et que Fred Oswaldtwistle, le boucher, l'accompagna sur son violon à trois cordes. Ils jouaient au ralenti, et la mélodie devenait languide, spectrale. Mais personne ne dansait ; le tempo était trop lent, les gens trop endormis. Le ciel était pur, la nuit fraîche. Lame-de-Lune tendait haut ses branches. Une petite brise froissait l'eau de l'étang. Cela commença ainsi au moment où l'église sonna sept coups.

La musique continuait. Une jeune femme se mit à chanter.

La fille aux pieds nus
Cherchait dans la lande
Son marin hardi
Mort dans l'océan d'argent
À bord de l'Ivanhoé.

C'était Becca Fairclough qui chantait, sa voix cristalline dans l'air du soir. Elle chantait comme June Holler – simple, propre, sans artifice – et la musique arrivait dans les cœurs. D'autres voix se joignirent à la sienne, peu nombreuses ; une harmonie fragile. Nyquist murmurait les paroles qu'il n'avait jamais entendues.

À travers la lande
Son marin pleurait
Elle le vit magnifique
Son uniforme en lambeaux
Son sang mêlé d'eau de mer.

Puis le silence retomba sur la congrégation. Quatre autres personnes étaient arrivées sur la place, chacune venant d'une direction différente.

Ça ne se remarquait pas trop, car ces nouveaux venus marchaient comme les somnambules, lents, ensommeillés. Mais ils émettaient une lumière douce, qui attirait l'attention, et un murmure parcourut la foule. Certains reculèrent, émerveillés. Le premier à arriver fut M. Brian Holroyd. Il titubait un peu, car il était âgé de soixante-douze ans quand il était mort, quelques mois plus tôt, de diverses maladies. Son corps actuel était nacré, scintillant, comme un nuage à forme humaine. Pour seule famille, il ne lui restait que son neveu, Neil : ils s'approchèrent l'un de l'autre, gênés, sans bien savoir quelle attitude adopter.

La suivante fut Gladys Coombes, trente-huit ans. Ses poignets portaient les cicatrices jumelles d'où son sang s'était écoulé dans l'étang. Elle était au bord de l'eau, qu'elle regardait d'un air placide. Tout le monde ne la voyait pas mais son mari, Nigel, la rejoignit, leur fille Mavis sur les talons. Ils se sourirent, d'abord avec timidité puis plus librement. Le troisième mort fut Ian Bainbridge, décédé quatre nuits plus tôt, à quarante-deux ans. Son cadavre portait tous les signes de l'empoisonnement à la lune-argent. Mais il n'exprimait aucune douleur. Sa femme, Hilda, accourut bras ouverts. Ils s'embrassèrent. Leur étreinte manquait de solidité ; la chair peinait à toucher la chair. La quatrième, Jane Sutton, trente-neuf ans, arborait les mêmes symptômes que M. Bainbridge. Elle était morte la veille. Comme chez tous les autres visiteurs, son corps était une forme nébuleuse, changeante. Là non plus, pas de douleur apparente, mais Gerald Sutton la regardait à quelques pas, les joues ruisselantes de larmes, comme dans un rêve. À Hoxley-le-Bas il n'y avait qu'un visiteur, car une seule personne était morte au cours des dix mois qui s'étaient écoulés depuis la dernière Saint-Yorick. Mais cette personne avait sept ans, c'était un petit garçon victime de la rougeole, et les sanglots de ses parents et de ses deux sœurs résonnaient sur toute la place. Leur chien, un terrier répondant au nom de Nelson, bondit vers le camarade de jeux qu'il avait perdu.

Nyquist traversa la foule. Comme beaucoup d'autres, il ne discernait pas bien les morts. Seuls les proches en étaient capables. Mais il en voyait assez pour savoir que des scènes de tendresse et d'amour se déroulaient devant lui. Il garda ses distances : ces instants entre les revenants et les vivants étaient trop intimes. Mais il en éprouva de la joie, de l'espoir. Une heure s'écoula ainsi. Le clocher sonna huit coups et les morts regagnèrent leur monde, disparurent du nôtre comme la fumée d'un feu éteint se dissipe dans l'air. Les fantômes de Jane Sutton et de Ian Bainbridge semblèrent se mêler en disparaissant, deux corps de lune et de poussière qui s'enlaçaient.

Peut-être étaient-ils réels, ces esprits, ou les produits d'une hallucination collective, mais leur départ n'attrista pas les villageois. La pelouse resta silencieuse un moment, personne ne parlait, car un seul mot suffirait à rompre l'enchantement. Puis les gens rentrèrent chez eux pour se mettre au lit, Nyquist comme les autres. Il s'endormit vite et ne se réveilla pas jusqu'au matin, où il ouvrit les yeux, les vestiges d'un rêve encore présents à l'esprit. C'était le cas de tous les villageois du Haut et du Bas ; après tout, ils dormaient depuis trente heures au moins. C'était la même chose tous les ans, le lendemain de la Saint-Yorick. Chose étrange, Gerald Sutton et Hilda Bainbridge se levèrent avec la même phrase sur les lèvres : *Je te demande pardon*. Leurs chers disparus leur avaient parlé.

OBJET N° 5

Nyquist était à moitié réveillé quand il se leva, à moitié endormi, à moitié habillé des vêtements de la veille, dans un lit à moitié défait et à moitié fait. Il se leva, se débarbouilla à l'eau tiède et se rasa en laissant quelques poils épars. Il ne savait pas pourquoi. Par négligence. Sur l'étagère, l'icône du jour nouveau attendait son inspection. Sainte Hetta, d'après l'étiquette. Elle était faite de membres de poupées, d'allumettes et de balsa, de ficelle et de colle, de petits os d'un oiseau ou de plusieurs oiseaux, de moineau et de freux : les mathématiques du vol tendant vers zéro. Tous ces éléments n'étaient qu'en partie assemblés. Elle semblait sur le point de tomber en morceaux. Ses cheveux étaient de fourrure et de laine : un mélange bizarre, trois quarts hirsutes, un quart bien coiffé.

Au petit déjeuner, le bacon de Nyquist n'était pas complètement cuit, et ses œufs étaient baveux. Il s'en plaignit à la serveuse. La conversation se déroula ainsi :

« Mavis, mes œufs sont...

— Je sais...

— Vous pensez que je peux...

— Non. Sans doute...

— Sans doute ? Comment...

— Sans doute...

— Pas ?

— Oui ! »

Il renonça, poussa son assiette et but son thé à peine tiède. Entendant Nigel du côté du bar, il le rejoignit. Le tenancier parlait dans sa barbe, marmottant des phrases inachevées à propos des grossistes pénibles, de ses pompes à bière bouchées et du fait qu'il n'avait personne pour l'aider à changer les fûts. Nyquist interrompit le flot.

« Quelle est l'histoire de sainte...

— Oh, c'est vous ?

— De sainte Hetta ? Quelle est...

— L'histoire ?

— Oui.

— Vous ne comprendrez jamais... »

Ses mots s'évanouirent, inachevés. Coombes semblait inquiet. C'était un costaud, fait pour le travail, mais ce matin il évitait le regard de Nyquist. Il s'essuya le front avec son mouchoir.

Nyquist lui dit : « Je sais ce qui se passe, à... »

Mais la phrase ne trouva pas sa fin. Le nom du village resta inexprimé. Il fronça les sourcils pour se concentrer sur cette seule tâche : parler. Parler !

« Je sais... Je sais... Je sais ce qui se passe... »

Malgré ses efforts, les mots restaient coincés dans sa gorge.

Coombes imita son courage. Il dit, ou presque : « Vous pouvez encore... Vous pouvez encore partir... d'ici... d'ici, si vous...

— Je ne... Je ne vais pas...

— Alors il n'y a plus rien à...

— Rien à...

— Rien à dire ! »

Nyquist força l'autre à baisser les yeux et se contraignit à parler malgré son bégaiement. « Je pense... que vous... êtes... en mauvaise posture... Coombes. Et vous... vous savez... que vous avez... pris le mauvais... chemin. »

Il avait l'impression de mâcher un couteau.

« Seigneur... »

Un sourire naquit sur le visage de Coombes qui se pencha pour lui murmurer à l'oreille : « Je vous ai pris vos objets précieux. Un, deux, trois... et quatre. »

Tous les mots étouffés étaient clairs tout à coup, bien articulés.

« Je les ai cachés pour les protéger. Parce que vous... Nyquist, vous n'êtes pas digne de les posséder. »

Nyquist tenta de parler sur le même ton, tout bas, et s'aperçut que les mots coulaient mieux. « Où est Thomas Dunne ? »

Les deux hommes se touchaient presque : tout autre jour de l'année liturgique, c'eût été impensable, mais nécessité faisait loi.

« Comment je le saurais ? Allez vous faire voir. »

Même le juron avait été chuchoté. Nyquist recula un peu.

Coombes fit la grimace. Il empoigna une pile de factures sur une table et partit vers la porte derrière le bar. Mais il s'arrêta. Planté net, dos à Nyquist, les bras ballants, les poings serrés. Tout son corps était tendu, tous ses muscles. Nyquist se crispa lui aussi. Mais le tenancier ne se retourna pas. Ses phalanges devenaient rouges. Il se parlait à lui-même. Nyquist dut s'approcher pour l'entendre.

« Hier soir, je l'ai vue... sur la place... Je l'ai vue... J'ai vu ma Gladys... Elle était vivante !

— Vous... vous rêviez... »

Coombes protesta d'un mouvement de la tête. Nyquist compatissait, car il savait quelles épreuves il avait traversé cette année. Il vint lui glisser d'une voix assez douce pour que ses paroles sortent : « Nigel, vous pensez vraiment que vous allez la faire revenir ? »

Il ne répondit pas tout de suite. Quand il pivota pour regarder Nyquist en face, il souffla : « Je tente ma chance. Et si ça marche, je vouerai un culte à Jenny-les-Vrilles jusqu'à mon dernier jour.

— Et si ça ne marche pas ? »

Coombes ferma les yeux en gémissant. Il murmura une réponse qui n'était qu'une suite de soupirs. Ensuite il fit une remarque étrange :

« La personne responsable accomplit le sortilège. Comment pourrait-il échouer ?

— Responsable...

— Responsable de la mort de ma Gladys. »

Sans rien ajouter, il franchit la porte.

Nyquist sortit. Tout paraissait normal : un jour comme les autres au village. Les gens vaquaient à leurs occupations, et certains portaient des écharpes noires et des brassards noirs, en signe de deuil pour Sutton et Bainbridge. L'un, l'autre ou les deux. Nul ne lui adressa la parole, pas même par gestes.

La porte de l'épicerie était entrouverte et, dans la vitrine, un écriteau disait : « Aujourd'hui – tout à moitié prix ! »

Un homme portait un demi-imperméable. La moitié gauche.

Une jeune fille chanta la première moitié du vers d'une chanson populaire. Un ami qu'elle croisa finit la phrase pour elle, et ils échangèrent un sourire.

Le moteur d'une voiture cala.

Nyquist tambourina à la porte de la docteure. Pas de réponse. Il essaya encore plus fort, et au bout d'un moment la bonne passa la tête par l'entrebâillement.

« Je veux voir...

— La docteure, monsieur ?

— Oui.

— Pas possible.

— Pourquoi ?

— Pas...

— Pas là ?

— Oui. »

Il se concentra. « Où est-elle ?

— Partie.

— Où ?

— Je... Je ne...

— Sais pas ?

— Non. »

Et ainsi de suite. Renfrognée, la bonne bloquait la porte, les deux pieds fermement plantés derrière. Un instant il envisagea de forcer le passage pour fouiller la maison. Mais il finit par renoncer et força ses lèvres à articuler. « Dites-lui... à la docteure Higgs... que je vais... je vais... » Il baissa le ton, conscient à présent que pour venir à bout d'une phrase il devait chuchoter. « Dites-lui que je vais découvrir où se trouve mon père. Aujourd'hui ! Avec ou sans son aide. »

Ça suffisait. Il monta jusqu'à Pyke Road. Une voiture était mal garée, à moitié dans le garage, à moitié dehors. Un chien aboya une fois et se tut. Aux fenêtres, les rideaux étaient presque ouverts ou presque fermés. Et Nyquist sentait que sa cervelle ne marchait qu'à moitié. Un pas, un autre, se concentrer, avancer. Il devait mettre ses pensées bien en ordre, rester accordé à un monde désaccordé. *Je suis, je suis, je suis.* Sans cesse. Entier. Complet. Intégral !

Maude Bryars enfin l'accueillit. La professeure le fit entrer dans sa cuisine et lui offrit du thé. Il refusa ou tenta de refuser, mais ses mots s'étranglaient. « Murmurez, tout près, dit-elle en l'attirant vers elle. Ainsi... sainte Hetta ne vous entend pas. On va la duper ! Pour un temps au moins. » Elle se colla presque à lui. « Ne soyez pas timide. » Il sentait l'alcool dans l'haleine de Bryars et, de si près, ses yeux – rouges, nerveux – lui apprirent qu'elle était troublée, profondément troublée. Sa main tremblait.

Ils s'assirent côte à côte, leurs chaises se touchant, et leurs cuisses, leurs avant-bras.

« Voilà. Ce n'est pas si terrible, vous voyez ? » Elle parlait gentiment.

« Non. Ça va. J'arrive à parler.

— John, vous pouvez me dire ce que vous avez sur le cœur. Et personne n'entendra. »

Il y avait une brochure devant eux, quelques pages agrafées. L'autrice était la *Professeure Maude Bryars* et le titre *Jenny-les-Vrilles et autres démons populaires*. L'illustration de couverture représentait un visage de femme fait de plantes grimpantes et de fleurs. Nyquist baissa la tête et ferma les yeux : ses craintes allaient sans doute se confirmer. Son esprit s'enfonça dans le noir.

Bryars lui fredonnait une mélodie.

Il releva les yeux. « Ce saladier d'eau avec des insectes, quand vous avez retiré mon masque...

— Eh bien ?

— L'eau provenait du lac Birdbeck ?

— Oui. Les insectes aussi. C'est leur habitat naturel. »

Il feuilleta la brochure. « Que savez-vous de ce qui se passe ici, tous les ans à la Saint-Algreave, entre les quatre membres du comité et le Grand Tolly ?

— Des bribes. »

Nyquist hocha la tête. « Hier soir, j'ai eu une conversation intéressante. Il paraît qu'un cinquième ancien est impliqué, mais pas présent. Et qu'il s'agirait du chef. Vous êtes au courant ? »

Bryars le regarda bien en face. Elle tremblait comme une feuille, mais était-ce dû à l'angoisse ou à l'alcool ? Peut-être aux deux.

« Vous insinuez que c'est moi ? »

Il lui agita la brochure sous le nez. « J'insinue que... Maude, c'est forcément quelqu'un qui connaît l'histoire du village et les rituels hérités du passé. Qui les connaît très bien.

— Oui. Je suis d'accord.

— Vous êtes la meilleure candidate.

— Vous m'étonnez, John. Penser cela de moi ? »

Il se laissa aller contre le dossier de sa chaise. Bryars l'observait. Elle sourit. « Vous vous... éloignez... Je ne vais pas pouvoir... » Son sourire se déforma.

« En...

— Effet.

— C'est...

— Le cas. »

C'était sans espoir. Il se leva, ce qui acheva de rompre le lien, et s'éloigna jusqu'à toucher le mur du fond. De là, toute communication était impossible. Et il attendit. Il attendit que Bryars se lève, que sa chaise grince contre les dalles. Il entendit ses pas. Il écouta sa voix incertaine.

« Vous savez... vous savez que je veux...

— Parler ?

— Oui... John, oui ! Parce que je... suis...

— Que...

— Aidez-moi... Aidez-moi à... »

Nyquist se tourna vers elle. « À terminer ? Oui ? Vos... phrases ?

— Oui. En ce... jour. » Elle prit une profonde inspiration. « Nous aidons... Aidons les autres...

— À parler ?

— Oui.
— À achever...
— Oui. Je suis... Je suis... Aidez-moi... Je me sens...
— Seule ?
— Oui. Si seule... et j'ai peur.
— Alors, parlez. » Nyquist la prit par les épaules et la tira vers lui, trop près, leurs deux visages collés. « Parlez-moi. »

Cet ordre était simple, et la professeure se lança, sachant qu'il ne lui restait peut-être plus guère de temps pour parler, parler véritablement. Elle lâcha tout en une seule longue expiration.

« Guinevere Clud était réputée pour être une sorcière, ou une sage-femme, selon les points de vue. Elle pratiquait la magie des plantes, elle fabriquait des poisons et des potions avec des sangs-dragon, des tue-loup, de la lune-argent. Des gens sont tombés malades, tous en même temps, et deux sont morts. C'était probablement une épidémie. Cette année-là, la peste a fait des ravages. On était en 1666. Mais Guinevere était un bouc émissaire tout trouvé, et on l'a punie pour ses péchés. On l'a noyée dans le lac Birdbeck sous les yeux de son mari, Adam. Je vous ai dit qu'il avait été le premier Grand Tolly ?
— Oui.
— Guinevere est morte, et Adam devait l'aimer profondément : il s'est lancé dans une campagne de tourments contre les villageois. Il s'est fait prendre, on lui a infligé le goudron et les plumes, et on l'a laissé trois jours au pilori sans rien à boire ni à manger. »

Nyquist regardait la professeure si proche de lui. Il voyait les marques, les rides, les cicatrices. Elle aussi devait distinguer les traces de la vie, ses frictions incessantes.

Bryars plissa les paupières. « À la vérité, Adam Clud était un homme brisé. Il s'est suicidé quelques semaines plus tard. Mais pas avant d'avoir maudit le village de Hoxley et tous ses habitants, présents et à venir, pour toutes les générations.
— Quelle était la malédiction ?
— Que tous les morts du village rejoindraient sa bien-aimée Guinevere dans les herbes du Birdbeck. Ils deviendraient ses prisonniers et toutes

leurs histoires s'attacheraient à la sienne. On s'est mis à l'appeler Jenny-les-Vrilles, et à la considérer comme une plante qui pousse à la frontière entre la vie et la mort. Une fois qu'une victime est prise dans ses vrilles, celles-ci l'entraînent dans la mort. » La professeure s'écarta d'un pouce. « La légende de Jenny-les-Vrilles est née... de... cet... » Plus elle reculait, plus sa parole se délitait. « Cet acte de...

— Punition ? Meurtre ?

— Oui ! Oui. Les deux. Et maintenant... maintenant elle peut... être invoquée... oui... Et ainsi, par son pouvoir... une histoire peut en devenir une autre... bien tourner... oui... grâce à un... un sacrifice. »

Ce dernier mot fut à peine prononcé. La professeure était épuisée, mais elle se força à poursuivre.

« Je crois que les anciens ont essayé... tous les ans... et échoué. Mais cette année... Cette année...

— Ça a marché ? »

Bryars acquiesça. Elle se frottait l'avant-bras en appuyant fort sur la manche de son gilet. Nyquist se demanda si elle était blessée. « Vous savez tout de même que la docteure Higgs est mêlée à tout ça ?

— Je préfère ne pas le savoir.

— Elle est malade. Très malade. Elle cherche un remède. »

Les yeux de la professeure s'emplirent de tendresse. « Je voudrais... Je voudrais pouvoir l'aider. » Elle retourna s'asseoir et se pencha jusqu'à poser la tête sur ses bras. Nyquist l'observa un moment. Il alla vérifier s'il y avait de l'eau dans la bouilloire, alluma le gaz et mit quelques cuillerées de thé dans la théière. Il voulait en mettre trois (une par personne et une pour la théière), mais sainte Hetta le tenait par la main et il ne réussit qu'à en verser une et demie. Il attendit en silence que la bouilloire siffle. Cela lui parut beaucoup plus long que d'ordinaire, et il renonça. Il versa l'eau à moitié bouillie et mélangea, posa sur la table des tasses, des soucoupes, le lait et le sucre, et plaça la théière sur son support. Ensuite il s'assit en face de Bryars et, ensemble, ils laissèrent le thé infuser. Il la servit, se servit, ajouta le sucre et le lait. Ils burent mais le thé était léger, le lait avait tourné, le sucre n'était pas assez sucré.

L'effet d'une bonne tasse de thé, l'impression que pour un instant tout allait bien, ne se fit pas sentir.

Tout n'allait pas bien.

Rien ne pouvait aller bien, pas en ce jour.

Mais la professeure lui était reconnaissante. Après l'avoir remercié, elle se pencha, pas beaucoup, mais assez pour qu'une phrase tienne plus qu'à moitié debout. Nyquist s'inclina lui aussi, et à eux deux ils cherchèrent la frontière où les mots pourraient éclore.

« John. Ce n'est pas le jour...

— Ce n'est pas le jour où chercher mon...

— Ce n'est pas le jour où chercher votre père. »

Bryars se pencha un peu plus. Il l'imita. Leurs tasses se heurtèrent.

« Sainte Hetta ne permet pas que les choses trouvent...

— Trouvent leur conclusion... »

Enfin leurs doigts se touchèrent et Bryars put parler librement.

« Elle ne laisse rien fleurir, car elle n'a jamais pu se consacrer pleinement à son dieu ou à sa déesse, et on l'a enterrée vivante. À mesure que la journée avance, ses pouvoirs augmentent. À la tombée de la nuit vous n'arriverez à prononcer qu'un seul mot, deux peut-être, et chaque acte sera écourté. Vos projets échoueront avant leur terme. C'est de cela que se nourrit Hetta. Rien ne marchera, tout sera en morceaux. Et ça empirera jusqu'à minuit.

— J'essaierai malgré tout. Il le faut.

— Presque tout le monde se couche à huit heures. C'est l'une des pires saintes de l'année. »

Il prit une expression sévère. Il n'y avait pas de paix en lui.

« Au moins, attendez, le supplia Bryars. Attendez au moins jusqu'à demain, John. » Mais sa voix devenait trop forte et les mots lui échappaient.

« C'est aujourd'hui », répondit simplement Nyquist. Il se leva, mais Bryars lui saisit le bras et le serra contre elle.

« Lâchez-moi !

— Est-elle venue vous voir ? »

Il ne comprit pas la question. « Pardon ?

— Guinevere. »

Il hocha la tête. « Je crois. Elle me laisse un objet différent à chaque fois.

— Dites-moi lesquels. S'il vous plaît.

— Une tasse à thé, un livre, un revolver, une pièce. Mais on me les a volés, tous. »

Elle lui enfonçait les ongles dans le bras. « Il y en a un cinquième. Un cinquième objet. » Son murmure était un cri de douleur. « Un cinquième objet qui vous appelle.

— Vous l'avez vu ?

— Plus ! Bien plus...

— Vous l'avez en votre possession ?

— Je suis... » L'angoisse prit le dessus. « Je suis le... » Elle se mit à trembler.

Nyquist s'approcha d'elle. « Montrez-le-moi. Où est-il ? »

Sans le quitter des yeux, elle remonta la manche de son gilet, révélant son avant-bras nu et la vrille verte qui sortait de la chair. Elle était terrorisée. Avec une sorte de croassement, elle se pencha et parvint à dire : « Je l'ai trouvée ce matin, quand je me suis réveillée. John, qu'est-ce que je vais faire ? Je ne sais pas quoi faire ! »

La vrille se tendit vers Nyquist, ne désirant qu'une seule chose : se lier à lui, une histoire dans une autre, dans une autre, dans une autre...

L'ARBRE AUX NOMS

À midi ce jour-là on enterrait Ian Bainbridge. Une vingtaine de personnes se présentèrent à l'église. Nyquist était dans le fond, à côté de la professeure Bryars. Hormis quelques petits groupes familiaux, les villageois étaient assis seuls ou par deux, les visages des femmes à moitié maquillés, les cravates des hommes mal nouées, un ou deux boutons de chemise détachés. Les rares enfants présents avaient tous les lacets d'une chaussure défaits. Le vicaire tenta de prononcer son oraison funèbre, sans jamais réussir à dire qui était mort, ce qui resterait de sa vie, ni pourquoi on se souviendrait de lui avec amour. Ensuite, ils sortirent pour assister à la descente du cercueil dans la terre dure. Les fossoyeurs avaient eu du mal, à moins que sainte Hetta ne les contrôle, car la tombe n'avait pas la profondeur nécessaire. Le ciel était un plafond bas d'ardoise pommelée. Hilda était seule. Devant sa robe et son manteau noirs, le mouchoir qu'elle tordait faisait l'effet d'un drapeau blanc. Malgré la règle du jour, elle avait réussi à s'habiller impeccablement. Il faisait un froid terrible. Nyquist se posta sous un arbre. Il passa en revue tous les visages en se demandant si le cinquième membre du comité était présent. La seule personne à laquelle il désirait parler, Irene Higgs, brillait par son absence. Enfin la cérémonie s'acheva et les premières mottes de terre frappèrent le cercueil. Hilda Bainbridge, perdue dans un silence douloureux, ne bougeait pas. Seules ses lèvres tremblaient.

En se retournant, Nyquist vit une femme sur le sentier.

C'était Agnes Dunne.

Elle s'approchait de la tombe. Tout le monde la regardait, ce à quoi elle semblait indifférente ; elle marchait en regardant droit devant elle avec une expression indéchiffrable. Elle s'arrêta devant le trou béant et y jeta quelque chose. Hilda éclata en sanglots. Elle voulait parler, crier, protester, mais ses imprécations restaient prisonnières, et seuls son regard, la crispation de ses traits, exprimaient la haine. Len Sadler dut la maintenir pour l'empêcher de se jeter sur l'intruse. Agnes tressaillit avant de se redresser. Tournant les talons, elle s'éloigna. Len prit Hilda par la main pour l'entraîner un peu à l'écart. Ce fut le signal du départ : les autres villageois se dirigèrent vers le portail. Une seule personne rejoignit Nyquist et Bryars : Becca Fairclough. Elle s'approcha autant que le permettaient les convenances. « Je suis inquiète.

— Pourquoi ?

— Teddy.

— Oui ?

— Il... Il n'est... » Elle fit un pas pour mieux parler. « Il n'est pas rentré...

— Hier soir ?

— Ce matin. Aucun signe. »

Nyquist fronça les sourcils. « Je ne sais pas...

— Où il se trouve ?

— Je ne sais pas. » Il se pencha, emplit ses poumons et acheva sa pensée. « Je ne sais pas où il est, Becca, je vous le jure. »

Elle lui jeta un regard incrédule mais n'ajouta rien. Nyquist la suivit des yeux jusqu'à ce qu'elle ait franchi le pont.

Il fit quelques pas pour aller voir la tombe. Il y avait une branche de myre sur le couvercle du cercueil, avec ses grappes de baies blanches qui avaient tué Ian Bainbridge. Au premier abord, ça ne pouvait être qu'une provocation de la part d'Agnes Dunne. Pas étonnant que Hilda ait réagi ainsi, avec un hurlement de douleur. Mais Nyquist l'interprétait autrement : une confession.

Les fossoyeurs se mirent au travail dans l'espoir d'avoir à moitié terminé avant qu'il se mette à pleuvoir. Sainte Hetta désirait que seuls quelques pieds de terre soient ajoutés ; le lendemain, ils reviendraient achever leur tâche, si le nouveau saint le permettait. Nyquist les regarda. Il s'inquiétait pour Teddy et se demandait ce que trafiquait le jeune homme. Pourvu que ce ne soit rien de trop stupide. Était-il en danger ?

Était-il la cinquième personne ?

Non. Non, impossible...

Bryars le tira par la manche pour le ramener à la réalité, et il lui emboîta le pas jusqu'au mur du cimetière où poussait un arbre tout tordu, presque noué par la pression des ans et le code de sa graine. Il ne vit rien d'intéressant jusqu'à ce qu'une mince silhouette noire saute d'une branche basse et parte en courant. C'était Sylvia Keepsake. Il s'élança mais elle s'était déjà engouffrée par une petite porte et, quand il voulut la suivre, il ne vit qu'un sentier incurvé qui s'éloignait à gauche et à droite. Désert. Il retourna près de Bryars, au pied de l'arbre. Quelque chose avait attiré son attention dans le feuillage. Une bonne dizaine d'étiquettes étaient accrochées aux branches. Nyquist en lut une : *Sœur Silence.* Il tendit le bras pour examiner les autres, mais toutes disaient la même chose. *Sœur Silence, Sœur Silence, Sœur Silence.* Peut-être Sylvia des Bois avait-elle laissé ces messages en guise d'offrandes pour les morts et les endeuillés. Il vérifia une dernière carte : *Sœur Silence.* Il la décrocha pour la tendre à la professeure Bryars.

« Qui est Sœur Silence ? »

Bryars essaya d'expliquer : « Le nom de jeune fille de Hilda...

— Oui ? C'est quoi ?

— Keepsake.

— Comme Sylvia. C'est sa...

— Oui. »

Il avança pour demander clairement : « Sylvia est la sœur de Hilda ?

— Oui. »

Nyquist se retourna pour contempler les tombes des siècles passés, pensant à l'affaire qui s'offrait à lui, étirée sur six ans, un indice menant à l'autre, ou cachant l'autre.

Hilda Keepsake. Sylvia Keepsake.

Bryars vint lui souffler : « Le jour où Hilda a perdu la voix, Sylvia s'est mise à tout étiqueter. Quelqu'un perd les mots, une autre en a à foison et doit les expulser, les lâcher dans le monde en renommant les choses. À mon sens, ces afflictions sont les deux moitiés d'une même malédiction.

— Qui serait ?

— Peut-être une première tentative pour invoquer Jenny-les-Vrilles. Maintenant, Sylvia essaie de guérir sa sœur, de lui placer des mots dans la bouche, en implorant le pardon du démon.

— Bien sûr ! Bien sûr…

— Quoi ?

— Un commentaire de Nigel Coombes. Il disait que la personne responsable s'occupait du sortilège. Il faisait allusion à Sylvia.

— Mais oui. Sylvia, qui a donné un nouveau nom à sa femme, ce qui a eu pour conséquence…

— Le suicide de Gladys Coombes. C'est du moins ce que croient les gens ! » Il tenait l'explication et son esprit tournait à toute allure sous l'impulsion d'une vérité simple. « Puisque c'est Sylvia qui a déclenché ces événements, Nigel pense qu'elle peut les arrêter. Qu'elle peut inverser le sortilège. »

Ils passèrent le pont et arrivèrent dans la grand-rue. Tous ceux qui avaient assisté à l'enterrement s'étaient réunis au pub. Nyquist jeta un coup d'œil dans la salle : l'atmosphère était calme et triste ; les mots étaient étouffés sous les effets combinés du chagrin, de la gêne et de sainte Hetta. Personne n'allait rester bien longtemps.

Il monta dans sa chambre, Bryars sur ses talons. Il comptait y faire ses bagages et s'installer dans la maison de la professeure, où ils se terreraient jusqu'à la fin de cette journée. Mais sa chambre avait été envahie : il vit des centaines de cartes accrochées au plafond, aux lampes, au miroir, au lavabo, au lit. Le sol était jonché d'étiquettes blanches. Elles dansaient à la fenêtre, elles recouvraient les draps, elles étaient fixées à sa chemise et à ses pantalons dans l'armoire. Sa valise en débordait. Et toutes disaient la même chose : *Objet n° 149. Objet n° 149. Objet n° 149. Objet n° 149. Objet n° 149. Objet n° 149. Objet n° 149. Objet n° 149. Objet n° 149. Objet n° 149. Objet n° 149.*

C'était la preuve ultime. Sylvia Keepsake était le cinquième membre du comité, peut-être la cheffe. Et elle cherchait à l'appâter, parce qu'elle avait besoin de lui – qu'il soit d'accord ou non – pour achever le rituel.

Ils redescendirent. Quand ils se furent réfugiés chez Bryars, il devint évident que la professeure était mal en point : fatigue, ou pire ?

Ils s'installèrent à la table. Elle avait les yeux fermés et l'esprit ailleurs. Il n'arrivait pas à l'atteindre. Ces deux personnes, cette pièce – il se serait cru au front, dans une tranchée, dans cette cuisine-champ de bataille.

Bryars se pencha soudain en avant, plus près de lui que jamais, et, ses lèvres lui effleurant l'oreille, elle parla d'une voix qui n'était qu'un souffle. « Ceux qui sont impliqués dans l'affaire voudront achever leur tâche sans tarder, je pense.

— Je suis d'accord. On approche de l'instant suprême.

— Mais la journée appartient à sainte Hetta. Rien ne peut être achevé.

— Pas avant minuit.

— Et là...

— Et là, ils tenteront leur chance. »

Bien qu'elle partageât son avis, elle se détourna.

« Qu'y a-t-il ?

— J'ai vu Jenny-les-Vrilles ! chuchota-t-elle, les yeux sombres et brillants. Depuis que cette chose s'est enfoncée en moi, je vois son visage dans ma tête, je sens sa respiration sur ma peau. »

Elle se frotta l'avant-bras au niveau de la vrille.

« Elle m'envahit, comme dans les fables qu'on me racontait quand j'étais petite. Je suis destinée à figurer dans votre histoire, John, mais je ne le veux pas. Je n'aspire qu'à la solitude. »

Elle s'interrompit, battit des paupières et s'humecta les lèvres avant de remonter sa manche pour dévoiler l'excroissance végétale.

« John, vous voulez bien m'en débarrasser ? La sectionner ? »

Nyquist ne répondit pas. Les raisons de refuser ne faisaient pas le poids face à la douleur et à la peur que ressentait Bryars. De plus, il ne voulait pas qu'elle soit mêlée à ce drame, ni qu'elle y laisse des plumes. Il dénicha une bouteille de whisky dans un placard et lui fit boire plusieurs gorgées d'affilée le plus vite possible. Elle n'eut aucun mal à obéir. Pendant ce temps-là, il alluma la gazinière pour stériliser un couteau à steak dans la flamme. Rien ne fut dit ; rien ne pouvait être dit. Il entendait Bryars déglutir. Il lui prit la bouteille des mains et versa une bonne dose d'alcool sur la vrille et la zone de peau d'où elle sortait. Au dernier moment sainte Hetta se glissa dans son esprit pour essayer de l'interrompre dans sa tâche, mais il trouva en lui assez de volonté pour la repousser. Enfin, sans prévenir, il enfonça la lame dans la chair. L'alcool s'évapora dans un chuintement.

Du sang. Le hurlement de Jenny-les-Vrilles.

La professeure Bryars s'évanouit.

Une demi-heure plus tard il avait nettoyé la plaie à l'eau chaude, enveloppé le bras d'un bandage et mis Bryars au lit. La vrille coupée se tortillait sur la table de la cuisine. Il la souleva avec une pince et la plongea dans la flamme de la cuisinière. La fumée puante lui donnait des haut-le-cœur, mais il maintint la vrille en place jusqu'à ce qu'il n'en reste plus qu'un lambeau carbonisé.

Elle ne m'aura pas, ni personne de mon entourage.

Il sortit. Il progressait difficilement car, à mesure que le jour avançait, son corps et son esprit lui obéissaient moins. Il sentait que sa mauvaise volonté attirait sur lui la colère de Hetta. Il avait le plus grand mal à rester concentré.

La porte de la salle des fêtes était ouverte ; il entra, s'attendant à un comité d'accueil. Mais le vestibule était vide. Il passa par la porte sur le côté de la scène et traversa la réserve pour entrer dans le musée. Le long des couloirs, sans lumière, dans le noir, il effleurait des deux mains les vitrines et les étagères pour se guider. Il atteignit ainsi la salle des masques et la porte de l'objet 149, devant laquelle il avait rencontré Madelyn Arch. Cette fois, une autre femme l'attendait. Sylvia des Bois vint à lui, chercha sur son visage des signes de faiblesse et en trouva suffisamment pour se pencher en souriant. « M. À moitié écrit en lettres de sang. Vous êtes toujours vivant. Bien. » Elle était assez proche pour que les mots se forment distinctement. Il sentait son haleine, relents de forêt et de fumée, de colle et de crayons gras. Écœurant, mais il devait passer outre.

« Sylvia… » Et soudain il ne sut plus que dire. Ses pensées étaient en miettes, ses mots aussi. Sa langue bougeait en vain. Sainte Hetta le tenait dans ses filets. Il réunit toute sa volonté. « Je cherche mon… père. Je crois que vous savez où…

— Il est ici. Tout près.

— Montrez...

— Avant tout, vous devez communier. Êtes-vous prêt ? »

Elle tenait une branche de myre dont elle cueillit une baie, puis une seconde. « Une, deux. Juste assez. Assez pour vous ralentir, pas pour vous tuer. Mangez ! Et vous verrez votre père, je vous le promets. »

Sans se laisser le temps d'hésiter, Nyquist prit les baies et les mit dans sa bouche. C'étaient des billets pour un autre monde. Un aller simple. Ses dents firent éclater la peau des fruits, dont le jus lui emplit la bouche. C'était amer.

Il tomba dans les ténèbres, des ténèbres pleines de sommeil, de rêves, d'heures qui passaient, et même ses rêves étaient tronqués, incomplets, et les visions étranges qui défilaient devant ses yeux n'étaient jamais vraiment des visions car il n'était jamais ni endormi ni éveillé, jamais calme, toujours en mouvement, arrêté, à la lisière, interrompu par sainte Hetta, pourtant on l'entraînait, on le forçait à avancer, on le poussait dans une ouverture, ou on la lui faisait franchir tout doucement, il ne savait plus, y avait-il encore une différence entre violence et tendresse, il ne distinguait plus le mouvement de l'inertie. Et même s'il n'espérait plus avancer, il avançait, jusqu'à ce que les ténèbres s'accomplissent.

La lune-argent coulait dans ses veines.

AGENTS DE DOMMAGES CORPORELS

Dans les heures infinies, dans les profondeurs de son long sommeil, dans l'eau noire et froide de sa captivité, dans les plis et les replis du vide, il était là, il se racontait l'histoire, une histoire située dans le monde cauchemardesque qu'il s'était créé lui-même et le cygne à deux cous et l'étreinte enchevêtrée de Jenny-les-Vrilles et le fantôme de son père qui investissait le corps d'un homme vivant. Et même ces images oniriques lui étaient confisquées à mesure que le poison envahissait son organisme, le ralentissait presque jusqu'à l'immobilité jusqu'à ce qu'il ne lui reste que sa voix pour répéter en boucle...

Écrit en lettres de sang est écrit en lettres de sang est écrit en lettres de sang...

Et le temps continuait sans lui.

Et sainte Hetta s'assit sur sa poitrine pour attendre.

Et les gens entraient dans la pièce tout autour de lui pour attendre, un, deux et trois.

Et la lune-argent chantait son chant de sommeil argenté.

Et le village vaquait à ses affaires, hors de cette pièce, hors de ce bâtiment.

Et le jour tourna au soir et à la nuit et au calme et au silence.

Et les voix l'appelaient, murmuraient, l'imploraient de se réveiller.

Et il écoutait, il écoutait de loin.

Et il dormait sans vouloir répondre.

Et on l'appelait.

Et il dormait, il dormait.

Et on l'appelait sans relâche, un chant bienveillant, comme si on l'aimait, comme si on voulait son bien, jusqu'à ce qu'il soit contraint de se frayer un chemin dans l'eau noire où il gisait, qu'il s'arrache aux profondeurs, qu'il avance guidé par le chant, le bruit de ses bourreaux, les chuchoteurs, et il rampait, il rampait sur du béton pour atteindre l'instant, cet instant, cet instant précis où il put enfin s'arracher à l'attrait noir du poison.

Lune-argent, dame Lune-argent, délivre-moi.

Et cette fois sa prière fut exaucée.

Nyquist s'éveilla.

Il avait toujours les yeux fermés mais il entendait des voix, trois voix, une conversation. Chacun prononçait un mot à la fois, sous l'autorité de la sainte du jour, mais tous ensemble ils parvenaient à créer un sens nouveau.

Il...

Est...

Réveillé...

Regardez...

Il...

Bouge...

Doucement...

Non...

Pas encore...

Le moment...

N'est pas...

Venu...

Pas encore...

Attendons...

Minuit...

Encore...

Quelques...

Minutes...

Et...

Nyquist essayait de se concentrer, de se reprendre.

Où était-il ?

Par terre, roulé en boule.

Oui. Voilà. Je suis là. Les bras autour de la poitrine, les jambes repliées.

Il s'étira et enfin osa ouvrir les yeux.

Encore des ténèbres.

Sol bétonné, poussière, une araignée tout près de sa tête, un éclat de verre.

Une pièce mal éclairée, une ou deux bougies.

Des ombres qui dansaient sur les murs.

Il se tordit pour voir le reste de la pièce, mais son mouvement fut interrompu par deux mains solides qui l'empoignèrent par-derrière et l'immobilisèrent. La douleur le transperça. Il était coincé dans une position d'où il voyait deux femmes qui parlaient, mais leurs visages étaient indistincts, il faisait trop sombre et ses yeux étaient encore à moitié dans le sommeil, dans le rêve noir de la lune-argent qui le submergeait encore.

L'une des femmes s'approcha de lui.

C'était la docteure.

Elle se pencha pour lui caresser doucement le visage. Il avait peur d'elle mais ne pouvait bouger. Ses membres, son cou étaient lourds. Il était incapable de se hisser dans le monde réel.

Ses ravisseurs se concertaient, leurs têtes si proches les unes des autres qu'ils ne formaient plus qu'une seule créature. Il n'entendait pas leurs paroles, seulement quelques consonnes sifflantes. Mais ses yeux s'accoutumaient à la pénombre et il les reconnut lorsqu'ils s'écartèrent : Higgs, Nigel Coombes, Sylvia Keepsake.

La docteure s'affairait devant une table. Nyquist ne voyait pas ce qu'elle fabriquait. Il avait peur. Il voulut se lever, tendre les bras, mais c'était peine perdue, ses bras et ses jambes tressautaient, il entendit un bruit de verre brisé, un choc sourd. Il était entouré d'objets. Il les distinguait : des petites bouteilles par centaines, à même le sol. Elles s'entrechoquaient. Il les reconnut.

Les pennies de sang qu'il avait vus au musée.

La docteure revint et, cette fois, elle tenait quelque chose, une seringue. Nyquist essaya de crier. Mais ses lèvres étaient molles, sa langue inerte.

Coombes le maintenait fermement.

Higgs se pencha. « Pour arracher Guinevere à son sommeil, nous devons l'attirer. Apparemment, ce qu'elle désire, John, c'est vous, votre vie lamentable. Nous ne nous y attendions pas du tout. Mais quelle joie ce doit être. Quelle joie. Être capable d'un tel sortilège. »

Il sentait son souffle chaud sur ses joues, une bouche contre son oreille. C'était immonde, ce contact humide, mais il le fallait, pour qu'elle puisse parler.

« J'ai prélevé des extraits des trois cent soixante saints dans leur sang, leur poussière, leurs restes, ce qui restait au fond des fioles, tout vieux, tout moisi, John, à votre profit. Un délice. » La voix de Higgs était onctueuse. « Sûrement, sûrement Guinevere va se manifester, à présent, tentée par ce festin : un corps qui renferme tous les saints. Toutes leurs histoires réunies. »

Elle lui planta l'aiguille dans le cou et enfonça le piston.

Il ne sentit qu'un bref élancement, puis plus rien.

« Mon père... Où est-il ?

— Bientôt. » La docteure attendit que le produit fasse effet. « Guinevere est proche, toute proche, elle vit dans la créature que nous avons fabriquée pour elle, deux corps, un vivant et un mort, un de chair et un d'esprit. »

Ensuite Higgs alla rejoindre les autres contre le mur. Tout le monde le regardait. Regardait Nyquist se lever, trouver son équilibre tant bien que mal, les bras écartés en quête d'un appui. Il n'y en avait pas. Ses yeux étaient mi-clos, il tremblait, son front et ses paumes étaient trempés de sueur. Il chancelait. Pour la première fois il remarqua le cercle qu'ils avaient tracé autour de lui et les quatre objets aux points cardinaux : le revolver, la tasse, la pièce, le livre : de chacun d'eux partait une vrille verte qui se tendait vers lui. Il se demanda vers lequel aller d'abord, car tous le tentaient également. Il se demandait aussi ce qu'ils auraient fait de Maude Bryars s'il ne l'avait pas amputée de sa vrille. Ce fut sa dernière pensée lucide. Son esprit s'égarait et la pièce devenait floue. Il longea la bordure du cercle pour trouver une sortie, une direction, mais tout était lié, les particules, la poussière, les gens, les murs de plâtre effrité, le sol rugueux, l'homme vautré dans un angle. Nyquist cessa de bouger. Essaya de se concentrer. Combien de gens y avait-il ? Il dut prendre son temps, compter, un par un. Higgs, Coombes, oui, qui d'autre ? Sylvia Keepsake, oui. Trois personnes. Non, non, il se trompait. Il y avait lui, il ne s'était pas compté, John Nyquist. Quatre personnes dans la pièce, oui. Voilà. Non, non. Faux. Une de plus. Une autre, il en était sûr ! Il s'efforça de se tenir droit, d'examiner une section de la cave, dans le coin, là où une cinquième personne attendait, assise le dos au mur, un capuchon sur la figure, les mains liées devant lui, un homme, un vieil homme, qui était-ce ? Nyquist fit un pas maladroit, tomba à genoux et déchiffra l'étiquette accrochée au cou de l'homme : Objet n° 149. Il souleva le capuchon et vit le visage. Ils se reconnurent. Oui, il l'avait déjà vu, cet homme, cet inconnu, ce visage était le visage de son père, oui, il le reconnaissait très bien, il tendit la main vers lui, vers son père, et ils faillirent se toucher, ses doigts touchèrent presque la peau, le visage, les joues et le front, presque, et il parla presque, mais quelque chose le retint, sainte Hetta peut-être, ou la lune-argent ou l'effet des saints, il les sentait qui grandissaient en lui, qui l'envahissaient, il était perdu, que se passait-il, un fatras de sensations qui le tiraillaient, il ne pouvait rien contre eux, contre les saints, et de tous les recoins de son corps et de son âme il les sentait qui l'appelaient, qui lui donnaient des ordres, oui, il les sentait, un saint le rendait muet, un autre l'emplissait d'un désir de plein air, une le figea l'espace de sept secondes exactement avant qu'un autre ne le fasse frissonner et convulser comme un dément, une autre lui arracha un cri de terreur quand le voile du jour fut arraché, et un autre l'apaisa, un autre encore lui donna la nostalgie du passé, l'envie de vivre en paix dans l'amour de sa mère, mais un autre lui ferma les yeux et l'empêcha de les rouvrir et il s'élança dans la cave, aveugle, pris de panique, avant qu'un autre ne ranime son mouron, enfin, oui, bien sûr, le mouron de la vie et de la connaissance, la carte de brume, la carte étincelante du village qui lui montra où il se trouvait dans le sous-sol du musée et quand il tendit des mains reconnaissantes vers le mouron il les vit couronnées de brume puis arrachées à la brume quand un autre saint le fit tomber à genoux pour dévorer les insectes qui rampaient sur le béton, les araignées, les puces, il mâchait quand un autre saint le fit chuchoter, chuchoter, puis il dut crier puis il dut danser puis baisser la tête en prière puis répéter son nom sans arrêt puis s'endormir sur place, debout, dormir une seconde et s'éveiller juste avant de tomber puis il tomba, il eut mal, et ses mains se portèrent à son visage pour arracher les saints en lui, les pennies de sang, il se lacérait la peau, le cou, les bras, dans l'espoir de trouver une veine pour en extirper le poison, se libérer, mais la liberté n'existait pas, plus, pas avec le saint des reculades qui prenait les commandes, ensuite il dut chanter, chanter à s'en assécher la gorge, des chants d'amour en l'honneur d'une déesse morte depuis des siècles, morte et enterrée mais il devait chanter, chanter en silence, dans le noir, sous la lune, en marchant de côté, en essayant de voler, en se perdant, auréolé de papillons de nuit, de fantômes, de mots, parmi les passereaux et les moineaux qui se posaient sur ses bras et l'aidaient à chanter, à pleurer, à danser seul au milieu d'un pré, un pré inaccessible et c'était douloureux, il voulait obéir aux ordres du saint jusqu'à ce qu'un autre l'en libère et il n'avait plus qu'à marcher à quatre pattes comme un chien qui renifle la terre, ensuite il vivait dans le crâne d'une femme qui lui parlait, qui disait *Je m'appelle Madelyn Arch, enchantée*, et il lui répondit, il trouva un moment de répit tandis qu'elle vivait à sa place, elle le débarrassa de sa douleur mais il fut chassé de la tête de Madelyn et il se retrouva dans la cave, seul dans le cercle à tourner, à chercher son père, cette forme blottie dans un coin, ce visage, mais sainte Hetta n'avait pas relâché son emprise, il n'arrivait jamais au bout, et les trois cent soixante saints régnaient sur lui, et la lune-argent régnait sur lui, il ne pouvait atteindre son but, le but qu'il espérait, auquel il rêvait, toucher cette main, il voulait porter un masque et s'appeler Edmund Grey, se promener avec sa sœur, Alice, puis arracher le masque imaginé et savoir qu'il n'avait pas de nom, pas de sens, qu'il était vide, un néant, creux, impuissant, puis il dut se raconter des blagues à la chaîne, sans fin, il riait au point d'en avoir des points de côté, et les saints se répétèrent, souvent deux ou trois en même temps et alors il criait en silence dansait immobile hurlait ronronnait battait des bras comme un oiseau et reculait tremblait masque larmes chute sol miauler dépeçait feulait sans cesse en même temps et ralentissait jusqu'au minimum de vie humaine et Madelyn lui parlait de nouveau disait *Restez ici, restez, restez avec moi ici, dedans, restez, John, avec moi, ne partez pas, ne m'abandonnez pas* et il resta, il était seul dans la pièce dans la tête de Madelyn Arch et elle lui dit *Vous n'avez qu'à attendre minuit, c'est tout, écoutez, écoutez, Hetta vous libérera, vous entendez le clocher de l'église qui sonne pour vous ?* et il l'entendit, le premier coup de minuit, le deuxième, il fut ramené dans la cave, dans le cercle avec les vrilles qui une par une se tendaient vers lui, toutes les quatre, s'enfonçaient dans sa chair, et la tasse, le revolver, le livre et la pièce tournoyaient autour de lui, les pages du livre battaient des ailes, son père était à côté de lui à l'attendre, le quatrième et le cinquième coup, il tendit la main et le visage de son père changeait, la peau se déformait, les yeux enflaient, et Nyquist voulait hurler il hurla parce que le saint de l'instant le laissa hurler, le faisait hurler, le poussait à hurler, et la cloche sonnait, comptait, comptait, et son père se transformait en une autre créature, une créature entièrement faite de vrilles vertes, des centaines, des milliers enchevêtrées, neuf coups, dix coups, toutes les vrilles se tendaient pour l'engloutir, l'attirer, l'entraîner dans la terre les profondeurs les graines les racines le tronc, les branches les feuilles les bourgeons et les fleurs, et le douzième coup résonna quand la terre et l'écorce et les pétales se refermaient sur lui et un instant il ne vit que les ténèbres.

Il sentait l'odeur de la terre.

Il entendait un bruit de glissement.

Il ne savait pas où se tourner, mais quand il tendit les bras il sentit un mur, puis un autre, tout près, un troisième, tous faits d'une terre compacte, avec des racines et des fibres végétales. Il suffoquait. Mais le quatrième pan était ouvert. Il se faufila à travers un étroit passage et parvint à une porte. Il y avait juste assez de lumière pour lire : *Merci de frapper*. Il toqua ; une voix lui dit d'entrer. La porte s'ouvrit sur une petite pièce avec une table et deux chaises sous un abat-jour. Les murs étaient faits de vrilles vertes qui se tortillaient, serrées, nouées ; le sol et le plafond aussi. Leurs mouvements étaient à peine visibles dans la pénombre, et elles faisaient un bruit monstrueux, sifflant, visqueux.

Un homme était assis. Son visage ne fut visible qu'une fois que Nyquist se fut assis lui aussi.

« Mon fils. Tu es venu. »

Ces quelques mots.

Nyquist éclata en sanglots. Il avait le souffle coupé. C'était involontaire, une réaction du corps et du cœur. Son père lui tendit un mouchoir avec lequel il s'essuya le visage et, en séchant ses larmes, il trouva enfin une voix, une petite voix brisée.

« Je suis désolé. Je suis désolé d'avoir été si long. »

Son père hocha la tête en souriant. « Ce n'est pas grave. Nous nous sommes retrouvés. Je savais que tu réussirais. Je savais que tu allais me retrouver. Du moins je l'espérais.

— Je ne... Je ne sais pas quoi dire.

— Non, moi non plus, dit son père avec un petit rire. Pas vraiment. » Mais il prit la main de son fils. Nyquist regarda ce contact. Il se sentait jeune, presque redevenu enfant.

« Eh bien, petit, tu m'as apporté quelque chose ?

— Je ne te suis pas.

— Tu n'as rien ? Tu es sûr ?

— Oh. Si. »

Il avait un sac, un sac de commissions, comme celui qu'avait sa mère. Il ne l'avait pas remarqué. Il en sortit les objets qu'il contenait, un par un, en les nommant au fur et à mesure.

« Il y a une tasse à thé. Un revolver... et un guide d'ornithologie. »

Son père parut content. « Le Guide Auberon. Je te l'ai transmis et tu me le rapportes. Guinevere emprunte les chemins les plus étranges. »

Nyquist sortit le dernier objet. « Une pièce. Une demi-couronne. »

Les quatre objets étaient alignés sur la table. Ils étaient propres, à présent, sans les vrilles. Libérés.

Son père les examina. « Il devrait y en avoir un cinquième.

— Ce n'est pas un objet. C'est une personne.

— Pas étonnant. Un sacrifice peut être nécessaire.

— Impossible. J'ai coupé le lien. »

Son père lui jeta un regard intrigué. « Bon. On se débrouillera quand même. Si ça n'est pas cette personne-là, il y en aura une autre… » Il se força à sourire en soulevant la demi-couronne. « Charles II. Un choix intéressant.

— Pourquoi ?

— Le roi en exil. » Il la fit tournoyer sur la table et elle ne s'arrêta plus, attirant la lumière de l'ampoule. « Nous avons jusqu'à ce que cette pièce s'arrête, sur une face ou sur l'autre. Alors une décision sera prise. Tu comprends ?

— Non. »

Son père hocha la tête. « Ça n'a pas d'importance. Pas tant qu'elle continue à tourner.

— Pourquoi m'as-tu quitté ? Je n'étais qu'un enfant. »

La question était abrupte, et la réponse mit du temps à venir. « Je ne supportais pas la vie. Le regard des gens et, surtout, le tien. Je me sentais coupable de la mort de ta mère. C'était terrible. J'ai cru pouvoir la faire revenir. J'avais entendu des histoires sur la région de Crépuscule…

— Raconte. »

Son père avait une expression de souffrance presque insoutenable. « Nous avons si peu de temps, John.

— Je sais. Je comprends. »

Malgré tout il sentait ses ongles griffer le bois de la table. Nyquist avait trop de pensées en tête qui s'affrontaient. Amour. Haine. Il arrachait des échardes. La table était tailladée, des signes de désespoir laissés par d'autres voyageurs en d'autres temps.

Puis son père dit : « Mon fils, je suis mort en 1939. »

Ces mots emplirent la pièce de silence. Les deux hommes se regardaient, un quinquagénaire, un trentenaire. Entre eux, sur la table, la demi-couronne tournoyait à la même vitesse, sans ralentir. Une énergie supplémentaire l'avait gagnée. Et malgré tout ce qu'il aurait dû ressentir,

Nyquist était joyeux, une émotion étrange et rare : avoir ces quelques minutes à passer ensemble, quel bonheur !

Nyquist voulait demander qu'il lui dise la vérité, mais les mots venaient mal, il hésita. Il attendit et, finalement, n'eut besoin de rien dire. Car son père ouvrit le guide ornithologique et se mit à le feuilleter tout en racontant son histoire.

« J'ai traversé les champs de Crépuscule pour chercher refuge dans les brumes. C'était une région désolée, mais certains choisissent de vivre dans les terres liminales, de rares personnes dans mon genre, qui cherchent à échapper au monde connu. J'ai rejoint un groupe de durs à cuire qui avaient établi un campement au bord d'un canal, dans une ancienne gare de marchandises. On dormait dans des cabanes ou de vieilles caravanes, on chassait les oiseaux, les lapins et les créatures étranges qui grouillent dans le secteur. Dans ce monde de mystères entraperçus, je me suis fait une vie. Mais la douleur ne me lâchait pas. Tous les jours je m'aventurais un peu plus loin du camp, plus loin dans Crépuscule, car toute ma vie j'avais entendu dire que les brumes abritent les esprits des morts. Je cherchais le fantôme de ta mère. »

Il leva les yeux du livre. Sous la lampe, il avait un air hagard.

« Tu vas me trouver idiot, je le sais bien. Et cruel, certainement, mais c'est ainsi. C'est ce que je ressentais.

— Mais tu as échoué ?

— Oui. »

La pièce continuait à tourner. Tremblait-elle un peu ? Quand le père de Nyquist s'en aperçut, une inquiétude passa sur ses traits. Il déchira une page du guide, avec un bruit presque douloureux à l'oreille, comme si le livre pleurait.

Il reprit : « Dans Crépuscule, on vit rarement très vieux. Le brouillard perpétuel m'est entré dans les poumons et je suis tombé malade. D'autres avaient souffert de la même chose et on m'a dit que j'allais mourir si je ne quittais pas le secteur pour retourner en ville. » Il baissa les yeux. « J'ai essayé, mon fils. Je suis allé à la frontière, là où la lumière de l'Aube se fond dans les routes du Jour, où le brouillard se dissipe dans l'air pur.

Mais j'ai été incapable de faire un pas de plus. Tu avais douze ans, alors, et je n'avais aucun moyen de savoir où tu étais ni ce que tu faisais. L'idée de rentrer à la maison et de la trouver vide – ou, pire, occupée par une autre famille... Ça me terrifiait.

— Je me suis débrouillé, papa, lui dit Nyquist. Je me suis construit une vie.

— Oui, oui, je vois bien. Tu as toujours été fort, résilient.

— J'ai vécu dans d'autres familles. Les McGregor, entre autres, qui se sont montrés gentils avec moi. »

Son père hocha la tête en souriant. Il regarda la page déchirée et se mit à lire : « *Choucas. Plumage noir, nuque grise... Son chant est un* tchak-tchak *grinçant. Vole très bien, capable de tourner et de planer.* » Il regarda son fils. « C'est utile, ça. Vole très bien. Ça sera utile. » Il froissa le papier pour en faire une petite boule. « Tu te souviens quand je te faisais la lecture ? Le soir, avant de te coucher ? » Nyquist répondit que oui. « Bien, bien. Je suis heureux que tu n'aies pas oublié. »

La pièce vacillait autour de son axe.

« Il nous faut une autre page, je pense », dit son père. Il avait du mal à parler. « Mais tu peux choisir. Tu pourrais me citer un oiseau qui vole très haut, fils ?

— Je ne sais pas...

— Souviens-toi ! Quand tu étais petit, tu n'arrêtais pas de relire l'Auberon, sans sauter un seul article. »

La réponse vint toute seule. « L'alouette ?

— L'alouette ! Oui ! Très bon choix, elle vole au sommet des cieux. Magnifique. Tiens, fais-le à ma place. »

Nyquist prit le livre et chercha la bonne page, *Alauda arvensis*, la déchira et la roula en boule.

Son père poursuivit l'histoire.

« J'ai passé quelques heures à la frontière avant de rentrer dans Crépuscule. J'avais entendu parler d'un bassin où ceux qui allaient mourir allaient se reposer. Ce n'était pas loin de notre campement, quelques kilomètres, mais je suis arrivé épuisé. J'étais seul. Je me suis assis sur la berge et j'ai regardé l'eau. J'étais très malade et je pouvais à peine respirer sans être pris de douleurs terribles. Je voulais mourir. J'aspirais à la mort. Et quand j'ai vu mon reflet, j'ai su que mon heure était proche, car j'avais l'air vieux, beaucoup plus vieux que mon âge, aussi vieux que tu me vois aujourd'hui, mon fils. Ensuite… »

Il porta la main à sa bouche en frissonnant.

Nyquist attendit sans dire un mot.

La demi-couronne tournait, ralentissait, ralentissait.

Son père souleva la tasse du couronnement.

« Ensuite, alors que je me regardais, je me suis vu disparaître. Me dissiper. Mon reflet bougeait sur l'eau noire, bientôt hors de portée. J'ai paniqué, je me suis dit que j'avais commis une erreur terrible, car il fallait que je vive, je voulais vivre ! Ma main a plongé dans l'eau pour essayer de retenir ce que j'avais été, mais le visage m'a glissé entre les doigts, comme de l'eau, comme l'eau, toujours. »

Il tripotait la tasse et sa voix semblait venir de très loin.

« Le bassin était vide, sans lune, ce n'était plus un miroir. Et j'ai senti ma vie qui s'écoulait. Je me suis effondré sur la berge, à moitié dans l'eau, à moitié dehors. »

Il abattit la tasse sur la table et elle se cassa.

Nyquist sursauta.

Les fragments de porcelaine atterrirent un peu partout, un morceau avec l'anse, un autre avec la moitié du visage de la reine Élisabeth. Son père le ramassa ; il avait une pointe létale. « Il s'y trouve peut-être encore, mon cadavre, pourri jusqu'à l'os, nettoyé par les corneilles et les corbeaux. Ou peut-être qu'on l'a déplacé. Peut-être que mes camarades du campement m'ont enterré, avec quelques prières pour que je sois délivré. Je l'ignore. »

La demi-couronne n'était plus une forme floue. Elle oscillait, on distinguait les deux côtés, pile et face.

« Mon esprit, abrité dans mon reflet, est rentré à la maison. Retour aux sources de notre famille. Ici, dans ce village. J'y ai été appelé par Guinevere Clud, qui règne sur tous ceux qui sont prisonniers des limbes.

Ou Jenny-les-Vrilles, comme on l'appelle aussi. Son corps nous entoure.» Il indiqua les murs, le plafond. « Tous les trois, coincés à mi-chemin entre la vie et la mort.

— Tous les trois ?

— Bien sûr. Car ma nature est double. M. Thomas Dunne réside en moi. Je l'ai possédé afin de revenir à la vie. C'est pour cette raison que je vais emprunter les ailes du choucas. Et celles de l'alouette... Oh.»

Cette déclaration, toute simple qu'elle parût, entraîna une réaction hostile sur le visage de l'homme. Ses yeux s'écarquillèrent de terreur et sa bouche s'ouvrit sur des dents serrées. Ses poings se crispèrent. Il affrontait une force intérieure, Nyquist ne voyait pas d'autre explication. Et l'expression de son père se modifia encore, laissant entrevoir le visage d'un autre homme qui envahissait ses traits. Un autre homme qui hurlait de douleur, arrachant un second hurlement à George Nyquist. Deux bouches horrifiées, avec un infime décalage. Comme si un homme essayait de sortir de l'autre. Nyquist en avait le cœur au bord des lèvres.

« Père... »

Le plus petit geste de Nyquist, le plus léger contact, suffit à chasser l'autre, et le visage de son père redevint normal. Il regardait devant lui, vers son fils, mais plus loin que lui, plus profond.

La demi-couronne ralentissait à chaque tour.

Le père la regarda. « Nous n'avons plus beaucoup de temps, parvint-il à dire. John, je t'en prie, ouvre la main.»

Nyquist obéit. Avec l'éclat de porcelaine tranchant, son père fit une entaille dans sa main, puis dans celle de son fils. Ils frottèrent leurs paumes.

« Notre ami aura besoin de ce sang. Pour le retour.»

C'était la première fois que Nyquist comprenait ce que son père disait, ce que son père mijotait. Il voulut protester, le retenir, le faire rester encore un peu, une minute, quelques secondes même. Mais non. Son père saisit le revolver, vérifia le cylindre, où une cartouche était engagée. Puis il enfonça les deux boulettes de papier dans le canon. « Une, deux. Des ailes de papier. Bien. Le vol retour.» Il reposa l'arme sur la table. « Attendons.»

Ensemble, ils regardèrent la pièce de monnaie, qui vacilla et s'immobilisa enfin.

« Face. Je m'en réjouis, mon fils. Ça veut dire que je peux choisir. Par ces ailes, par ce sang. »

Nyquist avait huit ans à nouveau et demandait à son père de rester.

Pas maintenant... Ne pars pas... Ne me quitte pas...

« M. Thomas Dunne ne mérite pas ce sort. Quant à moi, je suis resté trop longtemps dans ce royaume d'ombres. Et cette chair empruntée me répugne. Sincèrement. »

Il tendit le revolver à son fils.

« Je suis désolé, mon petit. »

C'était un aveu. Un aveu qui rompit l'instant en deux. Nyquist voulut répondre, se lancer à son tour dans une confession, mais les mots ne venaient pas.

Le moment s'achevait.

Ils se regardaient.

L'ampoule clignotait, bégayait. Bientôt elle s'éteindrait.

Nyquist accepta la mission. Il pointa le revolver, visa. Ce n'était pas si différent de ce qu'il avait fait pour Maude Bryars, quand il l'avait libérée du contrôle de Jenny-les-Vrilles. Un coup de couteau. C'était pareil. Il se le répétait. Il se répétait *C'est la même chose, un acte rapide, un petit mouvement du doigt. Rien de plus.* Mais sa main tremblait fort et il suait à grosses gouttes.

« Y a-t-il un autre moyen ? » demanda-t-il.

Personne ne répondit. À la table, nul ne répondit.

Nyquist leva la main gauche pour caler la droite. Il se rappela que c'était un revolver à double action ; il n'aurait pas besoin de ramener le chien.

Tout était prêt.

Une idée simple lui vint, une sorte de prière, une prière faite de bric et de broc, du sang lui-même, de ce qu'on collecte lors des combats quotidiens, à la guerre, dans les épreuves.

Ici je me suis trouvé, quand je devrais être perdu.

Viser.

Il pressa le canon sur le front de son père. Ce point où les pensées s'amassaient avant de s'élancer dans le monde, où les souvenirs étaient engrangés avant d'être archivés ou oubliés.

Pile à cet endroit.

Ferme les yeux.

LE VOL DU CHOUCAS ET DE L'ALOUETTE

Dans la chair, dans les muscles et les veines, dans l'os du crâne. Dans le cerveau. Dans la matière grise, le réseau de nerfs.

Dans la carte inconnue de la tête.

Dans la surface du miroir, un trou en fleur.

Dans les eaux contaminées du lac Birdbeck. Dans les fantômes qui rôdent aux ténèbres. Dans le village de Hoxley-sur-la-Vive, dans les rues désertes, les ruelles, les allées, les impasses.

Dans les horreurs quotidiennes, les désirs, les tentations, les instants d'amour et de regret, dans tous les moments oubliés.

Dans l'histoire qui se déploie, se replie, se déploie.

La vie qu'on quitte, la vie à venir.

Dans les vrilles enchevêtrées et les herbes foulées, dans les branches du chêne, Lame-de-Lune. Dans les étiquettes de la clairière avec leurs lettres, avec leurs codes.

Dans la pâleur de la lune et dans l'éclat du soleil.

Par une porte fermée marquée *Paradis*. À travers une frontière de brume. Dans la chair à nouveau. En poussière. Poudre. Sang. Éclats. Sur la place du village et par-dessus l'étang où les sorcières étaient jugées. Dans les esprits nébuleux, sur les noms des pierres tombales. Dans le corps de son père : souffle, murmure et ombre.

Dans les larmes des yeux de Jenny-les-Vrilles.

Dans les mots qui nous ont conduits ici, dans les mots qui nous emportent, ces mots-ci...

LE POÈME DES BOIS

Il y avait des murmures et des cris de douleur dans le noir, mais il ne savait pas d'où ils provenaient. Il tâtonna jusqu'à sentir ses doigts se refermer sur les débris d'une tasse à thé. Les arêtes étaient tranchantes. Il était étendu dans la cave, il savait au moins cela. Une femme se mit à pleurer. Puis elle poussa un hurlement, comme si on la frappait. Un homme cracha un torrent de paroles furieuses : « Tu m'avais promis ! Tu m'avais promis ! Où est-elle ? Tu m'avais promis ! » C'était le chaos. Nyquist se mit à quatre pattes. Il n'avait plus de forces, il avançait à peine. Mais il finit par sortir du cercle et trouva Thomas Dunne dans le coin de la pièce. Une ampoule s'alluma au plafond : c'était comme une créature qui trouvait soudain la vie. Les yeux de Dunne contenaient la nuit et tout ce qui s'était passé. Sa bouche essayait de former un mot, un seul mot, mais rien ne fut dit, rien ne pouvait être dit. Pas encore. Le moment viendrait plus tard. Nyquist l'aida à se relever, mais en fait ils s'aidèrent l'un l'autre, car l'épreuve les avait affaiblis. Nyquist voyait Nigel Coombes et Sylvia, tout près. Elle avait le visage en sang. Coombes levait le poing pour la frapper encore, mais Higgs s'interposa. Nyquist traîna Dunne jusqu'à la porte et réussit à le faire passer dans le couloir des masques. Les six Grands Tolly les regardaient avancer, d'une année à l'autre, à travers le temps. Les vitrines des pennies de sang étaient vides. Ils continuèrent, atteignirent la réserve sous la scène, puis le vestibule. Dehors, c'était la nuit noire. L'aube ne devait plus être bien loin, mais Nyquist avait perdu toute notion du temps. Les deux hommes marchèrent jusqu'à Pyke Road. Toutes les maisons étaient silencieuses, toutes les lumières éteintes, et personne ne bougeait dans les rues, sauf eux, les deux errants. Nyquist avait besoin de se reposer, ses jambes se dérobaient sous lui, mais il fallait avancer, parvenir jusqu'à la maison de Maude Bryars. C'était la seule dont les fenêtres étaient éclairées. Il s'effondra contre la porte, Dunne à côté de lui. On leur ouvrit immédiatement et Bryars les fit entrer. Dans la lumière du vestibule Nyquist vit le visage de Thomas Dunne pour la première fois. Son père avait quitté son corps, entièrement, pour toujours, et cette idée lui brisa le cœur. Mais Bryars les fit passer au salon, où attendait Agnes Dunne. Elle se leva pour regarder son mari avec une surprise totale. Elle resta un instant incapable de bouger. Ses traits exprimaient la douleur. Elle pleurait. Enfin elle fit quelques pas et soulagea Nyquist de son fardeau. Thomas se laissa tomber dans les bras de sa femme. Et Nyquist perdit connaissance.

Le village dormait avec lui.

Le village dormait et le village pleurait dans ses rêves, et riait, et les villageois dansaient dans leurs rêves autour du mât de mai, et le vieil arbre nommé Lame-de-Lune étirait ses branches au-dessus de leurs têtes, dans leurs rêves.

Le lendemain il n'y avait pas d'icône, ni dans les vitrines qu'il vit sur son chemin, ni au Cygne à Deux Cous, quand il alla régler sa note et récupérer quelques babioles qu'il avait oubliées. Nigel Coombes refusa son argent. Il était assis dans l'arrière-salle avec sa fille. Ils se tenaient les mains. Nyquist les laissa seuls. Il retourna faire ses adieux à la professeure Bryars. Agnes et Thomas étaient encore chez elle. Thomas était taciturne, pas encore totalement revenu au monde. Mais Agnes et Maude se montrèrent très chaleureuses. Nyquist leur sourit. Il remercia Maude pour son hospitalité et ses leçons d'histoire. Elle répondit d'une voix douce : « Jenny-les-Vrilles m'a transmis un peu de son pouvoir, je crois. Je vais peut-être tisser des histoires un peu différemment, avec des fils de passé et de présent.

— C'est une bonne chose. »

Le chagrin lui serra le cœur. Il emmena Agnes dans le couloir. « Le coroner a rendu son verdict dans les affaires de Jane Sutton et de Ian Bainbridge. Des suicides.

— Je sais.

— À mon avis, il vaut mieux ne pas chercher à aller plus loin.

— Je n'ai pas encore pris ma décision.

— Je suis le seul à connaître la vérité. Et, je vous l'assure, je ne dirai rien à personne.»

Elle hocha la tête. Nyquist prit sa valise et s'éclipsa. Les gens vivaient leur vie, travaillaient, faisaient les courses, discutaient avec leurs voisins, promenaient leurs chiens. Il remarqua que certains avaient l'air un peu perdus. Une jeune fille était plantée sur le trottoir, indécise. C'était Becca Fairclough. Et cette journée était une Saint-Personne, il le savait : il n'y avait pas de comportement imposé. Étrange, même pour lui, simple visiteur. Il aurait bien aimé qu'on lui dise quoi faire, et il redoutait vaguement les choix qui l'attendaient.

Passant devant le cabinet de Higgs, il vit la docteure à sa fenêtre. Peut-être le sortilège avait-il eu de l'effet sur elle, peut-être pas. Il envisagea de frapper à la porte pour lui parler. Non, mieux valait tourner la page.

Nyquist prit congé de Hoxley-sur-la-Vive.

Bientôt il fut en vue des bois de Morden. Les ombres lui ouvrirent les bras. Par moments le visage de son père lui apparaissait, le visage de sa jeunesse. Un fantôme dans les arbres. Cela lui rappela un rêve qu'il avait fait quelques nuits plut tôt. Un rêve de morts revenant à la vie, se mêlant aux vivants sur la place, et il se demanda si ses parents allaient être réunis.

Il marchait. C'était une belle matinée d'hiver, et la cime des arbres scintillait sous la lumière du soleil qui montait dans le ciel. Sylvia Keepsake retirait les étiquettes des branches, et sa sœur l'y aidait. Hilda Bainbridge parlait. C'était merveilleux à entendre. Elle répétait chaque mot en s'appliquant, à mesure que Sylvia lui montrait les cartes. Chaque mot, chaque formule, chaque nom : *Nœud de sorcière, Graines à la volée, Aérienne, Joli motif, Lent départ.*

Il les observa un moment à l'abri des fourrés, puis tourna sur le sentier qui le ramena à la route et à l'arrêt de bus. Il était neuf heures moins sept. La route traversait la lande. Il vit le bus 16 qui approchait à l'horizon, sa peinture rouge vif contre le ciel ouvert, les champs infinis.

Il disparaissait par moments dans les vallons. Deux corbeaux vinrent le voir. Ils se perchèrent sur une clôture. L'un croassa, l'autre tourna son œil jaune vers le soleil.

Nyquist regarda sa main gauche, sa paume. Elle était marquée d'une petite blessure déjà refermée, une ligne rouge sombre, un peu douloureuse. Le lieu d'un partage. Là, dans la chair, où un monde finissait, où un autre commençait, une histoire s'était écrite : par ces ailes, par ce sang.

ÉPILOGUE

LE SOMNAMBULE

Six semaines plus tard, un vendredi après-midi, John Nyquist se préparait à fermer boutique un peu plus tôt que d'ordinaire quand on sonna à la porte de son bureau. En ouvrant, il se retrouva face à Teddy Fairclough. Durant un long moment, le détective privé fut trop surpris pour trouver quoi dire. Mais il l'invita à entrer, lui offrit un verre. Ils burent une bière. C'était bizarre de voir Teddy boire de l'alcool, mais ce n'était pas la seule nouveauté : malgré ses vêtements élimés, son cou sale et ses cheveux trop longs, il était plus assuré, plus en harmonie avec la nouvelle décennie. C'était la fin janvier 1960. Les temps changeaient, surtout pour les jeunes. Nyquist demanda à entendre son histoire.

« Tout a commencé à la Saint-Yorick. Vous vous souvenez du principe ?

— Tu vas devoir me le rappeler.

— C'est le jour qu'on rate. Qu'on passe à dormir.

— Mais bien sûr. »

Incapable de tenir en place, Teddy se mit à faire les cent pas dans le bureau. « Justement, je me suis réveillé. Trop tôt. J'étais sur la place du village, et tout le monde était là, réuni. Je n'en croyais pas mes yeux.

— J'y étais aussi ?

— Tout le monde. » Un silence. « C'était vraiment étrange. Les gens étaient habillés, ils marchaient, mais j'étais le seul qui ne dormait pas, il me semble. Entouré d'une foule de somnambules.

— L'influence du saint ?

— Oui. Mais ça n'a duré qu'une minute. Je n'arrêtais pas de me rendormir, de rêver. Endormi ou éveillé, j'ai décidé de partir. Ça m'est venu comme ça. » Ses yeux brillèrent. « Il était six heures vingt du soir, le clocher me l'a dit. J'ai pris la route de la forêt. C'était un chemin que je connaissais par cœur, j'ai passé mon enfance à courir les bois. Je me suis souvenu de la clairière où les arbres portent des noms. Je suis passé devant *Meilleur rameau au monde*, *Attend le printemps* et *Cassé en deux*. Là, j'ai dû atteindre les limites du pouvoir de saint Yorick, parce que l'hypnose s'est dissipée. J'étais lucide, éveillé. »

Le jeune homme s'interrompit. Il reprit son souffle. Il avait oublié le bureau de Nyquist ; il contemplait à présent les arbres lointains de Morden.

« J'ai continué à marcher. Je me suis vite retrouvé sur la route, près de l'arrêt de bus. Je savais qu'il n'y en aurait pas avant le matin, mais j'ai attendu. Je me suis donné une heure. Si rien ne se passait, je rentrerais. C'était ma promesse. J'ai voulu faire de l'auto-stop. Il n'est passé que trois voitures. Les deux premières m'ont ignoré, la troisième s'est arrêtée. Je connaissais le conducteur. C'était M. Ainsworth, l'avocat de Lockhampton qui a représenté mon père. Il m'a volontiers emmené. J'avais assez d'argent en poche pour m'acheter un billet de train. Il me restait même de la monnaie. Le billet de cinq livres que vous m'aviez donné m'a bien aidé.

— Tant mieux. Ça me fait plaisir.

— M. Ainsworth m'a aidé. À Lockhampton, j'ai pris le premier train en partance pour le sud. Depuis, je me promène, je travaille là où je peux. »

Nyquist vida son verre. « Et ta famille ? Becca ? Elle s'inquiétait.

— Je sais. Mais je lui ai écrit pour lui dire que j'allais bien. "Je ne suis pas né pour suivre", c'est ce que je lui ai dit. Vous comprenez ce que je raconte ?

— Oui. » Nyquist n'avait pas oublié le nom que Sylvia des Bois avait donné à Teddy.

« Mais c'est difficile. Je ne sais jamais où je serai dans trois jours. Et les saints… Ils m'appellent, ils me demandent d'obéir. » La douleur lui crispa le visage.

Nyquist resta songeur : ce jeune homme avait réussi à échapper à Hoxley, le village de sa naissance. Ils étaient peu nombreux. Et il n'y parvenait pas sans peine.

« Qu'attends-tu de moi, Teddy ?

— Je ne sais pas. Du travail, peut-être ?

— Je ne sais pas trop… dit Nyquist en riant.
— Je suis prêt à faire n'importe quoi.
— J'ai toujours des bricoles.
— Ça m'est égal. Je veux bosser.
— Assieds-toi. »

Teddy obtempéra. Il jeta à Nyquist un coup d'œil reconnaissant avant de baisser la tête. Il était au bord des larmes.

« Quoi ? Qu'est-ce qui ne va pas ?
— Je n'arrive pas à croire que j'ai réussi à arriver jusqu'ici.
— Je n'en reviens pas non plus. Je ne t'en pensais pas capable.
— Parfois… » Sa voix se brisa.

« Oui ?
— Parfois j'ai l'impression que je suis toujours là-bas. Dans les bois. Que je dors encore sous l'influence de Yorick. » Une nouvelle pause.

« Je sais, fiston. C'est difficile à admettre. »

Teddy battit des paupières. « Même en ce moment… C'est comme si j'avançais dans mes ténèbres intérieures. »

Nyquist hocha la tête. Il comprenait très bien, et pour cette raison il répondit d'une voix douce :

« Il n'y a de vérité que dans les yeux du somnambule… »

C'était un poème que lui avait appris son père. Il jaillit de sa mémoire.

Il n'y a de vérité que dans les yeux du somnambule, que dans les choses qu'il croit toucher, tenir, rassembler, alors que ses mains sont vides.

Table des matières

Bibliographie de Jeff Noon à La Volte

Les enquêtes de John Nyquist
La Ville des histoires (2022)
Un homme d'ombres (2021)

Alice Automatique (2017)

Intrabasses (2014)

Descendre en marche (2012)

Le Point aveugle, in *Ceux qui nous veulent du bien* (2010)

Pixel Juice (2008)

NymphoRmation (2008)

Vurt (2006)
Prix Arthur Clarke 1994

Pollen (2006)

Autres ouvrages parus aux éditions La Volte

Collectif **Aux limites du son** (2006)
Nouvelles autour des vertus de l'inaudible
avec la bande originale du livre (collectif)

Ceux qui nous veulent du bien (2010)
17 mauvaises nouvelles d'un futur bien géré

Le Jardin schizologique (2010)
Vous sur une rive, nous sur l'autre, nous resterons des étrangers

Faites demi-tour dès que possible (2014)
Les territoires français de l'imaginaire en 14 nouvelles

Au bal des actifs (2017)
Demain le travail

Sauve qui peut (2020)
Demain la santé

Jacques Amblard **Apocalypse blanche** (2022)
Polar grinçant, ode aux bêtes ; de l'alpinisme d'anticipation

Yvan Améry **Âme sœur** (2005)
Premier roman d'Ivan Jablonka
avec la bande originale du livre par Toog

Jacques Barbéri **L'Homme qui parlait aux araignées** (2008)
Intégrale raisonnée des nouvelles (1)

Le Landau du rat (2011)
Intégrale raisonnée des nouvelles (2)

Le cycle **Narcose**, trois romans déjantés de la Cité-sphère

Narcose (2008)
avec la bande originale du livre, direction Jacques Barbéri et Laurent Pernice
La Mémoire du crime (2009)
Le Tueur venu du Centaure (2010)

Le diptyque des Portes, l'éternel combat
des Araignées et des Mouches

Le Crépuscule des chimères (2013)
Cosmos Factory (2013)

Mondocane (2016)
Roman post-apocalyptique
avec la bande originale du livre par Palo Alto et Klimperei

L'Enfer des masques (2018)
Thriller entre possibles scientifiques et monstruosités de l'amour

Stéphane Beauverger

Le triptyque *Chromozone*, un univers furieux et pessimiste
Chromozone (2005)
Les Noctivores (2005)
La Cité nymphale (2006)
avec la bande originale du livre par Hint

Le Déchronologue (2009)
Grand Prix de l'Imaginaire 2010
Prix européen Utopiales 2009

Collisions par temps calme (2021) – COLL. EUTOPIA
Pourquoi vouloir quitter un monde idéal ?

Bombyx Mori Collectif

La Trame (2023) – COLL. EUTOPIA
Ni carte ni chef, chaque trameur, chaque trameuse n'a pour seule règle que son Pas

Sabrina Calvo

Elliot du Néant (2012)
Mallarmé en moufles, l'Islande et la kermesse de l'école

Sous la colline (2015)
Rififi au Corbu, le mystère de la Cité radieuse de Marseille

Toxoplasma (2017)
Grand Prix de l'Imaginaire 2018
Prix Rosny aîné 2018

Melmoth furieux (2021)
Une bande d'enfants part en croisade pour mettre le feu à Eurodisney

Maraude(s) (2022) – COLL. EUTOPIA
La commune imaginaire de Belleville, lieu des luttes et de toutes les solidarités

Vittorio Catani

Le Cinquième Principe (2017)
Le grand roman italien qui met en scène le paradis du capitalisme

Richard Comballot

Clameurs — Portraits voltés (2014)
Entretiens avec Alain Damasio, Stéphane Beauverger, Jacques Barbéri, Emmanuel Jouanne, Philippe Curval, Sabrina Calvo, Léo Henry.
Grand Prix de l'Imaginaire 2015

Philippe Curval

L'Homme qui s'arrêta (2009)
Journaux ultimes (nouvelles)

Juste à temps (2013)
La baie de Somme à l'épreuve des marées du temps

Akiloë ou le souffle de la forêt (2015)
En Guyane, l'itinéraire d'un Indien wayana
confronté à la civilisation occidentale

L'Europe après la pluie (2016)
Cette chère humanité (prix Apollo 1977)
Le dormeur s'éveillera-t-il ?
En souvenir du futur

Les Nuits de l'aviateur (2016)
Roman d'apprentissage aux accents autobiographiques

On est bien seul dans l'univers (2017)
Les meilleures nouvelles réunies par Richard Comballot

Black bottom (2018)
De Paris à Venise, l'art terroriste à l'œuvre

Un souvenir de Loti (2018) – COLL. EUTOPIA
Quoi de plus beau que de finir ses jours sur Nopal ?

Les Nouveaux Mystères de la chambre noire (2019)
Un livre d'art de décollages surréalistes et science-fictifs

Le Paquebot immobile (2020)
De l'utopie à la sotie, il n'y a qu'un pas – que beau.

Idem's (2021)
Pour tous vos problèmes, l'agence REPONSATOU !

Le Ressac de l'espace (2022)
Un classique de la science-fiction, revu par son auteur
Prix Jules Verne 1962

Tronche — Rosépine (2023)
Premier opus du roman-feuilleton *Tronche*

Alain Damasio

La Horde du Contrevent (2004)
Grand Prix de l'Imaginaire 2006, Prix Imaginales des lycéens 2006
avec la bande originale du livre par Arno Alyvan

La Zone du Dehors (2007)
Prix européen Utopiales 2007

Aucun souvenir assez solide (2012)
La vision politique de *La Zone* et le souffle
poétique de *La Horde* (nouvelles)

Le Dehors de toute chose (2016)
Monologue extrait de *La Zone du Dehors*

Les Furtifs (2019)
Élu meilleur livre de l'année 2019 par le magazine *Lire*
Grand Prix de l'Imaginaire 2020
Prix Libr'à Nous de l'Imaginaire 2020
avec la bande originale du livre par Alain Damasio et Yan Péchin

Alexander Dickow — **Le Premier Souper** (2021)
Un premier roman qui vous dévore

Valerio Evangelisti — Le cycle romanesque de Nicolas Eymerich, l'inquisiteur pourfendant sans relâche hérésies et phénomènes étranges
- **Nicolas Eymerich, inquisiteur** (2011)
- **Le Mystère de l'inquisiteur Eymerich** (2012)
- **Le Corps et le Sang d'Eymerich** (2012)
- **Cherudek** (2013)
- **Picatrix** (2014)
- **Mater Terribilis** (2013)
- **Les Chaînes d'Eymerich** (2011)
- **La Lumière d'Orion** (2014)
- **Le Château d'Eymerich** (2012)
- **L'Évangile selon Eymerich** (2015)
- **Eymerich ressuscité** (2018)
- **Le Fantôme d'Eymerich** (2021)

Adorée Floupette — **Les Affaires du Club de la rue de Rome, janv. – août 1891** (2020)
Quatre enquêtes horrifiques dans le Paris fin de siècle

Karen Joy Fowler — **Comme ce monde est joli** (2021)
17 nouvelles au croisement des genres, choisies avec soin et traduites par luvan et Léo Henry

Claire Garand — **Paideia** (2023)
Dix petites filles dans dix stations en orbite autour de la Lune
Prix Julia Verlanger 2023

Angélica Gorodischer — **Kalpa Impérial** (2017)
L'empire le plus vaste qui ait jamais existé

Trafalgar (2019)
Double café, cigarette et hyper-espace

Stephen Graham Jones

Galeux (2020)
C'est ainsi que nous vivons, si on peut appeler ça une vie

Léo Henry

Rouge gueule de bois (2011)
Les derniers jours de Fredric Brown

Le Diable est au piano (2013)
Nouvelles réunies par Richard Comballot

Hildegarde (2018)
Les mondes de Hildegarde de Bingen

Cent vingt
Un livre, quarante univers, un labyrinthe, cent vingt textes

Emmanuel Jouanne

Nuage (2016)
Petite planète sans intérêt, s'y attarder serait ridicule

Emmanuel Jouanne et Jacques Barbéri

Mémoires de sable (2015)
Le stathouder Arec a-t-il effacé Anjelina Séléné ?

Doris Lessing

Le cycle *Canopus dans Argo : Archives*
Shikasta, Planète colonisée n° 5 (2016)
Les Mariages entre les Zones Trois, Quatre et Cinq (2017)
Les Expériences siriennes (2018)
L'Invention du Représentant de la Planète 8 (2019)
Les Agents sentimentaux de l'Empire volyen (2020)

Li-Cam

Résolution (2019) – COLL. EUTOPIA
Le Monde selon Wen

Visite (2023)
Une planète surgit dans notre système solaire

luvan

Susto (2018)
Au pied de l'Erebus, une société au bord de l'éruption

Agrapha (2020)
Car tout ne peut être dit ici [agrapha]

Splines (2022)
Variations littéraires époustouflantes autour de lieux hors normes

Nina MacLaughlin	**Sirène, debout** (2023) Ovide rechanté
Momus	**Le Livre des blagues** (2009) Roman freaks
Laurent Rivelaygue	**Poisson-chien** (2007) Couché dans ton bocal, Albert Fish !
Michael Roch	**Tè mawon** (2022) Un roman insurrectionnel, première pierre d'un afrofuturisme caribéen francophone
Karin Tidbeck	**Amatka** (2018) La peur du changement et la plus insensée des révolutions
Antoine Volodine et Denis Frajerman	**Variations Volodine** (2022) Livre-objet post-exotique en 16 poèmes et 6 albums musicaux
Will Wiles	**Way Inn** (2018) BIENVENUE M. DOUBLE

Achevé d'imprimer en octobre 2023 par Corlet Imprimeur - 14110 Condé-en-Normandie
Dépôt légal : octobre 2023 - N° d'imprimeur : 23100164 - Imprimé en France